KB262130

한국 근대시인의 영혼과 형식

한국 근대시인의 영혼과 형식

정 우 택

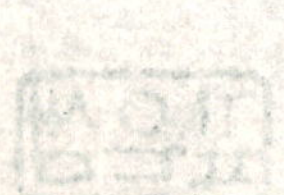

이 책의 주인공은 한국 근대자유시의 형성을 주도하고 그 성격과 형식을 규정한 시인들, 특히 1910년부터 1920년대까지 활동한 시인들이다. 1910년부터 1920년대까지는 한국의 식민지적 근대가 자기재생산의 형식을 갖추어 나가는 시기이다. 동시에 계몽의 열정과 미적 열망이 강렬하게 들끓었던 시기이다. 한국 근대시의 형성과정은 그 들끓는 욕망과 분열하는 영혼에 형식을 부여하는 험난한 싸움의 여정이었다. 이 책은 '미적 근대성'과 '근대시' '자유시'를 방향타로 삼아 그 여정을 따라가 보았다. 특히, 지금까지 한국 시문학사에서 크게 주목받지 못한 채 역사의 뒷면으로 밀쳐져 있던 1910년대 시인들의 삶과 작품을 발굴하고, 제자리를 잡는 일은 매우 어려웠지만 의미 있는 작업이었다.

이 책의 서론 형식으로 쓴 앞의 두 논문은 근대자유시 형성과정의 이론적 틀을 제시한 것이다. 한국 근대시의 정서구조로서 '님'이 발견되는 과정 및 양상을 살펴보고, 근대성의 핵심이자 근대시 형성의 조건인 '개인'과 '개성'의 문제를 해명하였다. 이어서 한국 근대시 형성과정에 중요한 족적을 남긴 시인으로 최남선, 김여제, 최승구, 현상윤, 이상화, 이장희, 한용운, 유완희를 살펴보았다.

　최남선을 신체시의 시인이나 친일적 신문화주의자로만 규정하는 것은 한국 근대문학사를 협소하게 만드는 시각이라고 나는 생각한다. 계몽기를 이해하는 데 있어 최남선은 매우 중요하면서 복잡한 '코드'이다. 이 책에서는 계몽의 형식으로 자신의 영혼을 규정하고자 했던 최남선이, 피할 수 없는 실존적 고뇌를 토로하게 되는 지점에서 자유시 형태를 창작하게 된 과정을 집중적으로 조명하였다.

　역사에서 규정하는 모든 '최초'는 의심쩍다. 그럼에도 불구하고, 한국 근대시문학사에서 최초의 자유시로 규정된 「불노리」의 시인 주요한이 자신의 입으로 '최초의 자유시'라고 칭송하였던 「만만파파식적」의 전문이 최근 일본 연구팀에 의해 발굴되었다. 매우 반가운 일이다. 나는 오래 전부터 「만만파파식적」의 자취를 좇는 한편 김여제의 생애와 작품 세계를 되살리기 위해 노력해 왔다. 그 과정에서 홍사단 관계자들을 비롯하여 여러 사람들의 도움을 입었다. 그리고 3년 전, 미국에 거주하는 김여제의 자녀들을 만나서 다양한 자료와 도움말을 얻게 되어 부족한 논문을 보충할 수 있었다.

　이 책에 기록된 모든 시인들이 그렇지만, 최승구는 개인적으로 매우 이끌렸던 시인이다. 그의 주위를 맴돌던 사색이, 최근에 최승구와 『근대사조』와 아나키즘을 연결하는 새로운 문제의식을 이끌어 냈다. 아나키즘은 한국 근대시문학의 저류를 해명하는 중요한 코드가 될 것이라고 생각한다.

　이장희는 자율적이며 자기 완결적인 미의 세계를 삶의 영역에 구축하기 위해 애쓰다가 결국 스스로를 소진시켜 버린 시인이다. 절대 순수의 근대적 주체성과 미적 근대성을 '생'의 차원에서 철저하게 일치시키고자 했던 이장희의 고독한 자취는 근대문학 형성기의 기념비이다.

　나는 이상화를 말할 때면 반드시 '근대시인' 이상화라고 말하는 것이 습관처럼 되어버렸다. 시인으로서 이상화의 위상은 그 누구도 문제삼을 수 없을 만큼 확고하지만 '근대시인'으로서 그에 대한 연구와 평가가 여전히 미진하다는 생각을 갖고 있다. 분열하는 "世紀를 물고 늘어지며" "나는 미친 흥에 겨워 죽음도 뵈줄테다"라고 외치는 이상화의 영혼을 이제는 '민족적 저항'의 메타포에서 해방시켜야 한다는 것이 나의 생각이다. 「나의 침실로」에서 「빼앗긴 들에도, 봄은 오는가」로 이어지는 이상화의 미적·정신적 자취는, 한국 근대시문학의 마르지 않는 샘으로 풍부한 자양을 제공해줄 것이기 때문이다.

한용운에 관련된 글을 쓰던 여름에서 가을까지 나는 백담사와 그 계곡, 오세암을 더듬고 다녔다. 내 몸과 정신은 80여 년 전의 한용운을 뒤쫓아 "단풍나무 숲을 향하여 난 작은 길을 걸어서 참아 떨치고 간" '님'을 갈구하며 내설악을 헤매고 다녔다. 장마 비 오던 어느 날, 속세의 사람들이 설악산 등산을 위해 묵어 가는 수렴동 대피소에서 "사랑도 사람의 일이라"는 스님과 곡차를 마셨던 일이 기억에 선하다.

'松隱'이라고 호를 짓고 세상 속으로 숨어버린 유완희를 다시 역사 앞에 불러낸 것이 잘한 일인지 모르겠다. 남북한 문학사에서 경향파 시인·프로 시인의 가장 앞머리에 놓이는 '붉은 망아지'[赤駒] 유완희는 1930년대 이후 문단에서 그 행방이 묘연해졌다. 통일원 자료실에서 북한의 자료를 뒤지던 중에 아주 우연히 박팔양이 평양의 『청년문학』(1958. 4)에 쓴 「시인 유완희에 대한 회상」이란 글을 보게 되었다. 거기에 적힌 유완희의 본적을 들고 경기도 용인으로 무작정 갔다. 인근 사람들을 통해 그의 아들을 수소문해서 만났고, 유완희의 자필이력서와 관련 정보를 구하여 그의 삶을 재구할 수 있었다. 호를 '赤駒'에서 '松隱'으로 바꾸며 살아야 했던 그의 삶은 한국 역사의 질곡과 맞닿아 있다.

인문학은 인간의 삶에 관한 학문이지만, 나는 특히 '사람'에 관심이 많다. '사람'이 희망이고 또한 '사람'이 재앙이다. 하늘과 땅은 '剛健中正純粹'한데 '사람'이 때와 장소와 행위를 활용함으로써 세상을 열고, 일을 이룬다. 또는 짓눌리고 엎어지고 인생이 뒤틀리기도 한다. 무릇 한 시대의 문턱에서 나름의 길[道]을 모색하였던 사람들의 실존적 고뇌와 성취, 좌절을 따라가보는 일은 '공부한다'는 나의 정체성에도 어떤 형식과 의의를 부여해 주었다. 앞서 살다간 '위대한' 영혼의 발자취를 따라가며 함께 살아본다는 일은 공부하는 사람으로서의 은밀한 행복이었다. 그들의 삶을 산다, 고로 공부는 살아내는 일이다. 시인의 영혼의 숨겨진 한켠을 보았을 때 전율하며 가슴이 아파 오히려 현실의 내가 차라리 낯설었던 적도 여러 번 있었다. 그런 점에서 논문 쓰는 행위는 대상 인물의 영혼과 접신하는 일이기도 했다. 비록 내 삶과 정신의 크기가 대상 인물의 영혼을 다 감당하지 못해 지리멸렬하더라도, 그 자괴와 고통을 상쇄하고도 남는 위안이 있었다.

그렇다 해도, 어찌 내 삶이 문학 속의 사람들만으로 이루어졌겠는가. 나는 현실 속의 많은 사람들의 보살핌과 음덕으로 지금껏 공부하며 살아왔고, 또 살고 있다. 날이면 날마다 후줄근하게 젖어서 귀가하던 20대의 나를, 아침이면 빳빳하게 다려서 세상으로 다시 내보내주시던 이모·이모부 그리고 동생들, 그 세월이 그립다. 자식들의 성취를 위해 당신들의 외로움을 흔쾌히 감당하시는 장인·장모님께 늘 죄송하다. 내 생의 내용을 채워준 여러 선생님들, 그리고 선배님들, 후배들, 친구들, 모두 고마운 인연들이다. 학문의 길을 앞서서 터 주신 아직 만나지 못한 여러 선생님들의 글들이 또한 나를 이루고 있다. 깊은샘의 박현숙 사장님은 일 년이나 기다려주셨다. 두서 없는 글을 한 권의 책으로 만들어 준 깊은샘 식구들께 감사드린다. 생의 동반자이자 공부의 검열관인 심선옥이 아니었으면, 이 글들의 운명처럼 내 생도 뒤죽박죽 흩어져서 자기 형식을 갖추지 못했을 것이다. 이 책과 내 생의 어느 몫은 그녀와 나누어 가져야 할 것이다.

2004년 6월
정우택 삼가 씀

한국 근대시 형성과정에서 '개인'의 위상과 의미

1. 머리말

근대 자유시의 형성은 자유율의 실현이라는 형식의 문제에 국한되지 않으며 이념적, 정서적, 문화 제도적 차원의 복잡하고 어려운 문제와 얽혀 있다. 자유시는 개인의 사상과 감정을 개성적인 목소리와 리듬으로 자유롭게 표출하는 양식이며, 근대시는 근대의 기획과 근대 극복을 동시에 내포하는 정신과 이념의 산물이다.

근대성을 논의할 때 핵심이 되는 것은 주체 혹은 자아의 문제이다. 근대적 개인으로서 주체는 타인의 지도 없이, 또 타자에 대한 의존 없이 오직 자신의 이성과 자유 의지로 사고하고 행동하는 독립적이고 자율적인 존재이다. 즉, 근대적 인간은 기존의 전통과 권위, 영향력으로부터 벗어나 자기의 이성과 의지로써 자유롭게 자신을 인식하려는 주체로서의 인간이다. 이 자율적인 존재로서의 인간은 독자적인 개성과 자기 정체성을 요구하게 되고, 여기에서 근대문학의 중요한 가치인 개인의 자유의 문제가 제기된다. 신문학운동, 자유시 운동은 자유에 입각한 개인의 자기 정체성,

14

또는 개성을 탐색하고 발현하는 작업과 밀접하게 관련되어 있다.

그런데 한국에서는 민족적 위기 담론이 근대 기획을 선도하게 되면서 그 결과 '개인의 자유'가 배제되는 방향으로 근대화가 진행되었다. 한국에서 근대적 계몽은, 개인의 자유와 이성을 바탕으로 한 공공성의 확충이라는 기획에서 출발한 것이 아니라 '애국 애족' '부국강병'이란 이념과 집단의 대의에 개인을 복속시키는 프로젝트로 진행되었다. 또 강제 합방 이후 일제는 한편에서는 중세적 공동체를 해체하여 개인들을 근대적 생활 속으로 동원함으로써 '건전한 국민' 육성을 꾀하고, 다른 한편에서는 봉건적 속박 아래 묶어놓는 방법을 택하였다. 식민지 권력이 유혈적 입법과 처벌, 헌병을 동원한 교육과 감시 등의 제도와 규율들을 통해 훈육한 개인은 '지배를 내면화'한 '식민지 근대인'이었다.

이런 시대적 정황을 성찰적 이성으로 개괄하고, 그 속에서 분열하고 충돌하는 개인의 내면에 형식을 부여하는 것이 근대 자유시이다. 그런데 이러한 근대 자유시의 담당층, 즉 자유로운 개인의 창출은 지연되고 위축되었다. 이것이 근대 초기의 개인이 처한 환경이며 존재방식이자 한국 근대 자유시의 형성과정이 혼란과 방황을 거듭한 요인이기도 하다. 그럼에도 불구하고 개인의 자유와 근대적 자아 정체성을 확립하기 위한 시도들은 계속되었으며, 분열과 혼란에 형식을 부여하려는 근대 자유시 운동도 "내 몸을 내가 비틀며"[1] "표현의 길이 없는 깊은 비수와 암민과 공포와 회한을 맛보"[2]는 가운데 모색되었다. 근대 자유시의 탐색자인 황석우가 당시

---

[1] "볶기는 가슴의, 내 맘의 설움과 기쁨을 같은 동무들과 함께 노래하려면 나면서부터 말도 모르고 '라임'도 없는 이 몸은 가이없게도 내 몸을 내가 비틀며 한갓 떴다 잠겼다 하며 볶길 따름입니다. 이것이 내 노래입니다"(김억, 『해파리의 노래』, 조선도서주식회사, 1923, 1쪽)

[2] "그 순간의 추구적·추회적 심정은 말하기에, 쓰기에 표현의 길이 없는 깊은 비수와 암민과 공포와 회한을 참으로 맛보게 하는 것으로 적어도 근경의 나에게는 느끼며 빗기운다"(김억, 「요구와 회한」, 『학지광』 제10호, 1916. 9, 43쪽)

를 회고하며 "시를 쓰는 환경은 실로 괴로웠었다. 그는 완연히 지옥 이상이었다"3)라고 말한 것은 일견 진실이었다.

이 글은 한국 근대자유시 형성의 관건이 되는 개인의 자립과 추구가 어떻게 성취되고 또는 제약되었는지를 살펴보는 데 그 목적이 있다. 기존의 연구에서 단절적으로 다룬 애국계몽기와 1910년대를 '개인'의 발견과 계몽의 기획이라는 관점에서 연속성을 갖고 고찰해보고자 한다. 특히 '민족'과 '개인'이 대립 길항하면서 내적인 연속 관계를 형성할 수 있었던 고리를 문학(론)의 정립 과정을 통해 살펴보고자 한다.

2. 애국계몽기의 '민족'과 '개인'

애국계몽운동은 '개인'과 '개인주의'에 대하여 집단적·민족적 정체성을 배타적으로 강조하는 방향에서 진행되었다. 이분법적 세계 파악에 입각한 '배제'와 '통합'의 원리가 개인과 민족의 관계에서도 관철되었다. 애국계몽적 기획은 '민족적' 항목과 '비민족적' 항목을 이분화하여 '비민족적' 항목들을 배제함과 동시에 '민족적' 질서 속으로 통합함으로써 민족주의의 체계를 확립하는 데 있었다. 이에 따라 근대적 개인으로서의 자유와 자의식, 욕망의 추구는 개인 이기주의로 배제되었으며, 집단적 이념인 민족주의에 개인을 동일시할 것이 요구되었다.

> 대뎌 지금은 **민족의 경쟁ᄒᆞ는 시뎌**라.…… 이 시뎌는 일 개인의 쥬의로 살기를 구ᄒᆞ는 거슨 됴뎌히 되지 못홀 시뎌가 아닌가. ᄒᆞ물며 오늘날 한국은 풍우가 회명(晦冥)ᄒᆞ고 마귀가 횡힝ᄒᆞ여 민족의 쇠망홈이 눈 ᄒᆞ번 쌈작일 동안에 잇ᄂᆞ니,

---

3) 황석우, 『自然頌』, 조선시단사, 1929, 2쪽.

이날이 과연 엇더케 급급호 날인가.……오호―라 동포들이여! 동포의 국가가 점점 부패호 디로만 드러감은 무슴일인가.그 까둙이 쏘호 만흐나 개인쥬의가 데일 큰 지라.……

　브라건디 동포 중에 혹 이 **개인쥬의를 가진 쟈는 큰 칼과 넓은 독긔로 그 용렬호 셩픔을 급급히 씬어브리고** 민족쥬의를 분발홀지어다. 민족이 멸망되면 개인도 씬러 멸망ᄒ며 민족이 흥ᄒ면 개인도 씬러 흥ᄒᄂ니 일신을 보전코져 ᄒ거든 몬져 민족 보전ᄒ기를 도모ᄒ며 일신의 영화를 구ᄒ고져 ᄒ거든 몬져 민족의 번셩홈을 도모홀지어다.

　오호―라 개인쥬의로 살기를 구ᄒ지 말지어다. **개인쥬의가 사룸을 죽이ᄂ니라.** [강조 ― 인용자]4)

애국계몽기를 지배했던 민족적 위기 담론 하에서, 근대적 주체로서 '개인'의 문제는 철저하게 배제되었다. 개인주의를 "즈긔 일신을 위ᄒ여 살기를 구ᄒ는 쥬의"로 규정하고, 극단적 이기주의, 반민족적 자기중심주의와 동일시하였다. 개인은 민족의 흥망에 따라 그 운명을 같이하는 '민족의 일원'으로서만 존재 의미를 가질 수 있었다. 즉 개인은 '단체'와 '공익'과 '동포'와 '국가'에 귀속됨으로써 그 존재 의미를 부여받았던 것이다. 여기서 '동포'는 의식화되지 않은 종족인데, 이 '동포'를 공공심이 투철한 '국민'으로 길러내는 것이 애국계몽운동의 중요한 기획이었다.5)

그 기획의 일환으로서 '개인'을 민족의 일원으로 고무시키고 현실의 열악한 상황을 단숨에 초월하는 주체로서 '영웅'이 주목받았다.

---

4) 「個人主義로 生을 求치 말지어다」, 『대한매일신보(국문판)』, 1909. 11. 21. 이하 인용문이나 인용시에 굵은 글자로 강조한 것은 인용자에 의한 것이다.

5) "동포는 公共心을 奮興하여 단체를 善하며 公益을 勉하며 동포를 자신으로 視하며 국가를 自家로 시하라"(신채호, 「20세기 신국민」, 『단재신채호전집』 별집, 형설출판사, 1987, 210-229쪽 참조.)

그 나라의 영웅이 칼을 휘두른 곳에 몇천 몇백 인이 구가하며 **피를 흘린 곳에** 몇천 몇만 인이 뛰고 춤추어, 몸이 있는 자는 자기 몸을 영웅에게 바치며 재주가 있는 자는 **자기 재주를 영웅에게 바치며** 학문이 있는 자는 자기 학문을 영웅에게 바쳐 **온 나라가 영웅을 외쳐 부르고 함께 나아간다.**[6]

'영웅'은 개인과 민족을 매개하는 고리이며, 개인이 민족의 차원으로 최대한 고양된 형태이다. 고미숙은 '영웅'에 대하여 "민족이라는 초월적 기표를 실현할 수 있는 인격적 화신으로서의 영웅, 그 영웅은 초인적 능력의 소유자면서 일반 국민들의 능력을 최대한 고양시킬 수 있는 일종의 '공명기계'이다"[7]라고 규정하였다.

영웅이 민족 전체의 운명을 개척하고, 개인과 전체의 통일성을 부여하는 문학 양식이 서사시이다. 서사시에서 개별적 행위와 사건은 민족의 정신이나 전체성과 유기적으로 연관되어 있다. 그러나 개인과 전체가 분열을 일으키고, 개인의 정신적 성장과 문명 전체의 정신적 성장이 불균형을 이룰 때 영웅은 불가능해진다.[8]

이광수는 근대 계몽기에 영웅을 주인공으로 창조하여 민족의 위기를 타개하고 민족 구성원의 의식화와 통합을 이룩하려는 운문적 글쓰기를 시도하였다. 그 예들이 「옥중호걸」(『대한흥학보』 제9호, 1910. 1), 「우리 영웅」(『소년』, 1910. 3), 「곰」(『소년』, 1910. 6), 「극웅행」(『학지광』 제14호, 1917. 11) 등이다.

---

6) 안창호, 「을지문덕 서」; 민족문학사연구소 엮음, 『근대 계몽기 학술문예사상』, 소명출판사, 2000, 105쪽.

7) 고미숙, 『한국의 근대성, 그 기원을 찾아서』, 책세상, 2001, 67쪽.

8) 헤겔은 본래적 의미의 서사시가 갖추어야 할 조건으로 다음 세 가지를 제시하였다. ① 서사시는 민족의 정신과 객관적 삶의 총체를 표현한다. ②서사시는 개인의 행위, 개별적인 사건들의 통일성을 중심으로 구성되어야 한다. ③개별적 행위와 사건은 민족의 정신과 삶의 총체적 모습과 긴밀하게 유기적으로 연관되어야 한다. 김태환, 「세계소설사와 이행의 문제」, 『문학과사회』, 2003. 봄, 190-191쪽 참조.

生命, 自由品은, 이짜 — 내나라 爲하야,

五尺短軀 이몸, 가루를, 만들고,

心臟에 끌으며, 全身에, 도라가난,

맑고, 밝고, 쯔거온, 이내피로,

三千里靑邱를, 물듸리리라!

父母, 兄弟, 姉妹 —한피, 난혼, 우리 同胞,

生命, 自由品은, 이짜 —내나라의 運命이,

危機一髮한 이재 오날날—

      …… (중략) ……

크도다, 壯하도다, 우리 英雄의 精神이여!

이 精神 — 忠君, 熱誠, 愛國熱情, 잇기에—

自由, 獨立의 表象되난 白頭의 뫼가,

靑邱의 北天에, 소사, 잇슬 째, 까지,

永遠, 平和의 表象되난 漢江의 물이,

靑邱의 中央을, 흘를 째까지,

父母, 兄弟, 姉妹 — 한피를, 난혼, 우리 民族이,

靑邱의 樂園으로부터, 큰 使命을 다할 째까지,

讚揚하고, 노래하리라—

우리 英雄 — 忠武公 — 李舜臣!

— 이광수, 「우리 英雄」9) 부분

---

9)『소년』제15호, 1910. 3, 44-45쪽. 영웅 서사 「이순신전」은 신채호가 『대한매일신보』에 1908년에 연재한 바 있다. "영웅자는 세계를 창조하는 신성이며, 세계는 영웅의 활동하는 무대라……其國에 세계와 교섭할 영웅이 유하여야 세계와 교섭할지며, 세계와 분투할 영웅이 유하여야 세계와 분투하리니, 영웅이 無하고야 其國이 國됨을 쁠得하리오"(신채호, 「영웅과 세계」,『단재신채호전집』별집, 형설출판사, 1987, 111-113쪽)

이광수의 「우리 영웅」은, 민족을 위해 헌신한 영웅의 행동과 정신을 통해 개별적인 구성인자(개인)들이 '부모, 형제, 자매—한 피를 나눈' 동포와 민족으로 통합되는 양상을 보여준다. 이러한 의식에 따르면, 독립된 개체로서 개인의 존재는 인정받지 못하고, 혈연관계로 맺어진 민족의 구성원으로서 존재할 것을 강요받게 된다. 나아가 「을지문덕 서」에서 주장하듯이 "온 나라가 영웅을 외쳐 부르고 함께 나아"가도록 민족의 대의 아래 통합하는 것이 애국계몽운동의 목표이다.

형식의 측면에서 볼 때 「우리 영웅」은 서사시적 제재를 서사시로 구성하지 못하였다. 영웅의 행위가 아니라 영웅의 애국 충정과 熱血的 결의에 초점을 맞추고, 그것의 민족적 의미를 강조하는 차원에 머물고 말았다. 격동하는 시대의 장엄한 긴 호흡을 견디지 못한 시인의 조급성과 미숙성이, 서정시도 서사시도 아닌 불완전한 형식을 만들어 낸 것이다.

한편, 애국계몽기의 세계 인식은 제국주의화한 진화론에 그 뿌리를 두고 있었다. 박은식은 "강권이 있는 자는 성현이며 군자며 영웅이요, 강권이 없는 자는 용렬한 놈이며 천한 놈이며 소와 말이며 개와 돼지다……자연도태와 우승열패는 우주의 법칙"10)이라고 하였다. 이러한 세계 인식은 강권을 지닌 제국주의가 '영웅'으로 이상화되는 딜레마를 내포하고 있다. 근대 초기 계몽운동가들에게 제국주의는 거스를 수 없는 대세였다. 그러한 제국주의의 세계관을 수용해서 내부에 적용한 것이 바로 민족주의였다. 당시의 민족주의는 제국주의를 모방하여 제국주의에 맞서는 논리로 개발된 것이었다.

生存競爭 當此時代에 / 國家興亡이 닉게 달녓네
列强의 待遇를 生覺홀사록 / 奴隷 犧牲의 恥辱쑨일세

---

10) 『대한매일신보』 1909. 7. 21.

二千萬同胞 우리兄弟야 / 此時가 何時며 此日何日고

六大洲大陸의 形便 살피니 / **弱肉强食**과 **優勝劣敗**라

國權을 保全ᄒ고 同胞救濟ᄂ / 우리들 兩肩上에 擔任義務라

血淚를 **揮灑**ᄒ고 奮發心으로 / 實地上 學問을 研究합세다

— 「西友師範學校 學徒歌」[11) 부분

위의 「서우사범학교 학도가」를 보면 '생존경쟁' '약육강식' '우승열패'와 같은 진화론의 수사학이 여과 없이 나타나 있다. 이러한 세계 인식에 따라 당면한 민족의 처지를 '노예 희생의 치욕'으로 규정하였다. 그런데 국권 상실에 직면한 위기 의식의 첨예함에 비하면, 실제로 애국계몽운동의 핵심인 '국권 보전'과 '동포 구제'를 위한 실천 부분은 매우 취약함을 알 수 있다. '혈루를 휘쇄'하고 '분발심으로' 나아가는 길을 제시하고 있을 뿐이다.

이러한 불균형은 당시 민족주의의 특징인 '정신주의'로 설명할 수 있다. "국가의 정신만 망하지 아니하면 나라의 형식은 망하였을지라도 그 나라는 망하지 아니한 나라이니라······ 그 나라의 민족된 자 독립과 자유의 정신만 있으면"[12]이라는 주장에서 나타나듯이, 국체가 망해도 정신만 살아 있으면 국가와 민족의 미래를 기약할 수 있다고 보았다. 이러한 '정신주의'는 제국주의에 대한 물질적 열세를 극복하고, 낙관적 전망을 유지하기 위한 하나의 방편이었다. 계몽 주체들은 '정신'을 절대화함으로써 자기 정체성을 확립하고, 저항의 근거를 마련하였다. 이 정신의 집약이 곧 민족주의였다. 민족주의는 일종의 주관적인 절대 정신의 위치로 격상되었으며, 이를 통해 경험적 현실의 열악함을 초월하고자 하였다. 또한 개인은

---

11) 『西友』, 1907. 3. 자주적 사립학교의 설립을 통한 대중교육운동의 실천은 애국계몽운동의 핵심이었으며, 그 선구적 역할을 담당한 것이 1906년에 설립된 서우학회였다.
12) 「정신으로 된 국가」, 『대한매일신보』, 1909. 4. 29.

개인으로서 존재의의를 부여받지 못하고 오직 '민족된 자'로서만 명명되고 그 정체성을 부여받았다. 민족주의는 계몽의 객체인 대중들에게 동일성을 부여하는 동시에 추상화된 '의식의 통합 장치'로써 그 영역을 확대해 나갔던 것이다.

애국계몽기의 '정신주의'가 문학적으로 형상화된 것이 '피'의 수사학이다.[13] 앞서 인용한 「우리 영웅」에서 "이 내 피로 / 삼천리 청구를 물디리리라"와 「서우사범학교 학도가」에서 '혈루를 휘쇄ᄒ고'와 같은 표현이 그것이다. 이러한 '피'의 수사학에 내재한 의식을 '열혈적 의지주의'라고 이름 붙일 수 있다. 실제로 역사상의 근대는 계몽과 교육, 실력 양성을 통해 단계적으로 아름답게 성취되었던 것이 아니라, 피와 땀으로 얼룩진 유혈의 과정을 통해 성취되었다.

> **오늘날 세계는 피 세계라.** 문명도 피가 아니면 사지 못하며, 부강도 피가 아니면 이루지 못하며, 부패한 사회도 피가 아니면 개혁하지 못하며, 완고한 민족도 피가 아니면 불러 깨닫게 하지 못하며, 한 걸음을 나아가려 하여도 피가 아니면 못하며, 한 일을 행하려 하여도 피가 아니면 못할지라. 그런 고로 그 창자에는 **피바퀴**가 항상 돌아다니며 그 눈에는 **피눈물**을 항상 흘리며, 그 몸은 **피로 목욕**을 하며, 그 마음은 **피로 갈아서** 그 백성은 **피 백성**이 되고, 그 나라는 **피 나라**가 되어야 나라 땅이 엄정하게 되나니……[14]

> 아름답고 귀ᄒ 느의 韓半島야
> 너는 나의 ᄉ랑ᄒ는 바니

---

13) "부재를 통해서만 존재를 확인할 수 있는 기호—민족은 수많은 역설과 딜레마를 내장하고서 등장한 상처투성이의 초월자였다. 이 균열과 간극, 빈 공간을 메우기 위해 특유의 수사학이 작동하는데, 그것이 피, 눈물, 칼, 죽음 등의 이미지들이 난무하는 수사학이다."(고미숙, 앞의 책, 63쪽)
14) 「학계의 꽃」, 『대한매일신보』 1908. 5. 16.

나의 피를 쑤려 너를 빗내고져

韓半島야

— 안창호, 「韓半島」15) 부분(행 구분―인용자)

간다간다나는간다	너를두고나는간다
뎌時運을더덕타가	**열혈들을쑤리고셔**
네품속에누어자는	내兄弟를다씌워셔
훈번氣썻히밧스면	속이시원흐겟다만
장리일을싱각흐야	분을춤쏘쩌나가니
니가가면영갈손냐	나의ᄉ랑韓半島야

— 新島(안창호), 「去國行」16) 부분

나는 네 사랑

너는 내 사랑

두 사랑 사이 칼로써 베면

고우나 고운 핏덩이가

줄줄줄 흘러내려 오리니

한 주먹 덥석 그 피를 쥐어

한 나라 땅에 고루 뿌리니

떨어지는 곳마다 꽃이 되어서

---

15) 『대한매일신보』, 1909. 8. 18. 기존에 이 작품은 작자와 양식이 불분명한 채 남겨져 있
  었다. 「한반도」가 창가 양식이며, 안창호의 작이라는 것이 밝혀진 것은 1994년 2월 7일
  국가안전기획부가 국사편찬위원회에 기증한 2백여 점의 자료 중 안창호 작사의 「한반
  도」 악보가 들어 있는 것이 발견된 이후의 일이다.(『한국일보』, 1994. 2. 19) 당시의 창가
  형식이 4·4조 음수율로 고정되어 있던 것에 비해 「한반도」는 제한적이나마 정형률에서
  벗어나려는 내재적 힘이 작동하고 있어서 주목된다.
16) 『대한매일신보』, 1910. 5. 12.

봄맞이 하리

— 신채호, 「한나라 생각」17) 전문

온통 피범벅이 되어 직선으로 돌진한 시대가 애국계몽기였다. 애국계몽기 시가에 표현된 '피'의 수사학과 '열혈적 의지주의'는 개인의 자유와 욕망, 생명을 민족이라는 대의에 희생시키는 일종의 희생제의로서의 의미를 지닌다. 위의 운문들을 문학되게 하는 정서적 상관물은 '피'이며 절규이다. 안창호의 「한반도」는 조국의 유구한 역사와 아름다운 강산에 대한 자긍심을 노래한 뒤, '나의 피'를 뿌려서 나의 사랑하는 한반도를 지키고 빛내리라고 다짐한다. 여기서 '나'는 독립된 개인이 아니며 오로지 '민족'을 통해서만 존재하고 의미를 갖는다. '나'와 '민족'의 관계는 피로 맺어진 것이다. 이러한 '피'의 수사학을 통해 배타성이 강한 '순수 혈통적 민족주의'가 발견되었다.

사실상 1910년의 국권 상실로 애국계몽운동은 실패로 귀결되었다. 그럼에도 불구하고 「거국행」과 「한나라 생각」은 도도한 낙관론으로써 이 비극적인 현실을 전도시킨다. 이처럼 국권 상실에도 좌절하지 않고 비극적 낙관주의를 지속할 수 있었던 바탕에는, 현실의 물질적인 열세를 '열혈적 의지주의'로 극복하고자 하였던 한국 근대성의 정신주의가 도도히 흐르고

---

17) 『단재신채호전집』 하권, 형설출판사, 1987, 402쪽. 신채호의 「한나라 생각」은 기존의 계몽시가와는 질적으로 다른 자유율을 창조하고 있다. 시적 화자가 민족주의에 압도되어 매몰되지 않는다. '나'라는 개인 주체가 '민족'이라는 거대 담론과 동등한 위치를 점하며, 긴장을 창조하고 개성을 획득한다. 시의 이미지와 은유도 관습적이지 않다. 피가 꽃이 되고 다시 봄으로 확대되는 이미지의 변환은 신선하며 독창적이다. 그리고 시대적 호흡과 실존적 리듬을 체현하는 자유율이 자연스럽게 형식을 규정하였다. 「去國行」이 국토의 떠남을 노래하는 데 그친 것과 달리, 「한나라 생각」에서 '칼로써 베어지는' 결별은 공간적 결별뿐 아니라 치열한 사상적 모색을 통한 새로운 자아의 탐구라는 존재론적 의미를 포함한다. 실제로 신채호는 치열한 사상적 모색을 통해 민족주의에서 사회주의, 무정부주의에까지 달려나갔다.

있었던 것이다.

3. 개인의 발견과 情育論 — 素月 崔承九를 중심으로

1910년대에 근대적 주체로서 '개인'에 관한 담론이 본격적으로 제기되었다. '개체' '개인의 자유' '개성의 발휘' '자아의 각성'과 같은 어구가 나타나기 시작하였다. "자기 **개성**을 발휘코저 하는 **자각**"[18]이라든가 "자기가 **자아**를 철저히 확지치 못하고 다만 망동하는" 과오를 범치 말고 "**개성**을 수양하는 중에 어언중 **자아**의 하인됨을 깊히 연구"해야 하며 "我는 世上의 光이요 道요 生命이라"[19] 등이 그것이다.

최승구는 「너를 혁명하라!」에서 개인의 혁명적 자각을 주장하였다.

> 우리는 自然으로부터 空間이 없이 包圍되어 있고, 사람으로부터 連鎖와 같이 接觸되어 있음으로, 거의 **自我**를 **認識**치 못하게 되었고, **自我**의 **存在**를 忘却하게 되었다. 허나, 宇宙는 個體의 單位로부터 組織되었고, 個體는 **個性**의 特殊한 것으로 組織된 바이다…… 우리가 우리의 경우로 生活法則을 發見코자 할 때에는, **自由意思**의 自覺으로 발견할 것이오, 不絶히 衝起되는 **實感**으로 발견할 것이며, 欠缺이 있는 대로 創造할 것을 發見할 것이다.[20]

최승구가 주장한 자아 인식과 개성의 발견은 식민지 현실을 의식적으로 타개하는 데서 출발하는 것이기 때문에 주목을 요한다. 그는 식민지를 '노예' 상태로 규정한다.

---

18) 나혜석, 「이상적 부인」, 『학지광』 제3호, 1914. 12, 15쪽.
19) 이주연, 「人보다 己를 知홈이 필요홈」, 『학지광』 제3호, 1914. 12, 16-17쪽.
20) 최승구, 「너를 혁명하라!」, 『학지광』 제5호, 1915. 5, 12-18쪽.

우리의 靈과 肉은 束縛을 當하얏다. 우리는 被征服者가 되얏다. 우리는 奴隷役이 되엿다 함으로, 우리의 覺官은 動치 못하고, 本能은 發作치 못하며 良心은 殘殼만 남게 되엿고, 統一性은 이러버리게 되엿다. 苦痛을 늣기게 되지 못하고, 自由의 運動을 엇지 못하고, 恥辱을 記憶치 못하게 되엿스며, 祖先이나 財産을 主張치 못하게 되엿다."[21]

최승구가 가장 경계하는 것은 식민지민으로서의 굴욕도 느끼지 못하고 타성과 순응, 무기력에 젖어 "노예에 自安"하는 상태이다. 자기가 속박되어 있다거나, 자유롭지 못하다는 것 자체를 의식하지 못하고, 치욕을 기억하지 못하는 상태는 '노예' 상태다. 이는 '지배를 내면화'[22] 하는 것이다. 이러한 노예의 속박을 깨뜨리고 자유와 인격의 권위를 깨닫는 것이 바로 "너를 혁명하는 것"이다. 특히 최승구는 '개성의 발휘'와 '자유의사의 자각'을 주장한다. 먼저 '피정복자, 노예'로서의 '자아의 자각'을 주장하고, 이를 타개하는 길에 '자유 의지'를 발휘하라는 것이다.

그는 자아 혁명의 길로 '용사'의 삶을 제시하고 있다. 용사는 노예적 속

---

21) 최승구, 위의 글.
22) 일제는 강제 합방 이후 조선에서 '식민지 근대인'을 제도적으로 '생산'하는 작업을 진행하였다. 제도와 규율을 통해 식민지민 스스로가 습관에 의해 복종하는 인간, '지배를 내면화'한 인간형, '식민지 근대인'을 만들어 내는 것이다. 일제가 '식민지 근대인'을 생산하기 위해 동원한 이데올로기는 이중적이었다. 진보된 물질문명과 기술문명의 물리력을 통해 근대의 위력을 과시하는 한편, '전근대적인 것'으로서 봉건적 이념과 제도들을 이용하였다. 전통적인 충효 윤리나 가족주의 같은 유교적 이념과 제도를 재구함으로써 식민지 대중들로부터 식민지 권력에 대한 충성심을 강화하고 사회적 위계와 불평등을 자연스러운 현상으로 받아들이게 하였던 것이다. 일제는 도덕적 타락이나 게으름, 안일, 방종 등에 대해 통제를 가하거나, 자본주의적 착취를 위해 근면과 검약, 규율과 절제와 같은 프로테스탄트적 미덕을 강조하며 '건전한 국민'을 육성해 나갔다. 이런 관계에서 개인의 내면적 분열과 방황, 갈등은 도덕적 방종으로 규정하고 배제하였다. 실제로 식민지 권력이 주도한 공공영역인 『매일신보』는 3·1운동 직전까지 '자유시'를 철저하게 배제하고, 한시와 시조, 창가와 잡가 등을 선호하였다.(정우택, 『한국 근대 자유시 형성과정과 그 성격』, 성균관대학교 박사학위논문, 1998, 74-84쪽과 101-111쪽 참조.)

박으로부터 해방되어 저항적 민족주의의 주체를 의미한다.

　　　쩰지엄의 勇士여! / 最後까지 싸홀쑨이다!
　　　너의 엽혜 / 부러진 槍이 그저 잇다.

　　　쩰지엄의 勇士여! / 쩰지엄은 너의 것이다!
　　　네것이면, / 꽉 잡어라!

　　　쩰지엄의 勇士여! / 너의 쩌듸[body-인용자]는 너의 것이다!
　　　너, 人生이면, / 權威를 드러내거라!

　　　쩰지엄의 勇士여! / 瘡口를 부둥키고 이러나거라!
　　　너의피 괴이는곳에, / 쩰지엄의 子孫 부러나리라.

　　　쩰지엄의 히로(hero-인용자)여! / 너의몸 쓰러지는 곳에,
　　　거누구가 月桂冠을 / 밧들고 섯슬이라.

　　　　　　　　　　　　　　　　　　　- 최승구, 「쩰지엄의 勇士」23) 부분

　이 시는 애국계몽기 시가에 나타난 '피를 뿌리는' '열혈적 의지주의'의
정신을 계승하고 있다. 또 이 시의 '(쩰지엄의) 용사'는 곧 '히로'(hero)이며,
이는 애국계몽기에 자주 등장하였던 '영웅'의 재생인 것이다. '용사' 이외
에도 '사나희'(최남선 「나라를 떠나는 슬픔」, 현상윤 「사나희로 생겨나서」 등), '파
이오니어'(KY생 「颶風의 後」), '뉴-코리안'(五峯生 「新年의 노래」), 사랑하는
연인, 태백, 단군 등이 이전 시대의 '영웅'을 대체한 형상들이다. 그런데 홍

---

23) 『학지광』 4호. 1915. 2, 49-50쪽.

미로운 것은 애국계몽시가의 비범한 주인공인 '영웅'에 비해 1910년대 시에 나타난 용사, 사나이, 파이오니어 등은 인간의 일상 속에서 보편성을 띠는 존재들이다. 또한 이들이 지향하는 대상은 '민족'이나 '국가'라는 이념이 아니라 '님'으로 변화하였다.

「步月」에 나타난 '용사'의 형상은 저항적 민족주의나 '열혈적 의지주의'가 아니라 '님을 향한 그리움'이라는 정서적 구조를 표현하고 있다.

> 빽빽한 運命의 줄에 / 에워싸인 나를 우는 나의님
> 따듯한 품속에 나를 감추려 / 그 깁흔 솔밧으로 오르리라.
>
> 崎嶇한 山路의 돌부리에 / 부듸친 나를 우는 나의님
> 단입술노 나를 싯츠려 / 그 맑은 시내로 내리라.
>
> 忠實에 疲勞한 나의님 / 軟弱한 몸에 땀흘니며
> 냇가에 펄석 주저안저 / 눈물에 울고울다가
> 바위를 그러안고 大地에 업데리다.
>
> …… (중략) ……
>
> 거치러진 너른 덜에 / 胡笳소래 애닯허
> 邊方戰馬 길이 울고 / 이슬에 저진 天幕에
> 故鄕꿈이 깁헛든 勇士는 / 굿은 벼개가 둥굴니라.
>
> — 최승구, 「步月」24) 부분

---

24) 김학동 편, 『최소월작품집』, 형설출판사, 1982, 19-20쪽.

이 시 말미에 1915년 일본의 가마쿠라에서 썼다고 부기되어 있다. 타국 땅에서 고향에 있는 님의 처지를 생각하고 님이 그리워지면서 비장한 감회에 빠진 시적 화자가 그를 통해 '자아'를 깨닫게 되고 스스로를 '용사'로 자각하게 되는 구조이다. 이에 따르면 '상실되고 부재한 님'에 대한 그리움이라는 정서구조는 1920년대 소월과 만해에 의해 발견되고 창조된 것이 아니라, 근대 계몽기를 거치면서 형성된 것임을 알 수 있다.

1910년대 시에 나타난 '님'은 다층적인 의미를 구현하고 있다. '님'은 민족이나 국가에 대한 명시적인 은유이자 근대적 이상인 자유의 상징으로, 취약한 자기 정체성이나 민족적 정체성을 보완하는 심리적 영역으로, 또는 불안과 공포로부터의 피난처 또는 감상성의 원천 등으로 표현되었다. 식민지적 근대라는 상황에 직면하여 주체가 스스로 자아를 실현하거나 발전시킬 수 있는 구체적이고 실천적인 기반을 갖추고 있지 못한 상태에서 '님'이라는 추상적 매개항은 자기 정체성을 확인할 수 있는 적절한 '정서의 구조'가 될 수 있었다.[25]

시 「보월」에서 '용사'인 '나'는 나를 위해 울어주는 '나의 님'을 통해 상처와 피로를 위로받는다. 마지막 연의 '고향 꿈'에서 암시되듯이 '나의 님'은 '용사'인 '나'와 떨어져 고향에 있다. 따라서 '나의 님'을 향한 그리움은 '고향'에 대한 그리움과 겹쳐진다. '고향' 역시 식민지 근대와 함께 발견된 새로운 개념이자 정서적 상관물이다.[26] 특히 유민, 이농민, 유학생들에 의해 발견된 근대의 산물인 '고향'은 상실과 부재, 결핍으로 인해 그 정서적 아우라가 폭발적으로 확장되고 심화되었다. 식민지 근대의 전개와 함께 '고향'의 상실은 '님'이라는 정서 구조를 형성하는 중요한 공간이 되었다.

---

25) 정우택, 「한국 근대시 형성과정에서 '님'의 위상」, 『문학교육학』 제6호, 한국문학교육학회, 2000. 참조

26) 심선옥, 「애국계몽기와 1910년대 '민요조 시가'의 양상과 근대적 의미」, 『민족문학사 연구』 제20호, 2002, 58쪽.

한편 최승구는 「정감적 생활의 요구」[27]에서 자유 의지와 개성의 자각을 위한 '情'의 육성을 주장하고, 이를 바탕으로 한 '예술적 생활의 실현'을 모색하고 있다. '정감적(또는 감정적) 생활'의 일차적 목표는 "先天不足, 遺傳, 習慣의 舊垢濁滓가 아즉도 잔존"해 있는 낙후된 사회에서 미적지근하게 살아가는 개인을 격정시켜 그들이 자발적인 의지로 떨쳐 일어나도록 하는 계몽적 기획의 실천에 있다. 최승구의 자아 각성의 기획은, 개인의 각성('첫 번째 갱생')이 실현된 다음에야 예술적 생활('두 번째 갱생')을 영위할 수 있다고 하여 순차적 갱생을 의도하였다.

신채호도 '정육'을 강조하는 「신교육과 애국」을 발표하였는데, 이 글에서 그는 "그토록 애국 애국 하는 소리가 드높았는데 어찌하여 애국자는 나오지 않았으며 결국 나라를 잃고 말았는가"라고 자문한 뒤, 정이 결여되어 있었기 때문이라고 결론을 내린다. 그리하여 '신교육'의 방향을 '정육'에 두어 '국가의 미'를 느껴서 '애국'에 자발적으로 참여하게 할 것을 주장하였다.

> 사람의 心理를 智·情·意 세 가지로 나누고……愛는 情이요, 愛國은 國家에 대한 愛情이니, 愛國 君子가 만일 愛國의 道를 全國에 弘布하려 할진대, 不可不 情育에 注意할지니라. ……情이란 激하여 치면 憤怒 不平의 感情이 되고, 觸하여 내면 悲哀 憂愁의 鬱情이 되나니, **情育이라 함은**, 그 感情과 鬱情을 돋우고자 함이 아니요 **그 愛情을 기르자 함이니**, 愛情이란 純潔하며 貞固하여, 薰習侵漬로 얻는 情이요, 鼓動觸發로 얻는 情이 아니니라……**美는 愛情을 담는 그릇이라.** ……國家에도 國家의 美가 있나니, 自國의 風俗이며, 言語며, 習慣이며, 歷史며, 宗教며, 政治며, 風土며, 氣候며, 外他 온갖 것에 그 特有한 美點을 뽑아, 이름한 바 **國粹가 곧 國家의** 美니, 이 美를 모르고 愛國한다 하면 빈 愛國이라.[28]

---

27) 최승구, 「정감적 생활의 요구」, 『학지광』 제3호, 1914. 12.
28) 신채호, 「신교육과 애국」, 『단재신채호전집』 하권, 형설출판사, 1987, 131-135쪽.

이 글의 궁극적인 지향은 '정'을 육성하여 개인으로 하여금 자발적으로 애국에 동참하게 하려는 계몽적 기획에 있었다. 즉 '국가의 미'인 '國粹'를 깊고 중히 알면 '뼈와 피에 밴 사랑'이 생긴다는 것이다. 여기에서 애국계몽운동의 '열혈적 의지주의'가 개인을 대상으로 한 '정'에 대한 담론으로 귀결되는 것을 볼 수 있다. 또한 '정'은 '미(예술)'에 대한 관심을 촉발시켰다. 이러한 논의는 1910년대 이후 민족(주의) 문학론이 나오는 바탕이 되었다.29)

이 글의 의의는 애국계몽운동의 전위 역할을 했던 필자가 애국계몽운동을 반성적으로 성찰하고 있다는 점이다. 즉 집단 주체의 이념적 관념성을 비판적으로 고찰하고 '개인'의 '정'에 주목하고 있는 것이다. 그럼에도 불구하고 정을 감정, 울정, 애정으로 등급화하여 감정과 울정은 배제하고 '애정'으로써 인간의 자유로운 감정의 발산을 통합·규율하려는 의도는 예술의 계몽성에 대한 주목이라고 할 수 있다.30)

이광수도 일찍이 '정'과 '개인' '문학'의 관계를 논하였다. 「금일 아한 청년과 정육」31)에서, 지금의 교육이 지육, 덕육, 체육에 주안을 두어 왔는데, 교육받은 바의 실천력이 정의 힘으로부터 흘러나온다는 주장이 바로 '정육론'이다. 그의 글에서 **정은 제의무의 원동력이 되며 각 활동의 근거 지니라**라고 규정한다. 이어서 「문학의 가치」32)에서는 "문학의 범위

---

29) 정육론에 근거한 신채호의 문학관은 1920년대 주요한의 시론 「노래를 지으려는 이에게」(『조선문단』 1924. 10~12)로 계승된다. 주요한은 신시가 "민족적 정서와 사상을 바로 표현하는 것", "조선의 피가 놀뛰어야 할 것", "국민적 사상을 담고 국민적 언어의 미를 가진 문학"일 것을 주장하였다.

30) 당시에 신채호의 미학관을 구현한 예로써 최남선이 주창한 '國風'을 들 수 있다. 國粹를 내용과 형식으로 하는 시가 양식으로서 '국풍'은 기실 근대적인 시조를 가리키는 것이었다. '국풍'의 예에서도 알 수 있듯이, 感情과 鬱情을 분리하여 배타하는 방식으로는, 근대적 삶의 모순과 분열에서 생겨나는 충돌과 그 속력을 시적 창조의 동력으로 삼는 자유시의 리듬을 감당하기에는 어려움이 있었다.

31) 『대한흥학보』 제10호, 1910. 2; 『이광수전집』 제1권, 삼중당, 1978, 525-526쪽.

32) 『大韓興學報』 제11호, 1910. 3; 『이광수전집』 제1권, 545-547쪽.

는……대개 정적 분자를 포함한 문장이라"고 단언한다. 그리고 동양에서 그간 "智와 意만 중히 여기고, 情은 賤忽히 하여 此를 排斥하여, 蔑視하여 온" 것을 비판하고 있다.

이광수에게서 '정'은 '개성' 개념의 기초가 되었다. 그는 근대적 개인의 특성을 '독립적 도덕'과 '자율적 행동'으로 규정하면서, 개인의 의무와 행위의 원동력이자 근거지로서 '정'을 주목하였다. 인간이 외부의 제재와 시선이 아니라 자기 내부의 명령에 의해서 판단하고 행위하는 자율적이고 독립적인 존재, 즉 개인이 될 수 있는 것은 인간의 내적인 본성 가운데 하나인 '정'이 작용하기 때문이라는 것이다.[33]

정에 대한 관심과 강조는 중세적 습속의 속박으로부터 자유로운 정신의 영역을 확보하려는 의도도 있지만, 한편으로는 현실적(정치적 사회적)으로 자아 실현의 출구를 찾지 못한 자아의 굴절된 절규라고 할 수 있다. 정은 열혈적 의지주의의 다른 표현인 측면이 강한데, 즉 민족이 괄호 처리되고 대신 자아가 거기에 겹쳐진 형태이다. 정의 주체가 되는 자아 역시 애국계몽기의 전체주의적 영웅을 크게 벗어나지 못한 점도 지적해야 할 것이다.[34]

서로 편차가 있고 취약성을 드러내지만, 최승구와 신채호와 이광수의 '정육론'이 지닌 의미는, 근대적 주체로서 개인을 자각시키고 고양시키고 개인이 자발적으로 실천에 나설 수 있도록 하는 원동력으로서 '정'의 역할에 주목했다는 데 있다. 그리고 이러한 '정'의 형식이 바로 한국 근대문학론을 형성하는 논리의 근간이 되었다.

---

33) 김현주, 「식민지 시대와 '문명'·'문화'의 이념」, 『민족문학사연구』 제20호, 2002, 107-108쪽.

34) 김윤식은 「곰」(『소년』, 1910. 6)을 분석하면서 이광수는 "일본에서 익힌 제국주의화된 진화론 사상을 자아론으로 이해했"고, 이와 관련하여 이광수의 자아론은 영웅숭배론과 결부되어 있다는 점을 지적하였다.(김윤식, 『이광수와 그의 시대』 1, 솔, 1999, 300쪽 참조)

4. 개인의 분열과 서구문학의 수용 — 안서 김억의 경우

김억은 「예술적 생활」[35]에서, 최승구가 '두 번째 갱생'으로 유보했던 '예술적 생활'을 더욱 적극적으로 주장하고 있다. 그는 이 글에서 "인생의 완성은 인생을 예술화하는 데 있는 것이며 인생을 완성하는 것 역시 예술"이라고 주장한다. 개인과 사회는 예술로 매개되고 '예술적'이 됨으로써 완성된다는 것이다. 여기서 개인의 생명이 사회적 생활보다 우선하는 것 은 주목을 요한다. 그리고 예술을 통해 '도취'와 '생명의 만족적 향락'을 갈 구하는 개인의 자유와 욕망이 긍정된다.

김억이 추구하였던 개인 감정의 자유로운 표현이라는 의식은 서구문학, 특히 베를렌느와 보들레르에 기대고 있다. 그는 이들이 체험한 동경과 비 애를 추체험함으로써, 근대시와 관련하여 당대에 가장 선진적인 미학관을 펼쳐보이고 있다.

> 美를 求하다가 찾지 못하고의 醜, 眞을 찾다가 찾지 못하고의 僞, 善을 求하다 가 얻지 못하고의 惡,— 이들을 맛보게 되며, 또는 거기에 憧憬하게 된다. 世上에 所謂「美의 憧憬者, 歡樂의 追求者, 善의 反逆者」하며 말하는 것이, 果然 外面的으 로의 淺薄한 觀察됨은 아마 肯定하려니와, 그러나 한 걸음 더 나아가 善을 얻으려 다가 얻지 못하고서, 悲哀를 느끼며—너무 熱烈하게 얻으려고 하기 때문에, 强烈 한 憧憬者이기 때문에—참으려고 해도 참아지지 아니 함과 덮으려고 해도 덮어지 지 아니 함에 어찌 할 수 없는 不安을 느끼며,…… 이는 즉 善의 熱烈한 憧憬者이 기 때문에, 따라 充實한 惡의 奴僕이 되게 됨이며, 理想的이기 때문에 現實的 아 니 될 수 없는 善과 惡의 混合인 絶對者임으로 써라.
>
> 그러기에 瞬間瞬間의 生活은 悔恨이며, 悲愁며, 恐怖며, 暗悶이며, 追求的·追

---

35) 『학지광』 제6호, 1915. 7, 60-62쪽.

懷的 쓴 心情을 맛보는 不安이리라. 포올 베를렌느의 心情이며 샤를르 보들레르
의 心情이 이것……36)

　김억의 인식론은 세계를 이분법적으로 체험하지 않는다는 점에서 획기
적이다. 이 글에 따르면 진·선·미와 대립하는 가치들이 일방적으로 배
제되거나 통합되는 것이 아니라, 서로 뒤섞여서 존재하고 있다. 즉 진·
선·미는 궁극에서 '僞' '惡' '醜'와 혼합된 상태로 인식된다. '미의 동경자'
는 '환락의 추구자', '선의 반역자' 나아가 '충실한 악의 노복'으로까지 확장
된다. 이 점이 앞의 신채호나 이광수의 정육론으로써 문학론과 차별되는
지점이다. 미는 추구하면 할수록 원래 요구한 바 미의 목표인 '선과 진신
의 경지'에 도달하는 것이 아니라 거꾸로 환락과 반역, 악의 세계에서 헤
매게 되고, 이런 생활로 인해 회한과 비수, 공포, 불안의 순간을 체험하게
된다는 것이다. 그 예로 "베를렌느의 뉘우침, 어린아이 같은 참회의 아픈
참 눈물이며, 보들레르의 인공적 향락"을 들고, 이는 '선과 진신'을 찾다가
종국에도 찾지 못한 '쓴 심정'의 표현이라고 설명한다. 김억의 이러한 인
식태도는 자아의 내적 분열 — 동경과 불안(비애), 이상과 현실, 선과 악,
영원과 찰나, 영혼과 육체의 분열을 긍정하는 바탕이 되었다.
　또한 김억은 근대 문명의 어두운 그림자로서 '세계고'에 주목하고 있다.
'세계고'는 애국계몽기를 지배했던 '민족이나 국가의 고난'이라는 틀을 벗
어나고 있으며, '세계고'의 주체로서 개인이 전면화하고 있다는 점에서 의
미가 있다.

　共同히 가진 바 世界苦(world sorrow)에 어찌 하리오. 가만히 앉아서 못 견딜 外
面的 平和이면서, 內面的 不安에 또는 現實生活에 실어서 어찌 할 수 없는 바 —

---

36) 김억, 「요구와 회한」, 『학지광』 제10호, 1916. 9, 43-44쪽.

살면서 살지 못할 世界苦에 어찌 하지 못하여, 다시 말을 바꾸어 말하면 "적어도 사는 것처럼" 살자 하는 要求에서 나온 것이나, 그 끝은 求하여 求하여 얻어지지 아니하는 苦痛에 할 수 없이 그들은 放浪, 奔蕩의 온갖 罪業을 하나니 ― 그러나 그 깰 때(뉘우침)의 산 靈에 말미야서, 眞神을 보며, 참 心情을 보게 됨에 그들은 The artificial paradise(人工的 天國)을 지으며, 歡樂의 뒤를 따르게 됨이다.37)

이 글에 따르면, 근대사회에서 개인은 근대 문명과 사상에 내재한 '세계고'를 피할 수 없음으로 인해 "방랑, 분탕의 온갖 죄업을" 짓게 되고, 이 '죄업'을 뉘우치고 '깰 때' 비로소 '산 영' '참 심정' '진신'을 볼 수 있다고 한다. 이것이 예술이자 예술의 의의라는 것이다.

그런데 여기서 문제가 되는 것은 '방랑과 분탕'의 진정성이다. '진신'과 '세계고'의 내용도 문제가 된다. 자기(또는 베를렌느와 보들레르)에게 현실 생활이 왜 권태인지, 김억은 그 현실적 의의에 대해서는 주목하지 않기 때문에 '방랑과 분탕'이 긴절함을 얻지 못한다. 이들이 요구하는 실체가 구체적이지 않다면, 이들의 '인공적 분탕' '위악'은 또 하나의 타성이 될 수 있다. 역설적으로 '뉘우침'과 자아의 각성, '미'를 추구하기 위하여 '죄업을 범'하고 위악적 행위('환락,' '분탕')를 감행하는 전도된 현상이 일어나기도 하였다.

실제로 한국 자유시 형성과정에서 나타나는 과장된 자아와 부르짖음, 감정의 과잉은 이런 현상을 반영하고 있다.

「살지아니하면아니된다!」 바램의標대로가지아니할슈업나니 대개이는
죽음은暗黑, 悲哀, 苦痛, 絶望, 戀愛, 煩悶, 孤獨, 寂寞을超越하야
意識의空虛, 온갓의忘却, 無反應의靜止, 無底坑의漠漠世界로써니,

---

37) 김억, 앞의 글, 45쪽.

오오 生의欲望! 「살지아니하면아니된다!」—

    …… (중략) ……

生의權威, 生의價值, —이들은몰으노라,

다만—그져—다만바득이나니 「살고십어」하는欲望이 내의것이매

幸과는웃스며不幸과는싸호며설어하며가랴노니 살아선무엇하랴? 이를뭇지 말

아라!

다만生의眞實在를알기만하면그만이도다.

幸福은무엇이냐?—

瞬間瞬間의眞實의「라이쯔」를알음이

가쟝큰幸福이도다. 그것밧게야.—

"Struggle for life!" 울며불며

「살지아니하면아니된다!」늣길쑌.

내가슴바다의생각은다만나무의누른쩌려지랴는닙과갓치希望, 失望에달니엿슬쑌.

寂寞을쌔치는寺院의울림찬죵소리,

무덤의고요한哀曲을타는듯주는듯하나,

그러나 「살지아니하면아니된다!」 몰으는듯빗겨늣기우나니

오오, 살음!

—살지아니하면아니된다!—

또다시빗겨늣기다.

呼吸을먹고오는生命!

— 김억, 「내의 가슴」[38] 부분

이 시의 경우, 시적 자아가 거대 담론이나 타자에 의존하지 않고 '개인'
으로서 갈등하고 분열하는 모습을 보여주었다는 점에서 근대적 의미가 있

---

38) 『학지광』 제4호, 1915. 2, 47-48쪽.

다. 그럼에도 불구하고 시의 절대적인 분량을 차지하는, 죽음과 삶의 경계를 횡단하는 정신과 언어의 遊泳은 시인이 관념 속에서 조작해낸 세계이다. 산만한 언어와 형식, 절규, 부르짖음, 반복되는 의문형과 감탄형 등은 시의 주제와 형식을 감당하지 못한 결과이자 개인과 세계의 관계를 창조적으로 개괄하지 못한 데서 비롯된 현상이다.

한편 이 시는 "살지아니하면아니된다!"라는 생명의 부르짖음이 장악하고 있다. 생존경쟁의 진화론적 세계관에 압도된 식민지 지식인들은 생에 대한 열망과 의지를 내면화하였다.[39] "생의 맹독적 의지……이것이 인간의 전부인 것이다. 그러므로 우리들의 당면과제는 무엇보다도 먼저 생존해 가는 것이어야 한다"[40]라든지 "생명의 횃불을 들고 자기의 의지를 실현하며 창작"[41]하라든지 "만유물체의 실재를 인식하는 것도, 자기를 중심으로 하는 의지에서 나오는 것"[42]이라는 담론에는 '생에의 의지'가 관철되어 있다.

1910년대 식민지 지식인들의 '생에의 의지적 충동'은 애국계몽기의 '열혈적 의지주의'와 내밀하게 연관되는 것이며 한국 근대성의 정신주의를 드러내는 것이다. 다만 애국계몽기의 '열혈적 의지주의'가 '민족'이라는 대상을 향해 표출되었다면 1910년대 '생에의 의지적 충동'은 자아를 자각하고 확충하는 가운데 표출된 것이었다. 현실 사회와의 창조적 관계 설정이 막혀버린 상태에서 식민지 지식인들의 '생에 대한 의지'는 더욱 충동적으로 들끓었다. 이러한 충동적 의지를 개괄하여 형식을 부여하는 작업이 자유시를 창작하는 과정으로 이어지기도 하였다. 이 과정에서 황석우는 아나키즘에 경도되고,[43] 김억은 데카당스에 유인되기도 하였다.

---

39) 이선이, 「초기 자유시 담당층의 정체성 모색과 그 의미」, 『국제어문』 제26집, 2002, 100
    -108쪽 참조.
40) 주요한, 「예술의 사명」, 『백금학보』 제43호, 1917, 25쪽.
41) 장덕수, 「新春을 迎ᄒ야」, 『학지광』 제4호, 1915. 2, 4쪽.
42) 최승구, 「너를 혁명하라」, 『학지광』 제5호, 1915. 5, 15쪽.

김억의 서구문학 수용은 베를렌느와 보들레르에서 시작하여 데카당스 문학과 상징주의 시로 이어졌다. 김억이 파악한 데카당스 문학의 근대적 성격은 세계를 이해하는 양가적인 시각에 있었다.

> 그들의 心海에는 선과 악, 미와 추, 하나님과 악마, 설음과 즐거움, 현실과 이상, 무한과 유한, 부정과 긍정—이것들이 가득하였다. 음악, 색채, 방향, 彫象—이들은 그들의 靈을 무한대로 이끌어가는 상징이 아니고 그들 자신의 靈이며, 따라서 무한이었다. 선의 대조로의 악, 악의 대조로의 선도 아닌 절대자를 그들은 끊지 않고 구하였다. 시체를 생각지 아니하고는 어린아이를 볼 수가 없었다. 사랑의 단 즐거움, 여인의 아름다운 눈을 그들은 고민없이는 볼 수가 없었다. 그들의 시는 채찍으로 맞는 어린아이의 설은 울음소리, 길을 잃고 아득이는 불안의 부르짖음, 저녁 어두움 안에 혼자 노혼(放) 적은 새의 애닲은 소리와 같은 느낌이 가득하다.[44]

데카당스 문학은 세계의 모든 현상이 그 자체로는 가상일 뿐이며, 이면에 존재하는 고통을 함께 이해할 때 비로소 본질에 도달할 수 있다고 보았다. 여기서 데카당스 문학에 대한 김억의 이해가 프랑스 문학의 실상과 부합하는가를 따지는 것은 중요하지 않다. 중요한 것은 시에 대한 근대적 자각이 일어나고 있던 1910년대에 데카당스 문학의 설명을 통해 시적 근대성에 대한 그의 인식이 어떻게 드러나는가를 파악하는 일이다. 김억에 의하면, 근대적 시인은 세계를 표면적인 현상과 그 대립자로서의 이면을 하나로 통찰할 수 있는 능력을 가진 자여야 한다. 그리고 이러한 세계 이

---

43) 이호룡,『한국의 아나키즘』, 지식산업사, 2001, 89쪽 참조. 황석우는 시 「新我의 序曲」(『태서문예신보』, 1919. 1. 13)에서 "僞의 骨董에 魔한 날근 나는 가고" '신아' '참의 나'를 탐색한다.
44) 김억, 「프랑스 시단 (一)」,『태서문예신보』 10호, 1918. 12. 7.

해는 근대시의 특징으로서 허무주의와 비애로 표현된다고 보았다.[45] 김억의 이러한 인식은 한국 근대시의 형성과정에서 허무주의와 비애의 정서가 시적 정조의 주류로 자리잡는 계기를 마련하였다. 실제로 김억이 베를렌느의 시를 번역하는 데 보여준 애착[46]에서 나타나듯이, 당시 대부분의 번역시들이 감상적이고 여성적인 취향에서 벗어나지 못하고 있는 사실이 이를 증명해 준다.

김억은 데카당스 문학에 이어서 상징주의 시의 특징으로 암시와 음악성을 들고 있다.

> 상징파 시가의 특색은 의미에 있지 아니하고 언어에 있다. 다시 말하면 음악과 같이 신경에 닷치는 音響의 刺戟 − 그것이 시가이다. …… 詩歌와 音樂과의 融合이 상징시파의 특색인 것[47]

위의 글은, 시에서 의미가 아닌 언어, 특히 음악("신경에 닷치는 음향의 자극", "찰나찰나에 자극 감동되는 諧調의 음률")의 중요성을 분명하게 인식하고 있다. 이러한 인식을 바탕으로 자유시의 근대적 특징을 "재래의 시형과 정규를 무시하고" "모든 제약, 유형적 율격을 버리고" "언어의 음악으로

---

45) 근대시의 특징으로서 허무주의와 비애에 대한 이같은 강조는 김억이 『태서문예신보』에 6회에 걸쳐서 연재하였던 러시아 상징파 작가 「쏘로굽의 인생관」(『태서문예신보』 9호−14호)에서도 잘 드러나 있다. 그는 '쏘로굽'의 문학 세계를 '그윽한 비애' '고독의 시인으로서 현세의 암흑, 범속과 부조화에서 죽음과 같은 狂病의 시적 세계' '알지 못할 생의 무섭음' '온화로운 우수' 등으로 설명하고 있다.

46) 김억은 『태서문예신보』를 시작으로 『폐허』와 『개벽』, 『조선문단』, 『가톨닉청년』 등에서 베를렌느의 시를 여러 편 번역하고 있으며 이들 번역시는 이후 번역시집 『오뇌의 무도』에 수록되어 있다. 김억의 베를렌느 시 번역은 감상적이고 여성적인 데 치우쳐 있었으며, 대부분의 시들이 두 번 이상 다듬어져 발표되고 있다. 특히 베를렌느의 시 「가을의 노래」는 8년에 걸쳐 6번이나 다시 번역되고 있다.(문충성, 「프랑스 상징주의 시와 한국의 현대시」, 외국어대 불어과 박사학위논문, 1992. 참조)

47) 김억, 「프란스 시단二」, 『태서문예신보』 11호, 1918. 12. 14.

직접 시인의 내부 생명을 표현하려 하는 산문시"로 규정한다.

이처럼 김억은 프랑스 상징주의에 대한 소개를 통해 시에 대한 장르적 인식을 확고히 하게 된 것으로 보인다. 또한 상징주의 시에 대한 소개와 번역이 한국 근대시의 형성과정에 미친 긍정적인 영향으로 '자아와 서정과 자유의 발견'을 들 수 있다.

5. 맺음말

근대시는 근대에 의해 상처받은 손으로 그 상처를 치유하는 방식, 그러한 정신과 의식에 의해 성취되는 것이다. 다시 말하면, 근대시는 근대적 삶의 모순과 분열에 시의 형식과 리듬을 부여하고, 그것으로 근대 극복의 힘을 재창조하는 과정에서 확립되는 성질의 것이다. 한국의 근대시는 시적 주체가 다양한 힘―서구적 의미의 근대성, 식민성, 봉건성, 탈근대성― 들이 서로 결합·타협·착종·갈등·대립하는 현실에 휘둘리면서도 이를 피하거나, 그 현실을 관념적으로 제약하지 않고 삶의 모순과 분열에서 생겨나는 충돌과 속력을 시적 창조의 에너지로 전화하는 데서 확립되었다.

그러나 1910년대까지는 이러한 근대시의 기획을 감당할 수 있을 만큼 주체나 개인, 신문학이 성숙하지 못했다. 애국계몽기의 '개인'은 '민족'이라는 거대 타자에 자신을 동일시함으로써 현실에서 오는 내면의 갈등과 분열을 규율화하거나 관념화하였다. 이러한 태도는 형식적·정서적 규율화로 이어지는데, 주로 정형시나 노래 지향의 시가를 창조하는 것으로 나타났다.

한편 물질적으로 열세한 민족 상황을 정신과 의지로 타개하려는 고투는 '피를 뿌리는' '열혈적 의지주의'로 이념화되고, 그 주체는 민족 영웅을 상정하였다.

국권상실로 구획되는 1910년대는 정치체제 면에서 이전 시기와 단절되었지만, 계몽의 기획이란 점에서는 연속적이다. 1910년대에 등장한 신지식층은 자아 각성을 통한 사회의 계몽을 자기 실현의 목표로 삼았다. 그리고 이전 시기의 '열혈적 의지주의'는 개인의 '정' 또는 '생에 대한 맹독적 의지'로 전화되어 관철되었다. '정'에 대한 주목은 개인과 자아에 대한 관심을 촉발시켰고, 나아가 예술론과 문학론을 개진하는 기반이 되었다. '정', '생에 대한 맹독적 의지'에 대한 관심과 집착은 봉건적 습속으로부터 자유로운 개인 정신의 영역을 확보하는 의미도 지니지만, 한편으로는 현실적 자아 실현의 출구를 찾지 못한 자아의 절규라고도 할 수 있다.

그리고 이전 시기의 민족 주체였던 '영웅'은 '용사', '사나이', '파이오니어' 등 일상의 보편성을 띠는 형태로 변화하였다. 이는 '내 사랑', '조선혼' 등과 결합하였고, 나아가 한국 근대시 형성의 정서구조를 이루는 '님'의 발견으로 이어졌다.

한편 1910년대에 "인생의 완성은 인생을 예술화"하는 데 있다는 '예술적 생활'론이 부상하는 데, 그 의의는 예술을 통해 개인의 자유와 욕망이 긍정된다는 점이다. '예술적 생활'론은 국내의 취약한 개인(성)으로 인해 서구문학의 수용을 통해 보충되었다. 서구문학, 특히 프랑스 상징주의의 수용은 근대시에 대한 장르적 인식을 형성하는 계기를 제공하였다.

이상에서 개관한 애국계몽기와 1910년대의 성과를 바탕으로, 개인의 내적 분열과 격정을 적극화하고 이를 안정된 리듬과 형식으로 개괄하는 한국 근대자유시의 온전한 성취는 1920년대 중반 이후에 실현되었다.

한국 근대의 정서구조로서 '님'의 발견

1. 문제 제기

'님과의 이별'로 인한 고통과 상실감, '부재한 님'에 대한 그리움은 한국 근대시를 형성하는 중요한 정서적 기반이다. '님'에 대한 그리움은 동서고금을 막론하고 문학의 보편적인 주제이다. 그런데 한국 근대시 형성과정에서 '님'은 소재적 차원을 넘어 당대의 사회적 경험과 관계가 지닌 특유한 성질로서, 한 시대를 구별하는 기준으로서 '정서의 구조'라는 독특한 위상을 갖는다. 이 글에서는 한국 근대시에서 '님'이 시대의 정서 구조로 형성되는 배경과 전개 과정을 근대성의 형성, 특히 근대적 주체의 확립과 연관해서 살펴볼 것이다.

2. 애국계몽시가의 '님'에 대한 인식

애국계몽운동의 근대적 기획은 '배제와 통합'의 원리에 입각한 이분법적 사유체계에 의해 지지되고 실천되었다. 애국계몽의 기획은 '민족적'인 것과 '비민족적'인 항목들을 이분화하여 '비민족적인' 항목들을 '배제'함과 동시에 '민족적인' 질서 속으로 '통합'함으로써 민족주의의 체계를 확립하는 데 있었다. 신채호가 역사를 "아와 비아의 투쟁의 기록"으로 규정한 것이 그 대표적인 예이다. 애국계몽운동가들에게 민족주의는 주체의 동일성을 창출하는 근거이자 목적이었으며, 사회 윤리나 인식을 지배하는 절대적 이념이었다. 이렇게 성립된 민족주의는 일종의 선험적인 절대 정신으로 격상되면서, 계몽의 객체인 대중들에게 자기 동일성을 부여하는 기제이자 추상화된 '의식의 통합 장치'로써 그 영역을 확대해 나갔다.

이러한 애국계몽의 기획은 시가의 창작과 보급에도 관철되었다. 그 자신 계몽의 주체였던 애국계몽기 시가의 창작자들은 전망의 정당성을 확보하고 민족의식을 개발하며, 이를 바탕으로 민족의 정체성을 확립하는 방향에서 시가의 내용과 형식을 배제하고 '개혁'하고 통합하였다.

> 現今 我韓國內 所習歌謠는 無非病風傷性之亂雜 則 不可不 改革이 亦 一急務라. 所謂 妓女唱夫及 衢路兒童이 開口 則 所謂歌曲이 都是 수심가, 난봉가, 알으랑, 홍타령 等類쑨이니 此何 窮凶巨惡 淫談悖說之成習也오.
>
> …… (중략) ……
>
> 盖英雄闊達之詞와 壯士慷慨之歌는 古今이 何異리오만은 至今 此等 亡身亡家亡國之荒音은 宜有警吏之痛禁而置諸度外ᄒ니 亦何故也오 以外相觀之면 此未免蒼古之論이나 然이나 其實은 際此開明前進之時代ᄒ야 妨害志氣가 莫此爲甚也라[1]

이 글은 대중들이 입만 열면 '수심가, 난봉가, 아리랑, 홍타령 등'을 부르는 세태를 우려하면서 비판하고 있다. 이들 노래들은 '病風傷性之亂雜

---

1) 琴爻, 「가곡개량의 의견」, 『대한매일신보』, 1908. 4. 10.

하고 '淫談悖說'이어서 '開明前進之時代'의 '志氣'를 방해하는 바 막심하기 때문에 마땅히 개혁해야 한다고 주장하고 있다. 그런데 이 글에서 지적된 노래들은 모두 '님과의 사랑과 이별'을 제재로 하면서 유흥을 고조하는 노래들이다.

애국계몽의 기획에 의거하여 노래를 개량하는 과정에서 '님'을 배제하는 사태가 벌어지고 있는 것이다. 국권의 존망이 위태로운 시대에 부르는 '님' 타령은 나라를 망치는 거칠고 너저분한 소리('亡國之荒音')로 인식되었으며, 기녀 창부나 길거리의 아동들 입에나 오르내리는 '난잡'한 것으로 취급되고 배제되었다.

修身歌(愁心歌의 音變)

(舊調)

"난사로구나 난사로구나 난사중에도 兼난사로구나

저산밋혜 임두고 갈길이 난난사로구나"

此를 嗜吟하시는 諸君─山밋혜 임두고가기로서 難事될것무엇이오

難事ᄒ나드러보소

(新調)

"난사로구나 난사로구나 난사중에도 兼難事로구나

남의게로 국권양여키는 난난사로구나"

此外에 難事가 쏘잇소?

─ 崔洋子, 「歌調─륙자빅이」[2]

'님과의 이별'로 인해 상심하는 구조 「愁心歌」는 '病風傷性之亂雜'하다고 판정되어 배제되고, 제목까지 「修身歌」로 개혁하였다.

---

2) 『태극학보』 제24호, 1908. 8, 55쪽.

　과거의 시가에 등장하는 '님'은 임금을 상징하거나 구체적인 이성, 부모 형제나 벗을 지칭하였다. 특히 조선시대 사대부들의 시조에서 '님'은 임금을 지칭하는 경우가 많았으며, 기녀들이 지은 시가는 '구체적인 남성으로서의 님에 대한 그리움'을 노래한 것이 많았다.

　　　죽어서 잊어야 하랴 살아서 그려야 하랴

　　　죽어 잊기도 어렵고 살아 그리기도 어려웨라

　　　저 님아 한 말만 하소라 死生決斷 하리라(梅花)

　　　죽어서 니져야 ᄒᆞ랴 사러셔 ᄒᆞ여야 ᄒᆞ랴

　　　죽은들 어이 니치며 살고셔야 아니홀가

　　　아마도 ᄉᆞᆼ싱간에 아니치 못 ᄒᆞᆯ 거슨 나랏 일을

– 「ᄉᆞᆼ싱간에」[3] 전문

　매화라는 기생이 지은 시조는 이성 연인인 '님'에 대한 사무치는 그리움을 노래한 것이다. '님'에 대한 사랑과 그리움이 너무 사무쳐서 '사생결단'도 불사하겠다는 결연한 각오를 비치고 있다. 그런데 애국계몽시기에 오면 이 시조는 남녀상열지사로 여겨져서 배제된다. 국권 상실의 위기감이 팽배한 시대에 사사로운 남녀간의 애정문제로 사생결단하는 정조는 인정받을 수 없었던 것이다. '님'은 배제되고, 대신 그 자리를 '자주독립' '자유' '국권회복' '태극기' '한반도' '한국' '위국충심' '애국혈성' '충신열사' 등이 차지하였다.

　그러면 남녀간의 애정을 매개하는 '님'이 아니고, 忠君으로서의 '님'은 애국계몽기 시가에서 어떻게 받아들여졌는가. 결론부터 말하면, 그 '님'도

---

3) 『대한매일신보』, 1910. 3. 11.

역시 배제되었다.

> 이 몸이 죽고 죽어 일백 번 고쳐 죽어
>
> 백골이 진토되어 넋이라도 있고 없고
>
> 임 向한 一片丹心이야 가실 줄이 있으랴(정몽주)

> 이 몸이 죽어 죽어 百千萬番 다시 죽어
>
> 白骨이 塵土되고 그 塵上이 쏘 變히도
>
> 못 變히리 壹片丹心 미친 마음 爲國雪恥"
>
> ― 「雪恥心」4) 전문

　정몽주의 시조에 나타난 임금에 대한 일편단심과 충성은 애국계몽기 시가에서 '국가'에 대한 일편단심, '위국설치'로 바뀐다. 이렇게 충성의 대상이 임금에서 '국가'로 바뀌는 것은 역사적으로 중요한 의미를 지닌다. 이는 근대적 주체를 형성하는 문제와 관련되기 때문이다.

　신채호는 정몽주의 「단심가」에 대해서 말하기를 "고대에는 人君으로 국가의 중심점을 숨은 고로 崔都統 鄭圃隱의 단심가가 기 종장에는 皆 '님 향훈 일편단심'이란 어로 결호엿스니 님은 人君을 謂홈이니라"5)고 하였다. 신채호가 '고대에는'이라고 한정적 언술을 사용한 것은 지금은 그렇지 않다는 자각을 분명히 하기 위한 것이다. 실제로 일부 애국계몽운동가들은 '국가의 중심점으로서 군왕'과 그를 향한 일편단심의 충정이 이미 역사적 의미를 상실한 것으로 인식하고 있었다. 이것은 중세적인 군주제에서 파생된 신분관계, 즉 군신의 질서에 충실함으로써 자아를 인식하고 자아의 확장을 도모하는 시대에서 벗어나, 자신의 의지와 정신으로 자유롭게

---

4) 『대한매일신보』 1909. 5. 2.
5) 신채호, 「천희당시화」, 『대한매일신보』 1909. 11. 12.

자아를 인식하려는 주체(내지 주체의식)가 형성되기 시작했음을 뜻한다. 즉 신민이 아니라 국민으로서 자아를 성찰하는 근대적인 주체가 형성되기 시작한 것이다. 견고한 신분질서의 영향력에서 벗어나 자율적인 존재로서 자아 정체성을 형성하기 위한 시도에는 반드시 자유의 문제가 따른다. 이러한 근대적인 주체와 자유가 바로 근대 자유시를 형성하는 주제이자 형식이 되었다.

3. 국권 상실과 '님'의 발견

1) 국권 상실과 분열 의식

애국계몽운동은 '우승열패'의 관념이 지배하던 시대에 현실의 물질적인 열세를 자신의 정신과 영혼의 치열함으로 극복하고, 독립 국가를 건설하며 근대적 주체를 형성하고자 하는 '열혈적' 기획이었다.

> 恩澤이 깁고나 나의 韓半島야 / 先祖들과 모든 民族들이
> 너를 依託ㅎ야生長ㅎ얏고나 / 韓半島야
>
> …… (중략) ……
>
> 아름답고 귀흔 느의 韓半島야 / 너는 나의 스랑ㅎ는 바니
> 나의 피를 뿌려 너를 빗내고져 / 韓半島야
>
> — 안창호, 「韓半島」6) 부분(행 구분 — 인용자)

---

6) 『대한매일신보』, 1909. 8. 18.

이 창가는 조국 한반도의 유구한 역사와 아름다운 강산에 대한 자긍심을 노래하면서, 한반도를 지키고 더욱 빛내는 데 '나의 피'를 뿌리겠다는 비장한 각오를 표현하고 있다. '나'와 '민족'은 한반도를 떠나서는 생장할 수가 없기 때문에 내 삶의 모든 의의는 한반도를 사랑하는 일로 통합된다.

이러한 염원과 각오에도 불구하고 1910년 강제 합방으로 국권이 상실되었다. 이것은 나를 포함한 민족 구성원들이 의탁해서 생장해야 할 근거가 상실되었음을 뜻한다. 국권상실 후 대대적인 떠남과 이별, 분열이 이어졌다.

간다간다나는간다	너를두고나는간다
뎌時運을디덕타가	열혈들을뿌리고셔
네품속에누어자는	내兄弟를다씌워셔
호번氣썻히밧스면	속이시원ㅎ겟다만
장러일을싱각ㅎ야	분을춤쇼쪄나가니
니가가면영갈손냐	나의스랑韓半島야

― 新島(안창호), 「去國行」⁷⁾ 부분

이 시가에서 '나'는 '나의스랑 한반도'를 남겨두고 떠나야 하는 처지가 되었다.8) "열혈을 뿌리고" 망국의 분을 참으면서 떠날 수밖에 없다. 그러나 위의 시가에서 보듯이 떠남은 떠남을 위한 떠남, 영원한 이별이 아니라, 너를 되찾기 위한 떠남, 즉 돌아오기 위해 떠나는 것이다. 그렇기 때문에 "눈물 흘린 이 이별이 기쁜 일이 되리로다 / 악풍폭우 심한 이때 부대

<hr>

7) 『대한매일신보』, 1910. 5. 12.
8) 일제 강점 직후 신민회 간부들은 국내를 탈출하기로 결정하고, 중국 청도에서 만나 새로운 독립운동의 방책을 논의하기로 하였다. 이에 안창호, 신채호, 김지간, 정영도 4인이 1910년 4월 7일에 경기도 행주에서 목선을 타고 망명길에 올랐다.

부대 잘 있거라 / 훗날 다시 만나보자 나의 사랑 한반도야"라고 끝맺을 수 있었다. 여기에서 기개 넘치는 비극적 낙관을 읽을 수 있다. 이 도도한 비극적 낙관론은 현실의 물질적인 열세를 자신의 불굴의 의지로 극복해야 하는 한국 근대성의 멘탈리티이며, 또 다른 편에서는 사회진화론에 입각한 실력양성론의 신념이기도 하였다.

국권상실로 인해 애국계몽 주체는 자주독립국가 건설의 이상을 공공 영역에서 실현할 수 있는 기반을 상실하게 되었다. 그 결과 저항과 이상의 차원은 '국가'에서 '민족'으로 대체되었다. '민족'은 국권 상실의 현실 속에서 근대적 주체의 새로운 구심점을 형성하였다.9)

> 나는 네 사랑
>
> 너는 내 사랑
>
> 두 사랑 사이 칼로써 베면
>
> 고우나 고운 핏덩이가
>
> 줄줄줄 흘러내려 오리니
>
> 한 주먹 덥석 그 피를 쥐어
>
> 한 나라 땅에 고루 뿌리니
>
> 떨어지는 곳마다 꽃이 되어서
>
> 봄맞이 하리

— 신채호, 「한나라 생각」10) 전문

9) "1895년 을미사변을 겪고 난 후 일본에 대적되는 하나의 주권체로서 '한국'이라는 단위가 성립하게 되었다는 점은 중화사상의 華夷구조에서 벗어나는 한편 국가로서의 집단적 아이덴티티를 지니고 왕실 중심에서 벗어나게 되었음을 나타내고 있다. 이와 함께 '민족'의 개념도 정착되어 갔는데 일제의 침략이 강화되어 '대한'이라는 국가 자체의 존립이 위태로워지자 '대한'이라는 국가체제가 없어지더라도 구심점 역할을 할 수 있는 '민족' 개념이 더 널리 유포되었다. 이후 식민지 시대를 경과하면서 '민족'과 '국가'가 통합되는 '민족국가'의 성립이 지상과제로 대두되게 된다."(장성만, 「개항기의 한국사회와 근대성의 형성」, 『세계의 문학』, 1993. 가을호, 283쪽)

이 시에는 비극적인 민족의 현실을 자아의 실존적 고뇌와 자기 희생적 결단으로 뚫고 나아가는 장엄함이 들어 있다. 시의 핵심 모티브는 나뉨, 결별이다. 이 시에 나타난 나뉨("두 사랑 사이 칼로써 베면")은 국토에서 추방되었다는 공간적 결별의 의미와 함께, 중세적 공동체 혹은 실력양성론이라는 이념적 틀에서 결별했다는 의미도 지닌다. 후자는 곧 자아의 존재론적 자유에 대한 확인을 동반한다. 주체적인 근대인, 자유인의 출현은 자연적인 교육과 실력양성을 통해 단계적으로 아름답게 성취된 것이 아니라, 피와 땀이 얼룩진 유혈의 역사를 통해 성취되었다.

이 시는 분열과 결별을 애통해 하고 상심하는 것이 아니라, 그것을 더 큰 차원의 세계 창조로 발전시키고 있다. 국권 상실 이후 민족에 대한 간절한 정서를 키우고 확장시켜온 데는 애국계몽운동의 '열혈적' 치열함이 바탕이 되었다. 근대적인 각성을 향한 자아의 치열한 고뇌와 지사적 견결함은 한국 근대시의 형성과 발전에 중요한 미적 바탕으로 작용하였다. 그리고 이는 한국 근대시가 불의와 타협하지 않고 양심을 지키며, 나아가 자신을 헌신하는 미학적 전통을 세우는 바탕이 되었던 것이다.

한편 이 시의 형식적 특징도 주목된다. 신채호는 이 시에서 새로운 형태의 자유율을 창조하고 있다. 애국계몽기 시가의 웅혼한 기상을 창조적으로 계승하면서도 형식적인 관습화를 극복하였다. 급박한 호흡이 집중되었다가 터져 나오는 시대적 리듬을 체현하는 과정에서 자연스럽게 자유율이 형성된 것이다. 이 시에 나타난 자유율은 외래적 모방이나 이식의 결과가 아니라, 투철한 역사성과 실존적 고뇌 그리고 자유정신이 결합하여 자연스럽게 창조해 낸 리듬이자 형식이라는 점에서 의의가 있다.

1910년의 국권상실은 "가장 소중한 것을 잃어버렸다는 형언할 수 없는 공허감"을 깨닫게 하고, 상실한 것에 대한 애절한 願望을 집단적인 정서

---

10) 『단재신채호전집』 하권, 형설출판사, 1987, 402쪽.

로 체험하게 한 역사적 사건이었다. 한 개인의 독립적인 의지와 자유, 권리 일체를 배제당하는 식민지민의 처지로 전락하게 된 것이다. 식민지민의 자주적 이상은 사적이고 은유적인 차원에서 은밀하게 소통될 수밖에 없었다. 국권 상실과 식민지 현실 속에서 근대적 가치를 발견하고, 근대적인 자아를 형성·실현하고자 하는 이상은 좌절되었다. 자아는 분열되었고, 이 분열된 자아가 자신의 정체성을 보충하고 평정하려는 의지의 소산으로 형성된 정서적 체계가 '님'으로 표상되었다.

2) 시적 근대성과 '님'

근대적 의식은 자연과의 분리를 경험하면서도 의식 그 자체로부터 해결책을 이끌어내는 것이 특징이다. 또한 근대적 의식은 분리된 의식 자체로부터 자기 의식에 대한 해결책을 끌어내려고 한다는 점에서 양면적이다. 이는 인식으로부터 도피하거나 인식을 제한하는 것이 아니라, 분리와 상실의 경험을 더 훌륭한 에너지로 바꾸는 것을 의미한다. 이에 따라 근대시는 근대에 의해 상처받은 손으로 그 근대의 상처를 치유하는 방식, 그런 정신과 의식에 의해 성취되는 것이다.

한국의 근대시 형성도 분열과 괴리의 경험에서 출발하였다. 이는 한국 근대시의 형성과정이 식민지 근대가 구축되어 가는 과정과 겹쳐지는 역사적 사실과도 연관이 있다. 1910년의 강제 합방은 국권의 상실, 애국계몽운동의 좌절이자 동시에 중세적 군주제의 역사적인 퇴장이라는 의미도 가진다. 1910년대 들어서 근대적 주체 형성에 대한 열망이 나타나게 된 것은 역사적 필연이었다. 자유, 개성, 평등, 민주주의 등 근대적인 가치에 대한 새로운 이해가 생겨나고, 과거의 신분제적 사회관계나 관습 등에 묶여 있던 자아는 자립을 향한 욕구를 표출하였다. 주체는 근대적 자기 형식, 근대적 자아 정체성을 형성하려는 희망과 의지를 키워나갔다. 그러나 식민지라는 상황은 근대적 주체가 자기 정체성을 형성하고 확장하려는 기획을 가로막고 있었다. 식민지성이 중세적 봉건성과 맞물려 있었기 때문이다.

한국 근대시는 이러한 역사적 상황에서 태동하였으며, 현실의 분열을 자기 형성의 바탕으로 삼아 시적 에너지를 충전해야 하는 과제를 안고 있었다. 그 결과 분열에 대한 예민한 감각과 의식, 대응은 근대시를 창조하기 위한 기본 조건이 될 수밖에 없었다. 한국의 근대시는 시적 주체가 온갖 힘—중세적 봉건성과 서구적 의미의 근대성 그리고 식민지성—들이 서로 결합·타협·갈등·대립·착종하는 식민지적 근대의 한복판에서 휘둘리면서도 그 위력을 피하거나 제약하지 않고, 근대적 삶의 모순과 분열에서 생겨나는 충돌과 속력을 시적 창조의 에너지로 전화하는 데서 비로소 형성되는 것이었다. 근대의 모순과 분열을 체험한 근대적 주체의 사상과 감정에 형식과 리듬을 부여하고, 그것으로 근대 극복의 힘을 창조하는 과정에서 근대시는 형성되었던 것이다.[11]

한국 근대시 형성과정에서 '님'의 발견은 독립적이고 자율적인 근대적 주체로서의 정체성을 확립하려던 계몽적 기획의 좌절과 관련이 있다. 국권 상실을 전후한 자기 분열의 시기인 1910년대 시문학에서 발견되는 '님'은 단순한 시적 상징을 넘어 당대의 사회적 경험 및 관계의 특유한 성질로서, 한 세대나 한 시대를 구별하는 기준으로서 정서의 구조라는 위상을 지닌다. '정서의 구조'는 "당대에 실제로 활발히 체험되고 느껴지는 바 그대로의 의미와 가치, 의식과 관계의 구체적·정서적 요소들"[12]을 하나의 구조로 규정함으로써, 세계관이나 이데올로기와 같은 정형적인 개념들과

---

11) 정우택, 「근대자유시 양식의 모색과 갈등」; 민족문학사연구소 엮음, 『민족문학과 근대성』, 문학과지성사, 1995, 295-299쪽.

12) 레이몬드 윌리엄즈, 이일환 역, 『이념과 문학』, 문학과지성사, 1982, 166쪽. 윌리엄즈는 '정서의 구조'라는 개념을 사용하여 사회와 문화를 고정적으로 형성—완료된 것으로 설명하는 것이 아니라, 여전히 활발하게 연루되어 있는 당대적 삶 속의 관계와 제도 속에서 형성 중에 있는 과정으로 설명하고자 한다.

구분된다.

1910년대 시문학에 나타난 '님'을 '정서의 구조'라는 차원에서 접근해 보면, 이때 '님'은 일제의 식민지로 전락하게 된 현실 앞에서 개별 주체들의 이념적·정서적 대응양상을 설명할 수 있는 하나의 기준이 된다. 실제로 1910년대 시에 나타난 '님'은 민족이나 국가에 대한 명시적인 은유이자 시민적 이상인 자유의 상징으로, 취약한 자기 정체성 또는 민족적 정체성을 보완하는 심리적 영역으로, 또는 불안과 공포로부터의 피난처나 감상성의 원천 등과 같은 다층적인 의미로서 그리움의 표상이 되었다. 특히 식민지적 근대라는 상황에 직면한 주체가 스스로 자아를 실현하거나 발전시킬 수 있는 구체적이고 실천적인 기반을 갖추고 있지 못한 상태에서 '님'이라는 추상적 매개항은 자기 정체성을 확인할 수 있는 적절한 '정서의 구조'가 될 수 있었다. 이처럼 근대 주체의 취약한 정체성, 그 분열의식과 상실감을 확인하고 극복하는 과정이 한국 근대시에서 '님'에 대한 상실감과 그리움으로 형상화되었던 것이다.

이러한 관점에서 볼 때 1910년대 시문학에서 '님'은 근본적으로 '님의 부재'라는 운명적인 상황에서 출발한다.

4. 1910년대 시에서 '님'의 층위

1) 이념의 형식 혹은 구원의 '님'

일제 강점으로 인해 계몽 주체가 동요하거나 실의에 빠지는 것을 사전에 차단하고, 계몽적 이상에 대한 불굴의 의지와 낙관적인 전망을 재천명하는 이념의 형식으로서 '님'을 표상하는 경향이 존재하였다. 이 경향의 시들은 개인의 분열과 상심의 개연성을 절대적 관념으로서의 '님'에 의탁하여 해소하였다.

> 太白아 우리 님아 / 나 간다고 슬허마라 / 나는 간다 가기는 간다마는 / 나의 가
> 슴에 품긴 理想의 光明은 永劫無窮까지도 네가 그의 表象이로다/ …(중략)… / 우
> 리는 다만 좁은 가슴이라도 큰 님을 容納할 수 잇슴으로 이 슯흠을 너그럽게 하리
> 로다/ 나는 이제 가난도다— 너를 등지고— 너의 컴컴한 中에 파뭇침을 보고 / …
> (중략)… / 그러나 너와 나로 써나게 하난 運數를 나는 抗拒치 아니하고 그대로 써
> 나노라 / 써나게 한 運數는 合하게 할 運數임을 밋고— / 써나게 한 運數를 써나서
> 合하게 할 運數를 마지하기 爲하야 / 잘 잇거라 나는 간다
>
> — 최남선, 「太白의 님을 離別함」13) 부분

이 시에서 '나'와 '님'은 이별을 강요당하고 있다. '님'이 "컴컴한 중에 파
뭇침을" 보고도 '나'는 '님'을 떠나야 하는 신세에 처하였다. 그러나 시적
자아는 낙심하거나 슬퍼하지 않는다. 오히려 "나의 가슴에 품긴 이상의
광명은 영겁무궁까지" 계속될 것이라는 다짐으로 님과의 이별에서 오는
고통을 해소한다. 나아가 현재 경험하고 있는 님과의 이별은 더 '큰 님을
受納'하기 위한 시련이며 기회라는 낙관적인 신념을 표명한다. 이런 낙관
적인 신념은 '님'이 '이상의 광명'의 표상으로 버티고 있다는 확신에서 나
오는 것이다. 이 '님'은 절대적인 관념이자 이념으로 구축된 '민족'의 상징
으로서 자아를 지탱해주는 존립 근거가 된다. 강제합방으로 인해 대한제
국이라는 국가 체제는 망해버렸지만, '민족'이 절대화되는 현실 속에서 한
국 근대시는 '님'을 통해 민족 정체성을 유지하고 독립과 해방의 꿈을 간
직할 수 있는 교두보를 마련하였던 것이다.

　최남선은 1910년 2월부터 7월까지의 기간에 자유시 혹은 산문시 형태

---

13) 『소년』, 1910. 4, 3-4쪽.

54

의 시를 집중적으로 발표하였다.14) 이 시기는 국권 상실이 현실화되고 애국계몽운동 지도부들은 새로운 운동을 모색하며 조국을 떠나던 때이다. 안창호의 지도하에 애국계몽운동의 일익을 담당하던 최남선도 새로운 자기 모색의 결단을 요구받고 있었다. 이 과정에서 자유시 형태를 창작하였다.

그러나 앞의 시에서 볼 수 있듯이 최남선에게 새로운 모색의 과정은 심한 갈등과 혼란을 수반하지 않았다. 강고한 민족의식을 견지하고 자기 통제를 강화하는 방식으로 '님'이 부재한 시대를 감당했다. 그 결과 얼마간의 혼돈기간이 지난 뒤 그는 이념적 통제와 율격적 규율을 철저하게 관철시키는 시가를 창작하였다. 물론 자유시 형식은 더 이상 창작되지 않았다. 그가 새롭게 주목한 시가 양식은 시조였다.

시조는 '님'을 영접하기 위해 항상 자신의 몸과 정신을 '허수히' 하지 않고 절제와 평정을 유지하고자 하는 의지에서 선택된 장르이다. 최남선이 시조 장르를 선택한 것은 '族粹'를 구현하고 동요할 수 있는 자아 정체성에 형식적 기율을 강제하는 의미가 있었다. "…族粹가 日로 衰頹하여, 오천년 往聖先哲의 혁혁한 功烈은 그 光이 晦하고 皇皇한 述作은 그 響이 消하며, 億萬代 後孫來裔의 久遠한 靈能은 그 源이 渴하고, 深切한 覺思는 그 機가 絶하려 하"15)는 때에 시조를 '국풍'이라 하여 새롭게 주목한 것은 '족수'를 유지 발전시키는 방책이었다. 이때 그의 시가에서 '님'은 '족수'의

---

14) 「太白山의 四時」·「太白山賦」(『소년』, 1910년 2월), 「쓰거운 피」(『소년』, 1910년 3월) 「太白의 님을 離別함」(『소년』, 1910년 4월), 「나라를 떠나난 슯흠」(『소년』, 1910년 4월), 「花神을 賛頌하노라고」(『소년』, 1910년 5월), 「쩍긴 솔나무」(『소년』, 1910년 6월), 「녀름 구름」(『소년』, 1910년 7월) 등이 있다.(정우택, 「최남선의 자유시 창작과 그 성격」, 『작가연구』 제6호, 새미, 1998, 참조)

15) 「조선광문회 취지문」, 『소년』, 1910. 12, 56쪽. 1910년대 유학생 그룹 내에서도 국수 혹은 족수에 대한 관심이 높았다. 국수는 유학생들의 사상을 민족주의적인 것으로 유지하는 하나의 근거가 되기도 하였으며, 자아 정체성을 규정하는 틀이기도 했다. 한 예로써 송진우는 유교 대신에 가져야 될 사상으로 국수 사상을 들었는데, 그가 말하는 국수 사상이란 단군 숭배사상을 지칭한 것이었다.(송진우, 「사상개혁론」, 『학지광』 5호, 1915, 4쪽)

다른 이름이었다. '족수'는 '조선혼', '대한정신', '조국정신' 등으로 표현되기도 하였다. 국체를 상실한 뒤에도 민족의 정체성을 확인하려는 안간힘의 표현으로 '족수'가 더욱 긴요한 이념으로 부각되었던 것이다. 벽초 홍명희는 "육당의 모든 번뇌는 임을 사랑하는 데서 온다. 그러면 육당의 임은 구경 누구인가? 그 임의 이름은 '조선'인가 한다"16)고 말한 바 있다.

> 님이설마 둥글기랴마는
> 한번 맛나 뵈엇스면 시언하게 풀릴낫다
> 밤낮에 이내 가려움 못견대어하노라
>
> 님이 거긔 계시다ᄒ니 뵈오려면 가올거시
> 님이 거긔 안계셔도 가보아야 아올거시
> 그리는 그님이시니 아니가고 어이리
>
> 님을 못뵈올진대 애말나도 죽으려니
> 님아시는 내몸이니 허수히 하올것가
> 차라로 뵈올길 차져 몸 들일가하노라
>
> — 최남선, 「님」17) 전문

이 시의 1연에서 님의 부재를 "밤낮에 이내 가려움 못 견대어 하노라"라고 했듯이, 육체적 증세로 님을 확인하는 상상력은 탁월하다. 이것은 님에 대한 간절한 그리움을 '몸'에 각인하고 '몸'으로 느끼려는 의지의 표현이다. 이 시조는 '님'을 향해 나가는 시적 자아의 결의에 그 지향점이 모아진다. 그러나 의고적 문체인 '∼하노라, ∼하올것가'와 같은 유보적인 결의

---

16) 홍명희, 「발문」; 최남선, 시조집 『백팔번뇌』, 동광사, 1926.
17) 『청춘』 창간호, 1914. 10, 80쪽.

로는 부재한 '님'을 근대적인 역사의 현장으로 불러내기에 힘겨워 보인다. 그러기에 시적 자아는 '님'을 자기 정체성 내에 간직하고, '님'에 대한 충심을 확인하는 것에 그친다.

1910년대 이광수의 시도 최남선의 경향과 크게 다르지 않다.

> 닭이 운다 닭이 운다 그 닭이 쏘 우노나
> 한녜적 한힌메에 우리 님 나시던 날
> 그 날에 우리 님의 첫소리 듯던 닭이 쏘 우노나
> 네 부대 맘껏 울어라 잘즈믄 해 내어 울어
> 행혀나 네 소리로나 님의 소리 듯과저
>
> 해가 쓴다 해가 쓴다 그 해가 쏘 쓰노나
> 한녜적 한힌메에 우리 님 나시던 날
> 그 날에 님의 얼굴 비초이던 해가 쏘 쓰노나
> 네 부대 맘껏 쓰어라 잘즈믄 해 내어 쓰어
> 행혀나 네 얼굴로나 님의 얼골 보과저
>
> — 이광수, 「님 나신 날」[18) 1·2연

이 시의 '님'은 족수의 한 항목인 민족 시조 단군이다. '한힌메'는 太白山을 우리말로 풀어 쓴 것이다. '님 나신 날' 즉 민족의 원형적 시원을 환기시킴으로써 결여되고 위축된 민족 정체성을 보충하려는 의도가 드러난다. 그런데 이 시의 시적 자아는 자율적인 근대 주체가 아니라 의존적이고 피동적인 존재이다. 시적 자아는 닭의 울음과 해의 얼굴, 바람의 입김, 꿈의 세상에 의지해서 부재하는 '님'을 느껴보고자 할 뿐 그 '님'을 상봉하

---

18) 『청춘』 제4호, 1915. 1, 100쪽.

기 위해 현실적인 노력을 기울이지 않는다.

이러한 의식은 형식적인 안이함으로 드러난다. 즉 한 연 안에서는 자유율이 허용되지만, 연과 연 사이에는 음수율이 지켜지는 대칭적 정형성이 관철되고 있다. 그리고 시조의 종결 형식을 빌려온 것 같은 '듯과저' '보과저' '맛과저' '생각과저' 등의 어미를 통해 운을 맞추고 있다.

현상윤은 식민지 근대의 현실을 '낙원 상실'로 체험하며, 비애와 공포, 분열감에 고통받는 시적 자아를 창조하였다.

> 에덴의달 밝은빛이 빗치는곳 따로잇고
> 生命의샘 맑은물이 흐르는곳 가렷드냐
> 가튼하늘 가튼땅에
> 이동산뿐 아득하고 이백성뿐 목마름은
> 不平等이 안니라고
> 辨的할말 남앗드냐?
>
> …… (중략) ……
>
> 애닯고나 ○○○찰 빨니모는 떼구름에
> 光的잇는 왼江山이 깜깜하게 싸여져서
> 춤과노래 끈어지고
> 不○의빗 恐怖노래 핏눈물에 넘치노나
> 아아이것 무삼일가
> 꿈이드냐! 참이드냐?
>
> 암 우리 님이시여 어여삐샤 돌보소서
> 全能하고 全知하신 님이신줄 아옵니다

이알윔과 이웨임을

못드르실 님안임을 깁히아는 저의오니

사랑의님 살피소셔

이동산 이무리를!

— 현상윤, 「失樂園」19) 부분

이 시는 식민지로 전락한 조선의 현실을 '낙원 상실의 체험'에 비유하고 있다. 시적 자아가 체험한 식민지 조국의 현실은 '가튼하늘 가튼땅에' 불평등을 감내해야 하고, 한숨과 수심과 비애와 침통함으로 가득 차 있으며 '문자갈과 얼맨손'을 강요받는다. "왼강산이 깜깜하게 싸여져셔 / 춤과노래 끈어지고 / 不○의빗 공포의 노래 핏눈물"이 넘쳐 나는 지옥같은 곳으로 형상화되고 있다. 시적 자아는 공포에 질려 꿈인지 생시인지 분간할 수 없을 정도로 분열을 경험한다. 이 분열과 공포를 '전능하고 전지하신 님' '사랑의 님'에 호소함으로써 구원받고자 한다. 이러한 시적 태도는 자립한 근대 주체가 자신의 힘으로 분열을 극복하는 것이 아니라 절대적인 권위, 즉 전지전능한 존재로서의 '님'에 의탁하여 자아의 불안을 해소하려는 것이다. 결국 이 시의 시적 자아는 자율적 주체로서 세계와 정면 대응하지 못한다.

이 시에 형상화된 '님'은 구체적 역사의 현실 속에서 시적 자아와 교섭하는 존재가 아니라, 시적 자아의 의지 영역 밖에 존재하는 피안이다. '님'은 선험적 운명, 불변의 절대 이념으로 존재하며, 그로 인해 시적 자아도 이념적인 존재로 관념화되거나 관습화된다. 또한 시적 자아가 절대 이념으로서의 '님'에게 자존의 근거를 양도하고 주체성을 상실하는 경우도 생겨난다. 이러한 시적 태도의 형식적인 반영으로써 선험적 관념, 고정된

___

19) 『소성의 만필』(필사본, 동경), 1914.

틀, 음수율적 규율이 나타났다. 정형적 형식과 선험적 '님'에 의탁함으로써 시적 자아의 분열은 평정되고 이념적으로 결속된다.

절대적인 권위에 의탁하여 자아와 현실의 동요와 분열을 극복하고 자아의 정체성을 획득하고자 하는 시적 자아의 태도는, 국권 상실 이후에도 계몽의 기획에 대한 불굴의 의지와 낙관적인 전망을 잃지 않았던 애국계몽 주체들의 태도와 근본적으로 동일한 것이다. 이들의 사고는 "존재를 지향하기보다는 당위를 지향한다"는 점에서 이상주의(idealismus)에 기반하고 있다.[20] 이들의 주된 의도는 현실 속에 잠재하는 여러 경향들을 파악하고 개발하는 것이 아니라 어떤 모범적인 세계를 관념적으로 선취하는 데 있다. 이들에게는 이상과 현실의 관계가 도착되어 있다. 또한 모든 문제들을 정신과 의지의 문제로 돌림으로써 자아와 현실의 동요와 분열에 대한 실제적인 해결 대신 관념적인 해결에 만족하는 태도를 보여준다.

2) 분열의 가속화와 도취에 대한 열망

1910년대 창작된 자유시는 '부재한 님'으로 인한 상실감 때문에 주체의 분열을 가속화하는 경향을 보인다. 이 경향은 세계와 자아가 서로 화해할 수 없고 괴리되어 있다는 전제를 받아들인다. 세계와 불화하는 데서 오는 시적 자아의 불안과 분열을 자아의 내면에 대한 탐구로 전환한다. 이 점에서 혼란과 괴리 자체를 받아들이지 못했던 '이상주의적 경향'과 다르다.

밤이 왔다, 언제든지 갓튼 어둡은 밤이, 遠方으로 왔다. 멀니 슷업는 銀가루인 듯 흰 눈은 넓은 뷘 들에 널니엿다. 아츰볏의 밝은 빗을 맛즈라고 기다리는 듯한 나무며, 수풀은 恐怖와 暗黑에 싸이윗다. 사람들은 稀微하고 弱한 불과 함믜, 밤의

---

20) 루카치, 반성완·임홍배 역, 『독일문학사—계몽주의에서 제1차 세계대전까지』, 심설당, 1987, 17쪽.

寂寞과 싸호기 마지 아니한다. 그러나 차차, 오는 哀愁, 孤獨은 갓까워온다. 죽은 듯한 朦朧한 달은 薄暗의 빗을 稀微하게도 남기엿스며 무겁고도 가븨얍은 바람은 限업는 키쓰를 싸우며 모든 것에게, 한다. 空中으로 나아가는 날근 오랜 님의 소리 "現實이냐? 現夢이냐? 意味잇는 生이냐? 업는 生이냐?"

四方은 다만 沈默하다, 그밧게 아모 것도 업다. 이것이, 永久의 沈默!

밤의 悲哀와 밋 밤의 運命! 죽음의 恐怖와 生의 恐怖! 아아 이들은 어둡은 밤이란 곳으로 旅行온다. "살기워지는 대로 살가? 쏘는 더 살가?" 하는 오랜 님의 소리, 빠르게 지내간다.

고요의 소래, 무덤에서, 내 가슴에. 沈默.

— 김억, 「밤과 나」(산문시)[21] 전문

이 시의 배경이 되는 밤은 공포와 암흑에 싸여 있으며, 적막과 애수와 고독을 불러일으킨다. 이러한 밤의 풍경은 시적 주체가 처한 외적 현실과 내면 풍경에 대한 이중적인 암시를 지닌다. 숨막힐 듯한 '밤의 비애와 밋 밤의 운명'에 사로잡혀 있는 시적 주체에게 "현실이냐? 현몽이냐? 의미잇는 생이냐? 업는 생이냐?" "살기워지는 대로 살가? 쏘는 더 살가?"라는 '오랜 님'의 목소리가 들려온다. 이렇게 '목소리'로 존재하는 '님'은 시적 주체의 불안을 절대적인 권위로서 해결하는 것이 아니라, 오히려 불안을 가중시키고 분열을 가속화하는 것이 특징이다. 현실과 꿈을 분간할 수 없고 삶과 죽음의 경계가 혼란스러운 상태에서 '오랜 님'의 목소리는 시적 주체를 적나라한 실존적인 고독과 공포에 직면하게 한다. 이전의 애국계몽 주체들이 선험적인 주관성이나 절대정신에 의탁함으로써 회피하고자 했던 주체의 동요와 분열을 이 시는 극명하게 드러내고 있는 것이다. 여기서 오랜 '님'의 목소리는 시적 주체의 또 다른 자아이다. 주체의 내부에

---

21) 『학지광』 5호, 1915. 5, 56쪽.

서 서로 다른 자아가 목소리를 내며 상호 불화하고 정체성의 혼란을 야
기한다.

그런데 이 시는, "의미잇는 생이냐? 업는 생이냐?" "살기워지는 대로 살
가? 쏘는 더 살가?"라는 표현에서 나타나듯이, 자아와 현실에 대한 객관적
인 인식보다 주관적인 감정(또는 감상)적 대응에 치우쳐 있다. 이러한 주관
적인 감정의 우세는 '님과의 이별' 또는 '님의 부재'에 대응하는 시적 자아
의 태도에서 더욱 분명하게 드러난다.

> 아아, 가이업슨過去로다.
>
> 장차오랴는것도過去갓흘진댄
>
> 찰아리, 過去의옉너쓰— 그어엿분쌤에 그이마에 안기여最後悲哀의키쓰와함께
>
> 幽暗窟에도라가서, 肉身을쩌난自由로운精神,
>
> 멀니멀니 잊읍는 限몰으는永久的神秘鄉에서
>
> 過去의눈물 記憶, 이모다웁는그곳
>
> 아아, 바라는그곳, 저멀니보이는저언덕에가는것이야말노 그들의願이리라.
>
>   …… (중략) ……
>
> 죽어가는 靈魂을弔喪하는듯헌 寺院의鐘소리울니는도다
>
> ……님은간다……永遠의離別?
>
> 싸우헤는어지러운樹影이 그리여잇으며, 달은西域으로쩌러지려허는데,
>
> 아아, 사랑허는님은갓다……
>
> 사랑의준바 엇은바快樂이나悲哀는다웁서지고
>
> 다만한아남은사람 깁흔밤에자지못허는것밧게,
>
> 나문것은이것이며
>
> 씃이지안이허고 나오는생각 눈물이며, 바래는歎息은 마지막사랑의離別의준바
>
> 永遠히그의가슴을苦롭게헐—이것이다.
>
> 아아, 다시는過去의즐김을 엇기바이웁스며

> 그의게는 a tear of eyes !
>
> — 돌샘, 「離別」22) 부분

이 시에서 님과의 이별은 '사랑'의 종말로 인식된다. 그리하여 님의 떠남은 시적 자아에게 심각한 분열을 야기하고, 눈물과 탄식이 끊일 줄 모른다. "사랑의 준 바 엇은 바 쾌락이나 비애"도 추억거리가 되지 못하고 님과 나누었던 과거도 아무런 의미를 갖지 못한다. 님이 떠남으로써 심각한 분열에 휩싸인 시적 주체는 과거도 미래도 부정한다.("장차 오랴는 것도 과거갓흘진댄") 님의 떠남은 그에게서 삶의 의미마저 빼앗아간 것이다. 마침내 그는 스스로를 현실로부터 고립·유폐시킨다. '유암굴', "육신을 떠난 자유로운 정신, 멀리멀리 끝없는 한모르는 영구적 신비향"으로의 탈주를 꿈꾼다. 님이 떠난 후 시적 자아에게 남은 것은 눈물("a tear of eyes!")과 탄식뿐이다.

'님'이 떠나버린 현실, 그것은 열망으로 시작되었던 근대 기획이 국권 상실로 좌절되면서 민족의 운명뿐 아니라 자기 자신의 운명까지도 스스로 주도하지 못하게 된 식민지 지식인의 처지에 대한 시적 은유이기도 하다. 애국계몽 주체들이 진보주의적 역사관에 근거하여 낙관적인 전망을 구가하거나 절대적 이념에 자기를 의탁함으로써 분열을 은폐하려던 것에 반해, 이 시는 미래의 유토피아에 대한 기대를 버리고 주체의 분열을 정직하게 받아들임으로써 현실인식의 진정성에 더욱 근접하고 있다.

다른 한편 이 시는, 자기 분열을 과장하거나 '눈물의 원천'으로 삼는 감상성이라는 한계를 노정시켰다. 시적 자아는 떠나는 님과 동등한 지위에 서있지 않으며, 떠나는 님을 바라보기만 할 뿐 어떠한 의지적인 행위도 하지 못한다. 그저 눈물 흘리고 탄식할 뿐이다.

---

22) 『학지광』 3호. 1914. 12, 44-46쪽. 이 시의 작자인 돌샘은 김억이다.

아아날이저믄다, 西便하늘에, 외로운江물우에, 스러져가는 분홍빗 놀……아아
해가저믈면 해가저믈면, 날마다 살구나무 그늘에 혼자우는밤이 쏘오것마는, 오늘
은四月이라패일날 큰길을물밀어가는 사람소리는 듯기만하여도 홍성시러운거슬
웨나만혼자 가슴에눈물을 참을수업는고?

아아 춤을춘다, 춤을춘다, 싯벌건불덩이가, 춤을춘다. 잠잠한城門우에서 나려다
보니, 물냄새 모랫냄새, 밤을깨물고 하늘을깨무는횃불이 그래도무어시不足하야
제몸까지물고쓰들때, 혼차서 어두운가슴품은 절믄사람은 過去의퍼런꿈을 찬江물
우에 내여던지나, 無情한물결이 그기름자를 멈출리가이스랴?— 아아 썩거서 시들
지안는 쏫도업것마는, 가신님생각에 사라도죽은 이마음이야, 에라 모르겟다, 저불
씰로 이가슴태와버릴가, 이서름살라버릴가 어제도 아픈발 쓸면서 무덤에가보앗더
니 겨울에는 말랏던꼿이 어느덧피엇더라마는 사랑의봄은 쏘다시 안도라오는가,
찰하리 속시언이 오늘밤이물속에…… 그러면 행여나 불상히 녀겨줄이나이슬가
…… 할적에 퉁, 탕, 불씌를날니면서 튀여나는매화포, 펄덕精神을차리니 우구구
쩌드는구경꾼의소리가 저를비웃는듯, 꾸짓는듯. 아아 좀더 强烈한熱情에살고십다,
저긔저횃불처럼 엉긔는煙氣, 숨맥히는불쏫의苦痛속에서라도 더욱쓰거운삶을살고
십다고 쯧밧게 가슴두근거리는거슨 나의마음…….

— 주요한, 「불노리」[23] 부분,

이 시에는 사랑을 잃은 청년의 상실감이 격한 감상적인 어조로 분방하
게 표현되어 있다. 시적 자아는 '가신님 생각'에 사로잡혀 "사라도죽은" 것
이나 마찬가지인 삶을 산다. 그는 사람들과 섞이지 못하고 "잠잠한 성문
위에서 내려다 보"기만 할 뿐이다. 세상은 불꽃과 폭죽으로 떠들썩하건만,
"나만혼자 가슴에눈물을 참을수업"다. 원래 강렬한 정열로 살고 싶었던

---

23) 『창조』 창간호, 1919. 2.

시적 자아는 '가신님'으로 하여 분열과 혼란에 빠진다. '가신 님'은 시적 자아의 '과거의 퍼런 꿈' 속에 살아 시적 자아의 시간("무정한 물결이 그 기름자를 멈출 리가 있으랴")에 관여한다. 자연의 시간은 개방되어 있어 다시 봄이 오고 꽃을 피우지만, 시적 자아의 시간은 폐쇄적이다.("가신 님과의 사랑의 봄은 돌아오지 않는다.")

이 시에서는 자아 형성에 대한 강한 열망에 비례해서 자아의 분열도 극심하게 나타난다. 자아의 분열에서 오는 심리적인 혼돈은 자기학대적인 방향으로 나타나기도 하고, 자기 연민의 감상적인 형태로 나타나기도 한다.

한국 근대시에서 애국계몽 주체의 선험적 주관성과 정론적 계몽성으로부터 벗어나 근대 주체를 확립하는 과정은 비관적인 현실 인식과 개인의 정서적 고립에서 출발하였다. 근대시의 중요한 지표로 간주되는 개인의 감정의 발견도 계몽의 강박으로부터 자립하는 동시에 개인을 현실로부터 고립시키고 주관적인 감정이 우세하는 방향으로 진행되었다. 이러한 사실은 한국 근대시의 형성기에 개인 서정의 발견이 계몽성으로부터의 자립이면서 동시에 고립이었음을 보여준다.

이것은 다시 말하면, 한국 근대시가 그 출발에서부터 '감상성'에서 자유로울 수 없었음을 뜻한다. 일종의 정서적 과잉상태로 규정할 수 있는 감상성은, 1910년대~1920년대 초반의 시문학에서 고통스럽고 속악한 현실에 대비하여 자신의 순정함을 눈물과 애상에 호소하는 방향으로 광범위하게 나타났다. 감상성과 자기환멸의 형식은 3·1운동의 좌절과 함께 더욱 극단화된다. 1920년대 초기시에서 '님'은 자기 연민의 내적 위안처의 역할을 하였다. 주관화되고 과장된 정서 구조, 자기 연민, 감상성, 양식화한 환멸의식 등이 당대의 시단을 장악하였다. 한국 근대시의 확립은 이러한 감상성을 극복하게 될 때 그 올곧은 성취를 보게 된다.

1910년대 시에 나타난 비관적 현실 인식과 주관적인 감정의 우세는 근대 주체의 중요한 특징인 성찰적 이성의 작용을 방해함으로써, 한국 근대

시에서 '진정한 서정의 힘'이 발휘되는 것을 일정하게 제약하였다. '진정한 서정의 힘'은 성찰적 이성과 자각을 끊임없이 현실과 자신 속에 관철시킴으로써 근대 주체가 자립의 기틀을 마련하고 자아를 발전시킬 수 있는 필요충분 조건이다.

3) 전망의 모색과 견딤의 미학으로서 '님'

님에 대한 추억과 그리움을 되새김질하는 것으로 님이 부재한 상황의 고통을 견디는 시적 경향이 존재하였다. 이 경향의 시는 주체와 객체의 이분화, 근거없는 낙관주의 또는 절망적 비관주의의 극단화, 내면의 분열, 감수성의 분열 등을 피하지 않고 견딤으로써 시적 자아의 확립을 모색한다.

> 빽빽한 運命의 줄에
> 에워싸인 나를우는 나의님
> 따듯한 품속에 나를 감추려
> 그 깊흔 솔밧으로 오르리라.
>
> 崎嶇한 山路의 돌부리에
> 부듸친 나를우는 나의님
> 단입술노 나를 싯츠려
> 그 맑은 시내로 내리라.
>
> 忠實에 疲勞한 나의님
> 軟弱한 몸에 땀흘니며
> 냇가에 펄석 주저안저
> 눈물에 울고울다가

바위를 그러안고 大地에 업데리다.

…… (중략) ……

것치러진 너른덜에
胡笳소래 애닯허
邊方戰馬 길이울고
이슬에 저진 天幕에
故鄕꿈이 깁헛든 勇士는
굿은 벼개가 둥굴니라.

— 최승구, 「步月」[24] 부분

이 시는 '님'과 시적 자아의 관계를 새롭게 설정하고 있다. 절대적인 능력의 님, 자기 구원의 님, 또는 영원히 떠나감으로써 나의 의지 밖에 존재하는 님과 같이 일방적인 관계가 아니라, 이 시에서 님과 시적 자아의 관계는 교섭하며 상호작용하고 있다.

시적 자아는 "빽빽한 운명의 줄에 / 에워싸"이고 "기구한 산로의 돌부리에 / 부듸친" 처지로 전락하였다. 부자유하고 불우한 운명에 빠져 있는 시적 자아를 '나의 님'이 감싸며 위로해준다. 그런데 '나의 님'은 전지전능한 존재가 아니고 현실 속의 '님'이다. 나를 감싸주기에 '충실에 피로'한 '연약한 몸에 땀 흘리며' 눈물을 흘리는 님이다.

이러한 '님'과 시적 자아의 관계로 인해 주체의 자세가 부각된다. 즉, 시적 자아는 주체로서 분열된 세계를 감당해야 하는 자립성과 독립성을 요구받는다. 그리고 '나를' 위로하는 '나의 님'을 '나' 또한 위로해야 한다.

---

24) 김학동 편, 『최소월작품집』, 형설출판사, 1982, 19-20쪽.

'나'는 '님'을 감싸안아야 한다는 자각과 각오에 이르게 된다. "눈물에 울고 울다가 / 바위를 그러안고 대지에 업데리"어 있는 님의 눈물을 닦아주고 일으켜 세워야 하는 시적 자아는 "邊方戰馬 길이 울고 / 이슬에 저진 천막에 / 고향꿈이 집"은 '용사'로서 비장한 회포에 젖는다. 그 비장함은 자아를 성찰하는 자세이며 세계를 정면 대응하겠다는 각오이다.

　최승구의 시적 성취는 「潮의 蝶」과 「긴—熟視」에서 그 정점을 이룬다.

　　南國의 바다 가을날은
　　아즉도 따듯한 볏을 沙汀에 흘니도다.
　　저젓다 말넛다 하는 물입술의 자최에
　　납흘납흘 아득이는 흰나뷔
　　봄 아지렝이에 게으른 꿈을 보는 듯.

　　黃金公子 꾀꼬리 노래에
　　梨花紛紛 這의 춤을 자랑하던
　　三春의 行樂이 잇치지 못하여
　　묵은 꿈을 이어보려
　　깁흔 수풀 너른덜노 헤매다가,
　　지난 밤 一陣의 모진 바람과
　　맵고 찬 쓰린 이슬에 것치러진
　　옛봄의 머무럿든 터만 記憶하고
　　이 바다로 내림이라.

— 최승구, 「潮의 蝶」25) 부분

---

25) 『최소월작품집』, 21쪽.

이 시에서 '나비'는 난폭하고 변덕스런 혼돈이 예고된 바다 위로 '투신'한다. 그 바다는 식민지적 근대의 폭력성을 암시한다. 그런데 시적 자아는 나비에 대해 사무치는 애정을 가지면서도 그 매혹적인 날개짓에 도취되지 않고, 버티면서 거리를 확보하려는 안간힘을 보여주고 있다. 나비의 비행과 몰락을 지켜보는 '나'의 시선은 비극적인 긴장을 드러낸다. 이 시는 식민지적 근대의 현실을 '바다'에 비유하고, 그 현실에 맞서 자신의 정체성을 찾고자 애쓰는 당대 지식인의 모습을 '나비'로 표상함으로써, 식민지적 근대가 지닌 매혹과 폭력성을 동시에 드러내고 있는 탁월한 작품이다.

최승구는 불모의 현실을 작위적으로 재단하거나 그 폭력성에 가위눌리고 감상성에 자기를 소모해버리는 당대 시문학의 일반적인 경향과 달리, 현실과 균형있는 긴장관계를 유지하면서 그 전모(매혹과 폭력성의 양면)를 드러내는 독특한 시세계를 구축하고 있다.

> 長長한 밤이다. 這는 繼續하여. 熟視한다— 嗚咽하며
> 涕泣한다. 羊의 무리는 疲困하여 痛哭한다. 하나, 굿침업시,
> 파며, 헷친다. 파며, 헷친다.
>
> — 최승구, 「긴—熟視」[26] 부분

이 시는 끝날 것 같지 않은 '장장한 밤'에 대한 '긴 숙시'를 통해 '밤'의 공포와 '피곤', 좌절에 맞서고 있다. '긴 숙시(길고 깊은 시선)'는 시적 자아가 오열하며 涕泣, 통곡하면서도 밤의 공포에 굴복하지 않고 '굿침업시' 계속해서 땅을 일굼으로써 '옥토'를 꿈꿀 수 있는 동력이다. '긴 숙시'는 혼란스럽고 고통스러운 세상과 삶뿐 아니라 시적 자아의 내면에까지 관철된다. 이러한 태도를 통해 시인은 폭력과 불모의 현실 속에서도 이상을 향한 의

---

26) 『근대사조』, 1916. 1, 18쪽.

지와 힘을 포기하지 않고 소중하게 가꾸어 나가야 함을 역설하고 있다.

　김여제는 님이 부재한 현실의 분열 상황을 견뎌내고 자아를 단련하며 '님'을 기다리는 견인의식을 보여준다.

> ─우리 山女는,
>
> 緊張, 弛緩, 興奮, 沈靜의 더, 더 複雜한 情緒에 차도다.
>
> 느즌새의 울음, 반득이는 별이,
>
> 얼마나, 얼마나 우리山女의 가슴을,
>
> 져, 져 먼 나라로, 想像의 보는 世界로,
>
> 넓은 드을로, 물껼의 사는, 잔잔한 바다로,
>
> 아니, 아니 「Unknown World」로,
>
> 얼마나, 얼마나 우리山女의 가슴을 쯰을엿으랴!
>
> 우리山女의 머리에서 발끗까지,
>
> 져문날 잠기는해는,
>
> 쏘다시 그검은깃(羽)을 덥헛도다.
>
> 그러나 우리山女는 다만 가만히(無言) 섯도다.
>
> ─火氣에찬, 가슴은 한刹那한刹那에 漸漸더 그키를 놉히도다.
>
> 져긔, 져 무서운暗黑속에서는, 갑책이 갑책이 엇던 엇던모르는 힘이나와,
>
> 한길에, 한길에 우리山女를 삼키여갈듯하도다─ 우리격은少女를.
>
> ─怪惡한 니갈니는 소리가 어듸선지 희미하게 들니도다!
>
> 어느때 모진狂風이 닐어와,
>
> 압領, 늙은소나무를 두어대 썩다.
>
> 멧벌에가 弱한피레를 불어 울다.
>
> 節차자 아름다운 곳도 퓌여─ 香氣도 내이다.
>
> 그러나 亦是 山 가운듸엿다.

잇다금 들퇴끼(野兎)가 튀여, 우리山女의 뷔인가슴에 새反響을 내일뿐이엿다.
—님은 如前히 안이오다!

— 金興濟, 「山女」27) 부분

이 시의 전체적인 분위기는 '암흑', '광풍'과 '괴악'한 분위기, 위압적인 힘이 지배하고 있다. 이것은 당대의 시문학에서 일반적으로 나타나는 현상이다. 그러나 당대의 시들이 대부분 현실의 위압적인 힘에 가위눌려 과장된 내면 세계를 즉자적으로 표출하거나 자폐적 경향을 보이는 것과 달리, 이 시는 위압적인 분위기 속에서도 '버티며 인내하는' '산녀'의 심적 갈등과 그 심리적 파동을 내밀하게 표현하고 있다. 나아가 암흑의 공포가 더할수록 미지의 세계(Unknown World)에 대한 갈망과 님을 향한 기다림이 '한 찰나 한 찰나에 점점 더 그 키를 놉히'고 있다.

'산녀'는 '모진 광풍'과 '괴악한 니갈니는 소리', '무서운 암흑'이 '삼킬 듯이' 덮쳐와도 버티면서 인내하여 마침내 '상상의 세계'에 다다르고자 하는 지향을 멈추지 않는다. 시적 주체의 이러한 지향은 '상상의 보는 세계로' 함께 갈 '님'에 대한 기다림으로 확대된다. 이러한 시적 지향과 기다림의 연장선상에서, 마지막 행의 "님은 여전히 안이오다!"는 감상성이나 비관주의에 떨어지지 않고 언젠가는 올 '님'에 대한 간절한 그리움의 표현으로써 호소력을 지니며 시적 여운을 강하게 드리운다.

최승구와 김여제의 시에 나타난 '부재한 님에 대한 열망과 믿음'은 역사적 시련기에 당하여 그것을 견뎌내는 민족의 보편적 정서로 정착되면서 이후 한국 근대 자유시 형성의 주된 모티브이자 시적 이상과 지향으로 자리잡게 된다.

---

27) 『학지광』 5호, 1915. 5, 59쪽.

5. 맺음말

　한국 근대 자유시의 형성과정에서 '님'은 단순한 시적 상징을 넘어 당대의 사회적인 경험과 관계를 드러내는 특유한 정서의 구조로서 작용하였다. 1910년대 시문학은 국권 상실에 따른 좌절을 '부재한 님에 대한 그리움'으로 승화시킴으로써 근대시의 중요한 영역을 창조하였다. 이때 '님'은 애국계몽의 주체들이 추진하던 계몽적 기획의 좌절과 관련이 있다. 즉 독립적이고 자율적인 근대적 주체로서 자아 정체성을 확립하려는 계몽적 기획이 좌절되었을 때 '님'은 자아를 확충하고 현실을 자각하고 전망을 모색하는 시적 매개항으로 중요한 의미를 갖게 되었다.

　1910년대 시문학에서 '님'은 세 경향으로 나타났다. 첫째, 국권 상실로 인한 계몽 주체의 내적 동요를 '님'에 의지함으로써 자아 정체성에 안정을 부여하고, 계몽적 이상에 대한 불굴의 의지와 낙관적 전망을 재천명하는 경향이다. 이 경향의 '님'은 애국계몽운동의 전통에 자아를 연결시키려는 시인들의 작품에서 주로 발견된다. 두 번째 경향은 '님의 부재'를 현실로 받아들이는 것이다. 이것은 '님'의 부재로 인한 주체의 분열을 가속화하며 현실에 압도되거나 감상성에 자신을 내맡기는 시적 태도로 나타났다. 이러한 시적 태도는 1920년대 초기의 시문학에서 환멸을 양식화하는 기반이 되었다. 세 번째 경향은 '부재하는 님'을 기억하고 추억하며 되새김질하는 방식으로 주체의 분열을 견디는 것이다. 최승구와 김여제로 대표되는 이러한 시적 경향은, 소월과 만해의 시로 이어지면서 '부재한 님에 대한 그리움'이 한국 근대시에서 핵심적인 정서의 구조를 확립하게 하는 원천이 되었다.

최남선의 자유시 창작과 그 성격

1. 머리말

한말 조선의 3대 천재로 불린 홍명희, 최남선, 이광수는 일본 유학 중 서로 교류를 갖게 되었다. 당시 이들은 근대적 의미의 자아 탐색에 몰두해 있었다. 그러나 근대의 이해와 근대적 의미의 주체 형성의 방법 및 그 실현 태도에 있어서 차이가 있었으며, 이것은 이후 그들이 삶의 행로를 달리 하는 출발점이 되었다. 훗날 이광수가 이 때를 회고하면서 홍명희에 대해서 말한 것이 있다.

홍군은 나와 문학적 성미가 다른 것을 그때에도 나는 의식하였습니다…… (나는) 톨스토이 작품같은 이상주의적인 것이 마음에 맞았습니다. 홍군은 당시 성히 발매금지를 당하던 자연주의 작품을 책사를 두루 찾아서 비싼 값으로 사 가지고 와서는 나를 보고 자랑하였습니다. 그때에 동경에서는 일로전쟁 직후로 자연주의가 성행하고 악마주의적 사조가 만연하던 때인데 이것은 문학에서뿐만 아니라 청년들의 실천에서까지 침윤되었습니다.[1)

　홍명희는 일본에서 학업은 소홀히 한 채 바이런에 경도되어 악마주의적 자기 파괴성에 시달리며 실존적 고뇌를 겪고 있었다. 바이런의 시에 등장하는 인물들은 대개 사회적 인습이나 도덕적 요구와 충돌하며 전망을 상실한 방랑자나 사회에서 고립된 운명을 적극화하는 인물로 형상화되어 있다. 이러한 인물형에 홍명희가 심취하게 된 것은 전통적인 유교적 가치관에 대해 심각한 회의를 느끼고 젊음의 열정 또는 개인의 자유나 개성에 대한 갈망을 드러낸 것으로 이해할 수 있다. 그는 성찰적 이성을 철저하게 자기 내부에 관철하는 것으로부터 출발하는 진정성을 바이런을 통해 보았으며 이에 열광하였다. 근대문학의 힘과 매력에 눈뜨게 되었던 것이다.

　한편 최남선은 일본에서 인쇄기를 사가지고 와서 ‘新文館’을 설립하고 잡지 『少年』을 출간하였다. 그는 근대적 의미의 자기 실현을 신문화운동에 헌신하는 것으로 추구하였다. 그는 소위 ‘신체시’「해에게서 소년에게」같은 작품을 창작하기도 하였다. 이 시에는 바다와 소년으로 상징되는 문명, 개화에 대한 선망과 동경, 한편으로는 바다가 지닌 무한한 힘의 가능성을 소년의 가능성과 동일시하여 새로운 시대의 전환점에 놓인 계몽주의 지식인의 정열과 낙관이 형상화되어 있다. 여기에서는 시인 자신의 실존적 진정성이 문제로 제기되지 않는다. 오직 희망과 낙관으로 이 위기의 시대를 대체하려는 주관적 열망이 팽배하다.

　지금까지 최남선에 대한 연구는 주로 그가 전략적으로 창작한 ‘신체시’에 주목하며 이루어져 왔다. 그리고 그 시가들의 형식적 파탄을 해명하는 데 한 진전을 보였다. 또한 최남선이 문물개화와 문명의 현란함을 일방적으로 찬양하면서 민족의 문제에 대해서는 소홀했고 결국 친일의 길을 갈 수밖에 없었다는 사실을 해명하는 데 연구의 상당 부분이 모아졌다.

　그러나 한국의 근대는 이렇게 단순하지만은 않다. 다시 말해서 최남선

---

1) 이광수, 「다난한 반생의 도정」, 『이광수전집』 제14권, 삼중당, 1964, 392쪽.

을 폄하하는 것으로 한국 근대의 모순이 해결되는 것은 아니다. 역설적이게도 최남선을 결과론적으로 단순하게 다루다가 연구자가 주관주의적 함정에 빠지고 마는 결과를 초래할 수도 있기 때문이다. 최남선은 거부할 수 없는 한국적 근대의 한 모습이다. 이 모순 덩어리인 한국의 식민지적 근대 혹은 한국 근대시문학사의 파행과 분열을 있는 그대로 보고 그 성격을 규명하여야 한다.

이 글은 근대 자유시의 형성과정 속에서 최남선 시문학의 의미를 밝히고자 한다. 최남선의 시가 의식은 이중적이었다. 거기에는 노래 지향과 자유시 지향이 착종되어 있었다. 그 지향의 의미를 살펴보고 특히 자유시 형태에 주목하여 근대적 주체 형성의 문제와 관련하여 살펴볼 것이다. 연구대상은 3·1운동까지로 한다.

2. 신문화운동과 『소년』

애국계몽기에 최남선은 광의의 '신문화운동'을 통해 계몽운동에 참여하였다. 당시의 애국계몽운동은 '교육' '식산' '정론적 언론운동' '조직운동' 등의 부문운동을 포함하고 있었다. 최남선은 애국계몽운동 시기에 『소년』지2)를 발간하였고, 인쇄소 '신문관'을 통해 다양한 종류의 계몽적 교양서를 발간하였다. 『소년』은 당시의 정론적 신문들과는 성격과 방식을 달리하며 공동 목표인 애국계몽운동을 펼쳐 나갔다. 애국계몽운동에 대한 최남선의 헌신은 『소년』의 발간 취지에서도 드러난다. 그는 『소년』의 매 호

---

2) 『소년』은 1908년 11월 창간되어 1911년 5월호(통권 23호)로 종간됨으로써 애국계몽운동과 그 운명을 함께 했다. 『소년』은 철저하게 최남선 개인의 헌신적 노력에 의해 발간되었는데 취재, 집필, 편집, 출판의 전 과정을 그가 감당했다. 최남선은 『소년』이 종간된 뒤에도 계속해서 『붉은저고리』, 『아이들보이』, 『새별』, 『청춘』 등의 잡지를 연이어 발간함으로써 출판을 통한 계몽운동을 계속해 나갔다.

책표지마다 "本誌는 此責任("我國 歷史에 大光彩를 添하고 世界文化에 大
貢獻을 爲코뎌 하나니 그 任은 重하고 그 責은 大한뎌라")을 克當할 만한
활동적 진취적 발명적 대국민을 양성하기 위하야 出來한 明星이라"3)고
하여, 자신의 활동이 조선에서 근대적 주체를 형성시키고자 하는 계몽적
의도에 있음을 밝히고 있다. 또한 『소년』 창간호에서 본 잡지의 사업이
애국계몽운동의 일환이며, 어릴 때부터 국권회복과 민족의 영광을 위하여
헌신하여 '입지'할 것을 호소하고 있다.4)

『소년』은 『대한매일신보』 등 당시의 신문들이 정론적 성격을 띠고 있
었던 것에 비해, 문화계몽적 성격을 지향함으로써 상호보완적인 관계에서
애국계몽의 임무를 수행했던 점이 주목된다. 애국계몽시기에 신문과 잡지
가 지닌 이러한 상호보완적인 관계에 대해 임화는 "을사조약에 의하여 조
선의 정치적 운명이 거의 결정되다시피 하고 따라서 조선인의 정치적 언
론이란 것의 의의가 그전보다 훨씬 적어져서 일반의 관심이 정치에서 차
차 계몽 방면으로 방향이 전환되면서 잡지가 본격적으로 발전한 것이다.
…… 문화와 계몽을 기도하던 조선인의 정신상태를 표현하는 데는 신문보
다 잡지가 더 적절했던 때문이다."5)라고 지적한 바 있다.

『대한매일신보』는 『소년』의 창간에 즈음하여 그 역할을 높이 평가하고
격려해 마지 않았으며 그 주재자인 최남선을 칭송하였다.6) 또한 『황성신

---

3) 『소년』 창간호, 1908. 11, 책 표지. 최남선은 『소년』 창간호 권두언에서도 "우리 大韓으
　　로 하여금 少年의 나라로 하라. 그리하랴 하면 능히 이 責任을 勘當하도록 그를 敎導하
　　여라"고 하여 애국계몽의 책임을 강조하고 있다.
4) 「여러분은 쯧을 엇더케 세우시려오」, 『소년』 창간호, 7-9쪽.
5) 임화, 「개설 신문학사」, 조선일보, 1939. 11. 2; 임규찬 · 한진일 편, 『신문학사』, 한길사,
　　1993, 82쪽. 임화는 "『대한매일신보』가 수난을 거듭하며 정치에 대한 희망이 점점 엷어
　　져 정치신문은 존폐가 위태로워지며, 잡지들도 저절로 계몽의 방향으로 부득이 걸음을
　　옮길 때, 조선인의 방향을 명시한 것이 『소년』"이라고 하여 『소년』의 역할을 적극 평가
　　하고 있다(같은 책, 105쪽).
6) 「少年雜誌를 祝홈」, 『大韓每日申報』, 1909. 4. 18.
　　"嗚呼라 今日 韓國에 鐵血思想으로 少年의 耳膜을 鼓動ᄒ며 國粹主義로 少年의 腦髓

문』도 '국성을 배양하고 국수를 扶植하고' 있는 최남선과 『소년』지의 업적을 찬양·격려하고 있다.7) 실제로 『소년』에는 애국계몽운동의 중심세력이었던 박은식, 신채호 등의 작품들이 게재되었으며, 홍명희와 이광수가 필진으로 참여하였다. 또한 『소년』과 『대한매일신보』는 신민회, 청년학우회 등의 조직을 매개로 연대하였다. 『소년』지와 신문관, 청년학우회는 계몽운동 3세대라고 할 수 있는 유학생 그룹을 포괄하여 연결하는 의미도 갖고 있었다. 『소년』의 이러한 역할은 이광수, 홍명희, 김여제, 김성수, 송진우, 최린, 신백우, 나경석, 동경의 대한흥학회 등이 다양한 방식으로 『소년』에 이름이 거론되었던 사정을 보아도 알 수 있다.

　최남선의 지향은 당시의 일반적인 애국계몽운동에서 특징적인 바가 있었다. 최남선은 민족의 융성은 문명 개화를 통해 성취되는 것이라는 믿음을 가지고 있었는데, 그가 주장한 문명 개화란 바로 근대화를 의미하는 것이었다. 여기서 근대화(modernization)는 자본 형성, 자원 동원, 생산력의 발전, 노동 생산성의 증대, 중앙 권력의 관철, 국가적 정체성의 형성, 도시적 삶의 형식, 가치와 규범의 세속화 등을 목표로 내세우는 자본의 발전 이데올로기를 의미한다. 그러나 최남선을 단순하게 근대화론자로 규정할 수 없는 까닭은, 그의 근대화 주장이 민족주의를 실현하기 위한 도구적 방법의 차원이었지, 문명 개화가 유일한 목표는 아니었다는 데 있다. 그의

에 注入하기에 汲汲ᄒᄂᆞᆫ 者―誰오 即 少年雜誌社主人 崔南善시로다. …… 此雜誌가 出ᄒᆞᆫ 後로 韓國少年의 精神이 益奮ᄒᆞᆯ지며 韓國少年의 知識이 益發ᄒᆞᆯ지며 韓國少年의 志氣가 益壯ᄒᆞᆯ지로다"(『대한매일신보』 같은 날짜 '한글판' 신문에는 소년잡지사 주인을 '최창션씨'라고 쓰고 있다.)

7) 최남선이 『소년』에 쓴 「大韓의 外圍形體」에 대하여 『황성신문』에서 찬사의 기사를 실었다. 이에 『소년』(1908. 12, 15쪽)은 『황성신문』의 기사를 그대로 옮겨 싣고 있다. "東洋世界에 佳麗ᄒᆞ고 淸秀ᄒᆞᆫ 我大韓의 錦繡江山이 眞面目을 發現치못ᄒᆞ고 正當ᄒᆞᆫ 價格을 占得지 못ᄒᆞᆫ것은 엇지 腐儒와 俗輩의 罪가 아니리오. 乃於檀君開國 4241年에 至하야 我韓少年界에 先導者되ᄂᆞᆫ 崔君南善의 發行하ᄂᆞᆫ 少年雜誌上에 大韓地圖가 猛虎의 形體를 呈露ᄒᆞ니 豈不壯哉며 豈不雄哉아. …… 我少年大韓으로 ᄒᆞ야곰 虎視天下ᄒᆞᄂᆞᆫ 威風을 振動케ᄒᆞᆯ지어다."

문명 개화, 지식 개발의 목표는 강대한 근대적 민족 국가를 건설하는 데 있었다. 지방분할적인 전근대사회는 다양한 세계 경험의 가능성을 제약하고 진취적인 자기 실현의 확장을 억압하였다. 전근대사회가 지닌 이러한 폐쇄적인 체제는 근대적인 민족국가를 형성하고자 하는 노력을 억압하고 무산시키는 것이었기 때문에, 민족의 융성을 위해 근대화를 성취해야 할 필요성이 대두되었던 것이다.

당대의 역사적 상황에 대해 『대한매일신보』는 현시국을 '보호'에서 '합방'으로 전개되고 있는 일대 위기의 시대로 보고, 이에 저항하면서 민족적 정체성을 확립·보전하는 방법으로서 배타적 통합의 원리에 입각하여 정론적 투쟁을 벌여나갔다. 그러나 최남선은 부르주아적 개혁의 가능성을 타진하고 있었으며, 낙관적이고 진취적 기상을 시대의 힘으로 신뢰하고 있었다. 그가 관습적으로 사용하였던 '진취적 팽창적 신대한'이라는 용어는 이러한 낙관적 전망을 잘 보여준다. 최남선은 부르주아적 개혁에 대한 낙관적 전망에 근거하여 민족의 독립과 정체성을 확립하고 확대하고자 하는 의욕을 지니고 있었다. 진보적 부르주아를 선두로 하여 일반 대중과 봉건 귀족 사이에 벌어진 역사적 투쟁의 합법적 산물로서 의의를 갖는 '민족'은, 사회의 문명·개화·진보를 촉진하는 중요한 역사적 힘이었다. 따라서 진보적 부르주아는 일반 백성을 봉건적 세계관으로부터 해방시켜, 민족의 단위 아래 새로운 역사적 문화적 전망으로 결합시키는 것을 그 역사적 사명으로 삼았다.

『소년』에 「해에게서 소년에게」의 창작 배경이 되었을 것으로 추정되는 그림이 한 폭 실려 있어 주목된다. 최남선은 그 그림에 대해 "激浪駭波가 電馳雷動하고 …… 萬洿가 俱沈하난 此間에 嶄巉한 一巖이 잇서 홀노 그 打來勢와 衝獐力을 排擊하며 抗敵하야 丈夫의 堂堂 獨立心을 表現하니 이웃지 詩人의 絶好한 題目이 아니리오 …… 이러한 곳으로 나의 形魂이 歸安하기를 心願하난 者ㅣ로다"8)라고 설명하고 있다. 이 글에서 최남선은

'전치뇌동'하는 '격랑해파'의 위엄보다는 이에 대항하여 꿋꿋하게 서 있는 '참참한 일암'의 당당한 '독립심'을 찬미하고 있다. 이것은 외세의 침탈과 같은 외압에 당당하게 맞서는 내적 주체의 강건한 독립심을 '나의 형혼'으로 삼고자 하는 태도를 표현한 것이다. 여기서 '독립심'이란 주체의 자주적 정체성의 확립을 의미한다. 중세적 질서로부터, 중화주의 및 제국주의 열강들로부터, 그리고 민족 내부의 '연약·나타의시·허위의 마음'으로부터 자립한 근대적 주체의 형성, 그것이 '독립심'의 핵심인 것이다.

최남선이 창작한 많은 시가들은 자신의 이러한 이념들을 반영하고 있다. 그의 시가에 등장하는 '바다'와 '소년'은 폐쇄적이고 고루한 봉건 체제를 개혁하여, 개방적이고 청신하고 진취적인 근대적 관계로의 변화를 상징하는 것이었다. 또한 그것은 근대적 개혁의 주체에 대한 표상이었다. '소년'은 개혁운동에 참여하는 자신의 표상이자 근대적 민족국가를 건설하는 주체이며, 새로운 사회 이념의 대변자였던 것이다.

최남선은 시가를 창작하거나 평가할 때 '광명·순결·강건한 분자' 및 '광활·웅대·연심'한 기상9)을 중요한 정서로 강조하였다. 또한 그는 '신대한국민의 十德'으로 '純潔, 光明, 剛健, 和樂, 眞實, 誠忠, 勤勉, 正義, 美麗, 整齊10)를 꼽았는데, 이것을 근대적 주체의 덕목으로 삼았다. 그는 이러한 가치와 덕목을 시가를 통해 보급하고자 하였다. 최남선은 특히 창가의 음악성이 지닌 선전 선동적 감응력에 주목하였는데 '口歌'의 '청신한 조와 강건한 辭로써' '恒少한 府民의 志氣를 激勵하고 現勢를 알니고' '사실을 교시'하고자 하였다.11) '신체시'의 분절적 정형성은 이러한 창가 양식의 변형으로서, 노래지향적 속성을 가지고 있었다.

---

8) 『소년』, 1909. 1, 12쪽.
9) 「신체시모집요강」, 『소년』, 1909. 1.
10) 『소년』, 1910. 5, 1쪽.
11) 「한양가」와 「경부철도가」 광고, 『소년』, 1908. 11.

3. 계몽 주체의 분열과 자유시 창작

근대적 민족국가 건설에 대한 최남선의 이념은 계몽 주체로서 주관성에 기초하여 세계에 대한 지배력을 절대화하는 주관철학에 바탕을 두고 있었다. 최남선은 '정의'와 '지선'의 '대정신', '향상성'과 '전진심'을 갖고 '견인'하고 '무실력행'하고 '준비'해야 한다[12]는 관점에서 민족적 정체성을 확립하고자 하였다. 그러나 이러한 일반론적이고 주관적인 방책으로 근대 사회의 이념과 가치기준을 세우고 민족과 국민의 역량을 결집하여 근대적인 독립국가를 건설하겠다는 기획은 실제 현실 속에서 무력할 수밖에 없었다. 더욱이 일제의 침략이 강화될수록 이같은 근대의 기획 내지 계몽의 기획은 더욱 관념화하는 방향으로 나가게 된다.

최남선을 비롯하여 당대 애국계몽 주체들의 관념성은 그들이 창작·보급한 시가 형식에서 정형률과 노래 지향을 강화하는 방식으로 나타났다. 주관적 절대 정신의 표상인 시적 주체가 복잡다단한 경험적 현실의 역동성을 그 자체의 발전논리로서 파악하지 못하고 자신의 관념 아래 형식화한 것이 정형률로 나타난 것이다. 또한 이들은 노래 형식이 지닌 음악적 감응력에 의존하여 독자 대중에 대한 영향력을 극대화하고자 기도하였다. 애국계몽기 시가에 나타난 정형률과 노래 형식의 결합은 이러한 상황과 기획의 반영이었다.

그러나 절대적 주관성에 의해 구조화된 주체가 경험적 현실의 힘에 압도되어 정체성의 혼란에 직면할 때가 있다. 현실을 직접 체험함으로써, 관념적으로 자신을 지탱해 왔던 이념이 지배력을 잃고 갈등하게 되거나 세계와 자아를 성찰의 대상으로 삼게 되면서 동요하게 되는 것이다. 최남선은 종종 여행[13]을 통해 민족이 처한 현실과 백성들의 살림살이를 목도할

---

12) 「少年時言─國民思行의 標準」, 『소년』, 1910. 5, 14-15쪽.
13) 최남선은 청년학우회의 전국 지회를 순회하며 지도하는 일을 맡았다. 또한 지리에 대

수 있었으며, 이것이 계기가 되어 자신의 의식에 변화가 생기기도 하였다. 이는 자아 내면의 성찰로 이어지기도 하였다. 이러한 현실 체험과 자아 성찰은 최남선이 자유시를 창작할 수 있는 계기가 되었다. 낙관적 전망에 기초한 주관적 절대정신으로 시적 대상과 현실을 구성하고 대중을 계몽하기 위해 노래체 형식의 창가나 그의 변형태인 신체시를 창작[14]하였던 것에 반해, 노래형식이나 정형률로 담아낼 수 없는 현실의 복잡다기한 부면과 정서를 표현한 것이 자유시 '형태'[15]였다.

최남선은 남대문에서 대구까지 기차를 타고 여행하면서 쓴 글 「嶠南鴻爪」[16]에서 식민지로 전락하고 있는 조국의 비극적 현실을 접하면서 느낀 착잡한 심사와 자기 성찰적 시선을 진실하게 표현하고 있다. 그는 "이 철도의 ᅩᄂ[노은] 짱은 뉘 ᅡᅵ[쌍이]며 이 ᄋ[짱]에 ᅩᄂ[노은] 철도는 ᅵᄉᄂ[뉘ᄉ건]고 ᅵ[이] 나라○ᅵ 철도완댄 타고 다니난 사람은 누가 만흔고"[17]라고 하여 기차와 철도의 주권을 빼앗긴 현실에 대한 참담한 심정을 토로하기도 하였다. 또한 기차에 타고 있는 많은 일본인을 가리켜 "韓土移植民의 한 분자가 되야 일본제국의 발전을 위하야 몸을 바치고 나선 모양"이라고 비꼬고 있다. 이러한 서술은 민족적 입장과 문명 개화에 대한 희구가 그의 사상 내부에서 갈등하고 있었던 것을 말해주는 대목이다.

철도와 도로의 확충은 지방분할적 사회를 해체시키고 그 지방분할적

한 개인적인 관심으로 많은 여행을 하였는데, 이러한 여행은 학술 답사적 성격이 강했던 것 같다. 그는 여행과정에 관찰하고 느낀 것을 기록으로 남겨두고 있다.

14) 창가나 신체시는 서술적 주체가 지닌 확신의 산물이며, 그것은 당대의 애국계몽 주체들이 보여준 낙관적 전망에 대한 확신을 반영한 것이었다.

15) 이 당시에는 자유시가 시대적 '양식'의 수준으로 확립되지 못했으며, 그 정서와 형식의 면에서 단초를 보이고 있는 것이기 때문에 자유시 '형태'라는 용어를 사용하였다.

16) 『소년』 1909. 9, 52-66쪽.

17) 일본에 대한 비판적 언술이어서 그러한지 이 부분만 破字로 인쇄되어 있다. 이것이 일제의 검열에 의한 것인지 아니면 육당이 스스로 자기 검열의 차원에서 그렇게 한 것인지는 확실치 않다. [ ]안은 인용자가 재구해 본 것이다.

82

체제 안에서 지배권을 행사하던 봉건세력을 무력화시키는 사회적 의미를 갖고 있었다. 또한 철도, 도로, 통신망의 확충은 전국을 민족적 통합 시장으로 만들어 부르주아적 개혁과 자기 확장을 도모하는 기반이 되었다. 그런데 한국의 경우, 이런 자본주의적 근대화가 식민지 침탈의 기간 산업으로 기능하게 되었다는 데 딜레마가 있었다. 최남선은 이런 딜레마를 분명하게 자각하고 있었다. 최남선의『경부철도가』(신문관, 1908. 3)는 문명 개화에 대한 일방적 찬양이라 하여 민족의식이 결여되어 있다고 비판받기도 한다. "우렁차게 토하난 기적소리에"로 시작하는 서두는 철도를 통해 상징되는 근대문명에 대한 가슴 벅찬 상찬으로 시작하고 있으나, 기차를 통해 침략해 오는 일제에 대한 위기의식과 우리 처지의 비통함도 함께 표현하고 있다. 예를 들면 청일전쟁 통에 수난을 당한 인민의 한과 설움을 표현하고 있는데, 그 전쟁터였던 성환역을 지나면서 "일본 남자 대화혼 자랑하는데 / 그중에도 일로파 눈물 씻으며 / 그때통[청일전쟁—인용자]에 외아들 잃어버리고 / …… / 말말마다 한이오 설움이어니"라고 하는 대목이 그러하다. 또 "우리들도 어늬째 새긔운나서 / 곳곳마다 일흔것 차자드리여 / 우리장사 우리가 주장해보고 / 내나라쌍 내것과 갓히보일가 / …… / 식전부터 밤까지 타고온 기차 / 내것갓히 안저도 실상남의것 / 어늬째나 우리힘 굿세게되야 / 내팔쑥을 가지고 구을려보나"에서 보듯이 근대적인 것과 민족적인 것을 결합시키려 노력하고 있다.

근대적 개혁에 대한 이상과 민족적 입장이 상충 갈등하는 지점에서 현실 인식의 지평과 정서의 폭은 더욱 넓고 깊어지게 된다. 주관적인 절대정신에 기초한 낙관적 전망이 동요하면서, 주체의 정체성이 혼란을 체험하게 되는 것이다. 이러한 혼란과 동요를 겪는 과정에서 자유시 형태가 출현하게 된다.

최남선은 당대의 계몽운동가들이 그 정당성을 얻기 위해서는 민중들의 삶에 대한 이해가 있어야 한다는 점을 강조하였다.

눈물나난 일은 沿路에 눈 띄우난 人民의 살님사리라, 그 집을 보아라 도야지 우리요, 그 먹난 것을 보아라 개밥이로다. 外國 사람의 記錄에는 …… 韓人은 衣服은 매우 擇 한다고 하나 그러나 이는 낫잠이나 자고 담배나 피우면서 農軍의 피와 땀을 빠라먹고 사난 京鄕間 遊食하난 寄生蟲들의 말이오 이따위를 奉養하난 一般 農軍의 옷으로 말하면 참 말 못할 情狀이라. …… 새삼스럽게 一般 人民이 얼만콤 이러한 地位에 自安하는 어리석음과, 所謂 志士니 愛國者니 하난 者가 이러한 實際問題는 等閒히 하고 空然히 떠드난 거짓(虛僞)을 웃지하면 깨칠고[18]

최남선은 놀고 먹는 기생충들의 농락에 '자안하는' '인민'의 '어리석음'과 '실제문제는 등한히 하고 공연히 떠드난' '지사'나 '애국자'의 '허위'를 비판함과 동시에 자기의 정체성을 다시 되돌아보고 있다. 이 글에서 최남선은 동요하는 자아의 내면을 들여다보고 있다. 이러한 동요의 계기는 '인민'의 비참한 삶을 목도한 데 있으며, 이로 인해 문명개화에 대한 낙관적 확신과 민족적 처지의 비참함이 서로 갈등하는 관계를 인식하고 있다.

최남선은 「평양행」이란 글에서 경의선을 타고 여행하다가 개성역을 지나는 중에 느낀 감회를 자유시 형태로 표현하고 있다.

허술한 門樓위에
허술한 支揭ㅅ軍이 안졋네
두손을 무릅압헤 맛잡고
곰방대에담배를 피우면서

松岳山連峰위엔 마음업난 구름이 오락가락하고
滿月臺地臺아래엔 개똥감춘 풀포기가 푸릇누릇하도다

18) 최남선, 「嶠南鴻爪」, 『소년』, 1909. 9, 65-66쪽.

그가 얼업시 보난것이 무엇인고?

半千年 王業이 길기도하거니와
三國을 統一하야 처음으로 高麗한 半島에 帝國을 세우니
또한 盛하도다
그러나 지금은 거림자도 업구나
그가 얼업시 생각하난것이 무엇이뇨?

한世上을 고요하게 지낼새
너에게 자랑할것 自負할것 한아 업섯도다
그러나 大皇祖의 宏遠한 規模를 現實할양으로
—— 사랑과 올흠의 大帝國을 이 人間에 세울양으로
—— 그리하야 主의 뜻을 이루고 아울너 우리나라의 흙이 왼 地球中 가장 큰것
을 만들양으로

그목숨을 내여논 崔瑩은
高麗史의 저녁노을 이러니라 죽이긴 죽이고 죽기는 죽엇서도
오호! 이 淚腺이 넉넉치못한 사람은 피로 代身하야 우난곳이로구나.
그가 얼업시 도라다보난것이 무엇이뇨?

南蠻(安南·섬羅等)이 方物을 드리고
東夷(蝦夷·琉球等)가 臣되기를 願하니
한때 榮華가 너도 또한 '로오마'로구나
그러나 槿花의 하루아참이 되고 말미 웃지함이뇨
우리가 禮成江의 일흠을 생각하매
불상타함을 쯔리지아니하겟네

그의 얼업시 鬼혼뜬을 가진듯함이 무엇이뇨

담배烟氣는 무럭무럭 그의 얼골을 덥도다
한대가 다 타면 다시 닫아부쳐 썰고 담기를 쉬지아니하난도다
그는 支揭ㅅ軍이어늘
벌이할 생각은 털끚만치도 업난듯 담배만 업시하난도다

쌀업서 애쓰난 그의 안해
옷헐어 살 드러난 그의 자식
그를 보니 보지안어도 생각하겟네

살님의 괴로운 싸홈에 疲困하얏나냐
쎠쳐 올나가난 烟氣ㅅ속에 쉼(休息)을求하나냐
그럴것도 갓지 아니하다
'배곱하!' 소리가 그의 귀를 짜릴터인데
그래도 담배만 쎡 쎡

城밋헤 웃둑웃둑선 石碑는
뉘집 烈女인고
知覺업난 새들은 함부로 쏭을 깔녓도다
찌룩찌룩 소리하난 저 기럭이
── 때 ── 알어차렷나냐! 하난것 갓다
그러나 쏘 한대 담난고나

낫겨운 해는
눅은 빗흐로 계어르게 門樓와 밋 그를 비춰ㄴ다

허술한 집을 쏘일때에는 해도 허술한듯

얼업난 사람을 쏘일때에는 해도 얼업난듯

너의 支撓가 썩을때까지라도 그리만하고 잇거라

내가 타고 안진 汽車는 暫時도 그치지 안네

아마 다시는 못보겟다 잘잇거라

나는 올때가 잇서도 네가 웃덜지?!19)

　이 시는 정형률과 노래형식에서 완전히 벗어나 자유시 형태를 취하고 있으며 시인의 시의식 또한 자유시 형태를 지향하고 있다. 이것은 「해에게서 소년에게」(1908. 11)라는 노래체 '신체시'가 창작된 지 꼭 일년 만의 일이다. 이 작품은 시적 형식에 있어서 매우 자유로우며 특히 행과 연의 배열이 안정되어 있고, 시상이 서로 얽히며 시적 정조를 확대·심화하는 효과 등이 뛰어난 성취라 하겠다. 또한 시적 주체의 목소리도 당시의 애국계몽기 시가들에서처럼 계몽적 자아가 외부의 청자를 향해 일방적으로 교술적인 의도를 강제하는 폐쇄되고 이념화된 것이 아니라, 내성화되고 서정화된 목소리를 지향하고 있다. 오히려 여행객으로서의 감상성이 과도하게 드러나 약간의 불안정한 일면을 노출시키고 있을 정도이다.

　이제 시 작품을 살펴보기로 한다. 이 시는 몇 가지의 시상을 중첩시키는 다층적 구조를 보여준다. 2연에서 6연은 찬란한 역사를 가진 고려의 고도 개성을 지나가면서 영화로웠던 과거와 위기의 현재 시간을 대비시키고 있다. 달리는 기차의 속도감에 실려 과거와 현재의 공간이 중첩되면서

---

19) 이 시는 최남선이 1909년 9월 19일 일요일 신의주행 제1열차를 타고 가던 중, 기차가 막 松京을 출발할 때 西門을 보고 지은 시이다. 시의 제목은 따로 적어 놓지 않고 「평양행」이란 기행문 속에 들어 있다. 작자가 'N.S'라고 표기되어 있는 것으로 보아 최남선이 분명하다.(『소년』, 1909. 11월호, 139-141쪽)

하나의 서사적 파노라마를 연출하고 있다. 그것은 마치 공간을 달리는 기차를 타고 시간 속을 여행하는 듯한 효과를 자아낸다. 또한 시인이 고도를 근대적 제도의 대표적인 상징이라 할 수 있는 기차를 타고 지나가면서 느낀 감회를 서술하는 것은 매우 의미심장하다. 실제로 시인은 그 철로를 개통시키고 득의에 차 있는 일본인들과 함께 기차에 앉아 복잡한 감회에 젖는다.

그러나 이 시의 핵심 제재는 과거의 영화로웠던 역사와 풍경에 대한 시인의 감회가 아니라, 현재의 시간 속에서 존재하고 있는 지게꾼의 곤궁한 삶이다. '굉원한 규모'의 '대제국'을 꿈꾸며 중국 대륙으로 세력을 뻗치던 고려의 '영화'가 아직도 흔적을 남기고 있는 고도 개성의 서문, 그 '허술한' 문루에 '허술한' 지게꾼이 앉아 담배를 피우고 있다. 시인은 이러한 지게꾼의 모습을 보고 "쌀업서 애쓰난 그의 안해 / 옷헐어 살 드러난 그의 자식 …… 살님의 괴로운 싸홈에 피곤"한 살림살이를 미루어 짐작한다. 이 시는 궁핍함을 벗어나지 못하는 지게꾼의 의지 박약과 게으름, 담배만 피우고 있는 무능함을 질타하는 계몽적 주제가 중심이 되는 것이 아니라, 궁핍한 현실 속에서 고통받고 있는 지게꾼의 삶에 대한 시인의 안타까운 심정을 표현하는 데 중심이 놓여 있다. 시인의 이러한 태도는 민중을 단순한 계몽의 대상으로 취급하지 않고, "그가 얼업시 보난것", "그가 얼업시 생각하난것", "그가 얼업시 도라다보난것", "그의 얼업시 歙흔뜯"을 이해하고자 하는 것에서도 드러난다. 이 시는 근대적 제도가 확립되는 한편에서 궁핍화되어 가는 민중들의 현실에 대한 깨달음을 보여주고 있어 주목된다.

그렇다면 최남선에게서 이러한 시적 성취를 가능하게 했던 기반은 무엇이었을까?

첫째는 한시 전통의 계승이다. 여행을 하면서 시를 쓰는 것은 한시에서는 일반적인 현상이었다. 물론 국문시가(특히 歌辭의 경우)에도 그러한 전통이 있었지만, 최남선이 이 작품에서 정서를 집약하는 방법은 분명히 한시적 전통을 계승하고 있다. 시의 배경과 시적 대상을 형상화하는 방법, 시적 대상을 바라보는 서정적 주체의 태도, 그리고 시의 근저를 형성하고 있는 정서를 표현하는 방법 등에 있어서 한시적 특징을 보여준다.

실제로 최남선은 이 시를 짓기 바로 전부터 한시에 관심을 보이기 시작했다. "근래에 이르러 무엇이 동기인지 한시짓고 십은 생각이 매우 간절하야 기회만잇스면 한 수식 지여 보량으로 공연히 애를 쓰난데 左에 기록한바는 이번 南遊中에 바다를 구경하고 감상을 얼근것이라.… 우리의 보고 생각한 바다는 웃더한고를 삷혀주시면 얼마콤 맛이잇슬줄 밋소." 라고 한 뒤 다음의 한시를 덧붙이고 있다.

天地渾淪無定界　　茫茫海國兩間開
金烏玉兎倂呑吐　　巨鼈長鯤任去來
羣物賴滋功至矣　　衆汚咸納德洪哉
不私其有無偏碍　　萬古千秋一汪懷[20]

「해에게서 소년에게」에서도 나타났듯이, 최남선의 시가에서 '바다'는 문명세계를 표상하는 일종의 관념화된 상징체계로서 존재한다. '바다'는 시인의 선험적 이념을 반영하는 도구로 사용되었으며 그 자체로서 감각적인 구체성이나 현실적인 서정성을 지니지 못했다. 그러나 위의 한시에서는, 직접 답사하고 여행하면서 현실과 삶에 대해 느낀 감회를 관념의 형태가 아니라 감각적 구체성을 통해 형상화하고 싶은 욕구가 생겨나게 되었다. 이것은 세계에 대한 새로운 형태의 인식을 획득함으로써 그것을 표현할 새로운 형식에 관심을 갖게 되었음을 보여준다.

---

20) 『소년』, 1909. 9, 44쪽.

다음으로 이 작품이 창가나 노래 형식이 지닌 정형성을 벗어나 자유시 형식을 취하게 된 두 번째 이유는, 시인의 현실 인식의 진정성에서 기인한 것이다.

최남선은 당시 애국계몽운동가들처럼 계몽적 주체에게 전횡적·절대적 권위를 양도하여 세계를 주관화하였으나, 종종 이런 현실 파악방법에 대해 비판적 입장을 드러내기도 하였다. 특히 민중을 단순히 계몽의 대상으로만 파악하는 관념적인 민중관과 그것이 지닌 허위의식을 비판하고 민중의 자발성과 능동성에 적극적인 가치를 부여하려는 진전된 현실인식을 보여주고 있다. "지금의 자칭 애국자·신문기자·연설가·선구자 등이 脣焦舌弊하도록 나라의 어려운 일을 備陳하되 비교적 그영향이 적음은 쏘한 그중의 성심이 부족(或은 全無)한 까닭이라. 그네들이 자기에 결함이 잇난 것을 엄폐하려하야 갈오대 인민의 지식이 너모 천열하고 영각이 너모 지둔하다하나 아난사람은 이로써 용서치 아니하나니라."21) 최남선은 계몽 주체들(자칭 애국자, 신문기자, 연설가, 선구자 등)이 당대 민중들의 비참한 실상을 제대로 인식하지 못하고 있다고 비판하였다. 당대 현실에 대한 객관적 인식은 그로 하여금 절대적 주관성에 근거하여 형성했던 관념적 이상과 자아 정체성을 동요하게 만드는 계기가 되었다. 그리고 이러한 자아 정체성의 동요를 경험하게 되면서 최남선은 새로운 세계 인식과 그것을 표현할 새로운 시 형식의 필요성을 절감하게 되었던 것이다.

최남선이 자유시 형태를 집중적으로 창작하던 시기는 '망국'의 조짐이 구체화되어 가던 1910년 2월부터 1910년 7월까지의 기간이었다. 「태백산의 사시」·「태백산부」(『소년』, 1910년 2월), 「쓰거운 피」(『소년』, 1910년 3월) 「태백의 님을 이별함」(『소년』, 1910년 4월), 「나라를 쩌나난 슯흠」(『소년』, 1910년 4월), 「花神을 찬송하노라고」(『소년』, 1910년 5월), 「썩긴 솔나무」(『소

---

21) 『소년』, 1909. 9, 9쪽.

년』, 1910년 6월), 「녀름 구름」(『소년』, 1910년 7월) 등이 그것이다.

> 운수는 나로 하여곰 나라를 써나게 하도다
> 버틔려하면 손도 잇고 쩃듸듸혀하면 발도 잇스나 우리는 구태여 運數의 식힘
> 을 抗拒하랴 아니하노니 그 所用업슴을 아난故라
>
> ― 「나라를 써나난 슯흠」 부분

> 그러나 너의 생을 보존하고 씨를 繁殖하기에는, 일즉 絶望한 일도 업고 마음을
> 계을니한 일도 업도다.
> 堅忍하난도다, 力排하난도다. 그리하야 子房에 알이 익기까지는 激戰을 사양치
> 도 아니하고 奮鬪를 질겨하도다
> ...... (중략) ......
> 사람이란 왜이리 弱하여질 素因이 있는가?
> 이를 생각할 때마다 더욱 너희를 부러워하며 기림은 우리의 참情이로다
>
> ― 「花神을 贊頌하노라고」 부분

최남선이 신체시와 창가를 창작할 때 근대적 주체 형성을 위한 필수 덕목으로 내걸었던 '광명·순결·강건한 分子' 및 '광활·웅대·연심'한 기상이, 자유시 형태에 오면 '좌절'·'고통'·'파란'·'곡절' 등으로 변화하고 있다. 이러한 시적 정조의 변화는 절대적 주관성에 의해 형성되었던 계몽 주체로서의 자아 정체성이 '망국'이라는 절박한 현실 앞에서 혼란과 분열을 경험하게 되는 사정을 반영하고 있다. 이것은 전통적인 사회체제의 '고루편협'과 '허위'에서 벗어나 '광명정대'한 근대적인 문명 국가를 건설함으로써 주체의 근거를 세우려던 최남선의 기도가 국가의 멸망이라는 상황에 처하여 심각한 정체성의 동요를 체험하게 되었음을 보여준다. "나는 주리도다 목말으도다 헛헛증이 나서 참 견딀수업도다. 우러러 하늘을 보아도

쩔어지난것이 업고 굽으려 짜을 보아도 쮜여올으난것 업스며 …… 역사에
물어도 잠잠하고 시문에 구하야도 잠잠하며 남에게 의탁하야도 눌너주지
못하고 나 스스로 시험하야도 참아지지 아니하니 이 사람 나야말노 웃지
하면 조흔가.”22)

　이같은 혼란과 분열의 자각은 자수율에 의해 통제받던 형식적 정형성
을 파괴하고, 새로운 형태의 자유시를 창작하는 계기로 작용하였다.

> 曲折하고 崎嶇한 길 …… 單純치 아니하기에 遠大하고 奧妙하고 深刻함이라.
> 單調와 純音에 厭症나지 아니할 者, 그 몟치나 될꼬(11쪽) …… 波瀾이 만코 曲折
> 이 만흔 사람의 살님사리는 우리에게 갈으침과 깨닷게함이 多大할쑨더러 大詩人
> …… 의 藝術的 意義와 價値가 잇스니 그가 곳 살은 人生理學임이로다. 苦로움아!
> 앏흠아! 인제 알건댄 네가 나를 못살게 구난것이 아니라 참말 나를 살게하난 者가
> 도리혀 너로구나. 旣往에 내가 너를 怨謗하얏슴을 허믈하지 말라(12쪽).23)

　위의 글에서 최남선은 인생살이의 파란과 곡절, 괴로움과 아픔을 있는
그대로 받아들이고 형상화할 때 예술적 의의와 가치가 획득된다는 깨달음
을 보여주고 있다. 인간과 현실에 대한 진실한 이해야말로 진정한(‘원대하
고 오묘하고 심각한’) 예술 창작의 밑바탕이며, 이를 근대적 삶의 형식에 적
용했을 때 자유시가 창작되었다. 최남선이 창가와 신체시의 형식적 정형
성(‘단조와 순음’)을 탈피하고 자유시 형태를 창작하게 되었던 것도 이같은
현실 인식의 진정성에 기인한 것이었다.

　국권 상실의 위기감이 현실로 진행될 즈음, 최남선은 확신에 찬 목소리

---

22) 앞의 글, 8-9쪽.
23) 「少年時言」, 『소년』, 1910. 8, 7-14쪽. 『소년』지는 이 1910년 8월호로 인하여 신문지법
　　제21조에 의거 ‘치안을 방해’한 혐의로 발행 정지를 당하게 된다.(『소년』, 1910. 12, 목차
　　란 참조)

로 낙관적 전망을 구가할 수만은 없었다. 이에 그는 "의혹하라 의혹하라 쏘 의혹하라, 쉬지 안코 의혹함이 곳 다시 업난 해결이니라. 의혹은 깁흐고 큰지라. …… 그중에 한가지를 제게 조흔대로 택하야 가지고 … 정의를 만들어 가지고 그속에 억지로 구속하야 지냄은, 이 痴가 아니면 狂이라 할지니라."24)고 주장한다. 이처럼 '모든 것을 쉬지 않고 의혹하는 태도'는 바로 근대적 주체에 내재된 성찰적 이성의 발현을 의미한다. 근대적인 문명 사회의 건설이라는 관념적 이념과 선구자적 사명감에 의탁하여("그중에 한가지를 제게 조흔대로 택하야 가지고 … 정의를 만들어 가지고 그속에 억지로 구속하야") 계몽 주체로서 자신의 정체성을 형성해 온 최남선이 망국의 현실에 처하여 비로소 '의혹하는 자'로서의 근대적인 주체를 발견하게 되었다. 근대적 주체로서의 정체성은 선험적 주관성과 관념에 의탁하는 것이 아니라 오직 주체의 자율성에 의해서만 확립되는 것이다. 이러한 근대적인 주체 인식은 국가 또는 민족과 개인의 '갈등·긴장·모순·공모'의 관계에 대한 새로운 인식을 요구한다.25)

4. 강제 '합방'의 정착과 정형률 회귀

1910년 국권 상실 이후, 근대적인 문명국가 건설에 대한 낙관적 신념과 계몽적 열망에 의해 형성되고 지탱되었던 근대적 주체의 정체성은 심각한

---

24) 「少年時言」, 『소년』, 1910. 8, 13-14쪽.
25) 리우는 주장하기를 동아시아에서는 근대적 개인 혹은 자아의 개념이 민족 문제와 떨어질 수 없는 관계를 맺고 있기에 서구 근대성에서 상정하듯 고립된 개인적 아이덴터티의 장소로서 '셀프(self)'를 상정할 수 없다고 한다. 즉 민족 아이덴터티와 개인 아이덴터티 문제는 서로 중첩되어 있으며, 그 사이에는 갈등·긴장·모순·공모의 관계가 뒤얽혀 있다고 보는 것이다.(장성만, 「한국 근대성 이해를 위한 몇가지 검토」, 『현대사상 2』, 1997. 여름, 126쪽 참조)

동요를 겪게 된다. 산문시 「녀름ㅅ구름」에 최남선이 경험한 계몽적 자아의 분열과 정체성의 동요가 잘 나타나 있다.

> 남이 나를 自由自在케 함이 아니라, 내가 나를 自由自在케 함이라. 억지로 自由自在함이 아니라, 自由自在할 素質과 機能이 잇슴이라.
>
> 그는 집이 업난 게야, 떠나던 곳으로 도로 돌아오난 일이 업도다. 그는 안해도 업는게야, 자식도 업는게야, 활활활 다니면서 뒤도 돌아다보는 일 업도다. 그는 名譽도 몰으난 게야, 貨利도 모르난 것이야, 이로하야 거름을 멈추거나 길을 고침을 보지 못하겟도다. 그는 義務도 업고 權利도 업난게야, 그의 다니난 동안에는 무엇에 붓들니난 것도 업고 무엇을 잡난 것도 업도다. 그런게야, 그는 自由自在밧게는 아무것도 업난게야.
>
> — 「녀름ㅅ구름」[26] 부분

시적 주체는 상실감과 더불어 '안해' '자식' '명예' '화리' '의무' '권리'도 없이 '太虛蒼冥한 碧空을 자유자재'하는 '구름'을 동경하게 되었다. 이것은 시인이 계몽의 주체로서 가져야 했던 도덕적 부담이나 의무로부터 자유롭고 싶은 내면적 욕망을 '자유자재하게 돌아다니는 구름'이라는 상징을 통해 표현한 것이다. 이처럼 구름에 비유하여 시적 주체의 정서적 해방을 시도하고 있는 형상화 방법은 다분히 낭만주의적 상상력[27]의 산물이다.

『소년』이 '치안을 방해하였다고 신문지법 제21조에 의거하여 발매 유포를 금하고 압수를 당하고 발행을 정지'[28] 당하기를 거듭하다가 1911년 5

---

26) 『소년』, 1910. 7, 2-10쪽.
27) 최남선에게 낭만주의적 상상력은 그리 낯선 것이 아니었다. 최남선과 이광수는 이미 일본 유학 기간에, 악마주의적 반항성과 퇴폐성의 시인이라는 바이런에 심취해 있던 홍명희와 더불어 바이런, 톨스토이, 자연주의, 낭만주의, 이상주의 또는 러시아 문학 등 다양한 근대 문학을 탐독하고 서로 토론하며 사상적 문학적 모색을 했던 이력이 있다. 최남선은 이후 바이런의 낭만주의적 열정을 이상주의적 숭고함으로 변형시켜 소개하고 있다.

94

월 종간을 당하자, 최남선은 종간호에 자신의 복잡한 심회와 내적 갈등을
제목도 없는 다음의 시를 통해 표현하고 있다.

> 산에 갓단 구름의, 물엔 고기의
> 비우슴만 보앗소 침만 밧앗소
> 어느째는 풀숩헷 멧독이에게
> '멀것코 속업다'난 辱도 당햇소
>
> '힘주시오 힘주오' 소리질으고
> 나날이 예저긔로 밋친개짓 하오
> 아즉도 사람이란 눈물動物로
> 업난이겐 주고야 마난줄 아오
>
> ······ (중략) ······
>
> 나는 참안바라오 원수엣 自由
> 求함은 한갓 몹슬 結縛이로세
> 내몸은 풀어젓네 손은 지첫네
> 그 원수를 쫏기에 엇은바로세
>
> 그러나 이러케는 참못 견대여
> 치고 조여 사게는 맛쳐야겟네

---

28) 「愛讀列位에게 謹告함」(『소년』, 1910. 12, 목차란), 「讀者僉尊끠」(『소년』, 1911. 5, 1쪽)
참조. 최남선은 종간호에서 통감부 경무과장 명의 처분기록을 게재하고 덧붙여 말하기
를 "이것이 곳 우리가 여러분으로 더브러 여러달 캄캄한 턴널을 지나게 한 動機요 兼 事
實이외다. 甚히 簡單하오나 注意하야 보아주시오"라 하여 그 부당함에 항의하고 있다.

불쓰거움 찬어름 왼통 몰으난
느러진 神經으론 하로 못살아

      …… (중략) ……

精神차려 남의틈 버서나야함
槍끚갓히 째째로 마음 쩔으오
어제ㅅ밤 잠들째엔 더욱 괴로와
굿이 決斷햇건만 쏘나선 길요[29]

  위 시는 7·5조를 내적 형식으로 하고 있지만, 기존의 7·5조 형식과
차이를 보인다. 이전의 7·5조 시가들은 음수율적·의미론적 정형성만큼
이나 시적 주체의 목소리가 희망과 확신에 차 있고 그 도덕적 규율에 흔
들림이 없었다. 그리고 7·5조 음수율의 평면적 반복은 시작과 발전과 종
결이란 차원에서 리듬 내적 층위에 대한 감각을 가질 수 없어서 리듬의
강약과 긴장 효과를 낼 수 없는 것이 대부분이다.

  그러나 위의 시는 7·5조 음수율의 기계적 배열과는 거리가 있다. 7·5
조를 근간으로 하면서 8·5나 7·6으로 음수율적 일탈을 보여주고 있다.
또한 7에 해당하는 부분도 3·4로 고정되지 않고 4·3이나 5·3, 2·5로
의 변화를 추구하며 내적 리듬의 자유를 누리기도 한다. "주정으로 지내
난 이세상에를 / 깬마음으로 가자고 허덕이난 그"(4·3·5/5·3·4·1) "'힘
주시오 힘주오' 소리질으고 / 나날이 예·저긔로 밋친개짓 하오"(4·3·5/
3·4·4·2) "나는 참안바라오 원수엣 자유 / 구함은 한끗 몸슬 결박이로
세"(2·5·5/3·4·5) 이러한 율결적 일탈과 리듬의 변화는 시의 의미 내용

---

29) 『소년』 종간호, 1911. 5, 3-4쪽.

과 길항(갈등과 일탈)하면서 정서의 폭을 확대하고 서정을 증폭시키는 역할을 한다. 또한 시적 주체의 자기 분열을 표현함과 동시에 자기 정체성에 대한 성찰의 효과를 지닌다.

일반적으로 7·5조가 3음보를 이루고 있는 것에 비해, 이 시는 간혹 4음보를 지향하려는 힘을 보이기도 한다. 예를 들어 "나는 참안바라오 원수엣 자유"에서 '엣'의 'ㅅ'은 강세와 더불어 호흡을 멈추게 하며, 그 뒤의 '자유'에 주의를 집중시키는 효과를 나타낸다.30) 이와 같이 이 시는 기본적으로 7·5조라는 정형률의 테두리에 갇혀 있지만, 그 내적 리듬에 있어서는 자유율적 일탈의 움직임이 강하다. 바로 이것이 이 시에 내장된 에너지인 것이다. 이를 통해 한국 근대시 형성과정에서 산견되는 7·5조에의 견인과 그것으로부터의 내적 일탈이라는 리듬의식의 일단을 확인할 수 있다.31)

최남선으로 하여금 자유율적 지향을 보이게 한 것은 전환기적 시대 상황에 대한 인식과 자아 정체성의 분열에 기인하는 바 컸다. 근대적인 문

---

30) 최남선이 『소년』 창간부터 줄곧 그 정신과 목표로 추구해 온 것이 '자유'였다. '자유'는 최남선이 최고의 이상으로 추구해 온 것이었으며, 그의 자아 정체성을 형성하는 근간이었다. "밥과마실것 돈과벼슬은 / 엇디못해도 / 낙과영화와 몸과목숨은 / 이러바려도 / 나의댜유는 보던홀디며 / 탸댜올디니 / 댜유한아만 댜유한아만 / 갓디못하면 / 그의세상은 아모것업고 / 캄캄하리리라."(「모르네 나는」, 『대한학회월보』, 1908. 2) 그러던 그가 "나는 참안바라오 원수엣 자유 / 구함은 한갖 몹슬 결박이로세"라고 노래한 것은 외세의 침탈로 인한 망국의 현실 속에서 그가 겪은 자기분열과 모순의 체험이 얼마나 격렬했는가를 잘 보여준다.

31) 이후에 7·5조의 틀 안에서 섬세한 변화를 추구함으로써 시적 경지를 이룬 대표적인 근대 시인이 김소월이었다. 소월은 평생 7·5조 리듬에 묶여 있었다. 그의 시는 7·5조의 틀 안에서 섬세한 리듬의 변화를 추구하고 변형을 주려는 노력에서부터 시작되었고 또한 그의 시적 성취도 거기에 머물렀다. 소월이 7·5조를 벗어난 경우도 거의 없지만, 벗어난 경우 성공한 예도 거의 없기 때문이다. 김소월은 7·5조 안에서 자유를 한껏 누리며 시의 리듬을 구성해 갔던 시인이다. 리듬에 민감했던 김영랑의 시 「함박눈」에서도 7·5조와 그 변형에 의해 리듬을 창조하려 했던 의도를 엿볼 수 있다. 예를 들면 "바람이 부는대로 찾어가오리 / 홀린듯 기약하신 님이시기로 / 행여나! 행여나! 귀를종금이 / 어리석다 하심은 너무로구료 …"(서우석, 『시와 리듬』, 문학과지성사, 1981, 참조)

명 국가 건설이라는 낙관적 전망에 근거하여 경험적 현실 속에 존재하는 다양한 지향과 근대적 욕망들을 단순화시켰던 기존의 정형적 정신과 양식은, 국권 상실에 이어 최남선의 개인적인 자기 정체성을 지탱해 온 『소년』지의 폐간에 즈음하여 더욱 극심한 분열을 초래하였다.

1910년 국권 상실이 기정사실화하자 최남선을 비롯한 당대의 계몽 주체들은 새로운 근대적 길찾기에 나서게 된다. 국체가 망한 지금 그들은 오직 '민족'이라는 추상적 형식에 근거하여 자기 존재를 정립해야 했던 것이다. 그러나 이러한 위기의 시대에도 계몽 주체로서의 운명에 기꺼이 투신하였으며, 새로운 근대 세계를 확립하기 위한 계몽의 기획을 포기하지 않았다. 그 길은 새로운 것과 낡은 것, 경험과 기대, 이성과 감성, 역사와 가치, 전통과 반전통, 낙관과 비관, 주관적 자아와 객관적 현실 사이에서 혼란과 분열을 체험하면서 개척해야 할 길이었다. 이같은 혼란과 분열은 시가 양식에서 정형률과 자유율, 노래와 시의 양식적 갈등·착종으로 표출되었다.

여기서 최남선은 자유시 형태의 가능성을 더 이상 발전시키지 못하고, 견고한 정형률과 노래 형식으로 되돌아가고 말았다.

> 어듸로 가랴난지 저도 몰으오
> 이마가 맛닷토록 나갈 쑨이오
> …… (중략) ……
> 精神차려 남의틈 버서나야함
> 槍긋갓히 째째로 마음 쩔으오
> 어제ㅅ밤 잠들째엔 더욱 괴로와
> 굿이 決斷햇건만 또나선 길요

국권 상실 이후 '어듸로 가랴난지 몰으'고 밤새 '괴로와'하다가 '정신차려 남의틈 버서나'기 위해 '결단'하고 '쏘 나선 길'이었지만, 조급함만 있고 현실과의 접합점을 찾지 못한 계몽 주체들은 다시 관념과 낙관의 진화론적 실력양성론으로 돌아가게 된다. 이들은 전보다 더 안이한 계몽의 관습화에 빠져버리게 되었다. 이러한 계몽의 관습화는 정형률과 노래 형식의 부활을 예고하는 것이었다. 최남선도 소위 '국풍'이라는 시조와 창가의 세계로 회귀하고 말았다.

근대적 문명 국가를 건설하려던 이상이 국권 상실과 함께 좌절되고, 근대 기획의 물질적 토대를 박탈당한 상태에서 민족과 정신의 영역은 주체가 자신을 유지할 수 있는 마지막 교두보였다. 일제에 의한 지배가 본격화됨으로써 주체의 분열과 혼동, 다양하게 끓어넘치는 근대적 욕망들에 대해 동일성을 부여하는 '의식의 통합 장치'의 필요성을 절감하게 되었다. 최남선은 상상적인 어떤 공동체 또는 공동체적 이상으로 국민들의 정신과 역량을 통합시키는 계몽적 주체의 강건함을 추구하였다.[32] 민족과 국가의 추상적 절대화를 추구하는 과정에서, 민족과 개인의 관계 속에 존재하는 현실적인 이해 갈등이나 대립은 고려되지 않았다. 개인의 자유(분열과 혼돈, 개성의 자유로운 추구)보다는 절대정신의 주관성이라는 추상화된 관념으로서 더욱 견고한 국가와 이념의 일체화를 촉구하였다. 이것은 한국의 식민지적 근대성이 처한 운명이었다.

최남선이 1910년대에 '단군' 연구에 매진하고 朝鮮光文會를 조직하여 조선어 연구와 고전 간행 사업에 열정을 쏟았던 것은 국권 상실로 위기에 처한 민족 정체성을 지탱하기 위한 그 나름의 모색이었다. 이후 근대적 주체로서의 그의 정체성은 더 이상 동요하거나 분열하지 않았고, 그 결과

---

32) 근대 성립의 조건으로 민족주의의 확립이 요구되는바, 민족주의 성립의 물질적 조건이 마련되어 있지 않은 후진국의 경우 소설이 이러한 역할을 담당하여 '상상의 공동체'를 형성하게 된다고 B.앤더슨은 설명하고 있다.(김윤식, 『현대문학사 탐구』, 문학사상사, 1997, 30-31쪽 참조) 이것은 곧 부르주아지가 자기 존재의 물질적 제도적 취약함을 정신과 관념의 영역에 기대어 그 불안과 공포를 극복하고 보충하려는 기획의 일환이기도 하다.

로서 도덕적 규율과 율격적 통제에 충실하였으며 자유시는 더 이상 창작하지 않았다. "…族粹가 日로 衰頹하여, 五千年 往聖先哲의 赫赫한 功烈은 그 光이 晦하고 皇皇한 述作은 그 響이 消하며, 億萬代 後孫來裔의 久遠한 靈能은 그 源이 渴하고, 深切한 覺思는 그 機가 絶하려 하"33)는 때에 시조를 '국풍'이라 하여 새롭게 주목한 것은 바로 '국수'를 지키는 한 방책으로 생각했던 것이다. 또한 최남선은 민족을 통합하여 계몽하는 양식으로 노래체 창가에 몰두하였다.

5. 맺음말

최남선은 스스로 「견지론」이란 글을 써서 자기 규율을 만들고, 주체의 정체성을 강고한 정신력으로 지탱하려 했다. "堅忍으로서 最後의 勝捷을 得할 따름이오 堅忍으로써 永遠한 勝捷을 得할 따름이니라 …… 最後까지 堅忍함으로써 成功의 秘訣을 作하니"34)라 하여 堅忍不拔의 정신을 강조하였다. 중도에 포기하지 않고 끝까지 참아냄으로써 최후의 승리와 최후의 성공을 거두고야 말겠다는 결의를 표현하고 있는 것이다. 그리고 최남

---

33) 「조선광문회 취지문」,『소년』, 1910. 12, 56쪽. 1910년대 유학생 그룹 내에서도 '국수'에 대한 관심이 높았다. 이것은 유학생들의 사상을 민족주의적인 것으로 유지하는 하나의 근거가 되기도 하였으며, 자아 정체성을 규정하는 틀이기도 했다. 송진우는 유교 대신에 가져야 될 사상으로 국수 사상을 들었다. 그가 말하는 국수 사상이란 단군숭배사상이었다.(송진우, 「사상개혁론」,『학지광』5호, 1915, 4쪽)

34) 최남선, 「견지론」,『시문독본』, 신문관, 1918, 133쪽. 이는 애국계몽운동의 이념을 이어받은 것이기도 하다.("반드시 堅忍耐久의 심력으로 自强의 실력을 양성하고 沈機觀變하여 때를 기다려야 한다"『대한매일신보』, 1906. 5. 30) 또한 국권상실 전야의 비장한 심정을 산문시 형식으로 표현한 「花神을 贊頌하노라고」에도 견지론의 맹아가 나타나 있다. "그러나 너의 生을 保存하고 씨를 繁殖하기에는 일즉 絶望한 일도 업고 마음을 계을니 한 일도 업도다. / 堅忍하난도다 力排하난도다 그리하야 子房에 알이 닉기까지는 激戰을 사양치도 아니하고 奮鬪를 질겨하도다."(「花神을 贊頌하노라고」,『소년』, 1910. 5, 2쪽)

선은 '견인불발'함으로써, 3·1운동의 배후에 서서 기미독립선언문을 작성하는 데까지 나아갔다. 그러나 3·1운동을 통해 독립을 성취하지 못하자, 더 이상 '견지'하지 못하고 일제에 타협·굴복하는 길을 걸어가고 말았다.

역설적이게도 3·1운동은 자율적 존재로서의 근대 주체가 성찰적 이성을 자기 내부에까지 철저하게 관철시키지 못하고 주관성과 절대정신에 의탁해서 자신의 정체성을 확립해야 했던 한국의 민족 부르조아지의 태생적 취약성을 폭로하는 역사적 계기가 되었던 것이다.[35]

이와 함께 한국신문학 초기, 특히 1910년대에 선구자적으로 자유시 형식을 추구했던 김억, 주요한 등이 20년대 중반 이후 자유시의 가능성을 포기하고 정형률 지향의 시가를 창작하였던 것은 한국 근대자유시 형성의 어려움을 말해주는 것이다.

---

35) 이광수와 최남선이 해방 이후 '반민특위'에서 자기의 친일행위를 '민족을 위한' 희생적 행위였다고 확신에 찬 논리를 펼칠 수 있었던 데서 이러한 근대적 주체의 허약성을 볼 수 있다.

「만만파파식적」의 시인 김여제

1. 잊혀진 한국 자유시의 개척자 김여제

　2003년 6월 24일자 일간신문들은 한국 최초의 자유시로 알려진 김여제의 「만만파파식적」이 발굴되었다고 앞다투어 특필하였다. 그 작품은 『문학사상』 2003년 7월호에 전문이 게재되었다.[1] 원제 「萬萬波波息笛을 울음」이라는 시는 김여제가 일본 유학중이던 1917년경(1916년 말에서 1917년 초 사이)에 동경 유학생기관지 『학지광』 제11호에 발표한 것이다. 이 작품을 한국 최초의 근대시, 또는 자유시로 주목하는 데는 1924년에 주요한이 쓴 아래의 글이 결정적인 단서를 제공하였다.

　　참말 우리가 오늘 닐컷는 신시는 멀리 일본 동경에서 그 요람을 발견하엿습니

---

1) 일본 와세다대학 어학교육연구팀이 미국 의회 도서관에서, 그간 영인본에서 누락되었던 『학지광』 8호와 11호를 찾아냄으로써 김여제의 시 「세계의 처음」과 「만만파파식적을 울음」이 빛을 보게 되었다. 와세다대학 강사 심원섭이 『문학사상』(제369호, 2003. 7)에 발표한 「유암 김여제의 <만만파파식적>과 <세계의 처음>」을 통해 시의 전문이 공개되었다.

다. 필자의 아는 한에서는 당시(1917년경) 동경 류학생 기관잡지『學之光』에 창작
시를 발표한 流暗 金輿濟 군이 신시의 첫작가라고 봅니다. 그의 작품 중에「萬萬
波波息笛」가튼 것은 아직도 필자의 머리에 깁히 인상이 남어 잇는 작입니다. 그 이
의 작을 지금 인용할 수 업슴은 유감이나 그째 본 인상으로 말하면 그 내용(정죠,
사샹, 감정)이 새롭고 형식에 니르러서도 고래의 격을 파한 자유시이엇습니다.[2]

이 글에서 주요한은 김여제를 '신시의 첫작가'라고 규정한 뒤, 특히「만
만파파식적」을 언급하여 '그 내용이 새롭고' 시의 형식도 '고래의 격을 파
한 자유시'라고 극찬하였다. 일반적으로 자유시의 효시로 꼽히는「불놀이」
의 작가 주요한이, 실상 자유시의 첫 작가와 작품이 유암 김여제의「만만
파파식적」이라고 밝힌 대목은 주목할 만한 것이었다.

하지만 그 동안「만만파파식적」이 일실되어 그 실체를 확인할 수 없었
고, 김여제의 생애도 밝혀지지 않았으며, 국문학계에서 이에 대한 관심과
연구도 진척이 없었다.

한국 근·현대의 문인들을 총망라하고 있는『한국민족문화대백과사
전』[3]과『한국근대문인사전』[4]에도 김여제는 등재되지 않았다. 또한 김여
제는 근대시문학사에서도 제외되었다. 조동일은『한국문학사통사』의 근
대시 형성기를 서술한「신체시의 과도적 성격」에서 최남선, 이광수, 현상
윤, 최승구, 김억 등을 독립된 항목으로 다루면서 김여제는 시「산녀」에
한정하여 세 줄로 간략하게 언급하고 있을 뿐이다.[5] 김용직의『한국근대
시사』는『학지광』소재 시에 대해서 관심조차 보이지 않았다.[6] 김학동은
한국 근·현대시인을 망라하고 있는 방대한 연구서『현대시인연구』에서

---

2) 주요한,「노래를 지으시려는 이에게」,『조선문단』1, 1924. 10, 48-49쪽.
3)『한국민족문화대백과사전』, 정신문화연구원, 1991.
4) 권영민,『한국근대문인사전』, 아세아문화사, 1990.
5) 조동일,『한국문학통사』4, 지식산업사, 1986, 419-420쪽.
6) 김용직,『한국근대시사』, 학연사, 1986.

최남선, 현상윤, 최승구, 진순성, 황석우, 주요한 등을 작가론으로 다루면서 김여제는 다루지 않았다.7) 오성호 등이 공저한 『한국근대민족문학사』에서는 1910년대 시인으로 최남선, 이광수, 현상윤, 최승구에 한정하였고, 『독립신문』 소재 항일시에서 김여제를 부분적으로 언급하고 있을 뿐이다.8)

한편 김여제에 대해 주목한 연구로는, 임형택이 상해 『독립신문』 소재 항일민족시를 소개하면서 '金輿'라는 필명의 시인이 김여제일 것이라고 추정하고, 그의 시 2편을 높이 평가한 바 있다.9) 김윤식은 『이광수와 그의 시대』에서 김여제를 여러 번 언급하였다.10) 김여제에 대한 작가론적 연구를 시도한 최초의 논문은 졸고, 「유암 김여제의 생애와 시 연구」가 아닌가 생각한다.11) 이 논문은 한국 근대시의 형성과정에서 김여제의 위상을 살펴본 글로, 그간 확인할 수 없었던 김여제의 생애를 연보 형식으로 재구하고 그의 시세계를 간략하게 정리하였다.

논문을 쓸 당시, 가족을 통해 유고를 확인하면 「만만파파식적」도 찾을 수 있을 것이라는 기대로 가족을 수소문했으나 찾지 못하였다. 그런데 2002년 여름 미국에 거주하는 김여제의 가족으로부터 필자에게 연락이 왔다. 가족을 만났고, 김여제가 '流暗' 외에 다른 필명을 사용했다는 사실을 확인하고 기타 증언과 자료 등을 확보할 수 있었다. 그리고 2002년 11월 1일에 김여제가 국립 현충원의 애국선열 묘역에 이장되는 현장에도 동행하여 참석할 수 있었다. 가족들의 증언과 보충된 자료들을 토대로 심화된 김여제 연구를 준비하던 중, 이번에 「만만파파식적」이 발굴된 것이다.

이에 본고는 기왕의 자료와 새롭게 수집된 자료들을 바탕으로 김여제

---

7) 김학동, 『현대시인연구』, 새문사, 1995.
8) 김재용, 이상경, 오성호, 하정일 지음, 『한국근대민족문학사』, 한길사, 1993, 413-420쪽 참조.
9) 임형택, 「항일민족시」, 『대동문화연구』 제14집, 1981.
10) 김윤식, 『이광수와 그의 시대』 1, 2, 솔, 1999.
11) 정우택, 「유암 김여제의 생애와 시 연구」, 『반교어문연구』 제5집, 반교어문학회, 1994.

의 생애를 충실하게 재구성하는 데 우선적으로 주력하고자 한다. 이를 위해 본고에서 참고할 기본 자료는 1921년에 김여제가 자필로 작성한 <흥사단 입단서>(이하 <입단서>), 1947년에 작성한 흥사단 <단적>, 1959년 인하공과대학 임용 당시 자필로 작성한 <교원명부>, 1962년에 작성한 자필 <이력서>, 그리고 1968년 그의 장례 때 장례준비위원회에서 작성한 <고 김여제 씨 약력>(이하 <약력>) 등이다.12) 김여제의 생애 재구성을 통해 「만만파파식적을 울음」을 쓸 당시 그의 생활과 의식을 엿볼 수 있을 것이며, 이어지는 상해임시정부 시절, 미국 유학과 귀국 후 그의 시 세계가 변화하고, 결국 시를 떠나게 되는 정황도 밝혀질 것이다. 이는 한국 근대 자유시의 선구적인 시인으로서 김여제를 연구하기 위한 기초작업이 될 것이다. 김여제의 시 세계를 조명하고 통괄하는 작업은 후고를 기약하고자 한다.

2. 오산학교와 신문관 시절

김여제(金輿濟; 1895~1968)는 1895년 5월 29일 평안북도 정주군 안홍면 안의동 442번지에서 아버지 김정간과 어머니 윤씨 사이에서 2남 2녀의 장남으로 태어났다.13) 정주는 이광수, 김억, 현상윤, 김소월 같은 근대 문인들을 많이 배출한 곳으로 유명하다. 그의 본관은 연안이다. 아버지 김정간은 1869년 생으로, 평생토록 고향에서 농사를 지었다. <약력>에 의하면 그의 아버지는 진사였다고 한다. 김여제는 8세에서 14세까지 고향 의숙에서 한문을 전습했다. <입단서>에도 1900년부터 1908년까지 '사숙'이라고 기

---

12) 김여제 관련 자료와 흥사단에서 발간한 단보 『기러기』 등을 입수하는 데 흥사단 전 부이사장 이상주 선생의 도움이 컸음을 밝힌다. 이상주는 김여제와 함께 등산을 할 정도로 친분이 있어서 생전의 김여제에 대해 증언해 주기도 하였다.

13) 1921년에 작성된 <흥사단 입단서>에는 김여제의 생년이 단기 '4229년' 즉 서기 1896년으로 적혀 있으며, 그 이외의 자료에는 모두 1895년으로 되어 있다.

록되어 있다.

그는 14세 되던 1909년 정주에 있는 오산학교에 입학하여 1911년에 오산학교를 2회로 졸업하였다. 김여제가 오산학교에 다니고 있던 1910년에 춘원 이광수가 선생으로 부임하였다. 당시 이광수는 일본 메이지 학원 보통부 중학 5학년을 졸업한 19세의 젊은 선생이었다. 학업 성취가 뛰어났던 김여제는 졸업과 동시에 이광수의 추천으로 최남선에게 소개되어 상경하게 되고 신문관 일을 돕게 되었다.14)

김여제는 신문관에서 숙식하면서 출판 업무를 보고, 최남선이 주재하던 조선광문회의 사업도 보조하였다. 또 청년학우회, 중앙기독청년회, 경성일어연구회 등의 단체에 가입하여 활동하면서 격변하는 세계에 대한 안목을 넓혀 나갔다.15) 특히, 청년학우회에 가입한 것은 이후 그의 삶을 규정하는 중요한 계기가 되었다. 청년학우회는 1909년 8월 안창호의 발의로, 청년들의 인격 수양과 애국심 함양을 위해 설립된 수양 단체였다. 청년학우회는 애국계몽운동의 한 축을 담당하는 신민회의 산하 단체였는데, 1910년 4월 국권 상실이 기정사실화되면서 신민회의 간부들이 중국으로 망명한 뒤, 최남선이 국내에 남아 이 단체를 이끌었다. 신문관에서 최남선을 돕던 김여제가 청년학우회에 가입하고 그 업무를 보조하게 된 것은 자연스런 결과였다. 이를 계기로 김여제가 안창호와 애국계몽사상의 간접 세례를 받게 되고, 이후 상해에서 안창호를 직접 만난 뒤 흥사단에 가입하게 된다.

또한 김여제는 1911년부터 1913년 여름까지 조선광문회 사업을 보조하는 역할을 담당하였다. 조선광문회는 1910년 12월 최남선의 기획하에 발

---

14) "잡지 『소년』이 폐간된 것이 1911년 1월이었는데, 이듬해(1912년 – 인용자) 이광수의 소개로 춘원이 정주 오산학교에서 가르친 학생 중에서 가장 수재였던 김여제가 서울로 올라와서 신문관에서 숙식하게 되었다. 그때는 이광수도 서울 오면 으레 얼마씩 신문관에서 묵고 있었다."(조용만, 『육당 최남선』, 삼중당, 1964, 116쪽)

15) 김여제는 1921년 상해에서 「홍사단 입단서」를 작성할 때, 활동했던 단체로 청년학우회, 기독청년회, 동경유학생학우회, 조선학회를 기입하였다.

족하여, 조선어 연구와 고전 간행 사업을 추진하였다. 이 사업은 국권 상실로 위기에 처한 민족 정체성을 되살리고 유지하기 위한 것이었다. 조선광문회가 추진했던 사업 중에서 김여제는 주시경의 주도 아래 진행된『조선어사전』편찬에 참여하였다.16) 김여제는『조선어사전』편찬 사업에 참여하여 어휘를 수집하고 문법을 연구하는 과정에서, 근대적인 언어관을 확립하고, 한글에 대한 지식과 활용능력을 갖게 되었을 것이다. 이를 통해 김여제는 근대적인 계몽지식인이자 근대 시인으로서의 기본적인 소양을 갖추게 되었던 것이다.

한편, 김여제가 숙식하며 일을 보던 신문관과 조선광문회는 단순한 출판사나 학술기관의 위상을 넘어서 근대적인 공공영역으로서의 역할을 담당했던 곳이었다. 실제로 신문관과 조선광문회는 경향 각지의 내로라하는 인사들이 모여들어 신사상과 세계 정세, 그리고 시국을 논하는 정보와 담론의 산실이었다.17) 그 속에서 김여제는 더 큰 세상에 대한 인식과 동경을 키워나갔고, 결국 일본으로 공부하러 가겠다는 포부를 갖게 되고 이를 최남선에게 피력하였다.

『소년』이 폐간되고, 최남선은 1912년 8월 15일『붉은져고리』18)를 창간하였는데, 김여제가『붉은져고리』의 발행인이 되었다.19) 그러나『붉은져

---

16) "『조선어사전』을 내는 것은 큰 사업이므로 위선 한힌샘 주시경이 책임자가 되어 이 사업을 진행시켜 갔다. 오늘날의 '한글'은 이 광문회에서 시작된 것이다. 주시경이 위선 어휘의 수집을 시작하였는데, 김두봉과 김여제가 조수로 붙어서 이 일을 도왔다."(조용만, 『육당 최남선』, 삼중당, 1964, 114쪽)
　　『조선어사전』편찬사업은 주시경의 사망(1914)으로 중단되었다가 1930년대 조선어학회에서 다시 시작하였다. 그러나 조선어학회에 대한 일제의 탄압으로 계속되지 못했다가 해방 후 1947년에『우리말큰사전』(한글학회)으로 그 결실을 보게 되었다.
17) "그것은 곧 당대의 양산박의 역할이었다. 경향의 모든 문화인, 모든 학자, 모든 애국지사가 운집하여, 그의「비게」가 되고, 그의 연락처가 되고 그들의 안식처, 피신처도 되었다."(진학문,「육당의 업적」,『현대문학』, 1960. 10, 170-171쪽)
18)『붉은져고리』는 1912년 8월 15일 창간하여 1913년 6월 15일까지 통권 12호를 발행하였다. 매달 2번씩 발행했으며 발행소는 신문관이었다.

고리』도 1913년 6월호로 총독부의 명령에 의해 폐간되었다.『붉은져고리』
가 폐간된 후 최남선은 김여제의 뜻을 받아들여 일본에 유학할 수 있도록
주선해 주었다. 1913년 8월 경 육당이 김여제를 데리고 직접 동경에 가서
집을 마련해 주고, 그 집에 김여제와 현상윤이 함께 숙식하며 공부하도록
조치했다.20) <약력>에는 "경성상업 재학중 성적이 비상 출중함으로 육당
최남선 선생의 장학 추천에 의하여 인촌 김성수 재단 장학생으로 일본 와
세다대학에 입학했다."고 기술되어 있다.

3. 동경 유학시절과 「만만파파식적을 울음」

김여제는 일본에 건너가서 처음 1년 동안 일본 동경의 세이소꾸(正則)
영어학교에 다녔다. 그리고 1915년 와세다대학 문학부 영문과에 입학했
다. 그의 학업 성적은 매우 뛰어나서 우등으로 진급하였다.21) 이 사실이
국내에서 발간하는『반도시론』의 「유학생소식」란에 특필되자22) 이를 접
수한 조선총독부에서, 김여제를 포함하여 최두선, 이광수, 현상윤에게 포
상하는 일까지 생겼다.23) 김여제는 1918년 8월에 와세다대학 문학부 영문

---

19) "육당은 성실한 편집자인 김여제를 얻어서 그한테 새로운 소년 잡지『붉은져고리』를
   창간하도록 하였다. 이리해서 1912년 8월에『붉은져고리』제1호를 내놓았는데, 발행자
   로 김여제가 되었고 지형은 타브로이드판으로 8면이었다. 내용은『소년』과 거의 같아서
   취미와 실익을 목적으로 한 소년 잡지였다.……이『붉은져고리』의 원고도 대부분을 육
   당이 썼고, 김여제는 약간 거들면서 주로 교정을 보았다고 한다."(조용만,『육당 최남
   선』, 삼중당, 1964, 116-117쪽)
20) 조용만, 위의 책, 117쪽 참조.
21) "早稻田大學 文科 哲學科에 在學하는 李光洙 君은 特待로 進級하얏고 此餘 同大學 文
   科 歷史社會學科에 在學하는 玄相允 君, 同大學 英文科에 在學하는 金興濟 君, 同大學
   法科에 在學하는 宋繼白 君, 諸氏는 各히 優等으로 進級하얏더라."(「消息」,『學之光』제
   13호, 1917. 7, 84쪽)
22) 「유학생 소식4」,『반도시론』, 1917년 8월호, 42쪽.

과를 우수한 성적으로 졸업하였다.24)

김여제가 일본 유학과정에서 형성하게 된 정체성의 일단을 그가 1921
년 상해에서 작성한 <흥사단 입단서>를 통해 엿볼 수 있다. 거기에 종교
는 예수교 장로파이고, 장기는 작문, 취미는 독서와 운동이며, 학예는 문
학, 교육, 영어라고 적어 놓았다. 또 활동 단체는 청년학우회, 기독청년회,
동경유학생학우회, 조선학회를 기입하였는데, 여기서 조선학회를 주목할
필요가 있다.

조선학회는 1915년 11월 10일 이광수, 신익희, 장덕수 등이 중심이 되어
조직한 단체로서, 조선에 관한 일반 학술 연구를 목적으로 발족한 것이다.
조선학회는 비밀 결사적 성격을 지니고 있었으며, 1919년 2 · 8 독립선언
에서 주도적인 역할을 한 혐의로 회원 다수가 검거되었다. 이후 김여제를
포함하여, 많은 수의 조선학회 회원들이 상해로 망명하여 임시정부에서
활동하였다.25) 이런 사실을 통해 보건대, 김여제는 일본 유학중에 선진적
인 근대 지식의 습득에 몰두하였으며, 그 바탕에는 민족의 정체성을 확립
하고 나아가 조선의 독립을 향한 지사적 열정이 내재되어 있었음을 알 수
있다.

---

23) "會員 中 崔斗善, 李光洙, 玄相允, 金興濟 諸君이 早稻田大學에서 지난 夏期試驗에 特待
    혹은 優等의 成績으로 卒業 또는 進級한 일은 임의 本誌의 報道한 배이어니와 朝鮮總督
    府에서는 이를 褒賞하기 위하야 各各 同諸君의게 賞品을 贈與하얏는데 同大學에서는 去
    十一月 十七日 下午 一時에 同賞品傳達式이 有하얏다더라."(「消息」, 『학지광』 제14호,
    1917. 12, 76쪽)
24) 『학지광』 제17호(1918. 8)는 '졸업생축하호'로 발행되었다. "금번 졸업생 중 와세다대학
    교 문과 현상윤, 김여제 양군과 공예학교 김문현 군은 우등의 성적으로 졸업하엿고 재학
    생 중 와세다 문과 이광수 군, 조대 법과 송계백 군은 우등으로 진급하엿다더라"(79쪽)
    고 기록하고 있다. 또 책의 서두에는 메이지대학, 주오대학, 와세다대학의 졸업생 사진
    을 게재하고 있는데, 와세다대학 졸업생으로 김여제와 현상윤, 김명식, 노준영, 양원모
    등 5인이 함께 찍은 사진이 실려 있다.
25) 김한구, 「일제시대 일본유학생의 실태와 의식갈등」, 『한국의 사회와 문화』 제9집, 한국
    정신문화연구원, 1988, 180-190쪽 참조.

　무엇보다도 대학에서 영문학을 전공한 김여제의 정체성 탐색은 시인의 길에 있었다. 당시 일본 유학생의 대다수는 경제, 정치, 법, 농공 등, 사회 실무를 전공하여 "실력주의로 열심면강"하는 데 자기 실현의 길을 두었다.[26] 이와 달리 김여제, 김억, 최승구, 이광수, 현상윤 등이 영문학, 철학, 역사와 사회학 등 문학부에서 공부하며 문학론을 발표하고 창작에 몰두하였다. 김억은 김여제와 함께 신시를 탐색하던 당시의 기억을 다음과 같이 회고하고 있다.

　　그때에는 빠이론과 오스카 와일드를 제일 애독하던 시대였음으로 아마 그 「離別」이라는 되지도 아니한 시에는 빠이론의 내암새라고 하는 것보다도 모방이 많았을 듯합니다. ……「離別」은 只今은 떨어져 消息조차 모르는 金興濟 君(그는 號하야 流暗이라 한 「萬萬波波息笛」의 作者입니다)과 함께 역할(?)줄도 모르고 읽고도 또 읽으며 이렇고 저렇고 하던 것만 생각나고 어떠한 이야기였던지는 생각나지 않습니다"[27]

　김억과 김여제, 현상윤(「이별」이라는 시를 현상윤에게 헌정하고 있다), 최승구(김억과 같은 게이오대학 재학) 등은 서로 어울려 바이런과 오스카 와일드와 같은 서구의 완숙한 근대시인을 애독하며 한국 근대자유시를 실험하고 모색하였던 것이다.

　김여제가 1910년대 『학지광』에 발표한 작품은 지금까지 밝혀진 것으로 5편이 있다.[28] 「山女」(『학지광』 제5호, 1915. 5), 「한웃」(『학지광』 제6호, 1915. 7), 「잘째」(『학지광』 제6호, 1915. 7), 「세계의 처음」(『학지광』 제8호, 1915년 말

---

26) 「본년도졸업생일람」, 『학지광』 제13호, 1917. 7, 부록 19-20쪽 참조.
27) 김억, 「처녀작 발표 당시의 감상」, 『조선문단』 제6호, 1925. 3. 「이별」은 김억이 돌샘이란 필명으로 『학지광』 제3호, 1914. 12월호에 발표한 시이다.
28) 김여제가 『학지광』 중 5호, 6호, 8호, 11호에 계속하여 시를 발표하고 있는 사실로 보아, 현재까지 미발굴 상태에 있는 7호와 9호에도 시를 발표했을 가능성이 크다고 하겠다.

110

~1916년 초 추정29)), 「만만파파식적을 울음」(『학지광』 제11호, 1916년 말~1917년 3월 추정) 등이 확인된 5편의 시이다.

이 발표시들 중에서 특히 「만만파파식적을 울음」(이하 「만만파파식적」)이란 작품이 당시 유학생들에게 매우 깊은 인상을 남겨주었다. 앞서 밝힌 것처럼 주요한이 「만만파파식적」을 한국 최초의 자유시로 평하였거니와, 김억도 김여제를 소개하며 "「만만파파식적」의 작자"라고 하였다. 김동인도 『영대』의 새로운 동인을 소개하는 자리에서 김여제를 "을미 이전에 『학지광』에 「만만파식적」이란 시를 실어서 주목을 받던 유암"으로 소개하고 있다.30)

그러면 당대 문인들의 감동과 극찬을 불러일으켰던 「만만파파식적을 울음」이란 시는 어떤 작품인가. 이번에 『문학사상』 2003년 7월호에 공개된 자료를 통해 그 시의 전모를 확인할 수 있다.

그대의 적은 韻律이 / 萬人의 가슴을 흔들든 져날,

가즉이 그대의 발알에 없듸여 / 恍惚 憧憬의 눈물을 흘니든 져무리

아아 어듸 어듸 / 져 數萬의 魂은 아득이는고!

어듸 어듸 / 다썰어진 碑銘이나마 남앗는고!

째안인 서리. / 無道한 하늘.

모든 것은 다 날앗도다! / 아아 萬萬波波息笛.

情靈의 이는 불, / 쒸노는 물결,

矛盾 撞着 葛藤에 찬 이가슴,

29) 『학지광』 8호와 11호가 출판사항 난이 낙장인 상태로 발견되었기 때문에 정확한 출판 연월일을 알 수 없고 대략적인 시기만 추정할 뿐이다.

30) 김동인, 「창조·폐허 시대」, 『매일신보』, 1931. 11. 11~22; 강진호 엮음, 『한국문단이면사』, 깊은샘, 1999, 39쪽.

아아 아듸 어듸 / 調和의 새샘이 솟는고!

어듸 어듸 / 뮤―쯕(Muse)의 단젓이 흘으는고!

永遠의 渴望. / 萬겹의 싸인 煩熱.

丈夫의 肝腸이 다녹는도다! / 아아 萬萬波波息笛!

써―픈트(Serpent)의 知慧. / 深林에 길운 氣槪.

그러나 다 무엇이리!

限업는 沙漠이 / 洶洶한 大海과

압길을 막을쌔, / 靈은 쩔도다

아아 어듸 어듸 / 오―아시쓰(Oasis)가 풀을은고!

어듸 어듸 / 피―터(St. Peter)의 하나님이 게시인고

白骨 한아! / 그남아 어느흙에뭇칠는지!

아아 萬萬波波息笛.

쌔의 斧鉞. / 運命의 손.

머지안아 最後의記憶까지도 다뭇칠이! / ― 깁히 깁히 忘却의 가온대.

그리하여 모든 努力, / 모든 榮光.

모든 希望은 / 다 空虛로 돌아갈이!

千古의 遺恨. / 咀呪의 짜.

눈물가진者 그누구냐? / 아아 萬萬波波息笛.

― 「萬萬波波息笛을 울음」[31] 전문

‘만만파파식적’은 『삼국유사』에 전하는 바, 우주에 평정한 질서[天均]를

---

31) 유암, 「만만파파식적을 울음」, 『학지광』 제11호, 1916년 말~1917년 3월 추정, 36-37쪽;
   심원섭, 「자료발굴―유암 김여제의 <만만파파식적>과 <세계의 처음>」, 『문학사상』 2003.
   7, 228-229쪽에서 재인용.

112

부여하는 신비의 악기였다.[32] 특히 왜병 진압이 중심 모티브가 되는『삼국유사』「만파식적」조는 1910년대 김여제의 시「만만파파식적을 울음」의 시적 배경이 되고 있는 것이다. 도탄에 빠진 '저 무리'들이 어찌할 줄 모르고 방황하는 '저주의 땅'은 식민지 현실이며, 이는 '千古의 遺恨'이 되었다. 이 천지풍파를 잠재우고 '천고의 유한'을 풀어줄 만만파파식적을 향한 염원은 이 시의 시적 동기가 되었다. 이런 시적 배경과 동기로 인해 이 작품이 실린『학지광』11호가 일제에 의해 판매 금지 처분을 받았을 것으로 추정된다.[33]

그러나 이 시를 민족주의적 관점에서 항일시로서의 성격만 강조하는 것은 온당한 평가라고 할 수 없다. 또 '때의 斧鉞' '운명의 손' '피―터의 하나님' 등의 어구에 집착하여 이 시가 종교적·숙명론적 세계관에 입각한다고 규정하는 것도 단편적이며 주관적이다. 김여제가 문제삼는 현실은 천도가 무너지고("무도한 하늘") "한없는 사막과 흉흉한 대해가 앞길을 막"[34]는 시대, 그리하여 천고에 씻을 수 없는 원한("천고의 유한")이 싸여가는 '저주의 땅'은 식민지적 현실이면서 동시에 근대적 세계이다. 순연한 조화가 뒤틀리는 세계, 적자생존의 경쟁을 위해 '아득이는' 계몽의 온갖 논리들과 투쟁들이 바로 근대 현실인 것이다. 즉 모순들의 충돌로 역동하는 세계, 불길이 일고 격랑이 치는 세계, 그것은 식민지적 '근대' 세계이다.

---

32) "이 저를 불면 적병이 물러가고 병이 낳고 가뭄에는 비가 오고 비올 때는 개이며 바람은 가라앉고 물결도 평정하여졌다. 그래서 이 적을 이름하여 만파식적이라 하고 국보로 지칭되었다. 효소대왕 때에 이르러 천수 사년 계사에 失禮郞이 생환한 기이한 일로 인하여 다시 萬萬波波息笛이라 이름하니."(『삼국유사』권2, 만파식적 조, 이병도 역, 명문당, 240쪽)

"神笛을 봉하여 만만파파식적이라 하였더니 彗星이 그제야 없어졌다."(『삼국유사』권3, 백율사 조, 이병도 역, 명문당, 335쪽)

33) 시「만만파파식적」과 유사한 주제나 제재를 형상화한 1910년대 시 중에 최승구의「왕인박사」와 현상윤의「실락원」이 있는데, 이것은 활자화되지 못한 채 개인노트에 실려 오늘날까지 전해오고 있다.

34) "한업는 사막이 / 흉흉한 대해과"에서 '과'는 '와'가 아니라 '가'의 오식인 것이다.

특히 이 시를 근대시의 정합성에 버금가게 하는 특징은 시적 태도이다. 즉 식민지적 근대의 모순들이 충돌하는 한복판에 시적 자아를 투사하여 스스로 분열하는 시적 태도가 근대시의 의식인 것이다. 시적 자아는 "모순 당착 갈등에 찬 이 가슴"으로 '만 겹의 번열'에 휘둘리고 분열("영은 떨도다")하면서도 현실의 무게를 직시하고 감당한다. 이것이 바로 근대시의 양식이며 방향이다.

또 주목할 것은 시인의 시간의식 혹은 역사의식이다. 당대 신지식인들은 미래의 이상과 목표를 위해 과거와 현재를 도구화하고 시간과 역사를 도식적으로 이해하는 경향이 있었다. 미래는 추상적인 낙관론으로 전망되고, 그 미래를 향한 각성과 의지로 현재의 고난과 분열을 무화시키고 폄하하는 이상주의 혹은 계몽주의가 바로 그것이다. 계몽적 자아가 흔들리지 않는 어조로 미래의 이상향이 바로 '저곳'이라고 가리킬 때, 김여제는 '푸르른 오아시스'가 '어디 어디'냐고 물으면서 동요한다. 시 「만만파파식적을 울음」에는 과거와 현재, 미래가 긴밀한 연관 속에 작동하고 있으며, 비극적인 현실 인식으로 일관하고 있다. 이 시에서 중요한 것은 지금 이곳이며, 시적 자아인 '나'의 외적 상태와 내면의 심정을 솔직하게 바라보고 표현하려는 시적 태도이다. '모순 당착 갈등'의 식민지 '근대' 세계에서 天均의 세상을 그리워하며 스스로가 만만파파식적이 되어 울어야 하는 것이 시인의 운명이라는 것을 자각하는 이 시를 통해, 1910년대 시문학을 지탱해 왔던 계몽적 자아가 퇴각하고, 새로운 서정적 자아가 탄생하는 순간을 보게 된다. 「만만파파식적」이 내장한 감동, 주요한이 감탄했던 "내용(정죠, 사상, 감정)이 새롭고 형식에 니르러서도 고래의 격을 파한 자유시"35)의 힘도 바로 이런 특징으로부터 나온 것이다.

---

35) 주요한, 「노래를 지으시려는 이에게」, 『조선문단』 1, 1924. 10, 48-49쪽.

114

4. 상해 임시정부 시절과 『독립신문』

　김여제는 1918년 8월 와세다대학을 졸업하고 곧바로 귀국하여 1918년 9월부터 황해도 재령의 명신학교에서 학생들에게 영어와 일어를 가르쳤다. 당시 명신학교에는 김여제의 오산학교 1년 선배인 김도태[36)]가 함께 재직하고 있었다. 김여제가 명신학교에 부임하게 된 데는 김도태와의 인연이 작용했을 것이다. 김도태는 3·1독립선언을 주도한 민족대표 48인 중 한 사람으로, 서울에서 3·1독립선언을 준비할 때 현상윤과 긴밀하게 협의하였다.

　김여제도 3·1운동과 관련하여 쫓기는 몸이 되었다. 장덕수의 형인 張德俊이 피신 자금으로 200원을 주어 서울에서 한 달 이상을 피신했다. 그 뒤 고향 정주에 잠시 들렀다가 압록강을 건너 안동으로 갔다. 거기서 무역회사를 경영하는 영국인 쇼(G. S. Shaw)의 주선으로 무역선을 타고 상해로 갔다. 1919년 5월 초 상해에 도착해서 이광수의 주선으로 임시정부 요인들에게 소개되었다.[37)] 김여제는 1919년 5월부터 상해를 떠나는 1921년 8월까지 임시정부의 국무원 비서[38)] 겸 외무부 선전위원, 사료편찬위원회 위원, 임시정부 기관지 『독립신문』 기자 겸 편집위원으로 활동하였다. 숙식과 거처는 독립신문사에서 해결하였다.

　외무부 선전부는 일제의 탄압과 한국 독립운동에 관한 보도자료를 외국 통신기관에 제공하는 임무를 담당하고 있었는데, 김여제는 와세다대학

---

36) 김도태(金道泰; 1891~1956)는 1910년 오산학교를 1회로 졸업하고, 남강 이승훈의 지시로 이듬해 경기도 삼악학교, 만주 신흥무관학교 교사를 역임하고, 1914년에는 모교인 오산학교에서 역사를 가르치다가 1916년 봄에 동경으로 가서 세이소꾸(正則) 영어학교에 입학하였다. 졸업 후 明新學校에서 교사가 되었다. 3·1운동 때 이승훈과 협의하여 민족대표 48명 중의 한 사람으로 만세시위에 참가하였다.
37) 김여제, 「'독립신문' 시절」, 『신동아』, 1967년 7월호, 165쪽. 이 자료는 건국대 사학과 이주영, 한상도 교수의 도움으로 확인할 수 있었음을 밝힌다.
38) 1920년 2월부터 국무총리 이동휘와 이동녕의 수석비서로 재직하였다.

영문과를 졸업하여 영어를 구사할 수 있다는 점을 인정받아 그 책임을 맡게 되었다. 사료편찬사업은 3·1운동의 정황 기록과 역사적 의미를 총정리하는 사업으로, 임시정부 의정원에서 시행한 첫 사업이었다. 당시 사료편찬위원회의 총재는 안창호, 주임은 이광수가 맡았으며, 김여제, 이광수, 김두봉, 金秉祚, 李元益, 趙東祐, 金弘敍, 李漢根, 朴賢煥, 張鵬 등 10명의 위원이 있었다. 1919년 9월 12일부터 편찬작업을 시작하여 9월 23일에 『한일관계사료집』 4권을 완성하여 100질을 출판하고 편찬위원회를 해체했다.39)

이와 함께 김여제는 「한국독립운동의 진상」이란 기사를 『독립신문』에 1920년 1월 8일부터 3월 18일까지 16회에 걸쳐 연재하였다. 이 글은 미국인 기자 페퍼(Nathaniel Peffer)가 『차이나 프레스(China Press)』에 「The Truth about Korea」40)란 제명으로 연재한 기사를 번역하여 게재한 것이다. 「한국독립운동의 진상」이란 글은 상해 독립신문사 총서 첫 단행본으로 출판되었다.41)

한편 김여제는 독립운동의 역사적 성과를 정리하고, 이를 다시 외부에 선전하는 업무를 수행하는 동시에 시를 창작하여 『독립신문』에 발표하기도 하였다. '海日'42)과 '해', '金輿'라는 필명으로 『독립신문』에 총 7편의 시

---

39) 심지연, 『김두봉』, 동아일보사, 1992, 30-32쪽. 김두봉과 김여제는 상해 임시정부에서 일하기 전에 이미 1910년대 초 조선광문회에서 『조선어사전』을 내는 사업과 『붉은져고리』 발행 작업에 함께 일을 했던 적이 있다.

40) 임시정부 외무부 선전부에서 3·1운동의 참상을 외국 신문사에 알려도 그들은 확실한 증거가 없다고 게재하지 않으려고 했다. "그래서 우리는 『차이나 프레스』에 교섭하여 펩휘(Nathaniel Peffer─인용자)라는 기자 한 사람을 얻어서 서울로 들여보내었다. 약 삼주일만에 그가 돌아와서 수원 제암리 학살 사건이며, 기타 많은 기사와 사진을 가지고 와서 『차이나 프레스』 제 일면에 여러 날을 두고 대대적으로 보도할 수 있었다."(이광수, 「나의 告白」, 『이광수전집』 제7권, 삼중당, 1971, 255쪽)

41) "내다니엘 페퍼 저, 김여제 역, 『한국독립운동의 진상』(『독립신문』 총서 제일), 定價 銀 三角, 全卷 五十餘項"이란 광고가 『독립신문』 1920년 4월 10일자부터 꾸준히 실렸다. 이 책은 1960년 3월부터 7월까지 월간지 『새벽』(주요한 발행)에 5회에 걸쳐 연재되었다.

를 창작하고 한 편을 공동 창작하였다. 『독립신문』에 발표한 시는 총 7편
으로 「독립일」(『독립』 제2호, 1919. 8. 26), 「아아 경술 팔월 이십구일」(『독립』
제3호, 1919. 8. 29), 「오오 나라의 한아바지들」[43](『독립』 제3호, 1919. 8. 29), 「추
석」(『독립신문』 제23호, 1919. 10. 28), 「아아 내 나라」(『독립신문』 제34호, 1920.
1. 1), 「三月 一日」(『독립신문』 제49호, 1920. 3. 1), 「향수」(『독립신문』 제75호,
1920. 5. 11) 등이다.

> 黃下水 건너 부는 바람 / 피바람 한숨바람
>
> 아아 이날에 數萬의 無辜 / 倭칼에 倭銃에
>
> 맞고 죽단말가 / 오오 언제나 流血이 끝나리
>
> 언제나 끝나리
>
> 거룩한 싸움 의로운 싸움 / 어느덧 一年이로다
>
> 地下의 의로운 英靈 / 鐵窓에 자는 勇士
>
> 그러나 安心하소서 / 安心하소서
>
> 自由의 햇빛이 正義의 旗빨이 / 새 光彩 發할 날 머지 않나니
>
> 머지 않나니
>
> — 「三月一日」[44] 부분

---

42) "나는 海日, 金興 등의 익명을 썼다."(김여제, 「'독립신문' 시절」, 위의 글, 165쪽) 또한
   김여제는 『독립신문』 제47호(1920. 2. 17)에 발표된 「독립군가(기일)」의 1−2절은 이광수
   가, 3절은 자신이, 4−6절은 주요한이 지었다고 밝혔다. 조국에 있는 가족의 안전을 위해
   필명을 썼으며, 柳榮은 柳榮國이고 빅셩빈은 白樂濬이라는 것도 밝혀주었다.

43) 작자에 '해'라고 적어 놓았는데, 이는 '海日'를 석음한 것일 가능성이 크다. 또 1919년 동
   안 『독립신문』에 시를 발표한 사람이 김여제뿐이라는 사실로 미루어 '해'가 '海日'과 동
   일인임을 알 수 있다.

44) 상해 『독립신문』 제49호, 1920. 3. 1; 임형택, 「항일민족시」, 『대동문화연구』 제14집, 1981,
   175-176쪽에서 재인용.

『독립신문』에 발표된 시들은 현장성과 운동성, 그리고 서정성이 함께 어울린 것이 특징이다.『독립신문』소재 시들에 대해 임형택은 "형식의 자유를 획득했을 뿐만 아니라, 확실히 혁명적 의식의 산물이었던 것이다."[45]라고 평하였다. 이 시들은 급박한 독립운동의 임무를 실천하는 와중에 "설움이 복받칠 때마다, 분노가 끓어오를 때마다, 조국을 향해 울부짖은 단장의 곡성이요, 분노의 절규"[46]로 창작된 것들이다. 특히, 『독립신문』발간 초기에 시를 집중적으로 게재함으로써 이후『독립신문』에 시가란을 정착시키고,『독립신문』이 혁명적 의식을 정서적으로 격동시키는 양식으로 시가를 적극 활용하게 된 데에는 김여제의 역할이 컸다.[47]

한편 김여제는 상해 임시정부 임원으로 있으면서 도산 안창호의 권유로 1920년 5월 27일 이광수, 주요한과 함께 흥사단에 입단하였다.[48] 그의 흥사단 단우번호는 106번이었다. 이후 흥사단의 이념, 특히 안창호의 실력양성운동론은 김여제의 평생을 규정하였다. 안창호의 실력양성운동론이란 "교육과 실업을 진흥함으로써 경제적 문화적 실력을 양성하고 나아가 부국강병을 달성하여 장차 국권회복의 토대를 마련하려는 운동"이었다.[49]

김여제는 1921년 8월 상해를 떠나 미국으로 가게 된다. 김여제가 상해를 떠나게 된 데는 안창호의 임시정부 내 헤게모니 상실과 이광수의 귀국이 작용한 듯하다. 이광수가『독립신문』편집을 그만두고 귀국하려 할 때

---

45) 임형택, 위의 글, 164쪽.
46) 김여제, 「'독립신문' 시절」, 위의 책, 165쪽.
47) 1919년 한 해 동안『독립신문』에 시를 써서 게재한 사람은 김여제 한 사람뿐이었다. 1920년대에 들어서 비로소 주요한, 이광수, 안창호, 김태연 등이 가세하였다.
48) "흥사단 원동지부 소속 제1호 이광수, 제2호 주요한, 제3호 김여제"(『흥사단 50년사』, 대성문화사, 1964, 부록 참조).
49) 박찬승, 『한국근대정치사상사연구』, 역사비평사, 1995, 17쪽. 안창호의 실력양성운동론은 민족주의 우파의 정치사상운동이지만, 동화주의자들의 실력양성론과 다른 점은 비록 추상적인 것이긴 하지만 최소한 '독립'을 궁극 목적으로 표방하고 있던 '선실력양성 후 독립론'이었다는 점이다.

안창호는 이를 만류하고 미국으로 갈 것을 권유하였다.[50] 그러나 이광수는 1921년 4월 19일 귀국하고 말았다. 주요한도 상해 호강대학 화학과에 입학하면서 『독립신문』에서 손을 뗐다.[51] 여기에다 프랑스 조계는 1921년 6월 9일 『독립신문』을 인쇄하던 삼일인쇄서관의 폐쇄를 명함으로써 『독립신문』은 정간 상태에 들어갔다가 10월 5일에야 재발행할 수 있었다. 그 사이 김여제는 "구국의 길은 수학과 인재양성에 있다."는 안창호의 권유에 따라 미국 유학을 떠났다.

5. 미국 유학과 교육가로서의 정체성 확립

미국에 도착한 김여제는 1922년에 캘리포니아대학 연구과(Graduate School)에 입학하였다. 1925년 1월에는 시카고로 가서 노스웨스턴대학 학사원에서 교육학을 전공하였다.[52] 1926년 노스웨스턴대학에서 『*a study of the Higher Education of Women in the United States*』(by Frank Yerjeh Kim, Filled with the Dean; Date Feb 1, 1926)라는 논문으로 MA학위를 받았다.[53] 논문의 주요 내용은 여성도 교육을 받아야 하고, 가정에서 현모양처나 내조자의 역할뿐 아니라 시민과 국민으로서도 몫을 해야하며, 국가가 필요

---

50) 이광수, 「나의 고백」, 『이광수전집』 7권, 삼중당, 1971, 264-265쪽.
51) "익년 9월에 호강대학에 입학하면서 겨우 印刷墨의 흔적을 씻어 버렸다. 그렇지 않아도 자금 부족으로 우리들의 半折型 新聞(독립신문-인용자)은 발간한 날보다 휴간한 날이 많은 형편이었다. 비록 일주 일회의 정기간행이건마는."(주요한, 「기자생활의 추억」, 『신동아』, 1934. 5, 122쪽)
52) 「유미학생통계표」, 『우라키』 제1호, 1925. 9, 156쪽.
53) 그는 일 년 만에 MA학위를 취득하였다. "학위에 관한 詳細를 물은즉, 일본에서 상당한 대학을 졸업하였고 또한 캘니포니아대학에서 이미 반년을 연구과에 다니었은즉, 금후 일년이면 Master of Arts를 얻을 수 있다고 한다."(유암, 「북미에서 고학 오년간」, 『동광』 6호, 1926. 10, 49쪽)

로 할 때는 귀한 자식도 국가에 바쳐야 한다는 것이다. 김여제는 학위논문의 개요를 「미국여자고등교육 — 여자의 향상 즉 국민의 향상」(『동광』 7호, 1926. 11월호)이라는 제목으로 국내에 발표하였다. 이러한 교육사상은 국민을 일깨워 조국의 독립을 이룩하자는 흥사단 이념을 학술적으로 발전시킨 것이라고 할 수 있다. 김여제는 미국에서도 흥사단과의 관계를 지속하고 있었는데 "로스앤젤르스 시에 있는 흥사단 본부에서 서무의 일을 보면서 주로 단보를 쓰고 단우들과 연락을 취하고"[54] 잠시 동안 안창호와 함께 생활한 적도 있었다.

실제로 김여제는 매우 고생스럽게 미국 유학생활을 했다. 주로 '남의 하인 신세'로 '지하방'에 거주하며, 장봐서 밥하고 반찬 마련하고 설거지하고 집안 구석구석을 청소하고, 밥은 부엌에서 혼자 먹으면서 생활비(매주 5달러)를 조달하였고, 방학 때는 학비를 조달하고 빚을 청산하기 위해 농막에 거주하며 농장일을 했다. 그 밖에도 웨이터, 선부 노릇을 하며 학비와 생활비를 조달하였다.[55] 그는 노스웨스턴대학에서 학위를 받은 뒤, 1926년 9월부터 1929년 6월까지 3년간 컬럼비아대학 대학원에서 중등교육 전공으로 PH.D 과정을 이수하였다.

8년간의 미국 유학을 통해 김여제는 시인이 아니라 교육가로서 자기 정체성을 새롭게 확립하게 되었다. 『우라키』[56]와 『동광』[57]에 몇 편의 시를

---

54) 김여제, 「미국에서 본 도산 선생」, 『기러기』 20호, 1966. 3, 17쪽.

55) 유암, 「북미에서 고학 오년간」, 『동광』 6호, 1926. 10, 42-50쪽 참조. 이외에도 "나는 공부가 귀하여 동서로 표박하며 이 집 저 집 종살이를 다니는 동안 별별 창피한 꼴을 다 당하였습니다.…… 이 쓰고 쓴 경험으로 인하야 나는 구미는 잃지 않았습니다. 도리어 이는 나에게 큰 자격을 주었고 의지를 단련하는 큰 기회를 주었습니다. 만일 후일에 내가 사회에 다소라도 공헌함이 있게 된다고 하면 이 괴로운 날들을 나는 회상치 아니할 수가 없을 것입니다."(김여제, 「미국에서 맛본 달고 쓴 경험」, 『우라키』 제4호, 1930. 6, 139-140쪽)

56) 「향수」·「어머님」(제1호, 1925. 9), 「마리아는 갓다」(제4호, 1930. 6), 「무엇이 입부다구?」(『제5호, 1931. 7).

57) 「친구여」(24호, 1931. 8), 「너와 나」(32호, 1932. 4) 등이 있다.

발표하지만, 흥사단의 이념을 전파하거나 교육가의 시선으로 세계를 교화시키고자 하는 계몽적 교술시가 대부분이었다. 한편 국내에서 발간되던 문예동인지 『영대』의 동인으로 참여하였지만, 작품은 발표하지 않았다.58)

컬럼비아대학의 박사과정을 수료한 뒤 곧바로 귀국하여, 1929년 말경에 서울에서 이광수의 주례로 경성여고와 경성여자사범을 졸업한 신여성 윤자혜와 결혼하였다.59)

김여제는 교육행정학을 공부하기 위해 다시 독일 베를린대학으로 갔으나 1년이 안 되어 귀국한 뒤, 1931년 오산학교 교장에 임명되었다. 이는 그가 오산학교 출신으로 당시로는 드물게 미국에서 정통으로 교육학을 전공했다는 점이 높이 평가되었기 때문이다. 김여제는 교장에 취임하자 미국식으로 진보적이고 자유주의적인 교육방식을 과감하게 도입하였다. 학생들이 모자를 쓰지 않고 장발을 해도 용납했으며 교복은 넥타이를 매고 반바지에 스타킹을 입도록 권장하였다. 통제와 규율을 학생 지도의 방침으로 삼았던 당시로서는 매우 파격적인 교육방식이었는데, 이런 연유로 하여 일각에서는 오산학교를 '하이칼라 학교'라고 폄하하기도 했다고 한다.60) 결국 김여제의 자유주의적인 교육 방식은 군국주의적인 식민지 교육 당국과 갈등을 일으켰고, 또 일부 학부모들에게도 이해받지 못하여 7개월 만에 오산학교 교장에서 물러나야 했다.

이후 그는 협성실업학교, 세브란스 의학전문학교, 연희전문학교, 보성

---

58) 『영대』 3호, 1924. 10월호, 489쪽. 동인 명단에 김관호, 김정식, 김동인, 김억, 김여제, 김찬영, 전영택, 이광수, 임장화, 오천석, 주요한 등 11인의 이름이 올라 있다. 『영대』 동인은 서북지역 출신이라는 지역적 연고로 모인 것이다.

59) 김향자, 「그리운 아버님의 모습」, 『재미 서울대동창회보』 제102호, 2002. 8. 28, 6-7쪽 참조. 김여제는 조혼하여 고향에서 가족을 살피던 처(賢華 혹은 賢華―<입단서>)가 있었다. 김여제의 첫째부인 소생인 장녀 김영자 씨는 이 부분에 대해서는 증언하기를 꺼려하였다.

60) 김여제가 교장으로 재직할 당시 오산학교 학생이었던 金載律(현 남강문화재단 이사장)의 증언.

전문학교 등에서 교원으로 시무하였다. 보성전문학교에 재직하던 1937년 6월, 흥사단의 수양동우회 사건에 연류되어 75일간 종로경찰서 유치장에 수감되기도 하였다. 감옥에서 김여제는 안창호와 같은 감방에 수감되었는데, 그는 이것을 평생의 감동으로 간직하였다.61) 출감 후 안창호의 추천을 받아 방응모를 찾아갔다가 잠시 조선일보 정치부 기자 노릇도 하였다. 1938년부터 1943년까지는 중앙중학교에 재직했다. 그리고 1943년 12월부터 1946년 5월까지 인도네시아에 가 있었다. 그는 일본군의 영어 통역관으로 인도네시아에 참전했다가62) 일본군이 패전하고 미군이 점령군으로 들어오자 다시 미군을 위한 일본어 통역관으로 복무하는 운명의 반전을 경험하였다.

1946년 5월에 귀국하여 1년 동안 국내에 머물다가 1947년 미국으로 건너가 1954년 10월까지 미국무성 소속 <미국의 소리> 방송국 편집관 및 번역관으로 활동했다.63) 딸 김향자는 피난 도중에 "<미국의 소리>에서 피난민에게 방송하는 부친의 음성을 들었다."64)고 기억하고 있다. 김여제는 1954년 말 다시 귀국하여 1955년부터 '대성 영어연구소'라는 사설 영어학원을 경영하다가 1959년 4월부터 인하공과대학 교육학 담당 교수로 재직했다. 1960년대에 흥사단에서 발행하는 단보 『기러기』에 10편의 시를 발표하였다.65) 1968년 10월 독일 괴테 대학원에 연구차 갔다가 1968년 10월

---

61) 김여제, 「옥중에서 도산 선생을 모시고」, 『기러기』 22호, 1966. 5. 1, 14-15쪽.

62) "제2차세계대전 말 일본 야마시다 사령관은 남양군도 침략에 통역관으로 쓰기 위해 부친(김여제―인용자)을 끌고 갔다."(김향자, 「그리운 아버님의 모습」, 위의 회보, 7쪽)

63) "1947년 3월에 두 번째로 미국에 갔다.…… 7월에 Philadelphia의 서재필 박사에게서 편지가 왔다. 뉴욕 본부인 'Voice of America'에 선친을 소개했는데 채용하겠다는 통지서를 동봉해왔다."(김향자, 「미주한인이주백주년기념―재미한인사회의 한국독립의식과 구국운동」, 필자에게 미국에서 이메일로 보내준 자료)

64) 김향자, 「그리운 아버님의 모습」, 위의 회보, 7쪽.

65) 『기러기』에 발표한 시로 「그는 나에게 이렇게 말했다」(8호, 1965. 3), 「바다야 말 물어보자」(14호, 1965. 9), 「광야의 소리」(17호, 1965. 12), 「사랑의 세계는 참 아름답다」(21호, 1966. 4), 「하나님께 감사드립니다」(37호, 1967. 8), 「무궁화도 진다」(38호, 1967. 9), 「어디

31일 그곳에서 심장병으로 사망하였다. 1968년 12월 17일 영락교회에서 영결식이 거행되었다. 1993년 4월 13일 김여제에게 "우리나라 자주독립과 국가발전에 이바지한" 공로로 건국훈장 애족장이 추서되었다. 그리고 2002년 11월 1일 국립 현충원의 애국선열 묘역에 이장되었다.

6. 맺음말

　김여제의 생애를 보면 배움에 대한 열정이 남달랐음을 알 수 있다. 어린 시절 고향 의숙에서 한문을 배운 뒤 오산학교를 거쳐 경성상업학교, 일본의 와세다대학, 미국의 캘리포니아대학, 노스웨스턴대학, 컬럼비아대학, 베를린대학 등에서 공부하였다. 배움에 대한 열정은 그의 세계 인식과 활동영역을 넓히는 원동력이었다. 또한 그것은 근대적인 의미의 자아 정체성을 확립해가는 과정이기도 하였다. 김여제의 삶에서 시인으로서 정체성을 형성했던 시기는 1910년대 동경 유학시절과 1920년대 초 상해『독립신문』기자 시절까지 해당한다. 이 시기에 김여제는 이광수, 최남선, 김억, 현상윤, 최승구, 주요한 등 한국 근대문학사의 중심 인물들과 가깝게 교류하면서 근대자유시를 실험하고 모색하고 나아가『독립신문』에는 독립의 의지를 적극 표현하기도 하였다.『학지광』에 발표한 시들은 식민지 근대의 현실 속에서 갈등하고 분열하는 자아의 형상을 자유시로 표현하였다.『독립신문』의 시들은 저항적 민족주의를 형상화한 전형적인 작품들로서, 시의 형식은 자유시에서 노래로 전환하고 있다.

　1920년대 중반 이후, 도산 안창호와의 만남, 흥사단 입단, 그리고 미국 유학시절을 거치면서 김여제는 교육가로서의 자기 정체성을 새롭게 형성

로 갔을까」(39호, 1967. 10),「네가 대장부로다」(41호, 1967. 12),「사랑하는 이어」(43호, 1968. 2), 유고시「추석」(63호, 1969. 10) 등이 있다.

하였다. 그 이후 일관되게 교육가로서의 삶을 살았다. 그의 사상은 안창호가 주도했던 홍사단의 이념에 충실했다. 부르주아 민족주의를 지향하였고, 미국식 자유 민주주의를 신봉하였다. 이 시절에도 간간이 시를 발표하기는 했지만 계몽적 자아가 세계를 교화하려는 의도에 의해 창작된 것들이 대부분이었다.

김여제의 삶은 식민지 근대 현실 속에서 역사적 책무를 짊어진 근대적 지식인이, 시인에서 교육가로 자기 정체성을 변화해 가는 과정을 잘 보여준다. 이를 통해 한국 근대시문학사에서 신지식인이 근대 주체로서 자기 정체성을 확립해 가는 양상과 그 과정에서 문학이 지닌 의미와 역할에 대한 해답을 찾아볼 수 있을 것이다.

소월 최승구 · 아나키즘 · 『근대사조』

1. 동경 유학생 최승구

　1910년대 일본 유학생 및 신지식인 가운데 문필과 덕망, 그리고 사상적 수준에서 높은 위치에 있었던 인물로 崔承九를 거명하지 않을 수 없다. 특히 1910년대 그가 시를 써 놓은 필사본 노트가 발견됨으로써 한국 근대 시문학사는 더욱 깊고 풍요롭게 되었다. 이 필사된 시집 노트는 그의 사촌동생 崔承萬에 의해 보관되어 오다가 1982년 『최소월 작품집』으로 출판되었다.[1]

　최승구는 시 창작뿐 아니라 사상적 방면에서도 당시의 동경 유학생 혹은 신지식인층이 가졌던 번민과 모색의 선도적 면모를 보여준다. 그의 시와 산문들은 대부분 1914년에서 1915년 사이에 씌어지고 발표된 것들이다. 그가 쓴 산문으로는 「정감적 생활의 요구」(『학지광』 제3호, 1914. 12), 「너를 혁명하라」(『학지광』 제5호, 1915. 5), 「불만과 요구」(『학지광』 제6호, 1915. 7)

---

1) 김학동 편, 『최소월작품집』, 형설출판사, 1982.

126

등이 있다. 최승구의 산문들은 격정적이면서도 논리적이고 진취적이었다. 냉철한 현실인식과 급진적인 현실 개혁의 내용을 담고 있었다. 또한 최승구의 문장은 유학생들 사이에서 새롭고 근대적인 문체의 한 전범으로 받아들여졌다. 그의 문장은 감성적이면서도 격정적인 문체, 거기에 주의 주장이 분명하고 논리적인 것이 특징이었다. "최승구의 글은 유학 청소년의 가슴 설레는 글의 모범이 되고도 남았다. 아직 이광수가 와세다에 오기 전인만큼 최승구의 오른쪽에 나설 자는 아무도 없었다."2) 이 글에서는 최승구가 동경 유학시절에 쓴 산문과 당시의 교류관계를 중심으로 그의 사상적 경향을 살펴보고 그 의미를 해명하고자 한다.

최승구는 1892년 경기도 시흥에서 崔大鉉의 4남 1녀 중 막내로 출생하였다. 어려서 부모를 잃고 숙부인 崔文鉉(최승만의 아버지)의 훈도 아래 성장했다.3) 그는 13세에 이미 『사서삼경』을 읽고 『삼국지』나 『수호지』를 한문 원문으로 읽을 수 있을 만큼 한학에 소양이 있었다고 한다. 일찍부터 익혀온 한학적 소양은 이후 최승구의 사상과 성격의 바탕이 되었다.

성격도 文士나 才士가 되어서 그런지, 퍽 예민하고 다정다감한 시인으로 그 당시 六堂 崔南善으로부터 드문 秀才로 평가받았고, 그의 文才는 이 한문학과 더불어 싹튼 것이다.4)

최승구는 1910년 보성전문학교를 1회로 졸업하고 일본으로 가서 게이오대학에 입학하였다. 그는 재일본동경조선유학생학우회의 기관지 『학지광』 편집위원 겸 편집인으로 참여하는 한편, 이 잡지에 시와 산문을 발표

---

2) 김윤식, 『염상섭연구』, 서울대학교출판부, 1987, 45쪽.
3) 이상경, 『인간으로 살고 싶다—영원한 신여성 나혜석』, 한길사, 2000, 112쪽 참조.
4) 「제2의 素月이 있었다」, 『주간조선』, 1972. 5. 14: 김학동, 「낭만적 정조와 개아의 서정성—최소월론」, 『현대시인연구(1)』, 새문사, 1995, 64쪽 재인용.

하였다. 연극에도 재능을 보여 직접 극본을 써서 연출·연기를 맡기도 했다. 그는 계속 역사학을 전공하려고 했으나 폐결핵이 심해져서 예과 과정만을 이수하고 1916년 귀국했다. 당시 고흥 군수로 있던 둘째 형 崔承七의 집에서 요양하다가 1917년 26세의 나이로 사망하였다.[5]

당시 동경 유학생들 사이에서 최승구는 동경과 흠모의 대상이었다. 그는 문학적 방면에서 천재 시인으로 널리 알려졌고 기품과 사상 면에서도 지도적 위치에 있었다. 최승구의 이러한 위치는, 동경에 머물렀던 1914~1915년에 동경유학생학우회 기관지인 『학지광』의 편집과 인쇄를 책임지고 있었던 사실에서도 입증된다.

염상섭은 당시를 회상하여 이렇게 말한 바 있다.

> 와세다[早稻田]의 춘원(春園), 미다[三田=慶應]에 C라고 일컬을 만치, 나에게는 외우(畏友)였지마는 그의 장래의 촉망은 컸던 것이다.[6]

이 글에서 염상섭이 '외우'라며 칭한 C는 최승구를 말한다. 와세다의 춘원, 게이오의 최승구는 동경 유학생들 간에 가장 명성과 신망을 얻었던 이름이었다. 특히 후대의 평가와 달리, 당시 유학생 사회에서는 "최승구쪽이 일층 유학생다운 면모를 깊이 보이고 있었다. 이광수는 최승구보다 뒤에 참여했던 것이다."[7]

김억은 자신의 첫 창작시집 『해파리의 노래』의 한 장을 "해를 여러 해 거듭한 지하의 최승구에게 이 시를 보내노라."[8]며 헌사하고 그의 이른 죽음을 안타까워했다. 김억은 게이오대학에서 최승구와 함께 공부하며 문학

---

5) 김학동, 「낭만적 정조와 개아의 서정성─최소월론」, 『현대시인연구(1)』, 새문사, 1995, 63쪽 참조.
6) 염상섭, 「추도」, 『신천지』, 1954. 1, 254쪽.
7) 김윤식, 앞의 책, 45쪽.
8) 김억, 『해파리의 노래』, 조선도서주식회사, 1923, 26쪽.

을 토론한 사이였다.

특히 염상섭의 초기 사상과 문학에서 최승구의 영향은 매우 큰 것이었다. 염상섭은 최승구의 종제 최승만과 보성학교를 함께 다니고 일본 유학도 함께 하였다.9) 그런 인연으로 최승구를 가까이에서 접할 수 있었다. 앞서의 회고에서 밝혔듯이 "염상섭은 또 자기대로 미다의 천재 시인 최승구를 열심히 닮고자 하였던 것이다."10) 이러한 최승구에 대한 흠모와 동경의 결과인지 염상섭은 대학을 선택할 때, 최승구와 같은 게이오대학 사학과를 지망하여 입학하였다. 비록 1학년을 채 마치지 못했지만, 염상섭이 와세다대학 대신 게이오대학에 진학을 한 것은 이광수보다는 최승구와 기질과 사상적 지향이 맞았기 때문으로 보인다.11)

이후 동경에서 염상섭의 활동 ― 1919년 3월 18일 在大阪朝鮮勞動者代表로 「독립선언서」를 발표한 것, 橫濱 인쇄공장 노동자로 들어가 무산자운동을 모색한 것, 일본인 아나키스트 요시노 사쿠조(吉野作造) 등과의 사상적 교류12) 등의 이면에 최승구의 영향을 감지할 수 있다. 염상섭의 죽마

---

9) 염상섭은 10살 때 수송동에 있는 관립사범학교에 입학에서 3학년까지 다니다가, 일어 배우기가 싫고 조선 역사를 배우고 싶던 차에 이또 히로부미 [伊藤博文] 입성 환영과 관련한 불만으로 보성학교로 전학하였다. 전학 할 때 최승만도 함께 행동했다.(전종균, 『염상섭의 생애와 문학』, 박영사, 1981, 13-15쪽 참조)

10) 김윤식, 앞의 책, 49쪽.

11) "상섭이 춘원 아래 있기 싫어서 와세다대학 입학을 꺼렸다는 말도 있다."(전종균, 위의 책, 18쪽).

12) 염상섭은 "민족해방운동은 노동쟁의를 통한 무산자 해방운동으로 우회하는 작전이라"는 신념 아래 일본인 아나키스트 "吉野作造 박사가 회유 수단으로 학비를 제공한다는 것도 일언지하에 물리치고 횡빈항에 있는 복음인쇄소의 직공으로 자칭하여 노동자로 나섰다."(염상섭, 「횡보문단회상기(1)」, 『사상계』 제114호, 1962. 11, 204~205쪽).
   민주주의적 단체 黎明會를 이끌며 한국인 유학생들을 일본 사회주의단체와 연결시키던 요시노 사쿠조는 "인류해방의 新氣運"에 협조하고 "일본 改造運動"에 봉사한다는 강령으로 新人會도 조직(1918. 12)했는데, 요시노 사쿠조 교수와 당시 네트워크를 형성하던 조선인은 최승만, 변희용, 황석우, 원종린 등 그 수를 다 헤아리기가 어렵다.(이호룡, 『한국의 아나키즘』, 지식산업사, 2001, 123쪽 참조).

고우요 최승구의 종제였던 최승만도 최승구의 영향을 많이 받았는데, 흥미롭게도 최승구도 동경 유학시절에 염상섭과 마찬가지로 요시노 사쿠조와 교류하며 아나키즘에 경도되어 있었다.13) 최승만은 최승구의 사후에 그를 사모하고 추도하는 시 「素月」을 『학지광』(제13호, 1917. 7, 80쪽)에 발표하였다.

최승구의 동경 유학시절에서 빼놓을 수 없는 사람이 바로 나혜석(1896~1948)이다. 최승구보다 네 살 아래인 나혜석은 당시 동경사립여자미술학교에서 서양화를 전공하고 있었다. 그녀는 최승구의 절친한 친구인 나경석의 동생으로, 둘의 사이를 나경석이 주선했다는 말도 있다. 1914~15년에 최승구와 나혜석은 사랑에 빠졌고 약혼을 하였다. 물론 이때의 약혼은 양가 부모님들의 결혼 승낙을 확인하는 의식이 아니라, 동료 유학생들 앞에서 두 사람의 사랑을 약속하고 공표하는 의식이었다. 나혜석은 1914년 12월에 최승구가 편집과 인쇄를 책임지고 있던 『학지광』에 근대적 여권론을 주장하는 산문 「이상적 부인」을 발표하고, 유학 온 여성들의 모임에 적극적으로 참여하는 등 활발한 모습을 보여주었다. 이러한 두 才人의 만남은 당시 동경 유학생들의 관심을 끌었으며, 두 사람은 '素月'과 '晶月'로 호를 지어서 다정함을 자랑하였다.

최승구는 나혜석의 오빠 나경석에게 보내는 형식으로 쓴 글인 「정감적 생활의 요구」에서, 나혜석을 향한 듯한 열정적인 내용을 토로하고 있다.

　　내가 나의 系纏―풀지 못헐 밉고, 사랑스러운 系纏―을 얼마나 생각허고, 얼마

---

13) 최승만은 요시노 사쿠조가 이끄는 여명회에 가입하여 활동하였고(이호룡, 위의 책, 123쪽), 러시아 사회혁명당의 지도자이자 혁명 정부의 수반이었던 케렌스키를 호의적으로 소개하기도 하였다(「KERENSKY」, 『학지광』 제14호, 1917. 12). 나아가 "虛無黨이나 無政府黨으로 하여곰 엇더하다 엇더하다 하지마는 나는 그들을 崇拜하며 尊敬한다. 나는 그들의 主義를 崇拜하며 尊敬한다 하는 것보다 그들의 生命 잇는 熱情 잇는 理想―그 理想을 崇拜하며 尊敬한다"고 선언했다(「露西亞國民性」, 『학지광』 제15호, 1918. 3, 46쪽).

> 나 사랑허는지! 그것으로 하야, 얼마나 煩悶허며, 얼마나 우는지! 나는 이것을 생
> 각험으로 하야, 이러헌 생각을 웃엇소. 「우리의 系繼은 먼저 感情的 生活을 허도
> 록」 해야겟다고.(17쪽)

여기서 '系繼'은 겨레 혹은 동포, 민족을 의미한다고 보여진다. 허나 읽는 이에 따라 애인 나혜석을 향한 戀辭로 읽을 수 있는 개연성도 열어놓고 있다. 후대 사람들은 모두 이 대목을 나혜석에 바치는 열렬한 사랑의 고백으로 읽었다.14)

그러나 최승구는 집안의 강요로 유학오기 전에 이미 조혼한 상태였으며, 그의 집안에서 이혼은 절대로 반대하고 있었다. 나혜석도 결혼을 강요하는 아버지로 인해 고통을 받고 있었다. 두 사람의 사랑은 결국 최승구가 폐병에 걸려 귀국하고 죽음에 이르면서 끝이 났다.15) 나혜석은 얼마동안 거의 발광 상태에 빠지고 이 일로 만성적인 신경쇠약에 시달렸다.

훗날 나혜석이 비참한 상태에서 생을 마치게 되었을 때 염상섭은 「추도문」에서 "S여사(나혜석)의 제일 화려한 시절에는 C씨(최승구)와의 약혼시대였을 것이다. C씨의 요절이 오늘날 S여사의 불행의 씨를 뿌려 놓았던 것이라 하여도 과언이 아니었다."16)라고 썼다.

나혜석은 최승구가 세상을 떠난 뒤 「잡감」(『학지광』 제13호, 1917. 7)이라는 글을 쓰는데, 흥미롭게도 이 글의 형식과 프롤로그, 에필로그 부분이 최승구의 「정감적 생활의 요구」(『학지광』 제3호, 1914. 12)와 매우 유사하다.

---

14) 김학동, 앞의 글, 64쪽 참조.
15) 이상경은 나혜석의 평전에서 최승만의 회고를 인용하여, 최승구가 죽기 전날 나혜석이 급하게 귀국하여 그를 만난 것으로 기록하고 있다. 또한 이상경은 최승구의 죽음을 1917년이 아니라 1916년 4월로 올려 잡고 있다.(이상경, 『인간으로 살고 싶다 ―영원한 신여성 나혜석』, 한길사, 2000. 121-123쪽 참조.)
16) 염상섭, 「추도」, 『신천지』, 1954. 1, 254쪽.

　　a) 品川의 海가 好個所라 허는 것도, 溫情을 품어다 주는 日光이 照耀허고, 향기를 싸다주는 微風이 徐動헐 때 말이지. 今日의 自身으로서, 今日의 呼吸難通헐 暴風부는 날, 今日의 眼鼻莫開헐 狂雨 쏘다지는 날에는, 自然히 胸中이 攪亂되며, 不愉快헌 생각뿐, 이러나오.(최승구, 「정감적 생활의 요구」, 16쪽)

　　a-1) 桃花 梨花가 滿發ᄒ야 왼 世上이 우슴과 ᄀᆺ흔 그런 쩌 말이지. 오날과 ᄀᆺ히 黑雲이 이리져리 믈키며 暴風이 이러나 모지 뭉텡이가 압길을 탁탁 막아 精神을 츠릴 수 업는 이러흔 날에는 自然히 胸中이 搖動되고 精神이 攪亂히지며 말홀 수 업는 自我의 不平과 恐怖만 이러나오.(나혜석, 「잡감」, 65쪽)

　　b) 나는 무릅쓰고 집으로 가기 爲하야, 붓더(던?)지고 雨裝허오.(최승구, 「정감적 생활의 요구」, 18쪽)

　　b-1) 당장 이 쩌러져가는 집을 쩌나기 爲ᄒ야 雨裝을 차리려고 고만 擱筆(붓을 던짐―인용자)ᄒ오.(나혜석, 「잡감」, 68쪽)

　이러한 문체의 유사성은 일차적으로 나혜석의 최승구에 대한 그리움의 표현으로 설명할 수 있으며, 이차적으로는 당시 최승구의 문체가 동경 유학생들 사이에 미친 영향력이 매우 컸음을 짐작케 하는 것이기도 하다.

2. 아나키즘―나경석과의 회통

　최승구는 '나의 更生'이란 부제가 달린 산문 「정감적 생활의 요구」(『학지광』 제3호, 1914. 12)를 'K.S형에게 與하는 書'라고 밝혔다. '1914. 9. 29'에 '미다(三田=慶應大) 도서관'에서 썼다는 부기가 붙어있는 이 글에서 'K.S형'은 바로 나경석을 가리킨다.

　나경석과 최승구는 연배나 고향이 비슷했고 동경에 온 것도 1910년 즈

132

음으로 비슷했다. 나경석은 1890년 8월 수원 남수리에서 태어났으며, 최승구는 1892년 경기도 시흥에서 태어났다. 나경석의 아버지 나기정이 당시 최승구의 고향 시흥 군수를 지냈으며, 뒷날 최승구의 형도 고흥 군수로 있었다. 나경석은 1910년 일본으로 건너가 2년간 동경의 세이소꾸(正則) 영어학교를 수학하고 동경고등공업학교에 입학해 1914년 졸업했다.

나경석은 이때 일본인 아나키스트 하세가와 시쇼(長谷川市松)과 생디컬리스트인 요코타 쇼지(橫田宗次郎) 등과 교류하며 조직활동을 전개하고 있었다. 나경석은 당시 일본 사상계를 주도하고 있던, 경제적 직접 행동을 강조하는 아나코 생티칼리슴을 수용하였던 것으로 보여진다. 아나코 생디칼리슴은 노동자 조직(노동조합 등)의 경제적 직접 행동(보이콧·태업·파업 등)을 통해 자본주의 사회를 변혁하고 나아가 생산의 지배와 관리를 노동자 자신이 장악하는 아나키스트 사회를 건설하고자 하였다. 나경석의 사상과 행동은 1910년대 신지식인 중에서 매우 급진적이고 전위적이었다. 그는 일본 경찰에 의해 '특별요시찰인' '배일선인'으로 지목되어 감시의 대상이었다.17) 3·1운동 이후 국내에서 조선노동공제회를 조직하고 지도하였다.

1910년대 중반 당시 일본은 제3계급 해방이라는 사회주의(아나키즘과 미분화)적 이론과 활동이 활발하게 모색되고 조직되던 시기였다. 피압박 대중의 주체적·역사적 진출을 고무하고 무산 대중의 사회를 형성하고자 하는 움직임이 이들에게 다가왔다. 나경석은 조선의 독립과 사회의 혁명에 적극 호응하며 구체적 실천 활동에 뛰어들고 있었다.

최승구의 나경석에 대한 신뢰와 동지적 연대감은 깊고 넓었다. 최승구는 심적 불안과 사상적 갈등이 있을 때 마음을 열어 의논할 상대로 나경석을 택하고 있었다. 두 사람은 수시로 서신을 통해, 또는 만나서 세계와

---

17) 나경석의 생애와 활동에 대해서는 유시현, 「나경석의 생산증식론과 물산장려운동」, 『역사문제연구』 제2호, 1997, 참조

시대현실, 조선 청년의 자아확립과 진로, 전망 등을 논의했던 것 같다. 그런데 최승구와 나경석은 사상적 동지이면서 실천상의 미묘한 차이를 두고 있었던 것 같다. 이들은 이런 상황에서 현실의 모순, 민족과 자신의 처지에 대해 예민하게 대응했다.

최승구는 「정감적 생활의 요구」에서 현실 인식과 전망에 있어서 두 사람의 미묘한 차이가 있음을 지적하고 그에 대한 열정적인 토론을 제기하고 있다. 그가 "폭풍 부는 날" "흉중이 교란"하고 "미구에 전표표적 대엄습이 올 것 같은 이 순간에 나는, 부득불 최경애하는 오형에게 답신을 써야겠소"라고 한 것이 의례적 표현만은 아니었다.

이 글에서 최승구는 분방하고도 미려한 문체로 자신의 사상적 모색 과정을 고백하고 예술적 자아 확립에 대한 고뇌를 피력하고 있다.

> 우리의게는 先天不足, 遺傳, 習慣의 舊垢濁滓가 아즉 殘存하얏습으로.
>
> 兄의 書中「自我를 살니러, 時代의 쏘어를 開放허러 가는 旅行」에 對하야, 나도 旅行參加者로 同意하야 주심은 感謝허오. 허나, 路程問題를 誤解라 허심은, 有何意味인지 모르겟소.—坦坦大路로 가지 못 허게 된 것은 事實이요. 다만, 糞尿溝柳屍壑을 經路로 허거나, 馳馬安馳헐 一等路로 가거나, 何如間 가는 것만 爲主이지요. 만은, 便安허게 갈 수 읍는 것을, 내가 路柳墻花風景보고 蟠蹊曲徑으로 迴程허려는 것은 아니요. 쏘 兄의 路程을 非難허거나, 非難헐 意思를 가진 것도 아이요. 兄이야말로 나를 誤解헌 것이요. 兄은 나더러 或 아틔스토라고 부르는 일도 잇소. 내가 現在에 藝術 方面으로 얼마큼 努力허지 아이 허는 바도 안이요, 쏘 兄은 나의 알녀고 허는 藝術이 生活에 根柢되고 確實히 肯定허는 것까지 아는 줄을 밋소.[18]

위의 글은 한국 근대 초기 사상운동의 지형을 짐작케 한다.

---

18) 최승구, 「정감적 생활의 요구」, 『학지광』 제3호, 1914. 12. 16-17쪽

최승구가 말한 "자아를 살니러, 시대의 쏘어를 개방허러 가는 여행"은 사상적·조직적·실천적 운동이 구체적으로 진행되고 있었음을 뜻하는 것이고 "여행참가자"란 동지적 규합을 말하는 것으로 읽힌다. 이런 사상적 조직 운동을 나경석이 주도적으로 이끌고 있었으며, 최승구도 기꺼이 동지적 관계에 동참하고 있었다는 것을 은유적으로 표현하고 있다. 나경석은 자기 몸을 돌보지 않으며 사상적 모색과 조직활동으로 여념이 없었다. 그래서 최승구는 나경석에게 "무엇보다도, 兄의 舌癌, 不消化, 難排泄, 神經衰弱, 四肢痲痺, 疲勞, 怔忡症들 좀 治療허시기 祝願하오"(16쪽)라고 조언한다.

그런데 "시대의 도어를 개방하러 가는" 길에 두 사람의 견해가 갈라진다. 지금 최승구는 이를 해명하고 나경석의 동의를 구하고 있다. 최승구는 자기 전망의 일단을 '아틔스토'에 두고 있으며, 이는 나경석도 인정한 바이다.

최승구는 고리끼의 예를 들어, 자신이 현재 생각하는 예술이 "생활에 근저되고 확실히 긍정허는 것"임을 밝힌다. 그의 첫 번째 갱생이자 예술의 의의는 "사랑" 하고 "번민"하는 대상인 "계련"(겨레와 민족—인용자)이 자각적인 주체, "신경이 완전히 운전하야 작용" 하는 주체로 성장, 변화하는 데 필요한 "기름"과 "깔때기" 역할을 하는 데 있다. 하여 "고통"과 "기한"이 닥쳐오는 것을 예고하고, 압박하고 강탈하면 떨쳐 일어나 항거하도록 인간의 정서와 감각을 예리하게 벼리고 개발하는 것이 그가 지향하는 예술의 의의다. 이런 경지에 도달했을 때가 "나의 갱생의 날"이다. 이것이 첫 번째 갱생, 즉 '인생을 위한, 생활을 위한 예술'이다.

첫 번째 갱생이 충분히 이루어졌을 때 "두 번째 갱생" 곧 '예술을 위한 예술'에 심취할 수 있다. 그때 비로소 자신은 "아티스트"라고 불리기를 원할 것이고, "와일드의 본능적 색정주의나, 소로구부의 극단적 염세주의"의 작품들에도 심취해 볼 것이라고 최승구는 말한다. 이 글의 부제인 '나의 갱생'이 곧 '예술적 자아'와 '생활적 자아'의 통일에 이르는 것임을 알 수 있다.

최승구는 예술의 발달을 단계적 순서로 규정하고 있다. 즉, '인생을 위한 예술'과 '예술을 위한 예술'이 대립적 관계가 아니라 순차적 관계라고 설명한다. 또한 최승구는 심미주의에 견인되면서도 자제하는 모습을 여러 군데서 보여준다. 실제로 그는 오스카 와일드에 심취했고 미의 위대성과 예술의 자율성을 인정하고 있다.

그런데 'Wild관'이란 부제를 달고 있는 「미」19)를 보면, 오스카 와일드를 극단적으로 추구했을 때 그 결과는 "─짧은 청춘의 공포라. / 靈肉頹廢의 멸망"이므로, "大事實로서의 미", 수사학의 차원을 넘어서는 "功能"과 "實現"으로서의 미를 주장한다. 「潮의 蝶」20)에서도 "찰나의 쾌락"에 집착하는 것은 곧 "瞬間의 파멸!"이며, 허상에 매혹되어 돌진하는 것의 끝은 "destruction of art"(예술의 파멸)을 초래한다는 것을 상징적으로 표현하고 있다.

최승구의 「정감적 생활의 요구」를 읽고 나경석이 보내온 답장이 『학지광』 제4호에 실려 있다. 당시 최승구가 『학지광』의 편집과 인쇄를 주도하였기에 가능했던 일이다. 이 글이 「저급의 생존욕」인데, 글 의 끝에 최승구는 나경석의 허락없이 편지를 공개하는 것을 관대히 용서해 달라고 적었다.21) 최승구가 이처럼 나경석과의 사적인 편지를 공적인 인쇄물에 게재한 행위는, 두 사람이 현재 안고 있는 현실인식과 전망의 차이를 당시 동경 유학생 사회에 사상적 이슈로 공론화하려는 의도를 갖고 있었다.

「저급의 생존욕」은 건강 때문에 귀국한 나경석이 한국에서 보고 느낀 것을 적어 보낸 것이다. 이 글에는 식민지 지식인, 동경 유학생으로서의

---

19) 김학동, 『최승구작품집』, 형설출판사, 1982, 23-25쪽.
20) 위의 책, 21-22쪽.
21) "K.S兄, 주신 便紙를 快諾읍시 抄헌 것은 寬恕허시요─素月"(KS생, 「低級의 生存慾」, 『학지광』 제4호, 1915. 2, 35쪽).

자기 존재를 객관적으로 성찰하는 내용이 들어 있다.

> 「도교는 우리의 空想의 天國이요, 서울은 事實의 羑里로구려!」 그 다음에 나오
> 난 것은 한숨뿐입되다.[22]

　동경에서 청년들이 사상적 모색을 하며 미래를 기약하고 공상하는 동안, 조국은 식민지 지배를 내면화하며 냉혹한 현실 논리에 휘말리고 있었다. 이러한 사실이 이상을 꿈꾸며 사상적 모색을 하는 나경석에게 갈등으로 다가온다.

　이 글에서 나경석이 인식하는 "배달사람"들의 처지는 "생존욕의 절대 한도를 발휘한 수라장"(34쪽)이다. 그는 "배달사람"이 "저급한 생존욕"에 "집착"하여 "필사의 노력"을 하는 것에 통탄을 금치 못하고 있다. "저급한 생존욕"이란 타인의 "연발하는 모욕과 선입적 모멸에 대하여 감인"하며 "성취하려는" 목적도 없이 오직 "생명을 추하게 집착하는"(34쪽) 것을 말한다. 이 말은, 식민지로 전락한 민족적 치욕까지 함축하는 발언으로, 힘 있는 자의 권력 앞에서 살아남기 위해 비굴해지고 약자들끼리 싸움으로 뒤범벅이 되어 야단법석을 치는 꼴을 "저급한 생존욕"이라고 표현하였다.

　나경석이 농촌에서 지켜 본 농민들의 태도 또한 "저급한 생존욕"에 얽매여 있다. 소작 붙일 땅을 더 얻을까 하여, 혹은 지주가 땅을 다른 소작인에게 넘길까 하여, "斗量이라도 후히 줄까" 하여 지주나 "사음"(마름)에게 비굴해지는 소작인을 보고 그는 한숨을 짓는다.

> 말끝마다 죽지 못하야 산다 하니, 前途에 뵈이는 것은 窮乏과 艱難뿐이어든, 아
> 모 소리 아니하고, 잇난 것만 나 보기에 異常하오. 「쎄너렐 스트라익 사보테쥐」

---

22) 나경석, 「저급의 생존욕」, 『학지광』 제4호, 1915. 2, 34쪽.

> 이것이, 그들(소작농−인용자)의 自衛自存하난 唯一 方法이요, 生則의 眞理언만은,
> 누가 「옊 나로드, 옊 나로드」 허면서, 붉은 旗를 높히 들 사람이 잇겟소!? 그 멧 사
> 람이요!?……(以下略)23)

글을 끝까지 소개하지 않고 "이하 략" 한 것이 아쉽다. 그만큼 이 글은 근대 신지식인들의 현실인식과 전망의 한 단면을 극명하게 보여주는 것으로, 한국 근대사상사·운동사 연구의 중요한 자료가 되기 때문이다.

또한 이 글은 한국인으로서 아나키즘을 선전한 최초의 글로 기록되고 있다.24) 나경석은 이 글에서 총파업과 사보타지 등만이 "전도에 뵈이는 것은 궁핍과 간난뿐"인 소작인들의 "자위자존하난 유일 방법이요, 생칙의 진리"라고 주장하고 있다. 노동자 농민이 비굴을 떨쳐버리고 경제적 직접 행동에 떨쳐 일어나는 한편, 혁명적 지식인도 "붉은 깃발을 높이 들고" 노동자 농민 속으로 들어가는 "브 나로드" 운동의 전위가 되어야 한다는 것이 나경석의 주장이자 신념이었다.

실제로 나경석은 아나코생디칼리즘을 사상적 무기로 사회를 혁명하고자 동분서주하였다. 그는 사상운동뿐 아니라 조직과 실천 운동에도 가담하였다.25)

최승구도 혁명을 역설하였지만, 먼저 개인의 혁명이 시급한 것으로 파악했다. 그 주장을 편 것이 「너를 혁명하라」(『학지광』 제5호, 1915. 5)이다. 이 글에서 최승구는 혁명의 종류를 "통치권의 혁명"(전제→입헌→공화), "국체의 혁명"(부용국→독립국), "민족 혁명"(식민지→자립국), "계급 혁명"("士庶의 格別이 평등으로 됨")으로 분류하고 이러한 혁명을 이루기 위해서 먼저 "개인적 혁명"이 요구된다고 주장한다.

---

23) 나경석, 위의 글, 35쪽.
24) 이호룡, 『한국의 아나키즘』, 지식산업사, 2001, 112쪽.
25) 이호룡, 앞의 책, 114쪽 참조.

> 우리는 如何한 혁명을 要求하느냐. —나의 혁명을 要求하는 바오, 너의 혁명을
> 要求하는 바이니, 이것이 즉 個人的 혁명—Revolution of Individuality를 요구하는
> 것이다. 'Revolutionize yourself!'를 굿세게 늣기다.[26]

최승구는 "개인적 혁명—Revolution of Individuality"의 내용과 조건을
세 단계로 나누어 설명하였다. 첫째, 깨어나야 한다. "영악한 幽靈"과 "숭
엄한 비평"의 압박과 "공포"로부터 깨어나서 "우리의 희망"과 이상을 드
높이는 것부터 시작해야 한다. 둘째, "평화"와 "행복"은 "전투"를 통해서
만 획득할 수 있는 것이기 때문에 "무장하고 출마"하듯이 떨쳐 "일어나는
혁명"이 요구된다. 셋째, 현실을 직시하고 세계 정세와 나의 처지를 정확
하게 파악할 뿐만 아니라 몸으로 직접 체험해야 한다. 그래야 혁명의 전
망을 찾을 수 있다. "사상의 조류" 정세의 "기압계", 세계 혁명의 "풍향"을
"포섭"하여야 한다. "우리는 흥기하고 사조밧기 위하야, 웬 풍향을 맛는 혁
명을 안이 할 수 업게 되엿다."(15쪽). 그가 파악하는 "우리가 거처하는 곳
은 牢獄과 無異하야" "핍박"과 "질식"의 상태에 있다(14쪽).

넷째, 근대적 개성의 창조이다. "우주는 개체의 단위로붓허 조직되엿고,
개체는 固(個?—인용자)性의 특수한 것으로 조직된 바이다."(15쪽)라고 하여
전체주의, 집단주의에서 개인의 자유, 개성의 해방을 요구하였다.

> 우리의게는 遺傳과 習慣에 共通되는 點이 잇다 할 지라도, 覺官과 本能이 다르
> 고, 倫理的이나, 論理的이나, **美的의 良心**이 다를 것이며, 이것을 統一하야 積極
> 혹 消極으로 斷行하는 權威가 쏘한 다를 것이다.
>
> 萬有物體의 實在를 認識하는 것도, 自己를 中心으로 하는 意志에서 나오는 것
> 이오, A를 變치 안이하고 A로 보는 것도, 自己를 中心으로 하는 統一性에서 나오

---

26) 최승구, 「너를 혁명하라」, 『학지광』 제5호, 1915. 5, 12쪽.

는 것이다.27)

개성이란 개별적 개인의 윤리적 · 논리적 · 미적 양심의 통일적 권위라고 정의한다. 그런데 우리의 자아는 지리멸렬하게 되었다.

> 우리의 肉과 靈은 束縛을 當하얏다. 우리는 被征服者가 되엿다. 우리는 奴隸役이 되엿다. 함으로, 우리의 覺官은 動치 못하고, 本能은 發作치 못하며, 良心은 殘殼만 남게 되엿고, 統一性은 이러버리게 되엿다. 苦痛을 늣기게 되지 못하고, 自由의 運動을 엇지 못하고, 恥辱을 記憶치 못하게 되엿스며, 祖先이나 財産을 主張치 못하게 되엿다. 人格의 權威는 地에 墜하야 全然히 蹂躪을 當하얏고, 救치 못할 破滅이 風前의 燈과 갓치 臨迫하얏다. ……(중략)……
>
> 自我—fulbft—self는, 感情이나 思想을 配하는 權力意思를 意味함이엿섯다. 우리는 各各 우리 自我—ownself—yourself—의 力을 빌지 안이하면 안될 것이다. 直接으로 戰鬪線에 내여 노치 안이하면 안될 것이다.28)

최승구는 사회적 · 민족적 · 계급적 모순이 개성의 자유로운 발로와 자아의 해방을 가로막고 인격을 유린하고 나아가 파멸로 몰아넣고 있다고 진단한다. 이런 상황을 돌파하기 위해 자아를 혁명하여 자아의 힘으로 직접 "전선"에 나서야 한다. 자아는 "부단한" "자유의사"의 "衝起"된 "실감"으로 발견되고 창조되는, 치열한 실천과 의식의 소산이다. 최승구는 바로 이 지점에다 자기의 존재 근거 및 정체성의 거처를 세웠다.

나경석과 최승구 사이에 사상적 · 운동적 '노선' 문제의 차이가 무엇인지 비로소 드러난다. 나경석이 정치적 혁명가, 사회적 혁명가로서으로서 아나코생디칼리즘 운동에 투신하였다면, 최승구는 철학적 미학적 윤리적

---

27) 최승구, 앞의 글, 15쪽.
28) 최승구, 앞의 글, 15-16쪽.

140

차원에서의 혁명을 통해 자아를 해방하고 개인의 자유를 확보하고자 하였다. 즉, 우선 자아의 혁명이 필요하고 이를 바탕으로 민족 해방, 계급 해방에까지 나가야 한다는 것이 최승구의 "노정"이었다. 최승구와 나경석은 "시대의 도어를 개방하러 가는 여행"엔 함께 나섰고, 목표도 같았다지만, "노정 문제"에서 길을 달리했던 것이다.

이러한 차이에도 불구하고 최승구과 나경석은 공통적인 지향점을 갖고 있었다. 그것은 넓은 범주의 아나키즘 사상이었다. 최승구는 「불만과 요구」(『학지광』 제6호, 1915. 7)에서 인민 스스로가 "무기력"과 굴욕을 박차고 나와 생활에 불만을 표시하고 "생활의 압박"을 개혁하고자 "반항"하도록 하기 위해서는 인민들이 "자립의 생활", "풍요한 생활", "구속 없는 생활"을 느껴볼 수 있도록 재촉해야 한다고 주장한다. 나아가 "共同의 力과 繁殖의 力은 實노 偉大한 것"이니 "이민족과 충돌됨으로 하야, 발생되는 성쇠의 적"(80쪽)과 "발해 고구려의 북의 대건국"의 진취적 기상을 계승하여 "판, 코리안—Pan—Corean의 요구도 절규하야겟다"(80쪽)고 역설한다. "평등의 창수와 공화의 축복에 싸이어 있는"(80쪽) 세상이 그가 이상으로 삼는 세상이다. 제국주의에 핍박받는 식민지 피지배 민족의 입장에서 인민의 힘으로 "평등"과 "공화"를 구가하는 세상, 나아가 세계 평화와 평등주의를 꿈꾸는 최승구의 논리는 사회주의 혹은 아나키즘의 초보적 수준을 보여주는 것이다.

결론적으로, 나경석이 아나코생디칼리스트적 면모를 보인 것과 달리, 최승구는 개인의 자유와 개성의 창조, 자아의 해방 등을 인식론적·미학적 입장에서 체계화하고 창조하고자 한 개인주의적 아나키스트[29]의 면모

---

[29] '개인과 자율' 또는 '자주인으로서의 개인'의 문제는 아나키즘 정의관 형성의 중요한 원천이다. 개인의 자율성, 자주성에 대한 강조는 모든 아나키스트들이 공통으로 갖고 있으나 특히 개인주의적 아나키스트에 의해 집요하게 주장된다(방영준, 「아나키즘의 이데올로기적 특징」, 『아나키·환경·공동체』(구승회 등), 모색, 2002, 60쪽). 최승구의 연장선에서 「개성의 발견」 등을 썼던 염상섭이 급진적이고 사회주의적 경향을 보이다가 카프 혹

를 보여주었다고 정리할 수 있다.

3. 『근대사조』의 네트워크

최승구는 산문시 「긴— 熟視」를 『근대사조』에 발표하였다. 「긴— 숙시」
는 식민지 조국의 절망적이고 폭력적인 불모의 현실을 회피하지 않고 길
고 깊은 시선으로 바라보면서, 어둠의 공포에 굴복하지 않고 쉼 없이 온
몸으로 저항하여 마침내 이상을 향한 의지를 관철시킨다는 전망을 담은
작품으로서, 한국 근대시문학사의 중요한 성과로 기록되는 작품이다.

특히 「긴—숙시」는 북한 문학사와 일부 한국근대문학 연구자들 사이에
서 김소월의 작품으로 알려져서 혼란이 일기도 했다. 명실공히 북한에서
김소월 연구의 대가로 꼽히는 엄호석은 「긴—숙시」를 김소월의 작품으로
규정하였다.

「긴 숙시」는 일제의 략탈에 의하여 초래된 고향의 급격한 파탄과 황폐화에 대
하여 더할 수 없이 슬픈 눈초리로 바라보면서 그것을 정서적으로 심오화된 시적
철학적 환상을 통하여 솜씨있게 표현한 무척 애절한 작품인 바 이것을 김소월은
남산학교 재학 당시인 1915년 13세의 어린 손으로 써서 서울에서 발간된 『근대사
조』라는 잡지 1916년 1월호에 발표하였다.[30]

이것은 '素月'이라는 호를 사용한 시인이 김정식 이전에 최승구가 있었
다는 사실을 알지 못한 데서 비롯된 오해이다. 이러한 오해는 북한의 문

은 공산주의와 대립각을 세운 것은 바로 개인주의적 아나키즘의 풍토에서 자신의 정체
성을 형성했기 때문이라고 생각된다.
30) 엄호석, 『김소월론』, 조선작가동맹출판사, 1958, 48쪽.

학사에서도 되풀이되고 있다.[31]

　그런데 「긴— 숙시」는 그 문학사적 의의뿐 아니라 『근대사조』에 실렸다는 사실로도 매우 중요한 의미를 지닌다. 『근대사조』는 1916년 1월, 황석우가 일본에서 발행한 잡지이다. 그간 『근대사조』는 일본측이 작성한 「조선인개황」이라는 『외무특수문서』에 언급이 되어 있었을 뿐 그 실체를 확인할 길이 없었다.[32] 그 『근대사조』의 복사본 일부를 필자가 입수하였다.[33] 이 책의 판권란에 보면 『근대사조』 편집 겸 발행인이 황석우로 명기되어 있으며, 잡지를 출판한 근대사조사의 사장 겸 주필도 황석우로 되어 있다. 『근대사조』 창간호의 발행일자는 1916년 1월 26일이며, 21쪽 짜리 팜플렛 같은 형식으로 출판되었다. 그리고 『근대사조』는 격월간 잡지로 계획되었던 것 같다.[34]

　표지에 적힌 목차는 다음과 같다.

눈물 아래셔 붓대를 잡다	…………………… 一 民
創刊辭	…………………… 一 民
個人과 宇宙의 關係	…………………… ?[35]
戰爭과 道德	…………………… ?

---

31) "김소월은 열세 살 때에 「긴 숙시」라는 글을 쓰고 열다섯 살때에는 첫시 「먼후일」을 발표하였다."(정홍교·박종원, 『조선문학개관 I』, 북한 사회과학출판사, 1986, 359쪽.)

32) "황석우는 1916년 2월 『근대사조』 200부를 가지고 귀국하여 국내 학생들에게 배포하려고 하다가 체포되었다. 불온한 기사가 게재되어 있다는 이유로 조선총독부에 의해 발매·반포가 금지되었던 것이다."(「朝鮮人槪況(1916. 6. 30日 調)」, 『外務特殊文書』 1, 783쪽; 이호룡, 앞의 책, 89쪽 재인용)

33) 이 자료는 김성수 선생님의 도움으로 입수하였다. 입수한 자료는 책 전권이 아니라, 표지와 최승구의 시 「긴-熟視」, 「雜記雜告」, 「社告」와 판권 부분을 복사한 것이다.

34) '투고환영'란에 '受稿期間=每隔月 二十日限'(19쪽)이라고 한 것과, 책 한 권의 값은 10전이고 일년구독료는 55전이라는 사실로 미루어 보아 『근대사조』는 격월간 잡지였던 것 같다.

35) 번역한 글인데, 자료의 복사 상태가 흐릿하여 필자 명을 알아보기 어려움. 두 편의 글도 역시 번역 글로서 필자 명을 알아보기 어려움.

將來의 宗敎 .... 에리오트
國家主義와 世界主義의 調和 .... ?
英吉利 文人 오스카 와일드 .... 金 億
긴 ― 熟視 .... 素 月
雜記雜告

황석우는 「잡기잡고」에서 이 잡지를 원래 1915년 11월에 발간할 예정이었으나, "여러 사정에 **구애**되야, 겨오, 금일에야, 발간함을 엇엇삼내다"고 하고 창간의 사정을 설명하고 있다. 그리고 "이번 호에 「社論」을 게재하려 하얏스나 압뒤의 취체와 주의를, 두려워하야, 쯧을 이르지 못하얏삼내다"(19쪽)고 한 대목이 눈에 띈다. 발행인 황석우가 쓴 「창간사」가 실려 있음에도 불구하고 조직의 주장·선언인 「사론」을 따로 실으려 했다는 점에서 잡지의 발간 의도가 단순치 않음을 짐작할 수 있다.

그리고 「잡기잡고」에서 "본사 직원의 성명及집무기관조직의 결과는, 차호에 발표하겟삼내다"(19쪽)고 말한 것을 미루어, 잡지를 출간하기 위한 부서와 조직이 있거나 혹은 구상하고 있었음을 짐작할 수 있다. 실제로 이 조직 구성을 위해 辛洛善은 섭외가 끝났었던 것 같다.[36]

『왜정시대인물사료』[37]에 의하면, 황석우는 1895년 서울에서 출생하여 1911년 보성전문학교를 3년 수료하고 1913년 와세다대학 정치경제과에 입학하였으나 곧 퇴학하였다. 동경에서 박열, 정태신 등과 아나키스트 조직인 흑도회와 북성회의 결성에 참여하고 활동하였으며, 일본인 아나키스트 오스기 사카에(大杉榮)[38], 이와사 사쿠타로(岩佐作太郎) 등과 교류하였

---

36) "辛洛善의게, 군의 職名은 次號에 발표하겟삽"(20쪽). 신락선이 재일본조선유학생학우회 1917년 평의원으로 선출되었다는 소식이 『학지광』 제12호(1917. 4) 60쪽에 실려 있다.
37) 『왜정시대인물사료』(http://kh2.koreanhistory.or.kr/index.jsp).
38) 오스기 사카에는 고도쿠 슈스이(幸德秋水)가 대역사건에 연루되어 사형 당한 후 그를 이어 아나키즘운동을 주도한 아나코생디칼리스트(혁명적 노동조합주의)이다. 오스키 사

144

다. 특히 오스키 사카에는 1912년 아라하카 칸손(荒畑寒村)과 함께 문예평론잡지『근대사상』39)을 발행하여 자유와 평등, 계급의식을 고양시켰던 사람이다. 이는 황석우가, 1910년대 일본에서 크게 인기가 있었던 아나키즘 잡지『근대사상』에 자극과 영향을 받아서『근대사조』를 발행하게 된 것이라는 짐작을 갖게 한다. 당시 일본 경찰에 포착된 황석우의 사상과 활동은 "성격이 교만함. 허무주의를 품고 사회주의자와 제휴하여 위험한 사상을 선전하고자 계속 노력하고 있음. 허무주의의 선전기관 잡지로서『世界의 朝鮮』과『虛無人』의 발행을 하고자 하여 분주하였으나 발간까지는 이르지 못함."40)이라고 기록되어 있다.

일본 경찰의 보고서에 지적되어 있듯이 황석우는 사상문예 잡지의 중요성과 대중적 영향력을 일찍부터 간파하고 있었다. 실제로『근대사조』의 발행 이후 황석우는 여러 잡지의 창간과 발행에 주도적으로 관여하였다. 동경에서 홍난파와 함께『三光』(1919. 2)을 발간하였고, 귀국한 뒤에는 방정환과 유종렬이 발행하던『신청년』(1919. 1)에 관여하고,『폐허』(1920)와『장미촌』(1921)의 발행에 참여하였다.

황석우는 잡지를 통해 초보적인 형태의 사상단체를 기획하려는 의도를 갖고 있었던 것으로 보인다.『근대사조』도 그와 같은 사상적 지향, 즉 아

카에는 생디칼리즘연구회를 주도하며 중국·조선 유학생들에게 사상을 선전하였다(김명섭,『在日 韓人아나키즘운동 연구』, 단국대학교 박사논문, 2000, 28쪽). 이때 황석우, 나경석, 정태신 등이 참여했던 것으로 보인다.

39) "『근대사상』을 발행함으로써 사회주의 운동은 다시 기지개를 켠다. 이 잡지는 오스기 사카에를 중심으로 하는 다이쇼시대 일본 아나키즘의 새로운 출발을 알리는 것이었다. 이는 학생과 지식인을 상대로 하는 종합교양지의 성격을 띠고 있었으나, 고토구 슈스이의 정신을 이어받아 전쟁을 반대하는 내용도 많이 실었다.『근대사상』은 독자들에게 좋은 반응을 얻었는데, 훗날 중국 최초의 마르크시스트가 된 리따자오(李大釗)도 일본 유학 중 탐독했다고 알려져 있다. 그러나 이 잡지 역시 1914년 9월 폐간당했는데 ……(중략)…… 이 시기에 '근대사상'이나 '평민신문'이란 같은 제목을 단 신문 잡지가 여러 차례 등장하는 것"(조세현,『동아시아 아나키즘, 그 반역의 역사』, 책세상, 2001, 52-53쪽)

40)『왜정시대인물사료』.

나키즘을 지향하는 사람들의 동인지적 성격으로 기획된 것 같다. 그런 점에서 『근대사조』 창간호에 최승구가 「긴―숙시」를 발표한 사실은 새로운 주목을 요한다. 황석우는 최승구보다 3년 연하로, 보성전문학교 동문이다. 이외에 두 사람의 관계를 짐작할 수 있는 특별한 내용은 지금까지 확인되지 않았다. 황석우는 도쿄 유학생 시절을 회고하면서, 1910년대 시적 성취가 가장 뛰어났던 시인으로 최승구와 김여제를 꼽으면서, 최승구가 일찍 죽지 않았으면 조선 신흥문학사는 훨씬 찬란해졌을 것이라고 안타까워했다.[41]

황석우는 「긴―숙시」의 말미에 다음과 같은 글을 적어 놓았다.

眞正한 勇者와 진정한 强者난, 人을 害롭게도 아니하며 , 同時에, 人의게 害롭게함을 밧지도 아니하나니라. 人을 害롭게 하난 人은 惡者요, 暴者며, 人의개 害롭게 함을 밧난 者난, 弱者요, 怯者―니라(18쪽)

또한 「잡기잡고」에는 "素月(崔承九) 君의개, 君의 「글」은 이번 號에, 올니윗스나, 君의 居所를, 모름으로 因하야, 照會할 것이, 잇스나, 뜻을 이르지 못하오."(20쪽)라고 하여 최승구와 어떤 연락할 내용이 있음을 전하고 있다.

이 밖에도 「잡기잡고」란에는 "李寅相, 安在鴻[42], 鄭泰信, 崔相浩 諸君의개, 오래쏭안, 消息 슨케 됨을 謝하오. 就, **鄭君의겐**, 住址의 捅寄잇슴을 바라오"(20쪽)라고 적혀 있다. 여기서 황석우가 최승구에 이어 각별히 소식을 바란다는 통지를 보내고 있는 '정군'은 정태신을 가리킨다.

정태신[43]은 한국 초기 아나키즘 운동의 핵심 인물이다. 정태신이 체계

---

41) 황석우, 「도쿄 유학생과 그 활약」, 『삼천리』, 1933. 2.
42) 안재홍 역시 1914년 와세다대 정경과를 졸업하고 1916년 상해로 망명하여 혁명운동 단체 동제사에 가입하여 신채호 등과 함께 활약하였다.

적이고 조직적인 사상운동가가 되기까지는 나경석의 역할이 결정적이었다. "정태신은 일본으로 건너간 이후 배일사상을 가진 한국인들과 교제하면서 한국 독립을 꾀하다가, 1914년 7월 중순, 당시 도쿄에 있던 '배일선인' 나경석으로부터 하세가와 시쇼(長谷川市松)에게 보내는 소개장을 받고 오사카(大阪)로 이주하였다. 그 뒤 일본인 아나키스트 하세가와 시쇼, 요코타 쇼지로(橫田宗次郞), 하야미 나오조(逸見直造) 등과 교제했는데, 정태신은 요코타 쇼지로에 감화되어 1914년 10월 3일 이후 요코타 쇼지로의 집에서 같이 생활하며 그의 담론을 듣고 아나키즘에 관한 신문·잡지도 빌려 읽었다. 그 결과 아나키즘에 공명하게 되었으며, 도쿄에 있던 오스키 사카에 등이 발행하는 『평민신문』에 약간의 기부도 하였다."[44] 정태신이 오사카에서 재일본 한국인 아나키스트 단체 '조선인친목회'를 조직해서 꾸려나가다가 돌연 소재를 감추게 됨에 따라, 이 단체를 나경석이 계속해서 이 조직을 주관했다.[45]

이상의 관계를 정리해 보면 아래와 같이 최승구, 황석우, 정태신, 나경석이 서로 얽혀 있음을 알 수 있다. 또한 정태신은 최승구와 동갑이며, 같은 보성전문학교 출신이다.

---

43) 정태신(鄭泰信, 1892~1923)은 안동소학교와 보성전문학교에 입학하여 재학 중 일본에 건너갔다. 1914년 일본인 아나키스트의 영향으로 朝鮮人親睦會를 결성하여 아나키스트 운동을 전개하였다. 1920년 귀국하여 조선노동공제회에 가입하여 『共濟』편집부에 참여했으며 그해 겨울 일본으로 건너가 코스모구락부와 曉民會 등에 출입했다. 1921년 동경의 조선인고학생동우회에 가입하여 『대중시보』를 발간했고 黑濤會에 이어 北星會 결성에 참여했다. 북성회 대표로 베르흐네우진스크의 고려공산당 통합대회에 파견되었다. 강만길·성대경 엮음, 『한국사회주의운동인명사전』(창작과비평사, 1996)과 이호룡, 『한국의 아나키즘』(지식산업사, 2001) 참조.
44) 「特別要視察人狀勢一班」第5(1914年 7月~1915年 6月); 이호룡, 앞의 책, 115쪽 재인용.
45) 유시현, 「나경석의 '생산증식'론과 물산장려운동」, 『역사문제연구』 제2호, 역사문제연구소, 1997.

나경석

↗ ↙　　　　↘ ↖

정태신　←……→　최승구

↖ ↘　　　　↗ ↙

황석우

위의 관계를 통해 황석우, 정태신, 나경석, 최승구가 근대 초기 아나키즘 운동에 직·간접적으로 연결되어 있는 인적 네트워크를 형성하고 있음을 알 수 있다. 여기에 염상섭, 최승만, 안재홍 등이 포함될 수 있을 것이다. 황석우가 매체를 통해 사상문예운동을 조직화하는 작업의 일단을 볼 수 있다.

흥미로운 사실은 김억이 『근대사조』 창간호에 글을 싣고 있는 것이다. 김억은 「英吉利文人 오스카, 와일드」라는 글에서, 와일드를 "인생의 최고 목적은 유미"(16쪽)라고 말하며 복장과 삶도 유미적으로 하려고 애썼던 시인인데 이런 사상이나 태도가 비난과 찬미를 동시에 받았다고 소개했다. 오스카 와일드는 동양 삼국의 문인들에게 널리 수용되었는데, 그는 "국가와 권위의 상징에 대한 반역…… 무한한 자유에 대한 아나키스트의 갈망"[46]을 표현한 예술가로 평가되는 시인이다. 김억은 『근대사조』에 이 글을 쓴 뒤 부친상을 입어 급히 귀국하였다. 「잡기잡고」에는 김억에게 "先大人의 仙逝에 대하얀, 本社난, 謹히 弔意를 表"(20쪽) 하고 있다. 이렇게 귀국한 김억은 다시 도일하지 못하고, 정주의 오산학교에 작문과 영어를 가르치는 선생으로 취직하였다.

그러면 김억과 황석우의 네트워크는 어떻게 형성된 것일까? 그 연결고리는 바로 에스페란토어이다. 김억은 에스페란토어 강좌를 지속적으로 실

───────────

46) '개인주의적 아나키즘 예술론'의 상징으로 오스카 와일드가 주목받았다(박홍규, 「아나키즘 예술론」, 『아나키·환경·공동체』, 모색, 2002, 295쪽).

시하고 '조선에스페란토협회'(1920. 7)를 창립할 정도로 에스페란토어에 대한 각별한 애정과 열의를 가지고 있었다. 언어제국주의에 대항해 인류공통어를 지향한다는 점에서 에스페란토어는 아나키즘 사상과 결합할 여지를 내장하고 있었다. 실제로 일본 아나키스트와 한인학생의 교류가 종종 에스페란토어 강습을 명분으로 이루어졌다고 한다. 일본 에스페란토학회의 지도 인물이기도 했던 요시노 사쿠조는 신인회 등을 통해 한인학생들과 접촉하였다.47) 황석우도 초기의 에스페란티스토로 평가받고 있다.48) 이러한 사정은, 이후 김억이 『폐허』 동인으로 참여하고 아나키스트들과의 친연성을 갖게 된 이유를 설명해 준다.

이 밖에 『근대사조』의 인쇄와 위탁 판매를 담당한 곳이 '현대사'로, 그 사장은 玄僖運으로 밝혀져 있다. 현희운은 1920년 『개벽』지에서 황석우와 소위 '신시논쟁'을 벌였던 玄哲의 본명이다.

이상에서, 황석우가 『근대사조』를 중심으로 동경에 유학 중이던 진보적 조선인(특히 아나키즘 지향)들의 인적 네트워크를 조직화하려고 시도하였으며, 여기에 최승구와 김억이 참여하였음을 알 수 있다.

4. 맺음말

최승구는 1910년대 동경 유학생들의 선망과 동경의 대상이었다. 그의 시는 고통과 절망으로 점철된 민족의 현실과 근대적 개성을 직시하고, 그 속에서 현실 변혁의 희망을 이끌어내는 강한 힘을 갖고 있었다. 또한 그의 시는 사실적인 묘사와 거침없는 형식으로 한국 근대 자유시 형성과정에서 중요한 위치를 차지하고 있다.

---

47) 김명섭, 『在日 韓人아나키시즘운동 연구』, 단국대학교 박사논문, 2000, 41-42쪽.
48) 김삼수, 『한국에스페란토운동사』, 숙명여자대학출판부, 1976, 59-60쪽.

이 글에서는 시인 최승구보다 근대 지식인 내지 문예비평가로서 최승구의 면모에 더 집중하였다. 초창기의 한국 근대문학의 성취는 많은 부분에서 새로운 사상의 모색 및 성취와 관련되어 있기 때문이다. 실제로 1910년대 동경 유학생 사이에서 최승구는 文才뿐 아니라 냉철한 현실 인식과 급진적인 현실 변혁 사상으로 주목을 받았던 인물이다.

1910년대의 동경 유학생 사회는 여러 형태의 인적 네트워크를 통해 복잡하고 긴밀하게 연결되어 있었다. 이러한 인적 네트워크는 표면적으로 쉽게 그 형태를 드러내지 않는다. 하지만 당시 동경 유학생들의 사상적 지향과 문학적 경향을 이해하는 데 있어서 인적 네트워크는 매우 중요한 열쇠가 된다. 최승구가 맺고 있었던 인적 네트워크를 정리하면, 최승구를 중심으로 염상섭과 최승만, 나경석과 나혜석 그리고 정태신, 김억, 황석우와 『근대사조』 등이 얽혀 있었다. 이들 관계는 최승만과 같이 혈연으로 묶이거나 나혜석처럼 연인으로 맺어진 것도 있으며, 어떤 사상적인 공통점으로 연결된 관계도 있다. 이 글에서는, 이러한 인적 네트워크의 바탕에 깔려 있는 사상적 공통점이 바로 아나키즘이었음을 다양한 증거 자료를 통해 밝혀 보았다. 실제로 1910년대 신지식인들이 사용했던 개성, 혁명, 生, 美, 진리, 민족 등의 근대적 개념은 많은 부분 아나키즘의 이론적 자장 안에서 형성된 것이었다. 이와 관련하여 특히 한국 근대문학사에서 최초의 사상문예 동인지를 지향한 『근대사조』의 성격을 규명하였다. 1910년대의 신지식인들은 아나키즘을 통해 한국 근대(문학)사의 제3의 길을 꿈꾸었다. 자유롭고 평등하고 평화로운 세계를 건설하는 것이 그들의 이상이었다. 21세기, 전세계적으로 다시 아나키즘이 부활하는 것을 목도하면서 한 세기 전에 그들이 꿈꾸었던 이상과 변혁의 열정을 되짚어보는 것은 새로운 의미가 있을 것이다.

◆ 자 료

긴—熟視

這난 這의 故鄕을 恒常 생각한다. 這와 這의 故鄕과는 거진 一體가 되엿다. 這 업시는 這의 故鄕을 볼 수 업고, 這의 故鄕 업시는 這를 認識치 못하게 되엿다.

這는 얼마나 這의 故鄕을 그리워할가, 사랑할가, 얼마큼이나 這의 情이 懇切할가, 모르면 모르거니와, 這난 這의 外에 這의 哀心을, 또 알 사람은 업슬 것이라 한다.

這는 이와 갓치 부르짓는다. 『아 卿이여, 卿은 무엇이길내 내가 이처럼 卿을 생각하는가, 사랑하는가. 나는 卿을 다만 地塊라고만은 생각지 아니한다. 나는 卿을 나의 生命이라 생각한다. 나는 이와 갓치 卿을 사랑한다.

卿은 나의 生命 모든 것이다. 卿이 잇슴으로 비롯, 내가 이 世界에 誕生되엿고, 卿의게 抱擁되엿고, 卿의게 感化를 밧엇고, 卿의게서 解放되엿슴이다. 卿은 나의 生命의 根源이다』 라고

這는 這의 지금 故鄕을 바라본다. 照耀훈 白晝에도, 陰沈훈 黑夜에도, 這는 瞳子도 움직이지 아니하고, 這의 故鄕을 恒常 바라본다.

這는 沙漠을 본다. 暗雲으로 가린 夕陽의 하날에, 冷情훈 바람에 거치러지는, 渺茫훈 沙漠이 빗겨 노엿슴을 보다.

棕櫚도, 椰子도 업고, 灌木도, 莎草도 업는 沙漠이다.

甘泉이나, 細流도 업는—荒凉하고, 寂寞한 沙漠이다.

그곳에는 主로붓혀 일허 바리고, 길 우에 어득이는 적은 羊의 무리가 悲哀에 떨니여, 하날을 우러어 噓唏하며, 彷徨훈다. 這들의게는 安息이나 ,慰勞나, 모든 幸福이 업서젓슴으로.

這는 含淚하며, 또 부르짓는다. 『오, 卿이여, 엇더케 하여 이 境遇에까지 이르게 하엿는가. 죽어가는 癩病者의게 淨瓶의 水가 잇지 안이한가. 말너가는 葡萄根에 生命의 泉이 잇지 안이한가.

這들의게는 恐怖의 黑闇이 包圍한다. 戰慄할 苦痛이 侵齒한다. 卿이여, 그 暗雲을 헷치고, 그 毒沙를 잿치고, 卿의 前日의 光—永遠한 卿의 光을 빗최여라』 라고.

沙漠의 前日은 樂園이엿섯다. 붉은 薔薇, 흰 百合도 뛰엿섯고, 無窮花도 微笑를 가지고 自矜하엿섯다.

金色의 沙灘에는 淸泉도 흘럿섯고. 綠葉의 槐下에는 甘蜜도 뛰엿섯다.

뛰이면 지고, 지면 쏘 뛰이고, 흐르면 괴이고, 괴이면 쏘 넘쳐서, 곳다온 香이 樂園에 가득하엿섯고, 그 香이 遠地에까지 들니엿섯다.

貴여운 羊들은, 淸泉을 마시고 白蝶의 뒤를 조차 쮜여단이기도 헷섯고, 甘蜜에 배불니여 樹蔭 밋, 푸른 天絨緞에서 午眠도 하엿섯다.

香氣에 쓸녀오는 遠方의 旅客은, 그 香氣에 醉하여 熟睡하든 者도 적지 안엇섯다.

這의 보는 바, 지금 沙漠은 前의 사막이 안이다. 前에는 沃土엿섯다. 光明이 燦爛하든 붉은 土地엿섯다. 지금의 沙漠은 本來의 沃土엿섯다.

한것이러니, 猛烈한 狂風에 當하야, 지금에 보이는 毒沙로 덥히엿다. 北으로 붓허서는, 고—비의 모래가 朔風에 몰니여, 南으로 붓허서는, 사하라의 모래가 싸이여 왓슴이다. 하나, 그 深度는 一丈에 不過한다. 그 밋은 東(本—인용자)來의 沃土이다.

沃土는 依然히 展開하엿다. 永遠한 沃土가. 花根과 香源도 그대로 蟠蜒되여 잇고, 蜜池와 滌水도 그대로 潛流한다. 一丈의 沙만 파서 헷치면, 그리워하는—永遠한 沃土가 거긔서 露現될 것이다. 這는 쏘 부르짓는다. 『너희들이여, 파거라, 그 毒沙를 파거라. 헷치거라, 그 毒沙를 헷치거라. 너희들의 熱淚와 苦汗과, 寶血을 짜내여서, 그 毒沙를 적시여라. 파거라, 헷치거라.

하면, 너희들의 主—永遠히 沃土가 뵈일 것이다. 너희들의 嗜好하든 新牙가 나올 것이다. 淸泉이 소슬 것이다. 오— 卿이여, 這들의게 能力을 주거라, 執念을 굿게 하여라』라고.

時間은 쉬임업시 經過된다. 夕陽도 지나갓다. 黑幕이 四圍에서 내려진다. 沙漠은 暗夜이다. 冷情한 바람은 더욱 劇烈하다.

這는 黑暗의 사이로 如前히 바라본다. —雙頰으로 流淚가 縱橫한다.

羊의 무리는 口頭로써 毒沙를 파며, 四足으로써 헷친다. 毒沙가 吸入한 兩眼에서는 눈물, 鬆毛의 瘐軀에서는 쌈이, 부프러 터진 口頭와, 찔니여 裂開된 四足에서는 피가 沙上에 섹기여 쩌러지며, 淋漓한다. 쩌러저서는 滲入하고, 滲入하여서는 沃土에서 흐르며 染色한다.

長長한 밤이다. 這는 繼續하여. 熟視한다—嗚咽하며 涕泣한다. 羊의 무리는 疲困하여 痛哭한다. 하나, 굿침업시, 파며, 헷친다. 파며, 헷친다.

長長한 밤이다. …… 時間은 만히만히 經過된 模樣이다. 東便 하날—地平線 우흐로서, 멀즉이 曙色이 낫하나난다. 灰霧의 帳은 서서히 것처진다. 그 朦朧한 中으로서 這는, 羊의 무리가 如前히 움직이는 것과, 露氣잇는 薄赤의 地面이 드러남을 본다.

這는 인제, 涕泣 더 하지 안이한다.

(1915. 4. 15)

* 『近代思潮』 창간호, 1916년 1월 東京. 17-18쪽(띄어쓰기—인용자).

소월 최승구의 시세계

1. 머리말

素月 崔承九는 1910년대 중반의 짧은 기간에 활동한 시인이며 문필가
였다. 그의 시와 글은 1914년에서 1916년까지의 3년 동안에 모두 씌어졌
다. 그 기간은 그의 동경유학시절에 해당된다. 1910년대에 이미 스스로 시
인의식을 가지고 작품을 써서 그것을 모아놓은 사람으로는 최승구말고 그
예를 찾아보기가 힘들다.[1] 한편 그는『학지광』3. 4. 5. 6호에 시와 에세이
를 발표하기도 했다. 그의 시와 세계인식은 당시에 활동한 다른 시인들에
비해 개성적인 특징을 드러내고 있다. 후에 김억은 그의『해파리의 노래』
한 장을 최승구에게 바치고 있다.[2]

최승구는 1892년 경기도 시흥에서 태어나 1910년 보성전문학교를 졸업

---

1) 그의 從弟인 極熊 崔承萬에 의해 보관되어 오던 필사된 遺稿詩集 노우트를 金澤東이
   편집 발간하였다. 김학동,『崔素月作品集』, 형설출판사, 1977.
2) "해를 여러번 거듭한 지하의 최승구에게 이 시를 보내노라."(『해파리의 노래』, 조선도
   서주식회사, 1923, 25쪽)

하고 일본으로 가 게이오대학에서 수학했다. 그는 일본 유학생 학우회 기관지인『학지광』의 편집위원 겸 인쇄인으로 참여하며 시와 에세이를 발표하였다. 그는 폐결핵에 걸려 26세에 사망했다.

그에 대한 연구는 김학동에 의한 것이 최초이며 그 이후의 관심과 연구도 미미한 형편에 있다.[3] 본고에서는 그의 에세이나 시를 분석하여 현실인식과 문학관, 그리고 시적 성취의 정도를 정리해보고 그것의 근대시사에서의 의미를 살펴보고자 한다.

2. 피정복자로서의 자각과 시야의 확대

한국의 근대는 전근대적 속박과 식민지적 속박이라는 이중의 부담을 안고 출발하였으며, 근대의 형성은 이중의 속박을 지양하는 데 그 역사적 의의가 있었다. 그런데 1910년대를 살피다 보면 당대인들의 일본 제국주의에 대한 인식 정도가 불완전하거나 왜곡된 상태에 놓여 있었음을 보게 된다. 중세적 인습에 대한 비판은 매우 적극적인 데 반해, 일본의 식민지 지배질서 확립과정에 대해서는 무관심하거나 관대하고 심지어는 그것을 근대화의 과정으로 이해하여 지지하고 추종하는 근대화주의자들도 많았다. 그 대표적인 인물이 백대진과 최찬식이었다.

이런 시대상황 혹은 시대인식과 결부되어, 1910년대 문학 작품 중에서 식민지 모순을 직접적으로 문제 삼고 형상화한 작품은 찾아보기란 쉽지 않다. 당시 대부분의 시 작품은 계몽주의 지향을 보이거나, 중세적 인습으

---

3) 「素月에 同名異人이 있다」, 동아일보, 1972. 5. 4.
　　金澤東, 「素月 崔承九論」, 『한국근대시인연구(1)』, 일조각, 1974.
　　金澤東, 「낭만적 정조와 개아의 서정성」, 『현대시인연구』, 새문사, 1995.
　　조동일, 『한국문학통사』4, 지식산업사, 1986, 417-419쪽에서 거론하고 있는 정도이다.

로부터의 문화적 해방을 추구하는 것들이 대부분이었다.

이런 혼란 속에서 최승구는 제국주의의 폭력성을 당당하게 시의 제재로 삼음으로써 우리 근대 자유시 형성과정에 독특한 자취를 남겼다.

山嶽이라도 쌕에지는 / 大砲의 彈알에,
너의 阿只는 / 발서 碎骨이 되엿고.

野獸보다도 暴惡헌 / 쩨르만의 戰士의게,
너의 愛妻는 / 恥辱으로 죽엇다.

인제는, 사랑허든 / 家族도 업서젓고,
너조차 逃亡헐 / 길을 일허버렷다.

배불너도 더찻는 / 慾心쭈러기의게,
너의 財産을 / 다밧처도 不足이다.

正義가 읍서젓거든, / 平和가 잇슬게냐,
다만 저들의 / 쑴속의 弄談이다.

너, 自我以外에는, / 野心만흔 敵뿐이요,
敗北는 너의 政府 / 弱헌 까닭뿐이다.

쩰지엄의 勇士여! / 最後까지 싸홀뿐이다!
너의 엽헤 / 부러진 槍이 그저 잇다.

쩰지엄의 勇士여! / 쩰지엄은 너의 것이다!

네것이면, / 꽉 잡어라!

쩰지엄의 勇士여! / 너의쎄듸는 너의 것이다!
너, 人生이면, / 權威를 드러내거라!

쩰지엄의 勇士여! / 瘡口를 부둥키고 이러나거라!
너의피 괴이는곳에, / 쩰지엄의 子孫 부러나리라.

쩰지엄의 히로여! / 너의몸 쓰러지는 곳에,
거누구가 月桂冠을 / 밧들고 섯슬이라.

— 「쩰지엄의 勇士」[4](1914. 11. 3) 전문

　　이 시는 온전한 자유시 형식을 갖추지는 못하고 가사 형식을 빌리고 있
지만, 줄바꾸기를 특이하게 하고 4.4조 음수율에서 부분적인 일탈을 시도
함으로써 새로운 형태를 지향하고 있다. 짧고 단호한 리듬은 주제의 긴박
감이나 어조의 격렬함에 잘 조응하고 있다.

　　이 시는 제1차 세계대전 중 독일이 중립국 벨기에를 침략한 만행을 시
적 제재로 형상화함으로써 한국의 식민지 상황을 환기시키고 있다. 이 시
의 의미를 제대로 이해하기 위해서는 먼저 당시 조선과 일본에서 세계대
전을 어떻게 인식했는지 알 필요가 있다. 당시에는 서양에서 일어나고 있
는 제1차 세계대전을 과학문명의 격전장, 우승열패라는 근대 사상의 실현
장, 영웅의 활동장으로 바라보며 들뜬 기분이 형성되었던 측면이 있다. 또
한 세계대전이 세계사의 대전환기를 예고한다는 점에서 흥분과 열광의 대
상이 되기도 하였다.

---

4) 『학지광』 4호. 1915. 2.

　실제로『신문계』와『청춘』에서 세계대전을 특집으로 다룬 것을 보면, 『신문계』(1914. 11)는 전쟁에 사용된 신무기를 소개하면서 과학문명을 획득한 자가 선이며 정의라는 이데올로기를 전파하였다.『청춘』(1918. 6)도 전쟁에서 승리하는 독일 영웅들의 용맹성과 충성심을 찬양하며, 제국주의적 팽창주의를 선망하며 조선의 청년들이 본받아야 할 표본으로 기사화하였다.

　우승열패, 생존경쟁의 사회진화론의 관점에서 볼 때, 전쟁은 필연적이며, 강대한 자는 정의와 선이 된다. 이런 사상적 분위기 속에서 식민지 조선은 힘을 키워 약소국을 정복하든가, 식민지로 전락한 처지를 승락하는 양자택일의 길밖에 없었다. 독일의 승전과 전쟁 영웅들이 약소국민들의 희망으로 받아들여지기도 하였다.

　이러한 사회적 분위기 속에서 최승구는 "정의가 읍서젓거든, / 평화가 잇슬게냐, / 다만 저들의/ 꿈속의 농담이다"고 하여, 세계평화를 슬로건으로 내걸고 있지만 전쟁에 숨겨진 제국주의적 성격과 야욕("배불너도 더찻는 / 욕심꾸러기")을 폭로하고 있다.「뻴지엄의 용사」는 승전한 자의 시각이 아니라, 침략 당한 자의 입장에서 그 치욕과 분노를 형상화하였다. '뻴지엄의 용사'의 형상은 바로 피정복자로 치욕을 당하고 있는 시인 자신과 식민지 조선인들의 투영물이다. 시인은 스스로를 '용사'로 인식하고, 자신의 자유와 자손들의 번영을 위해 최후까지 싸울 것을 외치고 있다. 이 시는 앞서 애국계몽시가에 나타난 '피'를 뿌리는 열혈적 의지주의와 '용사', '영웅(히로)' 등의 담론을 계승한 위에, 더욱 전투적인 상상력과 현실 대응력을 보여주고 있다. 또한 짧고 단호한 리듬은 주제의 긴박감이나 어조의 격렬함에 잘 조응하고 있다.

　최승구는 피식민지 지식인으로서 자기 정체성을 확정하였으며, 그의 시와 글은 자신의 정체성을 확장시키는 일이었다. 최승구는 대학 본과에서 역사를 전공하려고 했던 의도로 보아, 그의 현실세계에 대한 관심의 정도

를 짐작할 수 있다. 실제로 그의 세계인식은 당대 어느 지식인보다 예리
하고 정확했으며 통찰력도 뛰어났다. 그는 당대를 혁명의 시대로 인식하
고 있었다.

　　"專制가 立憲으로 변하거나, 立憲이 共和로 변하는 것이 統治權의 革命이오,
　附庸國이 獨立國으로 변하는 것은 國體의 혁명이다. 植民地가 自立하게 되면 民
　族의 革命이오, 士庶의 格別이 平等으로 되면 階級의 革命이다…… 웬 天地가 照
　耀하고, 웬 洞里가 搔搖하다…… 우리는 被征服者가 되었다. 우리는 奴隷役이 되
　었다함으로, 우리의 覺官은 動치 못하고, 本能은 發作치 못하며 良心은 殘穀만 남
　게 되었고, 統一性은 잃어버리게 되었다…… 너를 혁명하라!"5)

　그의 이런 세계인식의 폭과 깊이는 그의 시세계가 과장된 이상주의나
감상주의에 쉽게 빠지지 않도록 견제하며, 개성 있는 작품을 창조할 수
있도록 하는 인식론적 기반이 되었다.
　시적 성취란 단순한 형식의 차원에서 획득되는 성질의 것이 아니다. 그
것은 현실인식의 깊이, 시대정신의 담지, 형상화 방법 등 다양한 층위를
포괄하는 것이다. 시적 요소의 하나인 리듬도 시인에 의해 자의적으로 부
가되는 장치가 아니라 개관현실과 시적 주체의 관계 질서가 외화된 것이
다. 또한 당대 문학의 중요한 과제 중 하나가 근대적 개성의 창조였는데,
이때의 근대문학적 개성이란 고립된 자연인으로서의 자기 인식이 아니라,
개인을 둘러싸고 있는 객관현실과의 관계 속에서 형성되는 것이며, 그것
이 문학적 상관물과 통일될 때 비로소 힘을 갖게 되는 것이다.
　식민지 종주국 일본으로 유학을 간 조선 청년들에게 조국과 고향은 그
리움과 동시에 안타까움을 자아내는 대상이었다. 이들은 이런 심정을 시

---

5) 최승구, 「너를 혁명하라」, 『學之光』 5, 1915. 5.

적 제재로 삼아 시를 썼다. 이런 시들의 많은 경우가 그 안타까움을 시적 긴장 속에서 승화시키지 못하고, 고립된 개인의 외로움과 설움을 직설적으로 토로함으로써 시적 주체가 혼돈 속을 헤매는 상황을 연출한다. 이 경우 시 형식도 균형을 잡지 못하고 괴멸하기 십상이다. 최승구의 경우를 보자.

老炎이 더욱 뜨거운데, 더위에 지친 몸에,
비지땀을 흘니며, 빨니 向하는 곳 엇읜가.

우리 故鄕이라, 우리 父母가 나를 誕生하신——
우리 兄님 나를 爲하야 흙파는 곳이라.

각시노름——plays of dolls하던 竹林 속 白楊목 드러슨 우리 兄弟의 집.
옛날 동무——純實한 百姓의 모뭄이 그리워서

– 「나의 故里」 전문(15쪽)6)

네 무삼 懷抱로서
쉬임업시 울엇스며,
故鄕 두고 멀니 와서
내게 앵김 웬일인가.

(………)
이 구석에서 긴 歎息
這 언덕이 울니여

---

6) 출전이 별도로 밝혀져 있지 않은 작품은 김학동 편, 『최소월작품집』, 형설출판사, 1982
에 수록된 것이다. 괄호 속의 숫자는 작품이 실린 면을 나타낸다.

160

寂寞한 밤 山에는

오즉 너의 소래뿐

(………)

압村에 늙은 父老

燈 도드고 담베 푸이며

뒷洞內 절믄 處女

바늘노코 눈물지네.

— 「不如歸」 부분(16-18쪽)

靈은 나의 故鄕으로

肉을 버서 던저둠이

놉흔 賜物 낏침이라.

썰기무덤 검은 碑돌

줄기띄가 말넛스나

巡禮者의 바램이다.

— 「博士 王仁의 무덤」 부분(13-14쪽)

　'고향에 대한 그리움과 안타까움'이란 제재가 개인적인 향수의 차원에서 시작하여 더 큰 역사적 민족적 차원으로 확대되고 있다. 시 「박사 왕인의 무덤」에는 '육'은 일본에 묻혀 있으나, '영'은 조국으로 향한 백제국의 '왕인 박사'를 통하여 느낀 이 시인의 절실한 향수와 조국애가 잘 나타나 있다. 더 나아가 "왕국의 거룩한 덕이 / 그대로서 빛남이여 / 어둔 밤에 달 도든 듯"이라고 하여 민족적 자긍심을 환기시키고있다. 이 시는 당시 함께 활동했던 유암 김여제의 「만만파파식적」이란 시의 제재와 창작의도가 유사하다. 그의 고향에 대한 이미지는 「無巢의 鳥」, 「산촌의 멸망」을 거쳐

현재 고향이 사막으로 피폐해졌으며, 그 속의 백성은 '본래의 옥토'를 찾
기 위하여 피를 흘리며 고투를 하고 있다는 다음과 같은 「긴 숙시」라는
시를 썼다.

沙漠의 前日은 樂園이엿섯다. 붉은 薔微,흰 百合도 픠엿

섯고, 無窮花도 微笑를 가지고 自矜하엿섯다(………)

지금의 沙漠은 本來의 沃土엿섯다.

한것이러니, 猛烈한 狂風에 當하야, 지금에 보이는 毒沙로

덥히엿다. 北으로 붓허서는, 고—비의 모래가 朔風에

몰니여, 南으로 붓허서는, 사하라의 모래가 싸이여 왓슴이다.

　　　(………)

時間은 쉬임업시 經過된다. 夕陽도 지나갓다. 黑幕이

四圍에서 내려진다. 沙漠은 暗夜이다. 冷情한 바람은 더욱

劇烈하다.

這는 黑暗의 사이로 如前히 바라본다.—雙頰으로 流淚가

縱橫한다.

羊의 무리는 口頭로써 毒沙를 파며, 四足으로써 헷친다.

沙가 吸入한 兩眼에서는 눈물, 鬆毛의 痩軀에서는

짬이, 부프러 터진 口頭와, 썰니여 裂開된 四足에서는

피가 沙上에 섹기여 써러지며, 淋리한다.

써러져서는 滲入하고, 滲入하여서는 沃土에서 흐르며

染色한다.

　　　(………)

長長한 밤이다…… 時間은 만히만히 經過된 模樣이다.

東便 하날—地平線 우흐로서, 멀즉이 曙色이 낫하나난다.

灰霧의 帳은 서서히 것쳐진다. 그 朦朧한 中으로서 這는,

162

羊의 무리가 如前히 움직이는 것과, 露氣잇는 薄赤의 地面이

드러남을 본다.

這는 인제, 涕泣 더 하지 안이한다. (1915. 4. 15)

— 「긴 熟視」7) 부분(띄어쓰기 — 인용자)

이 시는 앞의 「뻴지엄의 용사」를 우리 상황에 맞춰 비유적으로 재창조한 듯한 작품이다. 식민지 상황에 대한 인식이 비유적이긴 하지만 매우 격렬한 어조에 의해 제시되고 있다. 격렬한 어조를 띠고 있으면서도, 호흡이 상당히 긴 산문시 형태를 갖추고 있다. 이 시는 마치 '강제 합방'과 더불어 우리 문학사에서 자취를 감춘 애국계몽기 시가의 현실인식과 어조를 1910년대의 시문학사에 발전적으로 재생시킨 듯한 작품으로, 그 예를 찾아보기 힘든, 주목되는 작품이다. 억압과 고통에 좌절하거나 비관주의에 빠지지 않고 시야를 멀리하여('긴 熟視') 견디며 멈추지 말고 애를 쓰면 기필코 해방된 날을 맞이하게 될 것이라는 전망을 제시하고 있다.

3. 감상주의 문학에 대한 경계

1910년대 시들은 곧잘 현실세계의 위압에 압도되어 '불안'과 '공포'에 휩싸이는 경우가 많다. 이런 경향은 감상주의와 결합하여 이후 1920년대 초반의 시단을 장악하게 됨으로써 우리 시사는 파행을 겪게 되었다. 이런 감상성은 미숙하고 무력한 지식인의 지적 귀족주의의 유치한 표현이기도 했다. 즉 두렵고 거창한 현실에 손을 대기보다는, 먼저 자기 스스로의 순정에 탄식하고 애상하는 심정, 그것은 무력한 인간을 어느 정도 고고하게

---

7) 『근대사조』(동경), 1916. 1월, 17-18쪽.

만드는 것 같기 때문이다. 이 감상성은 한국 근대문학 형성과정에서 상징주의, 유미주의, 퇴폐주의까지를 둘러싸고 있는 외피였던 것이다.[8]

이때 무력한 개인이 현실을 바라보는 시선은 환멸의 시선이다. 현실의 시간을 인정하지 않고 '찰나'의 순간 속에서 자기 도취, 자기 기만에 빠진다. "찰나의 찰나가 사람의 맘이며, 또는 그것이 생명의 표현입니다……찰나 속에서 永久相을 보며 영구상에서 찰나를 본다 하는 것이 이것입니다."[9]라고 하며 김억은 '찰나의 시학'을 주장하였다. 이 당시의 시에는 불안, 공포, 꿈이라는 시어가 많이 나온다. 무력한 개인이 현실의 불안에 대처할 마음의 준비가 되어 있지 않을 때 불안은 공포로 변하고, 이 공포가 커지면 병적으로 되어 꿈에서도 그 공포를 만난다.

최승구는 용기를 강조한다. 즉 힘이 있는 문학을 요구하고 있는 것이다. 그는 '긴 熟視'를 통해 고통의 세계와 맞선다. "黑暗洞裏에서 手搜로 衣食을 取하고 隱遯으로 敵을 避할 때가 아니오. 훨씬 洞口로 나와서, 手搜에 觀察를 兼하여야 하겠고, 觀察에 探檢을 兼하여야 할 때이다…… 正義 앞에는 恐怖가 없고, 確信 앞에는 勇氣가 생기는 것이다."[10]라고 한다. 그는 도피와 비관을 타매하고 그 고통의 현실에 맞서 응시하며 견디기의 미학을 내세웠다.

南國의 바다 가을날은
아즉도 따듯한 볏을 沙汀에 흘니도다.

---

8) 임화, 「『백조』의 문학사적 의의」, 『春秋』, 1942. 11, 146쪽.

9) 김억, 번역시집 『잃어버린 진주』(Arthur Symons 작), 평문관, 1924, 서문, 14쪽. 김억은 아더 시몬즈의 시와 시론에 근간을 두고 자신의 시론을 펼쳐 나갔다. 김억은 스스로 아더 시몬즈를 소개하길, "프랑스의 '데카당스 末期의 王'인 불쌍한 '레리앙'(베르렌느의 別名)에 영향받았으며", 시몬즈의 생활과 성격에는 "世紀末的 데카당스의 맛이 濃厚하야 '술과 사랑과 노래'의 냄새가 곳곳마다 납니다."라고 언급하고 있다.(김억, 「아더 시몬즈」, 『조선문단』, 1925, 신년호, 104-112쪽)

10) 최승구, 「너를 혁명하라」, 『학지광』 제5호, 1915. 5.

저젓다 말넛다 하는 물입술의 자최에
납흘납흘 아득이는 흰 나뷔
봄 아지렝이에 게으른 꿈을 보는 듯.

     (………)

아아! 나뷔여, 나의 적은 나뷔여
너 홀노 어대로 가는가.
너 가는 곳은 滅亡이라.
바다는 하날과 갓치 길메
暴惡한 波濤는
너의 藝術을 파뭇으려 할지라.
무섭지 안이한가, 나뷔여
검은 海藻에 숨은 고래는
너를 덤석 삼키려
기다렷다 발컥 이러나는 큰 물결은
너를 散散 바쉬려.

     (………)

刹那의 快樂, 瞬間의 破滅!
哀닯고 압흐도다. 큰 事實의 보임이,
無窮한 存在의 너른 바다는
永劫의 波濤를 이리킬 뿐이라.
아아 나뷔는 발서 보이지 안는다.
이러케 나만 뭇에 내리랴.
나의 울음 너의게 들닐 길 업스나
나 홀노 너의 길을 슯허하노라.

```
                   -destruction of art-
```

- 「潮의 蝶」 부분(21-22쪽)

　‘destruction of art’라는 부제를 달고 있는 이 시는 그의 예술론을 포함하고 있는 것이다. 난폭하고 변덕스런 바다(식민지적 폭력성) 위를 ‘투항’하는 무력하고 때를 모르는 나비에 대해 안타까운 시선을 보내면서도, 시적 화자는 끝끝내 거기에 함몰하지 않고, 버티면서 거리를 확보하려는 안간힘을 보여주고 있다.

　그는 또한 오스카 와일드(Oscar Wild)의 관능적 유미주의에 대해서도 비판적 입장을 견지하고 있다. ‘Wild관’이란 부제를 단 「미」(23-25쪽)라는 시는

```
        짧은 靑春의 恐怖라
        靈肉頹廢의 滅亡이라.
```

라고 끝맺는다. 최승구의 시 세계에서 소중하게 주목되는 것은 깊이 있는 현실인식에 의해 조정되는 ‘시적 거리’를 균형 있게 유지함으로써 미적 긴장감을 창조한다는 점이다. 불모의 현실세계를 작위적으로 재단하거나, 또는 그 위압성에 가위 눌려 ‘공포’에 떨거나 ‘퇴폐’에 빠져 ‘찰나의 쾌락’을 탐닉하지 않고, 그런 유혹을 경계하며 균형있는 긴장을 통해 독창적인 시세계를 창조했다는 것이다.[11]

---

11) 정우택, 「근대 자유시 양식의 모색과 갈등」, 『민족문학과 근대성』(민족문학사연구소 엮음), 문학과지성사, 1995, 291-295쪽 참조.

4. 실감으로서의 문학 지향

시 평가 기준의 하나는 바로 시적 성실성으로부터 나오는 고도의 진정성이다. 시의 힘은 이 시적 성실성과 열정에서 흘러나온다. 시적 성실성이란 시인의 정신이나 감정의 상태와 표현이 일치하는 것을 말한다. 시는 과장되고 현란한 진술이나 치장이 아니다.

> 美는 非皮相이라
>
> 적어도 理想과 갓치
>
> 그러한 化殼쑨은 안이다
>
> 粧飾과 德義와
>
> 自慢의 面皮보다는
>
> 記錄이 잇고, 功能도 잇슴으로.
>
>
> 美는 大神秘라
>
> 謎語와 갓치 難解로다.
>
> 外觀쑨 表題로 하는 자
>
> 公平한 解決 업스나
>
> 神秘는 實現이오
>
> 非實現이 안이라.
>
> ― 「美」(부분; 23-24쪽)

미는 '大神秘'이며 동시에 '大事實'임을 강조한다. 또한 미는 난해하지만, 그렇다고 피상적이고 외관·장식뿐인 것을 거부한다. '대사실', 현실연관성과 가능성을 포함하는 것으로서 의미가 있는 것이다.

그는 "우리는 전시대의 사람보다, 생활을 극치히 존중하여야 할 것이며,

이상보다 행위를 존중하여야 할 것이다."라고 하면서 "실감이 아니면 열렬함과 계속적이 되지 못하며, 창조가 아니면 완전하지 못한 것이다."12) 라고 말한다. 그러면서 정감적 생활을 해야 하는 데 즉 "오관을 다 가졌지만 작용은 조금도 하지 못하오. '月色은 淸明하다'고 하지만, 청명한 것을 실제에 사지가 흥분되도록 느끼지 못하오. 신경이 고장난 사람이"13)라면서 실감하고 열렬하지 못한 생활을 안타까워 한다. 또한 그는 「문장의 노래」(37쪽)에서 "문장에는…… 조금도 허위가 없는 것이니라…… 인순하여 해석함에 불과하면 문자의 가치가 아니라."고 한다. 한편 그는 "전일의 동양 철학이 과도히 생활을 멸시하였던 것은 실로 통절히 느끼는 바이오…… 오히려 전일에 유심주의의 행하였던 것보다, 유물주의가 행하였었다면, 現時의 해독이 얼마큼 輕하지 아니할까 하오."14)라며 관념론을 비판하고 생활에의 존중을 강조하고 있다. 핍진한 생활의 실감을 문장과 미의 가치로 여긴다.

최승구는 허위에 찬 계몽주의에 대해서도 반대한다.

> 文章은 記錄이나, '記錄은 他人을 읽힌다' 하는 것보다 '自身이 읽는다' 하는 것이 더 重한 意味라.
>
> 自己가 읽음으로써 自己의 批評을 求할 것이오.
>
> — 「문장의 노래」(부분; 37쪽)

계몽주의 문학론은 "타인을 읽힌다." 사상과 이념을 타인에게 주지시켜 끌고 나아가는 데에 주안점이 있었다. 청자 지향의 시를 말한다. 자기 성찰의 무게를 싣지 않은 타인을 향한 목소리는 공허하기 십상이며 설득력

---

12) 최승구, 「너를 혁명하라」, 『학지광』 제5호, 1915. 5.
13) 최승구, 「정감적 생활의 요구」, 『학지광』 제3호, 1914. 12, 17쪽.
14) 최승구, 「불만과 요구」, 『학지광』 제6호, 1915. 7.

과 진정성도 얻지 못한다. 최승구는 바로 이점을 지적하고 있는 것이다. 자신의 무게가 실린 작품만이 진정성을 얻고 타인에게도 감동을 줄 수 있다는 주장을 하고 있는 것이다. 형식적인 계몽주의를 넘어서려는 시도를 하였다는 중요한 의미를 갖는다.15)

당시 『학지광』(4; 진학문 역), 『태서문예신보』(5; 김억 역), 『창조』(8; 김억 역), 『백조』(1; 나도향 역) 등에 반복적으로 번역되어 실린 투르게네프의 「걸인」과 최승구의 창작 산문시 「걸식아」를 비교해 보면 최승구 시인식의 탁월함이 잘 드러난다. 투르게네프의 「걸인」은 동정적 시각이 지배하는데, 최승구의 「걸식아」는 "경멸의 동정과 같이 惡種의 형식은 없는 것이다. 그것으로 해서 사회가 추하여지고, 인생이 멸망하는 것이다."라고 하며 냉정한 자세를 취한다. 이 산문시는 사회의 모순을 하나의 사건을 통해 드러내고("오오, 악마의 사회") 그 속에서 자기의 존재와 태도를 관찰하는데 초점이 맞추어져 있다. 이 시에서 '걸식아'라는 시적 제재는 "나에게는 나라 없고 집없고 계집없고 소유없고 명예없고 쾌락없고 인생의 있을만한 행복은 모두 나에게 없도다."라는 자의식에 도달하는 매개로서 등장하는 것이지, 동정의 대상이나 계몽의 대상으로 작품에 등장하지는 않는다.

---

15) 진화론에 입각한 실력양성론은 당시 식민지 지배논리로 이용되었다. 즉 우승열패의 경쟁시대에 약소민족이 강대국의 지배를 받는 것은 당연한 이치이며, 이를 극복하기 위해서는 투쟁하거나 갈등하지 말고 근면 성실하게 실력을 기를 것을 권장하는 논리이다. 이때의 근면성은 식민지 지배질서 속에의 순응으로 귀결되었다. 이광수의 이상주의도 바로 이 논리에 의지하고 있는 것이다. 이광수는 그 연장선에서 민족 허무주의와 통하는 '민족개조론'을 주창하게 되고, 나아가 친일의 길로 들어 서게 된다.
최승구는 이 실력양성론적 세계관에서 완전하게 자유로운 것은 아니었지만, 비판적이고 제한적인 수용의 태도를 취했다. "진화론이 비평안에는 다소 노후하다거나, 비난할 점이 있다……"(「정감적 생활의 요구」, 위의 책) 이는 당시로서 상당히 진보적인 발언이었다.

5. 한시 전통으로 근대시 모색

한국 근대 자유시 형성과정에서 전통양식들의 변형·계승이 다양하게 시도되었다. 가사, 시조, 민요, 잡가, 판소리, 한시 등이 그것이다. 그런데 한국 근대 자유시의 모색과정은 가창 또는 음영으로 성립하였던 전통적인 시가 양식(가사, 시조, 민요, 잡가, 판소리 등)에서 벗어나 눈으로 감상하는 '시'를 발견하는 과정과 일치한다. 이런 차원에서 볼 때, 시가 양식의 변용을 통해 자유시 양식을 창조한다는 시도는 과도기적이고 절충적인 선에서 마감되고 말았으며, 한편에서는 그 형식적 측면에만 집착한 나머지 자유시 형성과정을 왜곡하기도 하였다. 즉 노래와 시는 그 제시방식과 실현화 과정이 질적으로 상이한 양식이었기 때문에, 이 형식들의 절충을 통한 새로운 시 양식 창조란 출발부터 한계를 안고 있었던 것이다.

한국의 전통양식 중에 시로서 성립하였던 것은 한시밖에 없었다. 그러나 이 한시는 철저한 정형률의 시였으며, 구어체 민족어가 아닌 한자어로 지어졌다. 이 당시 한시체의 변용을 통해 새로운 형식의 국문시가를 실험한 예가 있는 데, 1901년에 등장해서 1917년에 소멸된 소위 '언문풍월'이라는 형식이 바로 그것이다.

> 달속에옥토끼야씻눈약무엇인다
> 인긴이요란키로평화단지여닐가[16]

각운과 함께 정확한 7음절을 고수한 해괴한 형식이 만들어졌다. 엄격한 형식 통제 때문에 전달하고자 하는 의미는 증발하고, 언어유희 기능만이 남아 있다.

---

16) 정명희, 「달속에 옥토끼」, 『매일신보』, 1915. 1. 1.

170

한시는 분명 한국 시가사에서 높은 형상성과 장구한 전통을 확보한 시 양식이었다. 한시의 높은 형상성과 풍격, 정신은 우리 근현대시 발전에 큰 영향을 주었음에 틀림없다. 한시 전통이 우리 근대시사에 긍정적 영향을 끼친 영역은 형식의 차원이 아니라, 내적인 형상화 원리의 차원에서이다.

최승구는 어릴 때부터 唐詩를 포함한 한문학적 소양을 길렀고, 그의 문재는 이 한문학적 교양과 더불어 싹튼 것이었다.17) 그의 시 중에는 한시체의 작품이 산견된다. 또한 생경한 한자어가 시어로 사용되는 경우도 볼 수가 있다. 그러나 그는 시는 '자국어'로 써야지만 진정한 감동을 불러 일으킬 수 있다고 했으며, 분명히 구어체 민족어로 씌어진 자유시를 지향하고 있었다.

> "自國語의 巧妙한 筆法으로 綜合된 文章은 吟讀함으로 形喩치 못할 超越한
> 趣味가 汚肉에 滲入하며, 非凡한 氣勢가 心魂을 飄蕩케 하나니,
> 여긔서, 自國語에 對한 愛情도 흐를 것이라.
> 翠竹軒의 「吊伯夷叔齊」 詩를 읽을 때에 漢字로만 썻던 것을 恨하며,
> 루소의 에밀Emile을 읽을 때에 自國語의 飜譯이 업는 것을 恨하노라."
>
> — 「文章의 노래」 부분(37쪽)

그는 민족어에 대해 깊은 애정과 신뢰를 갖고 있었으며, 그 개발에 힘썼다. 그는 민족어로 잘 짜여진 시 형태가 우리의 심혼을 감동시킬 수 있다는 믿음 아래, 국문 자유시 양식 창조에 심혈을 기울였던 것이다. 결과 그는 상당한 성취를 이루었다.

---

17) "性格도 文士나 才士가 되어서 그런지, 퍽 銳敏하고 多情多感한 詩人으로 그 당시 六堂 崔南善으로부터 드문 秀才로 평가받았고, 그의 文才는 이 漢文學과 더불어 싹튼 것이다."(「제2의 素月이 있었다」, 『주간 조선』, 1972. 5. 14.일자에서 崔承萬의 回顧)

天은 高하고 野는 黃하야 秋色이 正히 半熟이라.

長空은 劈하고, 一條靑堤 兩條線에 戞戞然 馳走하는 火車, 其聲이 殷殷 夜雷轉
과 如할 뿐

浩茫한 武藏野의 平原의 禾田과 豆畝에는 農夫農婦의刈鉏影이 稀少하여,

　　　　　(………)

鄕關에 作客 無定處 漂泊하는 唯獨 余의게만 秋成熟 기다림이 업슬가.

　　　　　　　　　　　　　　　　　　　　 —「秋成熟」(부분; 32쪽)

　이 시는 시어로 한자어를 많이 사용하고 있어서 근대시로서는 불완전
한 형태이지만, 그 제재나 주제의식이 참신하다. 최승구의 시세계에서 과
도기적 위치를 차지하는 시라 하겠다. 이 시의 배경은 우리의 전통적 농
촌 모습이며, 한시적 분위기로 그려내고 있다. 그런데 그 단아한 풍경과
한시적 분위기의 한 가운데를 가르며 신문명의 상징인 '화차'가 '戞戞然(금
속이 서로 부딪쳐서 삐글어지며 나는 소리의 형용)' '馳走' 하고 있다. 이는 우리
의 전통적 생활양식이 근대 문명을 앞세우고 들어온 식민지적 자본제에
의해 분열하고 붕괴되는 현상의 반영이다. 이 속에서 시적 화자는 고독하
게 서서 '기다림'의 자세를 취하고 있다.

　근대적 의식은 자연과 신으로부터의 분리, 그 분열된 생의 인식으로부
터 출발하며, 동시에 그 분열과 대립을 극복하는 것을 포함하는 양면적
성격을 가지고 있다. 분열을 극복하는 해결책과 에너지는 바로 그 분열된
의식 자체에서 이끌어 내야 한다. 근대시란 분열을 경험한 근대의식이 의
식 자체를 통해 분열을 극복하는 과정을 양식화한 시이다.[18]

　우리의 신문학 초기(1910년대~20년대 초반) 시들의 대부분은 식민지적 근
대화의 폭력 앞에서, 그것을 견뎌내 시적 창조력의 원동력으로 삼지 못하

---

18) 李美萄, 『1920年代 韓國 浪漫的 自然詩 硏究』, 서울대학교대학원 박사학위논문, 1995, 9
　-10쪽.

고, 도피하거나 절망에 빠지고 말았다. 그 결과 시적 감수성은 지리멸렬하고 시 형식은 괴멸하였으며, 시적 자아는 분열과 혼돈에 빠지는 양상을 보였다.

이때 최승구는 분열을 지양하고 통일하고자, 도피하지 않고 견디는 소중한 시적 작업을 보여 주었다. 그의 시적 태도의 특징은 시적 거리를 유지하고, 세계를 통찰하며 애쓰는 데 있었다. 그는 돌출적이며, 복잡하고 또한 폭력성을 띠고 있는 근대 인식으로부터 도피하거나 그 인식을 자의적으로 제한하는 지향과 거리가 멀었다. 그는 세계와 자아의 근대적 관계를 기승전결에 입각해 미적으로 개괄한다. 이러한 시적 특징은 앞에서 논의한 시「긴 숙시」,「潮의 蝶」등에 전형적으로 반영되어 있다.

> 하날은 검푸른 구름이
> 情업는 저녁 소낙비에
> 두듸려 마저 脈업시 된
> 여름입새의 느러짐갓치
> 여긔저긔 횟터젓노라.
>
> (………)
>
> 빽빽한 運命의 줄에
> 에워싸인 나를 우는 나의 님
> 따듯한 품 속에 나를 감추려
> 그 깁흔 솔밧으로 오르리라.
>
> (………)
>
> 검은 面紗로 덥흔 이곳 바다
> 느진 波濤가 주절거림에

밤바람은 昧情하여
모르는 곳에서 새이는 歎息은
隱隱히 멀니 건네도다.

朦朧한 안개에 뭇친 언덕 위
村집에는 弱한 燈이 오즉 한 빗
보이지 안는 수풀 속의 묵은 절鐘
저녁 呼吸에 떨니여 울닐 뿐.

거치러진 너른 덜에
胡笳소래 애닯허
邊方戰馬 길이 울고
이슬에 저진 天幕에
故鄕꿈이 깁헛든 勇士는
굿은 벼개가 둥굴니라.

ㅡ「步月」(부분; 31-32쪽)

    그의 시가 세계의 분열이나 폭력성에 그대로 매몰되지 않고, 또한 자의적 감상이나 흥분에 휩싸이지 않고 시적 거리를 유지하여 시적 긴장을 확보할 수 있었던 동인은 한시의 형상화 원리에 기인하는 것이 아닌가 한다. 한시는 폐쇄된 인간 내면 의식을 곧바로 표출하지 않고, 생활 공간에서 부딪히는 객관 사물이나 현상을 시의 체계에 끌어 들여 자기 주관적 흥분이나 감정을 순화시키고, 나아가 자아와 세계의 통일을 지향하고, 거기서 숨겨진 삶의 진실을 찾는 형상화 원리를 취한다.19) 한시의 전통적 미의식

─────────────────

19) "근대 이후의 시는 인간의 내면세계를 파고들어 외부적 요소와 차단되고 밀폐된 공간 속에서 인간의 진실된 면을 추구하려는 경향이 농후하다. 반대로 근대 이전의 시는 생활

에서는 감상에 빠지는 것을 극구 경계한다. 또 한시는 기승전결이라는 완미한 의미구조를 발전시켜 왔다. 최승구는 한시의 기승전결 의미구조를 그가 창작한 자유시의 내적 리듬으로 발전시킴으로써 구조의 괴멸을 방지하고 단아한 시 형태를 창조할 수 있었다. 이와 같이 최승구는 한시의 높고 풍부한 풍격과 형상성을 발전적으로 지양·계승하여 자유시 창조의 원리로 삼았던 것이다.

6. 맺음말

최승구의 문필활동 시기는 '강제 합방' 이후 일제의 무단통치시기와 일치한다. 이러한 환경 속에서 그는 민족의 비전과 근대적 자아 확립이라는 과제를 에세이와 시로써 탐색하였다. 당시 대부분의 시인들은 이 분열되고 혼돈된 근대와의 대결에 패배하고 좌절하여 절망적 비관주의에 빠졌고, 그 결과 양식도 근대시로서의 안정성을 창조하지 못했다. 또 다른 한편에서는 그 근대의식을 주관주의적으로 제한, 왜곡함으로써, 근대의 본질 포착에 실패하고, 그 양식은 복고적 형태로 후퇴하고 말았다.

이에 최승구는 탁월한 현실인식을 바탕으로 개성적인 미적 이상을 추구해 갔다. 그것은 감상주의 문학관에 대한 경계와 생활에 핍진한 실감으로 요약할 수 있으며, 이러한 그의 미적 이상은 많은 경우 그의 한문학적 소양에서 비롯된 것이다.

그러나 그의 미적 이상이 근대문학의 완성으로 성취된 것은 아니다. 그의 시가 완미한 근대 자유시 형성에 값하기 위해서는 주제, 형식, 리듬, 이미지, 상징, 어조, 시어 등 시적 상관물들의 통일성이 제고되어야 했다. 부

공간에서 부딪히는 사물을 바로 시의 체계로 수용하여 시적 형상화의 대상을 삼은 향외적이며 즉물적인 형태가 많다."(윤호진, 『한시의 의미구조』, 법인문화사, 1996, 26쪽.)

분적으로는 탁월한 성취를 이룬 요소도 있지만, 전체적으로 골고루 그러한 성취를 이룬 것은 아니다. 또 근대의 분열상을 시적 제재로 삼고 그것에 맞서 견디는 시적 자아를 창조하기는 했지만, 거기에서 에너지를 이끌어 내어 극복하는 과정을 미적으로 개괄하는 데까지는 나아가지 못했다. 그러나 그가 당대의 어떤 다른 시인보다 상대적으로 선진적 위치를 점하고 있었던 것은 틀림없는 사실이다. 근대시 형성과정에서 그가 획득한 성취는 특별한 것이었다.

애국계몽기 시가의 창조적 계승 - 현상윤론

1. 머리말

玄相允(1893~?)은 평북 정주군 남면 남양리에서 태어났다. 호는 小星, 幾堂. 15세까지는 한학을 배우고, 정주군에 있던 초등교육기관인 육영학교를 졸업(1909)하였다. 이어서 평양 대성학교 4년을 수료하였는데, 대성학교는 1907년 도산 안창호가 미국에서 귀국하여 세운 것으로 신민회가 뒷바침한 기독교 계통 교육기관이었다. 신민회 사건으로 대성학교가 1911년에 폐쇄되자 현상윤은 서울 보성중학교로 옮겨 1912년 졸업하였다. 그는 1913년 겨울에 일본으로 건너가[1] 와세다대학 고등예과(1914. 3~1915. 7)를 거쳐 와세다대학 문학부의 사학과 및 사회학과(1915. 9~1918. 7)를 2등으로 졸업하였다. 현상윤의 학업 성취가 특출나서 조선총독부에서는 포상

---

[1] "작년 겨울에 이럭저럭 이곳을 오게 되어."(「동경유학생생활」, 『청춘』 제2호, 1914. 11, 110쪽) "동경에는 육당이 그의 선배 林圭의 부인인 일본 여자에게 牛込區 若松町에다가 집을 한 채 세 얻어 주어, 현상윤과 김여제가 이 집에서 자고 먹고 있었고, 육당도 동경에 오면 이 집에서 묵었다."(조용만, 『육당 최남선』, 삼중당, 1964, 117쪽)

하는 일까지 생겼다.2)

현상윤은 일본 유학시절 1914년부터 1915년까지 동경유학생 학우회 기관지『학지광』의 편집위원을 역임하면서 시, 소설, 수필, 평론 등 다양한 장르에 걸쳐 많은 글을 발표하였다.3)

그가 자신의 동경유학생활을 정리해서『청춘』에 기고한 글이 있는데, 여기에 그의 관심사와 생각이 어느 정도 드러나 있다.

> 워쓰워드의 詩集이며 에머쏜의 論文이며 투르게네쁘의 小說이며 오이켄·베륵손의 哲學 등을 쌔어들고 人生의 內的 生活이 엇저니 外的 生活이 엇저니 하는 論難과 生의 要求가 업스면 自我의 創造가 업고 철저한 生의 覺悟가 업스면 철저한 藝術이 업다든가 새 生命은 새 主義에 잇다든가 하는 問題에 고개를 쯔덕쯔덕 하면서……4)

그는 동경에서 서구 문학과 사상을 섭렵하며 근대적 의미의 자아 정체성을 형성해 갔다. 그는 "과연 동경생활은 가지각색으로 다취다미한 시적 소설적이로다"라고 썼다.5)

---

2) "會員 中 崔斗善, 李光洙, 玄相允, 金興濟 諸君이 早稻田大學에서 지난 夏期試驗에 特待 혹은 優等의 成績으로 卒業 또는 進級한 일은 임의 本誌의 報道한 배이어니와 朝鮮總督府에서는 이를 褒賞하기 위하야 各各 同諸君의게 賞品을 贈與하얏는데 同大學에서는 去十一月 十七日 下午 一時에 同賞品傳達式이 有하얏다더라."(「消息」,『학지광』제14호, 1917. 12, 76쪽)

3) 현재 확인할 수 있는 바로는 현상윤이 처음으로『학지광』에 글을 발표한 것은 3호(1914. 12)부터이지만,『학지광』이 1914년 4월에 창간된 사정으로 미루어 창간호부터 관여했을 가능성도 없지 않다. 현상윤이『학지광』의 편집에 직접 관여하게 된 것은 5호(1915. 5)부터인 것으로 보인다. 5호에서 편집 겸 발행인을 장덕수로, 인쇄인을 현상윤으로 밝히고 있다. 6호에서 9호까지 소실되어 현상윤이 계속『학지광』의 인쇄인으로 자리했는지 확인할 수 없으나 10호에서 현상윤이 早稻田大 史學科를 수석으로 진급했다는 기사가 나오고, 12호와 13호에서 편집 겸 발행인으로 현상윤이 기록되어 있다.

4) 현상윤, 「동경유학생활」,『청춘』2호, 1914. 11, 113쪽.

5) 위의 글, 99쪽.

현상윤은 와세다대학을 졸업한 뒤 바로 귀국하여 중앙학교 학감으로 취임하였다. 3·1운동 당시 48인으로 참여하여 2년간 투옥된 바 있다. 출옥한 뒤 1922년 다시 중앙학교 교장으로 취임하였다. 1946년 고려대학교 초대총장을 지내고 6·25때 납북되었다.

현상윤이 문인으로 활동한 기간은 동경유학생이었던 1910년대 중·후반으로 한정되며, 그 후로는 교직자이자 학자로서의 삶을 살았다. 그가 집필한 『조선유학사』(1949)와 『조선사상사』(1949)는 한국 유학을 사적으로 체계화한 최초의 것으로 평가받고 있다. 그러나 비록 짧은 기간 동안 문인으로 활동하였지만, 한국 근대문학이 형성되고 있던 1910년대 문단에서 현상윤은 빼놓을 수 없는 중요한 의의를 가진다.

> 朝鮮民族의 指導者가 되는 文壇의 勇士야! …… 우리의 民族性을 힘잇게 發揮하는 時代的, 우리的文學의 基礎를 수립하야, 以之 한줄한句의 글이라도 生氣가 폴폴 쒸는, 어듸를 씁턴지 쓰겁은 피가 줄줄 흘으는 산글의 作者가 될지어다.
>
> 近日 우리 文壇에 새로 春園, 文堂[六堂 —인용자], 小星 等 諸革命首領의 擧義가 現出함이 實로 偶然이 안이라. 滿天下諸氏는 엇지 應援軍이 되지 안이하리오. 文壇의 革命兒야!!!6)

위의 글은 1910년대 문단에서 현상윤이 춘원, 육당과 동렬에 놓일 정도로 커다란 무게를 지니고 있었음을 말해준다. 현상윤은 『청춘』과 『학지광』을 통해 6편의 단편소설7)과 5편의 자유시를 발표하였다. 이후 1914년 동경 유학시절 육필로 쓴 『小星의 漫筆 第五』가 발견됨으로써8) 근대 자

---

6) 東海岸 白一生, 「文壇의 革命兒야」, 『학지광』 14호, 1917. 11, 49쪽.
7) 「한의 일생」(『청춘』 2호, 1914. 11), 「박명」(『청춘』 3호, 1912. 12), 「재봉춘」(『청춘』 4호, 1915. 1), 「淸流壁」(『학지광』 10호, 1916. 9), 「광야」(『청춘』 7호, 1917. 5), 「핍박」(『청춘』 8호, 1917. 6).
8) 『小星의 漫筆』 第五에는 5편의 자유시와 11편의 일기 형식의 수필이 수록되어 있다.

유시 형성과정에서 현상윤의 위상이 더욱 무게를 지니게 되었다. 이러한 중요성에도 불구하고 시문학사에서 그에 대한 깊이 있는 연구가 현재까지 이루어지지 못하였다.9)

한국 근대자유시 형성은 국권상실의 위기 앞에서 그 위기를 타개하는 방안으로 제출되어 차츰 개인의 자유와 개성을 표현하는 형식으로 전개되어 나갔다. 이 글은 현상윤의 시가 바로 그 중간지점에 위치하며 양 측면을 반영하고 있다는 점에 주목하여 논의를 전개해 나가고자 한다.

2. 국권 상실 의식과 이상주의적 경향

1) 이상주의의 형상화

1910년대 상황에서 애국계몽운동의 저항적 민족주의를 자신의 세계관으로 계승하여 그 실천 방안을 고뇌한 사람은 많지 않다. 그 점에서 현상윤은 독특한 존재라고 할 것이다. 현상윤의 시들은 핍박받는 식민지 조선

사실상 『소성의 만필 第五』에 수록된 글들을 장르 구분하는 것은 매우 어려운 일이다. 「향상」, 「새벽」과 같은 수필은 『청춘』에 시 형태로 편집하여 발표되기도 하였으며, 현상윤의 저작목록을 최초로 밝힌 김복순의 논문에서도 자유시를 11편으로 잡고 있다. 또한 김학동은 「뒷자취가 寂寞」, 「秋風」, 「蕭湘斑竹」, 「어디로 갈고」를 시조로 분류하고 있기도 하다. 본고에서는 자유시 형태가 뚜렷하게 드러나는 「실락원」, 「님생각」, 「寒菊」, 「요게 무어냐」, 「친구야 아느냐」의 5편을 시로 구분하였다.(「寒菊」과 「친구야 아느냐」는 『학지광』과 『청춘』에 발표되었다)

9) 현상윤에 대한 기존의 연구는 아래와 같다.

김기현, 「소성의 만필 소고」, 「현상윤의 신시와 그 저항성」, 『한국문학논고』, 일조각, 1972.

김윤식, 「현상윤론―근대시 형성의 과정」, 『속 한국근대작가론고』, 일지사, 1981.

김복순, 「1910년대 단편소설연구」, 연세대 박사학위논문, 1990.

김학동, 「저항적 주제와 과도기적 시형식―현상윤론」, 『현대시인연구』, 새문사, 1995.

최형련, 「현상윤」, 『한국근세인물백선』, 신동아 부록.

의 현실에 대한 자각과 적나라한 고발, 그리고 자주독립에 대한 열망을
일관된 주제로 표현하고 있다.

> 에덴의달 밝은빗이 빗치는곳 따로잇고
> 生命의샘 맑은물이 흐르는곳 가렷드냐
> 가튼하늘 가튼땅에
> 이동산뿐 아득하고 이백셩뿐 목마름은
> 不平等이 안니라고
> 辨明할말 남앗드냐?
>
> 온世上이 다웃어도 이곳뿐은 한숨이요
> 萬사람이 다뛰어도 이들뿐은 愁心한다
> 가튼音樂 가튼노래
> 이들의겐 悲哀의曲 ○○[嗟陀]調를 알윔이라
> 嚴肅하게 찡근얼골
> 沈痛의빗 寂寂하다!
>
> 혀잇스면 말다하고 붓잇스면 뜻다쓰리
> 문자갈과 얼맨손을 엇지할수 다시업고
> 가튼다리 가튼머리
> 못간다는 處所잇고 못한다는 생각잇다
> 耳目口鼻 다를소냐
> 다갓치 사람이연만!
>
> 이내사랑 이내아들 人間맛을 못보태고
> 남는밥 남는옷이 幸福의 滿足 못주노니

가튼고기 가튼술도
아모慰藉 아모맛을 가져오지 못하노니
無意識的 이○○[生命]을
누려밧는 이苦롬아!

만쥬리아 모진바람 이곳서는 꽃을피우고
革海(對馬)海○[峽] 모든빗발 이곳서는 안개되든
넷歷史를 記憶하라
榮光에서 榮光에를 우슴으로 傳해오든
이樂園이 안이드뇨!?
榮譽잇는 이樂園이—

애닯고나 하로아참 빨니모는 떼구름에
光明잇는 왼江山이 깜깜하게 싸여져셔
춤과노래 끈어지고
不○[安]의빗 恐怖소래 핏눈물에 넘치노나
아아이것 무삼일가
꿈이드냐! 참이드냐?

아아우리 님이시여 어여삐샤 돌보소셔
全能하고 全知하신 님이신줄 아옵니다
이알욈과 이웨임을
못드르실 님안임을 깁히아는 저의오니
사랑의님 살피소셔
이동산 이무리를!

— 「失樂園」10) 전문

  시의 제목에서 드러나듯이 시인은 일제의 식민지로 전락한 조국의 현실을 '낙원 상실'에 비유하고 있다. 그에게 식민지의 현실은 불평등과 부자유('문자갈과 얼맨손')의 비인간적인 상태로 인식된다. 식민지 민중들의 삶은 한숨과 수심, 침통과 공포으로 가득차 있다. 1910년대의 시문학에서 핍박받는 식민지 조선의 현실을 이토록 적나라하게 표현한 시를 찾기 어렵다. 시인을 더욱 비통하게 만드는 것은 '영광에서 영광에를 우숨으로 전해 오든' '영예잇는' 역사를 가진 조국이 제국주의의 식민지로 전락하게 되었다는 사실이다. 인간으로서의 기본 권리인 평등과 자유마저 빼앗겨 버린 식민지의 현실과 대비하여, 만주 벌판에 무운을 휘날리던 고구려 시대와 대마도를 통해 일본에 선진문물을 전해 주었던 통일신라 시대를 '낙원'으로 회고한다.

  여기서 섬세하게 분석하고 관찰해 보아야 하는 것은 시적 주체의 태도와 시적 해결의 방향이다. 이를 위해 애국계몽시가와 이광수, 그리고 위의 「실락원」을 비교해 보면 현상윤의 시적 지향이 어디에 있었는지를 선명하게 밝혀낼 수 있다. 외세의 침략이 가시화하고 있던 절박한 상황에서 정신적·도덕적 염결성만으로 자아의 정체성을 지켜왔던 애국계몽 주체는, 국권이 상실된 현실 앞에서도 여전히 불굴의 의지와 낙관적인 신념으로 주체의 동요를 극복하고자 하였다. 이것은 경험적 현실과 유리된 선험적 주관성 내지 절대정신에 의해서만 자아의 정체성을 보장받을 수 있었던 계몽 주체들의 운명적 상황을 보여주는 것이었다. 한국 근대시사에서 이러한 애국계몽운동의 정신은 어떠한 비극적 상황 앞에서도 굴하지 않고 세계와 맞서는 주체의 견결함 혹은 지조의 시정신과 비장미의 전통을 만들어냈다.

  그러나 다른 한편으로, 현실에 대한 객관적 인식이 결여된 주관적 의지

____

10) 『소성의 만필』 제오, 동경, 1914.

의 강조는 성찰적 이성의 활동을 억제하여 시적 상징이나 정서가 급격하게 관습화되고 형식면에서도 정형률 혹은 유형화되는 양상을 보여준다.

> 해가 뜬다 해가 뜬다 그 해가 쏘 쓰노나
>
> 한녜적 한힌메에 우리 님 나시던 날
>
> 그 날에 님의 얼굴 비초이던 해가 쏘 쓰노나
>
> 네 부대 맘썻 쓰어라 잘즈믄 해 내어 쓰어
>
> 행혀나 네 얼굴로나 님의 얼골 보과저
>
> — 이광수, 「님 나신 날」[11) 부분

이 시에서도 님은 부재한다. 시적 화자는 '님 나시던 날'에 '님의 얼굴 비초이던 해'를 통해 '님의 얼골'이라도 보려 한다. 그러나 이 시는 '님의 부재'로 인한 주체의 고통이나 정서적 동요를 보여주지 않는다. '님'의 존재가 특정한 의미나 가치를 지니지 못한 채 관습화되어 버렸기 때문이다. 이러한 관습화된 '님'의 존재는 한일합방을 전후하여 창작된 시에서 '부재하는 님'의 형상이 주체의 의지적 행동이나 결단 또는 자기 희생을 전제로 하여 극복되고 있는 것과 대조를 이룬다.

그런데 현상윤의 「실락원」에서 식민지 조국의 현실은 '가튼하늘 가튼땅에' 불평등을 감내해야 하고, 한숨과 수심과 비애와 침통함으로 가득차 있으며, '문자갈과 얼맨손'을 강요받아 마침내 '왼강산이 깜깜하게 싸여져서 / 춤과노래 끈어지고 / 不○의빗 공포의 노래 핏눈물에' 넘치게 되는 참담한 것으로 인식되고 있다. 그러나 이토록 참담하고 적나라한 시적 화자의 식민지 조선에 대한 현실 인식은, 마지막 연에서 '전능하고 전지하신 님' '사랑의님'에 대한 의탁으로 귀결된다. 시적 화자가 보여준 이러한 태도는,

---

11) 『청춘』, 1915, 1.

자율적이고 독립된 근대 주체로 서기 위해 성찰적 이성을 바탕으로 자아와 현실에서 비롯된 분열을 극복하는 것이 아니라 절대적인 권위, 즉 전지전능한 존재로서의 '님'에 의탁함으로써 속악하고 폭력적인 불모의 현실을 극복하려는 것임을 알 수 있다.

이처럼 절대적인 권위에 의탁하여 자아와 현실의 동요와 분열을 극복하고 자아의 정체성을 획득하고자 하는 태도는, 한일합방으로 국권이 상실된 뒤에도 계몽의 기획에 대한 불굴의 의지와 낙관적인 전망을 잃지 않았던 애국계몽 주체들의 태도와 근본적으로 동일한 것이다. 이들의 사고는 '존재를 지향하기보다는 당위를 지향한다'는 점에서 이상주의(idealismus)에 기반하고 있다.[12] 이들의 주된 의도는 현실 속에 잠재하는 여러 경향들을 파악하고 개발하는 것이 아니라 어떤 모범적인 세계를 관념적으로 선취하려는 것이었다. 이들에게는 이상과 현실의 관계가 도착되어 있었으며, 모든 문제들을 내면화(또는 정신적인 것으로 돌림)함으로써 자아와 현실에 대한 실제적인 해결 대신 관념적인 해결에 만족하는 태도를 보여주었다.

현상윤은 일제의 식민지 지배로부터 벗어나기 위해서는 먼저 힘을 기를 것, 즉 '강력주의'를 주장하고 있다.

그럼으로 나는 力中에도 오직 强한 力을 謳歌하고 原動力 가운데도 오직 大한 原動力을 讚美하려 하노니, 力 其者에는 野蠻性이 包在하얏다 하는 說도 有치 아님은 안이나 그러나 나는 젹어도 今日의 朝鮮人에 在하야는 力만 有하면 野蠻이 亦可라 하노니, 何者오 한면 强한 힘은 벌셔 힘 其者가 不可犯性을 意味한 것이니, 남이 임이 野蠻으로써 나를 征服하얏거든 내가 엇지 쏘한 野蠻으로써 此를 抵抗치 안으리오[13]

---

12) 루카치, 반성완·임홍배 역, 『독일문학사—계몽주의에서 제1차 세계대전까지』, 심설당, 1987, 17쪽.

현상윤의 강력주의는 1910년대 지식인들의 사상적 토대가 되었던 사회진화론에 근거한 실력양성론의 전형적인 표현이다. 강한 자만이 세상을 지배할 수 있으며, 약한 자는 자아를 실현할 수도 주체성을 지킬 수도 없다는 우승열패 사상이 그 핵심을 이루고 있다. 현상윤은 힘에 내포된 야만성을 분명히 인식하고 있으면서, 식민지 조선의 현실에서는 '남이 임이 야만으로써 나를 정복'하였으므로 나 또한 야만으로써 제국주의에 저항할 수밖에 없다는 논지를 전개하고 있다. 그에게 "강력이란 것은 인간 천부의 생활을 가장 독립적으로 가장 행복적으로 십분완전하게 향유하는 권능의 총량"을 의미한다. 즉 근대를 실현하고 지탱하는 합리적인 핵심이 바로 '강력'인 것이다. 현상윤은 '강력'을 실현하는 세 가지 방법으로 '무용적 정신', '과학보급', '산업혁명'을 들고 있다. 여기서 '강력'을 실현하는 방법으로 '무용적 정신'을 우선으로 꼽고 있는 것이 특이하다. 이것은 현상윤이 1910년대의 침통하고 적막한 시대적·문화적 상황 속에서 애국계몽운동을 창조적으로 계승하고 있음을 뜻한다. 실제로 현상윤의 자아 확립 과정에 애국계몽운동의 영향은 컸다. 그는 성장기에 '대한매일신보를 애독'[14]하였으며, 한말 의병장 유인석의 제자이자 동지였던 현진암에게 유학을 배웠다. 그리고 평양의 대성중학교 시절 도산 안창호로부터 받은 깊은 인상과 영향으로 자신의 독립사상과 민족의식이 형성되었음을 회고하였다.[15]

현상윤이 이러한 '강력주의'를 시적으로 표현한 것이 「산아희로 생겨나서」이다.

---

13) 현상윤, 「강력주의와 조선청년」, 『학지광』 6호, 1915. 7, 44쪽.
14) 현상윤, 「학생시대회고」, 『신동아』, 1935. 4.
15) 학생시절의 일화를 묻는 앙케이트에 현상윤은 "牧丹峰 下 光風亭에서 島山 선생의 演說을 듣던 일"이라고 회고하고 있다.(「학생시대회고」, 『신동아』, 1935. 4)

산아희로 생겨나서 億萬代前에 업고 億萬代後에 업시 오직 이째 나왓스니—
뜻잇게 온것이라. 가기도 뜻잇게 갈지온여.
世上아 偶然을 말치마라 — 昆蟲이 아니되고 禽獸가 아니되고 계집이 아니되
고 산아희로 태인 것이 벌서부터 偶然이 아니든 것 아니냐?!

생각도 산아희로 行動도 산아희로 우슴과 이약이가 다가티 산아희여라.
歷史를 무엇란말을 들엇나냐? 한 句節 한 페지가 非常한 산아희의 無限大의 時
間上에 멈을러 두고간 발자최의 記錄임을 다시금 記憶하라.

世上이 불으거든 내 한몸을 밧쳐서도 올흠爲해 眞理爲해 끚까지 싸흘지니,
榮譽가 오고 안오는 것, 이것은 내 물을 것 아니로다. 오직 밧기를 산아희로 바
닷스니 갑기도 산아희로 갑흘쑨이로다 —
내게 손이 잇스니 펴면 바닥이오 쥐면 주목이라 내 이로써 어루만질 것은 만지
리로다 싸려부슬 것은 부스리로다.
왼누리를 모다 나로 쌈 뒤에 말 것 — 저절로 싸이지 아니하거든 뒤집어 씨우
기라도 할것아닌가 나를 과정하매 맛당히 여긔까지 갈것이 아닌가.
산아희의 산아희 됨도 여긔 잇고 意味잇고 偶然아님도 여긔 잇도다

쉴지어다 너희도 산아희로다하는 말을
無感覺, 無理性, 無主張, 無氣力을 벌서 산아희되는 要素가 아니더니라
— 「산아희로 생겨나서」[16] 전문

사나이의 힘찬 기상과 역사적 소임을 촉구하고 있는 시이다. 역사란 비
상한 사나이의 발자취의 기록이니, 옳음과 진리를 위해 끝까지 싸울 것을

---

16) 『청춘』 6호, 1915. 3, 86쪽.

188

강조하고 있다. 이처럼 사나이의 역사적 소임을 강조하는 태도에서 계몽
주체로서의 현상윤의 면모를 엿볼 수 있다. 앞서 현상윤의 자주독립 사상
과 민족의식이 형성되는 과정에서 현진암과 도산이 미친 영향을 살펴보았
거니와, 『대한매일신보』의 계몽사상을 애독한 결과 신교육의 필요를 느껴
16세에 한학 공부를 그만두고 부호육영소학교에 입학하게 되었다는 술
회[17]는 그의 사상적 토대가 넓은 의미의 계몽 사상과 실력양성론에 있음
을 보여준다.

국권이 상실된 1910년대의 현실 속에서 계몽 사상은, 그것을 실현할 수
있는 물적 토대의 상실로 인해 이상주의적 경향을 띠게 된다. 당시의 계
몽 주체들은 현실의 위기상황을 극복하기 위해 불변하는 절대정신에 의탁
하거나, 계몽적 이상을 하나의 당위로서 관념적으로 선취하려고 하였다.
그러나 이상주의적 경향은 현실의 위기 속에서 미래(또는 이상)에 대한 표
상을 통해 인간의 감정적·의지적 관계를 고양시킨다는 긍정적인 의미에
도 불구하고, 이상과 현실의 관계를 도착시키고 현실 속에 잠재하는 다양
한 경향과 가능성들에 대한 탐구를 소홀히 한다는 점에서 한계를 지니고
있었다.

넓은 의미의 계몽사상에 근거하고 있는 현상윤의 시와 평론에서도 이
러한 이상주의적 경향이 나타나는 것을 볼 수 있다.

지금 우리에게는 무엇보다도 理想이 필요하다. 몬져 理想이 잇은 後라야 무슨
案이 잇고, 무슨 案이 잇은 後라야 實行이 잇을 것이니, 이졔 만일 우리의게 實行
과 案이 必要하다 할진대, 우리는 반드시 몬져 그 實行과 案의 어머니되는 理想을
求치 안을 수 업는것이로다[18]

---

17) 현상윤, 「학생시대 회고」, 『신동아』, 1935. 4.
18) 현상윤, 「몬져 이상을 셔우라」, 『유심』 3호, 1918. 12.

이 글은 현실적인 어떤 안이나 실행보다 이상의 중요성을 강조하고 있다. 현상윤은 조선사람들이 세워야할 이상으로 '남과 갓치 살쟈!'를 주장한다. 여기서 '남'이란 일찍이 근대화를 이룩한 서구나 일본을 지칭하는 것으로서, 아직 물질적인 면과 정신적인 면에서 근대화하지 못한 조선의 현실에 대한 자각을 보여준다.

이러한 이상주의적 경향은 진화론에 기초한 역사관, 즉 과거와의 단절을 부각시킴으로써 유토피아적 미래를 강조하는, 일종의 단절적인 역사의식을 보여주는 것이 특징이다. "넷 사람은 간지 오래고 새 사람은 오지 안햇다. 기다림이 간절하고 바람이 크노니 어서 밧비 널어나라. 새 사람 새 사람아."[19] 그리고 「실락원」에서 고구려와 통일신라의 영예로운 시대를 역사주의적 관점에서 파악하는 것이 아니라 '낙원'으로 이상화시키고 있는 점, 식민지의 고통받는 현실을 전지전능한 사랑의 '님'에게 호소함으로써 벗어나고자 하는 태도 등은 현상윤의 시세계가 지닌 이상주의적 경향을 잘 보여주고 있다.

2) 자유시와 정형률 지향의 이중적 시의식

현상윤의 시세계의 사상적 토대가 넓은 의미의 계몽사상과 이상주의적 경향에 있음을 살펴보았다. 이러한 사상적 경향은 그의 시가 근대 자유시를 지향하면서 한편으로는 계몽 담론의 형식적 투사로서 정형화를 지향하는 이중적인 양상으로 나타났다.

배 주리고 허울버슨 人子들아

웅커리로서 나오나라—

---

19) 현상윤, 「넷 사람을 새 사람에」, 『청춘』 6호, 1915. 3, 95쪽.

190

　　永生의 糧食 榮華의 옷이 여긔에 싸여 잇다

　　苦롬과 압흠에서 끗까지 익이고 끗까지 쩔쳐보라 ― 너희의 피 너희의 고기로

　　목마르고 속타하는 人子들아

　　웅커리로서 나오나라―

　　生命의 샘 맑은 물이 여긔에 흘너간다

　　絶望과 落心에서 마조막까지 求하여라 ― 너희의 힘 너희의 정성으로

　　어둠에 迷惑된 人子들아

　　웅커리로서 나오나라―

　　구원의 홰가 여긔에 켜서 잇도다.

　　煩悶과 懊惱에서 ― 그날까지 다토아 보고 그날까지 싸와보라 ― 너희의 勇氣

너희의 努力으로

― 「웅커리로서」[20] 전문

　　이 시는 현실의 '苦롬과 압흠' '절망과 낙심' '번민과 오뇌'를 힘과 정성
으로, 용기와 노력으로 끝까지 싸워나가면 '영생의 양식과 영화의 옷' '생
명의 샘 맑은 물' '구원의 홰'에 도달할 수 있다는 전형적인 계몽 담론의
내용을 표현하고 있다. 당시로서는 상당한 시적 수준에 이른 것으로 평
가[21]되는 이 작품에서도 행의 반복과 자수의 의도적 배열이 나타난다. 즉
한 연내에서는 자유율이 실현되지만 연과 연의 관계에서는 대칭관계를 형
성하려는 정형률적 지향을 보여주며, 대칭되는 각각의 연에서 역동적 발
전이 없으며 유사한 이미지가 반복해서 나열되고 있다. 이러한 정형률적

---

20) 『청춘』 제9호, 1917. 7.
21) 김학동, 「저항적 주체와 과도기적 시형식―현상윤론」, 『현대시인연구 I』, 새문사, 1995,
　　52쪽.

지향은 시인의 계몽 사상과 이상주의적 경향을 표현하는 형식인 동시에, 계몽 주체들이 시(또는 시가)를 근대적 대중들의 욕망에 동일성을 부여하는 '의식의 통합 장치'로서 활용하였던 사정을 반영하고 있다.

또한 현상윤의 시에 나타난 문어체 어미(드냐, 드뇨, 노니, 노라, 도다, 더니라 등)와 청자 지향의 문투(나라, 보라, 하라 등)는 시 장르에 대한 그의 인식을 보여준다. 현상윤의 시 의식은, 풍부한 묘사와 이미지를 유연하게 구사한 그의 수필이나 1인칭 서술과 현재형 종결어미를 최초로 사용한 것으로 평가[22]되는 그의 단편소설과 비교하면 더욱 분명해 진다.

나는 아직도 회채리 나무가 안이면 갓난 어린아기의 썃마듸로다. 바람이 이리 불면 이리 빗칠, 져리로 불면 져리로 빗틀 ……[23]

萬籟는 죽은듯이 고요하고, 夜色은 沈沈하기 그지없는데 먼山 갓가운山에 깁숙이 걸닌 안개는 含默의 美를 곱다랏게 그려낸 듯하고, 여긔져긔 반작이는 새벽별은 濃灰色 하늘빗을 喜微하게 繡노은 듯하다. 이째 나는 어대라 定한 곳업시 홋옷에 맨바로 한거름 두거름 집 뒤 재백이를 向하고 올나갓다.

귀를 기우러 드르려 한다기로 어대서나 버레소래 한아 들닐소냐. 밤은 依然하게 깁고 어둠은 如前하게 둘녀잇다. 오직 앞村 뒷村에 가늘게 니러나는 몽당불 煙氣는 어제붙어 붙어 타든 異常한 내음새가 무럭무럭 무겁은 空氣에 몰녀오고, 잇다금 잇다금 휙휙 불어오는 서느러운 바람은 오삭오삭 弱한 몸에 솜을 돗일 뿐인데

…… (중략) ……

---

22) 김복순, 「1910년대 단편소설 연구－신지식층의 소설을 중심으로」, 연세대 박사학위논문, 1990, 88쪽. 김복순은 현상윤의 단편소설이 "문체면에서도 일상어와 묘사적 문장이 많이 사용되었으며, '더라'체에서 '이다'체로 넘어가는 활용어미의 자각이 보인다."고 평가하고 있다.
23) 현상윤, 「비오는 저녁」, 『학지광』 5호, 1915. 5.

　　좁은 가슴에 밀려오는 깊은 숨을 단 한번에 길게 쉬면서 눈을 들어 여져긔를
살펴보니 압히나 뒤나 山이건 물이건 나무까지에나 풀닢에나 가득가득 넘치리만
큼 찬 것은 오직 神秘의 빗, 어둠의 빗뿐이로다.[24]

　　『소성의 만필』 제오에 수록된 일기 형식의 수필들은 1910년대 식민지
의 지식인으로서 근대문명이 최고도로 개화한 제국주의의 한복판에서 느
끼는 자아의 내면적 심정을 생생하게 표현하고 있다. 위의 수필들에서 보
듯이 당시의 현상윤은 우리 말의 묘사와 이미지, 현재형 종결어미 등을
자유롭게 구사할 수 있었음을 알 수 있다. 이처럼 세련된 현대적 문장과
자아의 내면 고백, 풍부한 묘사와 이미지를 구사할 수 있는 능력을 지녔
던 현상윤이 시에서는 문어체 문장과 청자지향의 문투, 의고체 등을 사용
한 것은 시 장르에 대한 그의 인식이 애국계몽 주체들의 시 의식을 답습
하고 있음을 보여준다. 즉 현상윤의 시 의식은 애국계몽 주체들이 '민족의
식을 개발하고 민족 정체성을 확립하기 위한 도구적 이성의 형식'으로, 또
한 '대중들의 욕망에 동일성을 부여하는 의식의 통합 장치'로서 시를 창작
했던 범주를 크게 벗어나지 못하는 것이다.

3. 분열의식과 근대적 자의식

　　근대적인 문화의 주체를 담당하려 했던 식민지 지식인들의 현대적 자
기 발견은 식민지 권력의 강압과 질서에 대항하는 민족주의적 저항의식과
함께 현실적 상실감에서 비롯된 분열의식이 혼합된 채 나타날 수밖에 없

---

24) 『소성의 만필』 제5. 김학동은 「향상」(『청춘』 7호)과 「새벽」(『청춘』 8호), 「비오는 저녁」
　　(『학지광』 5호)을 산문시로 규정하고 있으나 현상윤의 시 의식에 근거해 볼 때 이 작품
　　들은 수필로 보아야 한다.

었다. 이러한 분열의식의 이념적 기반은 당시의 민족주의자들에게 강박처럼 작용했던 약육강식, 적자생존, 우승열패, 사회진화의 이데올로기였다. 그것은 봉건적 상태에서 식민지로 전락한 조선의 사회 모순을 해결할 수 있는 가장 타당한 논리로 받아들여졌다. 그 실천방안으로 당시의 민족주의자들이 주장한 것이 실력양성론이다.

실력을 양성하는 방안에 있어서는 지식인들 사이에 차이가 있었다. 그것이 이광수와 현상윤의 논쟁으로 나타났다. 이광수는 「우리의 이상」[25]이란 글에서 "문화는 정치의 종속적 산물이라 할 수 없고 따라서 어떤 민족의 가치를 논할 때 반드시 정치사적 지위를 판단의 표준으로 할 것은 아니다."고 주장하고, "만일 로마제국과 같이 정치·문화 다같이 우월한 지위를 점할 수 있다면 좋겠지만 그렇지 못하고 만일 양자를 다 겸할 수 없는 경우에는 차라리 문화를 취하겠다."고 말하였다. 그는 이러한 입장에서 조선민족이 생존의 가치를 얻을 여망이 있다 하면 그것은 오직 신문화를 창조하여 세계문화 사상에 영광스런 지위를 차지하는 것이라고 주장하였다. 즉 그는 조선민족의 민족적 이상이 '신문화의 창출'에 있어야 한다고 주장하고 있었던 것이다.

이러한 이광수의 주장에 대해 현상윤은 민족적 이상을 문화 한 가지에만 국한한 것을 지적하면서, 우리는 무슨 근거로 정치·경제·문화 모두에서 다같이 우위를 점할 수 없다고 하였는가 하고 비판하였다.[26] 그는 "우리는 근천년 동안을 아모 민족적 이상이 없이 항상 남의 이상을 내 이상으로 알거나 또는 몰이상으로 지내왔다."고 하며 이광수를 비판하고, 나아가 "문화도 잘 사는 것을 의미함이니, 잘 사는 생활에서 정치를 빼고 경제를 빼고 어찌 잘 사는 생활이 되며 진보적 생활이 되리오."라고 반문한다.

현상윤은 이광수와 달리 패배주의적 선택을 통해 자기 분열을 미봉하

---

25) 이광수, 「우리의 이상」, 『학지광』 제14호, 1917. 11, 1-9쪽.
26) 현상윤, 「이광수군의 '우리의 이상'을 독함」, 『학지광』 제15호, 1918. 3, 54-58쪽.

려 하지 않았다. 그는 식민지 상황에서도 민족적 이상을 굽히지 않고 근대적 민족국가 건설을 위해 강력하게 전진해 나갔다. 그러나 현실 속에서 그것은 많은 갈등과 분열, 좌절을 감내해야 하는 길이 되었다. 당시 식민지 사회 현실과 개인의 이상 사이에는 깊은 균열이 이어졌으며, 그 균열 사이에서 근대적 주체를 형성하는 일은 상실감과 분열의식으로 점철되었다. 분열의식을 고백하는 것은 당시로서는 차라리 정직한 태도였으며 식민지 현실과 정면으로 대응하는 태도였다. 그 속에서 근대적 자의식은 형성되는 것이다.

　　새와 같이 짓이 잇으면 逼迫도 悲哀도 없는 九萬長天 날아서 보고, 고기같이 날램이가 잇으면 맑고 깁흔 汪洋大海 헤여보련만은, 짓도 없고 날램이도 없으니 이 슯음과 이 逼迫을 어느곳에서나 ○하리오!

　　내의게 春秋의 곧은 붓을 빌녓으면 冷冷한 이 社會의 惡毒을 시원하게 갑하보고, 秋霜같은 舌○을 주엇으면 頑盲한 浮世의 깁흔 꿈을 깨우련만은, 붓의 힘도 혜의 ○威도 가지지 못하얏으니, 社會의 惡毒 浮世의 頑夢은 나날이 甚할 뿐이고나!

　　죽을 힘을 다하야 끌고가는 사람의게는 苦痛의 부러운 땀이 흐르것만은, 타고 가는 사람의게는 快樂의 우숨이 띄우나니, 이 엇던 不調理, 不平等이뇨?!
　　아아 무정한 이 世上아 네의 찬맛은 언제까지냐?
—1914. 1. 6 夜—
— 「無題」27) 전문

　　이 시는 현상윤이 강력주의와 민족적 이상을 강렬하게 주창하는 한편

---

27)『소성의 만필』제5, 동경, 1914.

그 내면에는 '비애'와 '고통'으로 들끓고 있었음을 보여준다. 이 시의 시적 자아는 '社會의 惡毒 浮世의 頑夢' '부조리와 불평등' '핍박과 비애' '고통' 사이에서 휘둘리고 있다는 자각을 하고 있다. 그리고 현실의 모순을 깨치고 나가야 하는 이상과 포부, 그리고 사명감을 가지고 있지만, 결정적으로 시적 자아에게는 자유와 힘이 없다.

시적 자아의 정직한 절망과 좌절은 근대에 대한 깊이 있는 이해의 출발이 된다. '죽을 힘을 다해 끌고 가는 사람'의 고통에 찬 땀이 보람으로 다가오지 않는 사회의 부조리와 불평등에 대한 이해는 근대적 의식의 발전된 형태인 것이다. 이러한 정직한 자의식의 표현과 분열의식의 형상화는 근대시 형성의 조건이 된다.

> 남의게 속여지지 안음과갓치 우리는 스사로 속여지지 안으여야 하리로다. 밧고 아말하면 當身은 當身의게 忠實하여야 하고 나는 내의게 忠實하여야 하리로다.
>
> ⋯⋯ (중략) ⋯⋯
>
> 오직 내가 나를 속이지 안는 날이라야 向上이 잇고 發揮가 잇나니 이에 自我의 領土가 넓어지며 個性의 差가 들어나고, 오직 내가 나의게 忠實하는 때라야 覺悟가 잇고 懺悔가 잇나니 이에 비로소 光明의 빗이 빛이며 道의 方向이 定하여 질 수 잇오이다.
>
> —1914 五月 二十三日—
>
> ─「스사로 속이지마라」[28) 부분

아아, 이 빗이야말노 내의 몸을 누르는 듯하고나— 깁히깁히 져 검운 구석에 싸여잇는 무엇이라 形容못할 怪物 온갓 惡魔가 무섭은 입에 異常한 우슴을 띄우면서 무엇을 기다리고 잇는듯이 보인다. ⋯⋯ 안이 금시에 나를 向하야 생키랴고

---

28) 위의 책.

따라 나올듯이 보인다. 이 빗에 엄습된 나는 번개갓치 등골노 지나가는 무슨 늣김 한아이 가분쟉이[갑작이] 全身에 더운 이슬을 매자부친다.

— 「새벽」[29) 부분

자아는 '이상한 우슴을 띄우면서' 엄습해 오는 '형용못할 괴물 온갖 악마'가 집어삼킬 것 같은 현실에서 공포에 떤다. 그러나 자아는 이러한 공포를 현실의 문맥으로 정직하게 인정하며 '향상'과 '진보' 그리고 자아의 각성을 도모한다. 물론 현실적 모순과 부자유를 이상주의적 관념이나 이념으로 도치하려는 지향도 그의 내면에 존재한다. 그러나 또 한편에서는 위의 글에서처럼 현실적 모순과 부자유 앞에서 공포에 떨고 분열하는 자아의 내면을 속임없이 정직하게 드러냄으로써 새로운 "각오가 잇고 참회가 잇나니 이에 비로소 광명의 빗이 빛이며 도의 방향이 정하여 질 수 잇오이다"는 측면도 간과하지 않고 있다. 자기 자신의 감정에 솔직한 태도와 그것의 표현은 근대적 자의식이 형성되는 바탕이다.

근대적 의식은 자연과 전통으로부터의 분열, 그 분열된 生의 의식으로부터 출발하며, 동시에 그 분열과 대립의 극복을 지향하는 이중적 성격을 가지고 있다. 분열을 극복하는 해결책과 에너지는 바로 분열된 의식 그 자체에서 이끌어내야 한다. 근대시란 분열을 경험한 근대의식이 의식 자체를 통해 분열을 극복하는 과정을 양식화한 시인 것이다. 즉 근대적 분열의 소용돌이 속에서 분열 지양의 힘을 찾아야 한다. 따라서 근대시는 인간이 자기의 순전한 세계로부터의 분열을 깨닫는 데서 출발한다.

같은 입, 같은 팔, 같은 말, 같은 理性이 잇것만은 남과 같이 웃지도 말도 못하고, 남과 같이 무엇을 놀녀하지도 못하고, 남과 같이 어대를 가지도 못하고, 남과

---

29) 『청춘』 8호, 1917. 6, 76-77쪽.

같은 意識이 잇고 남과 같은 思考가 잇고 남과 같은 理○이 잇으되 이를 發表치 못하고 實現치 못하야 우는 곳에 울지 못하고, 웃는 곳에 웃지 못하며, 뛰노는 곳에 뛰노지 못하고, 춤추는 곳에 춤추지 못하면서, 이놈아 소리가 귀에 끈지 안코, 모진 매가 등에 떠나지 안으며, 强한 놈의 창자를 채우기 爲하야는 제 몸에 붙은 살을 비일 수밧게 없으며, 져놈의 怒염을 삿다가는 파리같은 生命을 斷頭臺의 이슬로 살밧게 없는 무리가 있는 한○에 우슴이 잇고 춤이 잇는 世上이 잇나니, 몰으래라 이것이 眞理냐 안이냐?

나는 알 수 없다.

? ……

—1914. 1. 6—

―「왜 그러냐」30) 부분

소리업시 자취업시 티미러오르는 오내가슴!

불이냐 안개냐 답답도하다.

불이면은 끌것이요 안개이면 헤틸것이로다.

그러나 불도안이요 안개도안인듯

그러면 戀愛냐 안이, 名利냐 안이 ……

안이무엇가?

아아 ○○[心靈]아 말하여라

끝어는[끝업고] 얼울업는 요게 무어라고.

—1914. 10. 15—

―「요게무어야?」31) 전문

위의 「왜그러냐」라는 글에서 작자는 근대적 사회의 부자유와 불평등,

---

30)『소성의 만필』제5, 동경, 1914.
31) 위의 책.

부조리에 대해 의문을 제기하고 새로운 자각을 불러일으킨다. 그 부조리의 극심함은 자아가 감당하기에 힘겨워, "몰을래라 이것이 진리냐 안이냐? 나는 알 수 없다?……"고 탄식하게 한다. 자아는 혼란과 착란에 빠진다. 그러한 착란은 「요게무어야?」라는 시에서 시적 자아의 내면의 풍경으로 전이된다. 근대 사회는 분열과 모순의 집합, 온갖 욕망이 펄럭이는 사회이며, 자아는 정체성을 확립하기에도 어지러운 사회이다.

근대적 자의식의 철저한 탐구는 근대시 형성의 조건이며 근간이 되는 것이다. 근대적 자의식은 근대적 사회 현실과의 관계에서 형성되는 근대적 자아 정체성의 탐구와 연관된다. 여기에서 근대적 개성과 근대적 자아의 발견이 문제되는 것이다. 그런데 계몽주의 문학에서 개성과 자아는 사회적 이념이나 민족적 이상에 종속되는 측면이 있다. 이때 개인의 자유는 사회적 이상과 이념을 위해 희생되는 관계로 설정되어 왔다. 개인의 분열과 자아의 동요는 전체주의적 사고방식에서는 용납되지 않는 퇴폐이며 타매의 대상이 되었다.

현상윤도 '개성' '개인주의'에 대해 자기모순적인 생각을 가지고 있었다. 1914년 『소성의 만필』 제5에서는 개인주의를 배척해야 할 '주의'로 비판하였다.

> 個人主義를 字義上 解釋을 보드라도 大衆보다도 自我를 主張하야 所謂 個性尊重主義를 表○하야 개인적 자아를 中心으로 하는 主義에 밧하지 안을 줄노 생각하노라. '남보다도 나 社會보다도 나'하는 것이 思○의 標準이 되야 남은 엇지되든지 나의 干涉할배 안이라 하야 大衆을 爲하야 내의 犧牲을 즐겨안이하는 傾向이 잇는 것을 個人主義의 枕含이라 할수잇나니 今日 우리들사이에 主義라 할년지는 몰으나 自然的 이런 傾向이 잇음은 이 事實인 듯 하도다. 그런데 歐羅의 所謂 個人主義는 個性을 發揮하는 一面에 社會的 大衆性을 爲하는 一面이 잇으나 그러나 우리들의 가지고잇는 個人主義는 大衆性을 沒却하는 一種 不可思議의 個利主義

라 할수잇도다.[32]

현상윤은 개인은 사회와 민족을 위해 존재하는 가운데 의의를 갖는 것이며, 개성은 사회적 대중성을 실현할 때만 가치가 있다는 사고방식을 갖고 있었다. 그리고 당시 조선에서는 개인주의, '개성존중주의'를 주장하지 말아야 한다는 입장을 가지고 있었다.

그러다가 1918년에 이르러서는 "지금 조선에서 가장 급하고 가장 필요한 것"이 '물질주의'와 '개인주의'라고 주장한다.

우리가 지금까지는 舊理想 舊道德 下에서 '나'라는 意識生活의 中心을 일코 우습게 半機械的 半動物的 生活을 하여왓스니 이제부터는 우리도 좀 '나'라는 것을 찾고 社會의 全體를 組成한 各個의 部分이 爲先 部分으로 하야 圓滿하고 無缺한 進步 發展을 하여 보자함이다. 다시 말하면 이제부터는 우리도 偏頗하고 固陋한 朱子學 思想을 좀 떼어 노코 툭 터진 思想 툭 터진 社會에 한번 살아보자 함이다.
…… (중략) ……
지금 朝鮮社會에는 아직껏 個性이란 것이 姓名이 업다. 自己는 엇더케 잘낫슬지라도 조흔 門中 조흔 階級에 생겨나지 안앗스면 아모 所用이 업다는 일은 比較的 덜넛다할지라도 아직껏 아들에 대한 父權이나 안해에 대한 夫權은 依然하게 絶大하고 依然하게 無限하다. 밧고아 말하면 아직껏 朝鮮社會에는 個人과 個人의 關係가 機會均等이 아니오 同一 '네벨'이 아니다.[33]

이 글은 개인이 개성과 자유를 바탕으로 평등한 사회 관계를 맺어야 한다는 근대적 의식을 갖추고 있다. 거기에서 개인은 자발적으로 자기를 주

---

32) 『소성의 만필』 제5, 동경, 1914.
33) 현상윤, 「문예부흥과 종교개혁의 사적 가치를 논하야 조선당면의 풍기문제에 급함」, 『청춘』 제12호, 1918. 3, 33-41쪽.

장하고 그 자발적 개인을 조직하여 근대적인 민주주의를 완성시켜 갈 수 있다는 자각에 이르게 된 것이다. 그러나 이런 자유와 개성의 발휘는 식민지 근대 사회에서 봉쇄되어 있었다. 결국 현상윤은 자유와 개성을 발휘하기 위해 식민지 근대 사회와 갈등하는 시적 자아의 치열한 모색 혹은 시혼은 더 이상 보여주지 않고, 사회운동가 혹은 교육가의 길에만 전념하였다. 현상윤이 성취한 근대시적 모색의 의의는 근대적 분열과 좌절의 정직한 고백에 있었다. 그는 분열된 생의 의식으로부터 분열 극복의 힘을 이끌어내는 데까지는 나아가지 못했다. 그리고 형식의 차원에서도 자유시의 내적 안정성을 성취하지 못하고 산문적 혹은 수필적 경계에서 위태롭게 갈등하거나 정형률적 소품으로 단상을 피력하는 것에 그치고 말았다.

4. 맺음말

현상윤의 시적 탐구는 1910년대 한국 근대자유시 형성과정의 두 경향을 모두 포괄하는 의의가 있다. 즉 근대적 분열의 지양을 분열의식 자체에서 찾지 않고 주관화한 이념이나 선험적 주관으로 해결하려는 지향을 주제로 하는 이상주의적 경향의 시가 중요하게 자리하고 있다. 그는 모순과 갈등을 주관주의적·이상주의적 관념(저항적 실력양성론)으로 봉합하는 방향에서 극복하고자 하였다. 이 지향은 애국계몽운동 시가를 창조적으로 계승하는 의의를 가지고 있는 것이다. 그리고 그 형식적 반영은 음수율적 정형성을 크게 벗어나지 못하고 있다.

다른 한편에는 근대적 분열의식을 정직하게 보여주는 시적 경향이 자리한다. 그러나 이 지향은 분열의식을 정직하게 고백하는 차원을 더 밀고 나가지 못하고 있다. 즉 분열된 생의 의식으로부터 분열 극복의 힘을 이끌어내는 데까지는 나아가지 못하고 있다는 것이다. 그리고 이런 경향의 형식적 반영은 자유시의 내적 안정성을 성취하지 못하고 산문적 혹은 수필적 경계에서 위태롭게 갈등하는 양상이다. 이러한 경향은 새롭게 등장한 시인들에 의해 3·1운동 이후 한국 근대시 형성과정에서 표출된 '환멸의 양식화'로 나아가게 된다.

이 두 가지 지향이 유기적으로 그의 시세계 안에서 통합된 것은 아니고, 분화되어 개별적으로 나타났다. 이러한 전개는 1910년대 시문학 상황을 반영한 것이다. 특히 1920년대 이후 한국 근대시사에서 이 두 가지의 길은 문학 속에서 유기적으로 통합되지 못하고 잠시 동안 각 지향이 개별적으로 극단화되는 양상을 드러냈다. 3·1운동 이후 잠시 동안 분열의식을 극단화하고 자멸감, 반항, 불안, 무기력 등을 주제로 하는 시가 양산되었다.

현상윤은 사회적 모순과 갈등, 자기 분열의식을 사회적 실천으로 극복하는 길을 택했고, 교육가로서 자기 삶의 지표를 삼았다. 그는 1922년에 자기는 문학 담당자가 아니라 문학과 거리를 두고 있는 '제3자의 지위'라고 말하고 "나는 문예에 대해서 아는 것이 없다. 더욱 조선문단에 대하야 하등의 교섭이나 이해가 없다."[34]고 말함으로써 문학의 영역에서 벗어나 있음을 분명히 했다.

---

34) 현상윤, 「문단에 대한 요구—생활에 접촉하고 수양에 노력하라」, 『동아일보』, 1922. 1. 1.

‘世紀를 물고’ ‘逆天’을 꿈꾸다 – 이상화론

1. 머리말

이 글에서는 한국 근대시 형성의 주역으로 이상화(李相和, 호는 無量, 想華, 尙火, 白啞, 1901~1943)를 상정하고자 한다. 이상화는 상실감과 그리움을 ‘육체’에 각인하는 방법으로 시를 써서 한국 근대시의 한 영역을 개성적으로 개척한 ‘근대시인’이다. 게다가 이상화는, 소월이나 만해와 달리, 문단의 중심에 있으면서 한국 근대시 형성과정의 열망과 좌절, 흥분, 성취 등을 고스란히 그의 몸에 새겨서 보여준 시인이다. 이상화 시의 동력은 ‘민족’적 이념이나 ‘저항’적 태도가 아니라, 근대적 분열의 세계에서 몸부림치는 시적 자아의 채워지지 않는 열정이었다.

근대시란 시적 자아가 분열하는 근대의 한복판에 서서, 근대의 모순과 혼돈의 충돌 등을 시적 창조의 에너지로 전화하는, 그래서 그것으로 시에 형식과 리듬을 부여하고 다시 그 형식과 리듬으로 근대 극복의 힘을 창조하는 과정에서 형성되는 것이다.[1] 이상화의 시세계는 1920년대 초 한국시가 보편적으로 노정시킨 퇴폐적 허무와 감상적 낭만의 경계에서 위태롭게 흔들리기도 했지만, 거기에 무기력하게 침몰하지 않고 견디면서, 그 팽팽한 긴장력으로부터 근대적 분열을 지양하는 시적 에너지를 이끌어 내었다. "미래를 마지하기 위하야 全身全靈을 작열하는 불 속으로 집어넣는"2) 자기 投身을 통해 새로운 시세계를 창조하였던 것이다. 그는 식민지적 근대의 삶과 절망하는 영혼, 그 사이에 가로놓여 있는 분열과 갈등에 형식을 부여하는 것을 자신의 운명으로 삼았던 '근대시인'이었다.

2. 시 「나의 침실로」와 『백조』의 해체

이상화는 1921년 5월 『백조』의 초기 동인으로 참가하였다. 『백조』 창간호(1922. 1)부터 종간호인 제3호(1923. 9)에 이르기까지 매 호에 2~3편의 시를 발표하였던 이상화는 명실공히 『백조』를 대표하는 시인이었다. 백철은 『백조』를 일컬어 '낭만부대'3)라고 불렀다. 임화는 『백조』의 경향을 일러 허무주의, 다다이즘, 낭만주의, 유미주의, 악마주의, 감상주의 등등 '세기말의 잡다한 경향'들이 암담한 현실을 대상으로 일층 확대 발전하였고, "통일된 방향은 방기되었다"고 하였다.4)

이상화가 『백조』 창간호에 발표한 「말세의 희탄」은 『백조』의 경향을 전형적으로 대변한다.

> 저녁의 피무든 洞窟속으로
>
> 아—밋업는, 그 洞窟속으로

---

1) 정우택, 「근대 자유시 양식의 모색과 갈등」, 민족문학사연구소 편, 『민족문학과 근대성』, 문학과지성사, 1995, 298쪽.
2) 이상화, 「웃을줄아는사람들」, 『시대일보』, 1926. 1. 4.
3) 백철, 『신문학사조사』, 수선사, 1948, 299-308쪽.
4) 임화, 「조선신문학사론」; 임규찬·한진일편, 『임화신문학사』, 한길사, 1993, 346-347쪽.

끗도모르고

끗도모르고

나는 걱구러지련다

나는 파뭇치이련다.

가을의 병든 微風의품에다

아—숨쿠는 微風의품에다

낫도모르고

밤도모르고

나는 술취한집을 세우런다

나는 속압흔우슴을 비즈런다

—「末世의 欷嘆」5) 전문

박종화는 이 시를 평하여, "근래에 얻을 수 없는 강한 백열된 쇠같이 뜨거운 오열의 노래였다. 신년 이래로 지금까지 이만한 아픈, 뜨거운 시가 없었다. 시커먼 굵다란 선이 힘있게 꿈틀하는 것 같은, 새빨갛게 달아서 녹은 무쇳물을 확 끼얹는 듯한 인생을 통곡하는 시이었다."고 하였다.6)

이상화는 이 세상을 '말세'로 인식하고 흐느끼며 탄식한다. 이 시는 방향을 잡지 못하고 위태롭게 흔들리며 분열과 혼돈의 중심으로 투신하려는 시적 주체의 격렬한 몸짓이 나타나 있다. 그가 '걱구러지'고 '파뭇치려'는 것은 도피적 파멸을 위한 몸짓이 아니라, 투신하는 구심력으로 '세기말'의 세상에 부딪쳐 함께 폭발하고자 하는 열정의 몸짓이다. 비록 방향성을 갖지 못했지만, "끝도 모르고, 낮도 밤도 모르고" 거꾸러지면서 돌진하는 시적 주체의 동력은 단순한 감상이 아니다. 환멸과 분열의 접점, 극점에서

______

5) 『백조』 창간호, 1922. 1.
6) 박종화, 「월평」, 『白潮』 2호, 1922. 2.

206

시적 창조의 원동력을 뽑아내 그 힘으로 돌진하는 것이 이상화 시의 본질이 된다.

이상화의 대표작 「나의 침실로」는 『백조』 종간호에 실려 있다. 『백조』의 종간, 『백조』의 해체는 『백조』 동인 내부의 주체적 문제제기에 의해 '발전적' 해체라는 차원에서 이루어졌다. 또한 시 「나의 침실로」는 이상화의 시작 활동에서 어떤 분기점을 점하고 있다. 『백조』의 해체와 관련하여 「나의 침실로」는 어떤 의미를 내포하고 있는 것일까.

임화는 『백조』의 문학사적 의의에 대해, 신문학 발생 이후 발전해 오던 시민적 문학이 퇴조하고 새로운 사회적 세력의 문학이 태동하게 되는 일종의 분수령, '실로 커다란 전환기의 문학'으로 평가한 바 있다.7)

김기진은 바로 『백조』 3호 안에서 "백척간두에 선 時代病者의 亡靈을 弔喪할 날이 가까워 오는 것을 나는 느끼고 있다."8)고 하며, 『백조』 내부에서 쓰라린 자기부정의 의견을 표명하였다. 여기서 김기진이 말하는 바 '시대병자'는 '세기말적 근대병자'로서 '현실의 오뇌에 대한 망각'을 꿈꾸는 자들, '거짓'과 '자위의 문학'에 빠져있는 자들을 뜻한다. 현실에 환멸을 느끼며 현실과 자기를 철저하게 격리한 채 감상과 우울에 목메이며 그것을 양식화하던 『백조』 내부에서 자기와 동인을 '병자의 망령'이라고 규정하며 스스로를 '조상'하는 발언이 제기된 것이다. 이것은 『백조』의 붕괴를 알리는 신호가 되었다.

그리고 『백조』가 무너진 터전 위에서 새로운 경향의 문학이 싹텄다. 『백조』 동인 중 김기진, 박영희, 안석주, 이상화는 '인생을 위한 예술' '현

---

7) 임화, 「『백조』의 문학사적 의의」, 『춘추』, 1942. 11, 참조. 임화는 문학청년 시절 이상화에 열광하였고 이후 상화 시집을 묶어내려고 시도하였던 적이 있었다. "어느 해 봄 그(임화 자신―인용자)는 이상화라는 眉目秀麗란 長髮의 詩人을 만날 기회를 가졌었습니다. 『백조』에 났든 「나의 침실로」란 그의 시에 못지 않게 그 사람은 좋았습니다. 그는 그에게서 분명히 시인을 보았습니다"(임화, 「어떤 청년의 참회」, 『문장』 14호, 1940. 2)
8) 김기진, 「떨어지는 조각조각」, 『백조』 제3호, 1923. 9.

실과 싸우는 의지의 예술’을 지향한다는 취지[9]의 PASKYULA를 조직하였다. PASKYULA는 이후 ‘신경향파’ 문학 시대를 지나 KAPF 문학 시대를 여는 데 중심적인 역할을 하였다.

『백조』 해체와 함께 각 동인들에게 장르의 이전이 일어난다는 사실도 주목할 점이다. 시인으로 출발하였던 홍사용은 극으로, 박종화는 소설로, 김기진과 박영희는 평론으로 자기 삶의 문학적 양식을 옮겨갔다. 오직 이상화만 시를 자기 삶의 양식으로 발전시켜나갔다.

그러면 이상화가 시인으로 계속 남을 수 있었던 동인은 무엇이었을까. 이상화는 파스큘라와 카프의 일원으로 참여했으면서도 당시의 신경향파 시인이나 프로시인들이 빠졌던 관념적 경향, 이념적 형해화에서 벗어나 있었다.『백조』 종간호에 발표한 「나의 침실로」에서 그것을 확인할 수 있다. 「나의 침실로」에는,『백조』와 신경향파의 감상성과 관념성을 넘어서는 치열한 자기 탐구와 시적 정직성의 싹이 내재해 있었다. 그리고 그것은 이후 이상화가 시를 통해 끝임없는 자기 혁신을 할 수 있었던 동인이자 힘으로 작용했다.

나의 寢室로

— 「가장아름답고 오―랜것은 오즉꿈속에만잇서라」 — 「내말」

「마돈나」 지금은밤도, 모든목거지에, 다니노라 疲困하야돌아가려는도다,

아, 너도, 먼동이트기전으로, 水蜜桃의네가슴에, 이슬이맷도록달려오느라.

「마돈나」 오렴으나, 네집에서눈으로遺傳하든眞珠는, 다두고몸만오느라,

빨리가자, 우리는밝음이오면, 어댄지도모르게숨는두별이어라.

---

9) 김기진, 「나의 회고록」; 홍정선 편,『김팔봉문학전집』 Ⅱ, 문학과지성사, 1988, 190쪽.

「마돈나」 구석지고도어둔마음의거리에서, 나는두려워썰며기다리노라,
아, 어느듯첫닭이울고—뭇개가짓도다, 나의아씨여, 너도듯느냐.

「마돈나」 지난밤이새도록, 내손수닥가둔寢室로가자, 寢室로!
낡은달은빠지려는데, 내귀가듯는발자욱—오, 너의것이냐?

「마돈나」 짧은심지를더우잡고, 눈물도업시하소연하는내맘의燭불을봐라,
羊털가튼바람결에도窒息이되어, 얄푸른연긔로써지려는도다.

「마돈나」 오느라가자, 압산그름에가, 독갑이처럼, 발도업시이곳갓가이오도다,
아, 행여나, 누가볼는지—가슴이쒸누나, 나의아씨여, 너를부른다.

「마돈나」 날이새련다, 빨리오렴으나, 寺院의쇠북이, 우리를비웃기전에
네손이내목을안어라, 우리도이밤과가티, 오랜나라로가고말자.

「마돈나」 뉘우침과두려움의외나무다리건너잇는내寢室열이도업느니!
아, 바람이불도다, 그와가티가볍게오렴으나, 나의아씨여, 네가오느냐?

「마돈나」 가엽서라, 나는미치고말앗는가, 업는소리를내귀가들음은—,
내몸에피란피—가슴의샘이, 말라버린 듯, 마음과목이타려는도다.

「마돈나」 언젠들안갈수잇스랴, 갈테면, 우리가가자, 끄을려가지말고!
너는내말을밋는「마리아」—내寢室이復活의洞窟임을네야알년만…….

「마돈나」 밤이주는꿈, 우리가얽는꿈, 사람이안고궁그는목숨의꿈이다르지안흐니,
아, 어린애가슴처럼歲月모르는나의寢室로가자, 아름답고오랜거긔로.

「마돈나」 별들의웃음도흐려지려하고, 어둔밤물결도자자지려는도다,

　아, 안개가살아지기전으로, 네가와야지, 나의아씨여, 너를부른다.

　시적 자아는 스스로를 속악한 현실로부터 철저하게 고립시킨 채 자기만의 공간으로 탈주를 시도하고 있다. 시의 주제는 소시민의 사회적 고독의 표현, 혹은 봉건적 인습으로부터 개인 해방의 추구라고 말해도 좋을 것이다. 「나의 침실로」는 꿈의 세계, 고립의 세계, 환상의 세계에서 ‘생’의 비약을 격렬한 몸짓으로 열망하고 있다. 그리고 은밀한 자기만의 공간으로 도피하여 몽상하거나 죽음의식(“뉘우침과 두려움의 외나무 다리 건너 있는” “부활의 동굴”)을 탐닉하는 데카당스적인 경향을 나타낸다. 이런 측면이 『백조』의 문학적 태도와 일치한다.

　상화의 여성의 육체에 대한 집착, 혹은 그 욕망은 성적 대상을 찾는 놀음이 아니라 ‘완전한 자기’에 도달하고자 하는 열망의 표현이다. 그런데 자신의 열망과 달리 그것을 방해하는 온갖 제도와 체제에 의해 갈등하게 되는 내면의 정신, 결핍과 그리움을 표현한 것이다. 그러므로 그 제스처는 격렬하다.

　「나의 침실로」는 참을 수 없는 불안과 공포, 초조라는 심리적 강박 속에서 마돈나를 애타게 부른다. 밤에만 은밀하게 만날 수 있는 마돈나를 기다리는 시적 자아의 심정은, 시간의 진행에 따라 불안과 초조감이 고조되고 그에 따라 시의 리듬도 더욱 격렬해진다. “뉘우침과 두려움의 외나무 다리 건너 있는 내 침실”은 “열 이도 없는” 곳으로 현실에서 완전히 격리된 환상의 공간이다. 이 환상의 공간, ‘꿈 속’의 공간이 ‘부활’의 공간이 되고 ‘아름답고 오랜 것’이 되기 위해서는 마돈나와 만나 합일해야 한다. 오직 이때만 모든 열망은 일거에 실현된다. 그러나 마돈나는 오지 않았다. 이 시의 갈등의 원천은 마돈나가 오지 않는 데 있다. 매 행의 앞머리에서 ‘마돈나’를 12번이나 부르며 호소하고 애원하지만, 마돈나는 끝내 오지 않

왔다. 마돈나는 없기 때문이다.

마돈나의 없음은 어떤 상태일까. 마돈나는 원래 있던 존재인데 숨거나 가버린 존재인가. 아니면 누군가에게 빼앗긴 사랑인가. 아니다. 마돈나는 과거에도 없었고 지금도 없다. 「나의 침실로」에는 소월의 시에서처럼 가버린 님에 대한 원망이나 그리움이 있는 것도 아니고, 만해의 시에서처럼 님과 이별한 슬픔을 새로운 희망의 원천으로 전환시킬 수 있는 힘이 있는 것도 아니다. 즉 마돈나는 유토피아적 염원의 표현이 아니다. 마돈나는 미래의 시간에 오고야 말 것이라는 믿음 속에 존재하지도 않는다.

또 하나의 시적 특징은 「나의 침실로」의 시점이 현재에 고립되어 있다는 것이다. 과거와 미래로부터 완전히 '차단된 현재'의 시점으로 일관한다. 이 '차단된 현재'의 시점은 시적 자아가 과거나 미래로 탈주하여 현재의 절망을 해소할 수 있는 길을 차단한다. 오직 현재의 절망을 끝까지 밀고 나가는 것밖에 다른 길은 없다. 이러한 치열한 시적 태도는, 절망을 가장하거나 과장하고 자신의 순정에 호소함으로써 자아의 무력함을 은폐하는, 당시의 시들과 분명히 다르다. 「나의 침실로」는 애상이나 감상으로 스스로를 위로하거나 기만하지 않는다. 절망을 회피하거나 과장하지 않는다는 점에서 이상화의 시는 정직하고 성실하다. 스스로를 절망의 '백척간두'에 세우는 치열한 열정, 그것이 이상화의 시적 특징이다.

버거운 현실을 벗어나 환상세계로 탈주를 감행했으나, 탈주의 마지막 지점까지 자신을 몰고가 스스로 탈주의 환상이 깨어지는 것을 절감하게 된 시적 자아의 절망, 그러나 그 절망 속에서도 "네가 와야지, 나의 아씨여, 너를 부른다."고 절규하는 시적 자아의 진퇴양란이야말로 '백척간두'에 선 『백조』의 운명을 정직하게 보여주는 것이었다.

결과적으로 이 정직하고 치열한 절망은, 절망 속에서 길어 올린 새 출발의 동력이 되었다. 거짓 절망을 통해 획득하는 자기 부정은 정직하지 못하며 그것은 새로운 세계를 창조할 수 없으며, 자기 혁신의 동력으로 전화시킬 수도 없다. 자기를 절망의 ‘백척간두’까지 밀고 간 자만이 그 절망에서 새로운 출발과 진정한 희망의 계기를 찾을 수 있는 것이다.

시 「나의 침실로」에 가득 찬 “폭죽과 같이 불꽃을 올리는”[10] 치열한 열정은 율격적 짜임새를 통해서도 관철되고 있다. 일찍이 임화는 “이상화에 있어서는 긴 시를 조금도 리듬의 저조·이완에 빠뜨림이 없이 조선어를 강한 열정의 표현에 조금도 부족함이 없는 시어로 창조하는 데 일 전형을 與한 가장 높게 평가될 시인이다. 이 시인의 유산으로부터 그 뒤 프롤레타리아 시가 받은 영향은 적지 않은 것이다.”[11]고 주목한 바 있다.

「나의 침실로」는 행의 길이가 길지만 띄어쓰기를 하지 않고 쉼표로만 호흡을 조절하며, 한 행에 하나 이상에서 셋까지의 문장을 배치함으로써 호흡이 급박하게 된다. 이와 함께 말수가 많아지는 것은 마돈나를 기다리는 시적 자아의 초조한 심리를 적절하게 표현한 것이다.[12] 이에 관해서는 조동일이 분석한 바가 있다.

한 행을 이루는 글자수가 24자에서 33자까지이다. 그런 현상은 문장이 끝나지 않기 때문에 행의 길이가 길어지는 것이 아니다. 각 행이 하나 이상 셋까지의 문장으로 이루어져 있다. 행의 길이가 문장의 길이보다 길다.

마돈나를 부르는 시인의 호소가 행의 길이를 결정하는 것 같다. 견딜 수 없이 갑갑한 심정을 호소하며 마돈나를 거듭 부르니, 자연 말이 많아지게 되었다. 행안의 문장의 길이가 그리 길지 않는 것만큼 호소하는 호흡이 짧다. 호흡이 짧다는 것은 마음이 초조하다는 증거이다. 그러나 호흡은 짧으면서도 한 행을 길게 이어지게 한 것은 마돈나가 오지 않는다고 그대로 물러설 수 없고, 마돈나를 계속 불

---

10) 김기진, 「현 시단의 시인」, 『개벽』 제58호, 1925. 4.
11) 임화, 「조선신문학사론서설」; 임규찬·한진일 편, 『임화신문학사』, 한길사, 1993, 348쪽.
12) “상화는 본래 마음을 열고 수다스럽게 말을 많이 하는 사람이 아니었”다.(김기진, 「마돈나의 詩碑 상화」; 홍정선 편, 『팔봉김기진전집』 II, 문학과지성사, 1988, 519쪽.)

러야 한다는 강박관념 탓이다. 숨이 가쁘면서도 가쁜 숨을 몰아쉬며 말을 길게 이어야 할 사정이다. 가쁜 숨으로 말을 길게 이어야 한다는 이 상반된 사정이야말로 이 시를 이해하는 데 소중한 단서가 된다.13)

「나의 침실로」에서 주목되는 또 하나의 시작 원리는 육체적 메타포, 특히 촉각과 청각을 적극 활용하고 있는 점이다. 개인의 절대 자유라는 관념적 가치를 육체적 감각으로 전환시켜 육체에 각인시키고 있는 것이다. 이러한 창작 방법은 이상화만의 개성적인 시세계를 창조하였다. 불모와 허망의 식민지 근대세계에서 삶의 충일을 육체적으로 실감하고자 하는 시인의 열망은 육체적 감각, 특히 촉각과 청각에 호소한다. 육체적 메타포를 통한 시적 충일의 욕망은 '근대 지양의 시적 근대성'을 밀고 가는 한 요소라고 할 수 있다. 잘 알려진 것처럼 근대성에는 정신과 육체를 이분하여 육체를 정신에 복종시키는 기획이 들어 있다. 이에 따라 한국 신문학 초기에 인간을 '영'과 '육'으로 이분하여, 정신과 영혼을 고상하게 생각하고 '육'을 비천하게 생각하는 경향이 일반화되어 있었다. 이에 반해 이상화의 시는 육체적 실감에 주목하고 있는 것이다.

「나의 침실로」의 시적 자아는 촉각, 청각을 동원하고 있다. 이런 원리를 평자들은 '관능적' '퇴폐적'이라는 측면에서만 주목해 왔다. "네 집에서 **눈으로 遺傳하던 眞珠는, 다 두고 몸만 오느라.**" "수밀도의 네 가슴에, 이슬이 맺도록 달려 오느라." "어느듯 첫 닭이 울고—뭇 개가 짖도다, 나의 아씨여, 너도 듣느냐." "가슴이 뛰누나, 나의 아씨여" "네 손이 내 목을 안아라," "내 몸에 피란 피—가슴의 샘이, 말라버린 듯, 마음과 목이 타려는도다." "우리가 얽는 꿈, 사람이 안고 궁그는 목숨의 꿈이 다르지 않으니" 등과 같은 개성적인 표현, 그 육체적 메타포의 적절한 표현은 마돈나에

---

13) 조동일, 「김소월·이상화·한용운의 님」, 『우리 문학과의 만남』, 홍성사, 1978, 252쪽.

대한 기다림과 그리움의 간절함을 적실하게 표현한다. 시각적 인식을 넘어서(“눈으로 유전하던 진주는, 다 두고”), 육체로서 결합하고자 하는 열망(“몸만 오느라”)이 주요한 원리를 이루고 있다.[14]

이는 님이 부재한 시대의 절망을 망각과 회피, 혹은 무기력한 애상이나 추상적 상징으로 대치하는 현실 속에서, 님과의 결합에 대한 염원을 집요하고 강렬한 울림으로 표현한 것이었다. 또한 육체적 메타포는 님이 부재하는 현실의 절망감을 더욱 선명하고 절박하게 표현하는 효과도 보여준다. 육체적 메타포를 통해 마돈나가 오지 않는 현재의 상황은 더욱 극화되며, 이러한 극적인 상황 속에서 마돈나를 부르는 시적 자아의 목소리는 육화된 울림으로 퍼져나가기 때문이다. 「나의 침실로」는 육체와 정신, 이상과 현실, 주관과 객관 등의 이분법을 지양하고 그 분열의 복판에서 혼연일체를 열망하는 시적 주체의 육화된 울림이 시로 표현된 것이다. 이 격정적인 육체적 메타포의 시적 원리는 이후 ‘투신의 미학’으로 적극화한다.

3. 근대시인의 운명과 형식

이상화가 「나의 침실로」에 이어 발표한 작품이 「독백」이다. 이 시에서 이상화는 삶에 대한 강열한 의지를 드러낸다.

---

14) 이상화는 한국 근대시 형성과정에서 육체적 감각, 특히 촉각에 매우 집중하여 시를 썼다는 것이 특징이다. 이를 탈근대적 몸의 현상학이라는 측면에서 살펴보는 것도 흥미가 있을것이다. 이성 중심의 근대 철학의 연원을 이루는 데카르트의 심신이원론, 자기중심주의, 시각중심주의에 대하여 정화열은 비코로부터 비롯되는 몸의 정치의 계보를 복원하면서 몸의 현상학을 통한 몸의 인식론적 복권을 꾀하고, 사회성의 정당화 근거로서의 몸에 주목한다. 데카르트적 코기도가 함축하는 시각중심주의적 남성성의 전복을 주장하면서 몸의 정치가 지향하는 촉각중심주의적 여성성을 강조하는 정화열의 글은 이상화의 「나의 침실로」를 새롭게 보는 안목을 준다.(정화열, 「비코와 몸의 정치의 비평적 계보」; 이거룡 외, 『몸 또는 욕망의 사다리』, 한길사, 1999, 참조)

나는살련다 나는살련다

바른맘으로살지못하면 밋처서

도살고말련다

남의 입에서 세상의입에서

사람靈魂의 목숨까지 끈흐려는

비웃슴의쌀이

내송장의 불상스런그꼴우흐로

소낙비가치내려쏘들지라도—

　　　　…… (중략) ……

怨恨이란일홈도얼골도모러는

장마진내물의여울속에쌔저서나

는살련다

게서팔과다리를허둥거리고

붓그럼업시몸살을처보다

죽으면—죽으면—죽어서라

도살고는말련다

— 「독백」15) 부분

　이 시는 당대의 시적 흐름이었던 죽음을 더할 수 없이 아름답고 황홀한 비약의 성취, 초월의 달성으로 노래하고, 죽음에의 결의를 화려하게 장식하던 경향의 반대편에 서 있다. 죽음에의 동경과 삶에의 의지가 길항하는 갈등관계가 시적 긴장의 핵심으로 자리잡고 있지만, "팔과 다리를 허둥거

---

15) 『동아일보』 1923. 9. 17.

리고 / 부끄럼 없이 몸살을 치”는 데 근본적인 지향이 있다. 감각으로 세계를 타진하는 것을 넘어, 온 정신과 육체를 투신하는 데까지 나아간다. “영혼의 목숨까지 끊으려는” 혼란의 소용돌이에 휩싸이더라도, 피하거나 까무러치지 않고, 그 분열의 한복판을 향해 온 정신과 육체를 투신시키는 시인의 시적 태도는 1920년대 초기시가 양식화시킨 환멸의 舊殼을 깨는 의의를 갖는다.

위 시들은 투신하는 몸짓의 격렬함과 철저함은 있는데, 아직 방향성이 주어져 있지 않다. 이상화는 「독백」을 발표한 후 1년 이상 동안 침묵한다. 이 기간은 투신의 방향성을 탐색하는 기간이었다. 그리고 다음의 시를 발표하였다.

緋 音
—「緋音」의 序詞

이世紀를물고너흐는, 어둔밤에서
다시어둠을꿈꾸노라조우는조선의밤—
忘却뭉텅이가튼, 이밤속으론
해쌀이비초여오지도못하고
한우님의말슴이, 배부른군소리로들리노라

나제도밤—밤에도밤—
그밤의어둠에서쏨여난, 뒤직이가튼신령은,
光明의목거지란일홈도모르고
술취한장님이머—ㄴ길을가듯
비틀거리는자욱엔, 피물이흐른다!

—「斷章 五篇」[16)

근대는 인간이 신으로부터 해방된 것이면서 동시에 발가벗긴 채 내몰린 형국이었다. 기존의 가치체계는 붕괴되고 그들이 의지해야 할 전망이나 미래는 마련되어 있지 않았다. 그들 앞에 전개된 세계는 태양도 빛을 잃고 신도 떠난 자리("한우님의 말씀이 배부른 군소리로 들리는"), 분열과 충돌이 자아를 휘감고 도는 현기증 나는 세상이다. 이런 현실에 처한 대다수의 시인들은 그 살벌한 현실과 눈길이 마주치는 것조차 두려워하였다.

이상화는 '이 세기를 물고 늘어지며' '조선의 밤'을 응시한다. 그는 더 이상 세계를 낭만주의적으로 인식하지 않는다. 즉 속악한 현실과 완전한 이상으로 이분하여 이상 속에 파묻히는(도피하는) 방식으로 자기 위안을 찾는 고고한 태도를 거부한다. 그는 이상과 현실이 분열·대립하는 접점에다 시 창작의 출발점을 둔다. 그는 분열과 '어둠', 바로 그 속악한 현실 속에서 '스며나온' '두더지같은' 영혼으로 '이 세기를' '조선의 밤'을 '물고 늘어'진다. '비틀거리며' '핏물을 흘'리면서도 '물고 늘어지는' 시적 자세를 늦추지 않는다. 그 대결과 충돌의 격렬함만큼 시인의 '물고 늘어짐'도 격렬하다. '숨이 막히게 격한 리듬'과 '폭죽같이 불꽃을 튀기는 열정'17)은 바로 온몸과 혼을 분열과 충돌의 한복판에다 던지는 치열한 시적 자세에서 비롯되는 것이다.

> 아, 가도다, 가도다, 쪼처가도다
> 이즘속에잇는間島와遼東벌로
> 주린목숨움켜쥐고, 쪼처가도다
> 진흙을밥으로, 햇채를마서도
> 마구나, 가젓드면, 단잠은읽맬 것을―
> 사람을만든검아, 하로일즉

---

16) 『개벽』 55호, 1925. 1.
17) 김기진, 「현 시단의 시인」, 『개벽』 58호. 1925. 4.

차라리주린목숨쌔서가거라!

— 「가장 悲痛한 祈慾」[18] 부분

이 작품에는 ‘간도이민을 보고’란 부제가 붙어 있다. 가난과 핍박으로 자기 나라에서 살지 못하고 간도와 요동벌로 쫓겨가는 사람들의 비통한 모습을 시적 제재로 삼고 있는 것이다. 이 시는 이상화가 그간 방향을 잡지 못하고 몸부림치며 돌진하던 격렬함과 파괴력에 비로소 현실성의 일단을 확보한 의의가 있다. 그 비통한 현실 위에 자신의 창작적 근거를 세우고 있는 것이다. 즉 ‘조선의 밤’을 거쳐 ‘비통한 사람들’에 대해 주목하기 시작한 것이다. 그러나 이 시도 역시 격렬한 열정과 함께 “주린 목숨 뺏어 가거라”라고 하는 대목에는 자폭적인 대응이 자리하고 있다.

이로부터 이상화는 근대에 대한 의식적인 탐구를 하게 되고, 근대 현실 속에서 시 창작의 동력을 끌어올리는 시도를 한다. 이상화는 근대에 대한 인식과 근대를 살아가는 방법에 대한 자신의 생각을 피력한 글에서, 근대를 ‘자본의 기적’이라고 규정한다. 그리고 근대의 현상을 ‘도회의 굴둑’ ‘석탄 연기’ ‘餓鬼(機械)의 무서운 닛발에 걸려 들어가는 수만흔 공장의 생활을 찾는 사람들, 그들은 흡혈귀의 왕궁의 제물’ 등에서 포착하였다. ‘그 쓰리고 압흠에 능히 견듸어 가는 사람들, 진실의 이름 알에서 죽엄을 넘어서는 사람들, 미래를 마지하기 위하야 전신전령을 작열하는 불속으로 집어넛는 사람들’ ‘이 사람들의 압헤는 진실이 잇다’고 말한다.[19] 즉 자본의 왕궁은 흡혈귀가 사는 거처이며 이것이 근대의 현상이자 본질이다. 이 근대의 쓰리고 아픈 모순을 견디며 전신전령을 투척하는 사람들에게 근대적 삶의 진실이 있다고 간파하고 있는 것이다.

---

18) 『개벽』 55호, 1925. 1.
19) 이상화, 「웃을 줄 아는 사람들」, 『시대일보』, 1926. 1. 4; 이기철, 『이상화 전집』, 문장, 1982, 318쪽

그리고 근대 도시 서울을 "서울아 반역이 나흔 도회야!"(「招魂」20))라고 표현하였다.

> 色彩와音響이 生活의 華麗로운 아롱紗를짜는—
>
> 엽분日本의서울에서도 나는暗滅을 설읍게—달게 꿈쑤노라
>
> [⋯⋯⋯]
>
> 거룩한單純의象徵體인힌옷 그넘어사는맑은네맘에
>
> **숫불에손뎐 어린아기의쓰라림이 숨은줄을뉘라서알랴!**
>
> — 「도−교−에서」 부분21)

인간이 순전한 자기의 경험적 자아로부터 분열을 깨닫고, 자연뿐 아니라 순전한 경험적 자아의 작은 형식을 초월하기 위해 우선 자연으로부터 분리하는 것이 근대인 또는 근대적 삶의 운명이며, 근대적 상상력의 원천이다. 순전하고 단순한 그리하여 거룩했던 조선은 이제 세계적인 근대 체제에 편입되는 운명을 피할 수 없게 되었고(식민지적 근대성은 세계적 근대 기획의 한 형태였음을 우리는 부인할 수 없다), '흰 옷'의 순전함은 온갖 잡스러운 색깔과 소음으로 가득 찬 근대의 위력과 거스를 수 없는 흐름에 섞일 수밖에 없었고 그것을 인정하지 않을 수 없게 되었다.

조선은 근대라는 '숯불에 손 덴' 고통에 몸서리치며 그 고통을 감당해야 했다. 그 근대의 형태가 식민지성과 연결된 것이기에 그 '쓰라림'은 더욱 컸다. 그러나 그 근대에 손을 데었다고 해서 도망쳐버리는 방식으로 '손 뎐 쓰라림'은 치유되지 않는다는 것을 이상화는 알고 있다. '숯불에 손 뎐 어린아기의 쓰라림'이야말로 '근대시인' 이상화가 시를 쓰게 하는 원동력이었다. '쓰라림'의 고통이 시가 되고, 또한 그 시로 하여 '쓰라림'을 치유

---

20) 『개벽』, 1926. 1.
21) 이상화, 「도−교−에서」, 『문예운동』 창간호, 1926. 1: 이기철 편, 『이상화 전집』, 139쪽.

할 수 있기 때문이다.

근대시란 시적 자아가 분열하는 근대의 한복판에 서서, 근대의 모순과 혼돈의 충돌 등을 시적 창조의 에너지로 전화하는, 그래서 그것으로 시의 형식과 리듬을 부여하고 다시 그 형식과 리듬으로 근대 극복의 힘을 창조하는 과정에서 형성되는 것이다.22) 헤겔이 말한 바 **"부상자들에게 해를 입힌 손은 또한 그것을 치료하는 손이 되기도 한다"**는 것이 바로 근대적 의식이며 그 분열의 소용돌이 속에서 분열 지양의 힘을 찾아야 하는 것이다. 그러므로 근대시는 인간이 자기의 순전한 세계로부터의 분열을 깨닫는 데서 비롯된다.

이상화는 다음의 시에서 ‘근대시’의 개념과 ‘근대시인’의 운명을 정의하고 있다.

> 한篇의詩 그것으로
> 새로운世界 한아를 나허야할줄 째칠그째라야
> 詩人아 너의存在가
> 비로소 宇宙에게 업지못할너로 알려질것이다
> 감음든논쎄에는 청개고리의울음이 잇서야하듯―
>
> 새世界란 속에서도
> 마음과몸이 갈려사는 줄풍류만 나와보아라
> 詩人아 너의목숨은
> 진저리나는 절눔바리노릇을 아즉도하는것이다
> 언제든지 日蝕된해가 도드면뭣하며 진들엇더랴

---

22) 정우택, 「근대 자유시 양식의 모색과 갈등」, 민족문학사연구소 편, 『민족문학과 근대성』, 문학과지성사, 1995, 295-299쪽 참조.

220

詩人아 너의榮光은

밋친개꼬리도밟는 어린애의짬업는그마음이되야

밤이라도 낫이라도

새世界를나흐려소댄자욱이 詩가될쌔에—잇다

초ㅅ불로 날라드러 죽어도아름다운 나비를보아라

—「詩人에게」 전문23)

「시인에게」는 '근대시'와 '근대시인'에 대한 일종의 선언문이다. 시인의 영광은 새로운 세계 하나를 낳는 데 있다. "미친 개 꼬리도 밟는" 그런 "어린애의 짬없는 마음"으로 "**새 세계를 낳으려 소댄**24) **자욱이 詩**"가 된다는 표현은, 비로소 한국에서 근대시가 형성되었음을 선언하는 것이다.

한국 근대문학 형성과정에 나타났던 온갖 상징주의, 유미주의, 퇴폐주의 등은 "두렵고 거창한 **현실에 손을 대기보다는**, 먼저 자기 스스로의 순정에 탄식하고 애상하는 심정"을 나타내는 것으로 문학이 되고 시가 된다고 믿었다. 속된 현실에 손을 대지 않고 자기 순정에 호소하는 태도는 마치 자신을 고고하게 만드는 것처럼 환상을 주었고, 그것은 미숙하고 무력한 지식인의 지적 귀족주의의 유치한 표현에 불과하였다.25) 이것이 낭만적 도피라는 형식으로 표현되었고, 그 핵심은 감상성이었다. 그러나 이상화는 이 자기 기만의 감상성 속에서 위안을 찾아 관습화해 가는 문학을 "진저리나는 절눔바리 노릇"이라고 비판한다. 그런 자기 위안 혹은 유희

---

23) 『개벽』 제68호, 1926. 4.

24) '소댄'에 대한 해석은 기존에 모두 '손 댄'으로 해왔다.(이기철 편, 『이상화전집』, 문장사, 1982, 174-175쪽 참조.) 필자는 '쏘댄'('쏘다닌'은 준말)이라고 해석할 수 있는 개연성을 제기한다. 이 '쏘다닌'이 이후 다리를 절며 들판을 쏘다니는 「빼앗긴 들에도, 봄은 오는가」로 발전하는 것이 아닌가 생각된다. 즉 '소댄'이란 시어는 현실에 적극 관여하고, 이를 통해 자신을 실현하고 발전의 계기를 창조하는 것으로 이해된다.

25) 임화, 「『백조』의 문학사적 의의」, 『춘추』, 1942. 11.

로서의 시와 문학은 솟으나마나 한 ‘일식된 해’와 같다는 것이다.

이상화가 시인으로서의 자신의 운명에 부여한 형식, 즉 “새 세계를 낳으려”고 “손 댄(혹은 ‘쏘댄’, 쏘다니며 현실에 적극 개입하는)” 그 쓰라림의 흔적 속에서 에너지를 뽑아 올려, 재차 ‘숯불에 손 덴 상처’를 치유하는 그런 시를 통해 근대적인 시가 형성되는 것이다. 이어 그것은 “촛불로 날라들어 죽어도 아름다운 나비”로 비약한다.

이상화는 창작 방법상의 끈질김과 철두철미함으로, 자신의 내면에 투영된 생의 국면들 ―즉 근대성의 필연적 산물인 불안, 무출구성, 분열, 좌절 속으로 진입해 들어간다. 그것으로서 시인의 운명을 감당한다. 이상화 시의 새로움 또는 근대시인으로서의 면모는 관념적 이상이 아니라 이러한 창작방식과 형식에 있었다.

4. 「빼앗긴 들에도 봄은 오는가」와 「역천」

“새 세계를 낳으려 쏘다닌 자욱이 시가 된다.”는 「시인에게」를 발표한 두 달 뒤, “온 몸에 풋내를 띄고” “다리를 절며” 들판을 쏘다니는 시, 「빼앗긴 들에도, 봄은 오는가」(『개벽』 70호, 1926. 6)를 발표하였다. 이분법적 분열의 상실감과 결핍을 극복하고, 합일하여 충일하고자 하는 시적 주체의 집요한 열망은 닫힌 공간에서의 초조한 기다림(「나의 침실로」)을 넘어 ‘들판’으로 나선다.

지금은 남의쌍―쌔앗긴들에도 봄은오는가?

나는 온몸에 해살을 밧고
푸른한울 푸른들이 맛부튼 곳으로

가름아가튼 논길을짜라 꿈속을가듯 거러만간다.

입슐을 다문 한울아 들아
내맘에는 내혼자온 것 갓지를 안쿠나
네가끌엇느냐 누가부르드냐 답답워라 말을해다오.

바람은 내귀에 속삭이며
한자욱도 섯지마라 옷자락을 흔들고
종조리는 울타리넘의 아씨가티 구름뒤에서 반갑다웃네.

고맙게 잘자란 보리밧아
간밤 자정이넘어 나리든 곱은비로
너의 삼단가튼머리를 깜앗구나 내머리조차 갑븐하다.

혼자라도 갓부게나 가자
마른논을 안고도는 착한도랑이
젓먹이 달래는 노래를하고 제혼자 엇게춤만 추고가네.

나비 제비야 깝치지마라
맨드램이 들마꼿에도 인사를해야지
아주까리 기름을바른이가 지심을매든 그들이라 다보고십다.

내손에 호미를 쥐여다오
살찐 젓가슴과가튼 부드러운 이흙을
발목이 시도록 밟어도보고 조흔쌈조차 흘리고십다.

강가에 나온 아해와가티

쌈도모르고 끗도업시 닷는 내혼아

무엇을찾느냐 어데로가느냐 웃어웁다 답을하려무나.

나는 온몸에 풋내를 띄고

푸른웃슴 푸른서름이 어우러진사이로

다리를절며 하로를것는다 아마도 봄신령이 접혓나보다.

그러나 지금은—들을쌔앗겨 봄조차 쌔앗기것네.

　이 시는 "빼앗긴 들에도 봄은 오는가?"라고 스스로에게 질문하는 것으로 시작한다. 시적 자아는 들판을 봄 신령에 접혀 쏘다닌다. 들판을 쏘다니는 시적 자아는 두 개의 자아로 나뉘어 갈등하고 거기서 이 시의 갈등도 생겨난다. 즉 "짬도 모르고 끝도 없이 닿는 내 혼"과 "빼앗긴 들에도 봄은 오는"지 '무엇을 찾는'지 '어디로 가는'지 끊임없이 의문을 제기하는 두 개의 자아가 서로 나뉘어 갈등한다. 그 결과 시적 자아는 무엇엔가 홀린 듯한 세계와 현실 사이, 하늘과 땅 사이, 푸른 웃음과 푸른 설움 사이, 그 '가르마같은' 경계를 "다리를 절며" 걷는다. 시적 자아는 경계가 없는 심리적 상태, 분열이 없는 상태를 느끼고 싶어한다. 그러나 그런 욕망이 솟구칠수록 시적 자아의 내면에 분열과 의문, 비탄의 의식이 솟구쳐 올라 봄의 신령이 이끄는 대로 자신의 몸과 마음을 내맡기지 못한다. 초조와 의문이 시적 자아를 잡아당길수록, 또 다른 자아는 참을 수 없는 답답함에 온 들판을 쏘다닌다. 온갖 것에 말을 걸고 스스로 응답하며, 온갖 것을 관찰하고 땀을 뻘뻘 흘리면서, 봄이 와서 생기가 충만한 들판을, 정처를 두지 않고 방향도 없이 쏘다닌다.

　이 갈등하고 분열하는 내면의 뒤틀림을 육체적으로 외화시킨 것이 '다리를 저'는 것으로 표현된 것이다. 이 시도 「나의 침실로」에서와 같이 시

224

인의 열망을 표현하는 시작 원리는 육체적 메타포를 통한 육체적 실감의 확보에 있다. "나는 온몸에 햇살을 받고" "나는 온몸에 풋내를 띄고" "가르마같은 논길" "입술을 다문 한울아 들아" "바람은 내귀에 속삭이며""종조리는 울타리 넘의 아씨같이" "삼단같은 머리" "마른 논을 안고 도는 착한 도랑이 / 젖먹이 달래는 노래를 하고""아주까리 기름 바른 이" "살찐 젖가슴과 같은 부드러운 이 흙을 / 발목이 시도록 밟아도 보고 좋은 땀조차 흘리고 싶다." "푸른 웃음 푸른 설움" "다리를 절며 하루를 걷는다" 등의 비유법은 여성을 有意의 대상으로 삼고 있다. 특히 여성의 신체적 비유나 이미지에 시적 자아가 휘감기는 가운데 봄 들판을 걷는 환희는 더욱 황홀해지고 고조된다. 봄의 이미지들을 활성화하는 데 촉각, 청각 등의 육체적 감각 이미지가 주요한 역할을 하고 있다.

여기서 여성의 육체적 이미지나 비유는 개체적·관능적인 것이 아니고 어머니 같은 여성의 크고 넓은 포용력과 사랑에 기반하고 있다. 시적 자아는 이러한 포용력과 커다란 사랑에 유아적 순진무구함으로 '짬도 모르고' 안긴다. 그러나 시적 자아가 '짬도 모르고' 안길 수 있었던, 어머니 같은 여성의 육체적 이미지를 거느리는 '들'을 빼앗겼다는 자각은 유아의 모성 박탈과 같은 상실감을 유포한다. 이것이 봄조차 빼앗기겠다는 절박한 자각에 이르면 시적 자아는 주체할 수 없는 상실감에 휩싸이게 된다. "그러나 지금은—들을 빼앗겨 봄조차 빼앗기것네."라는 시의 마지막 행이 발산하는 상실감은 봄의 신령에 온몸을 맡기고 싶은 시적 자아의 강렬한 열망과 대비되어 그 울림과 공명이 길고 깊다. 그것은 육체적 통증으로 기록된다.

이러한 상실감과 절망을 주체할 수 없었던 때문인지, 이상화는 「빼앗긴 들에도 봄은 오는가」 이후 시작 활동이 급격하게 위축된다. 이듬해인 1927년, 경성 생활을 마감하고 대구로 낙향해 버렸다. 그리고 자신의 사랑방을 '談交莊'이라 칭하고 4~5년 동안 술과 방탕으로 '狂走'하다 가산까지 탕진하였다.

　스스로에게 비껴설 여지도 주지 않고 식민지 근대 현실에 온 정신과 육체를 던져 시를 쓰던 이상화가 긴 방황의 시간을 거친 다음 쓴 작품이 「逆天」이다.

　　　이때야말로 이나라의 보바로운 가을철이다
　　　더구나 그림도같고 꿈과도같은 좋은밤이다
　　　초가을열나흘밤 열푸른유리로 천정을한밤
　　　거기서 달은 마종왔다 얼굴을 쳐들고 별은 기대린다 눈짓을한다
　　　그리고 실낫같은 바람은 길을끄으려바래노라 이따금 성화를 하지않은가.

　　　그러나 나는 오늘밤에 조하라 가고프지가 않다
　　　아니다 나는 오늘밤에 조하라 보고프지도 않다.

　　　이런때 이런밤 이나라까지 복지게보이는 저편하늘을
　　　해쌀이 못쪼이는 그따에나서 가슴밑바닥으로 못웃어본나는 선듯만보아도
　　　철모르는 나의마음 홀아비자식 아비를 따리듯 볼본나비가되야
　　　꾀우는 얼굴과같은 달에게로 웃는닛발같은 별에게로
　　　앞도모르고 뒤도모르고 곤두치듯 줄다름질을 쳐서가더니.

　　　그리하야 지금 내가 어데서 무엇때문에 이짓을하는지
　　　그것조차 잊고서도 낮이나밤이나 노닐것이 두려웁다.

　　　걸림없이 사는듯하면서도 걸림뿐인 사람의세상—
　　　아름다운때가오면 아름다운 그때와 어울려 한뭉텅이가 못되여지는 이사리—
　　　꿈과도같고 그림같고 어린이마음우와같은 나라가있서

아모리 불러도 멋대로못가고 생각조차못하게 지쳤을떠는 이설음

벙어리같은 이아픈설음이 츩넝쿨같이 몇날몇해나 얽히여 트러지다.

보아라 오늘밤에 하늘이 사람배반하는줄알었다

아니다 오늘밤에 사람이 하늘배반하는줄도알었다.

— 「逆天」 전문26)

「역천」은 「빼앗긴 들에도 봄은 오는가」와 유사한 모티브를 사용하면서도 그 시적 지향이 달라서, 이상화의 변화된 세계인식을 잘 보여준다.

이 시의 배경은 가을밤이다. "이 나라의 보배로운 가을철" "꿈과도 같은 좋은 밤"이다. 별과 바람은 바깥으로 시적 자아를 이끈다. 그러나 「빼앗긴 들에도 봄은 오는가」처럼 흥에 겹지는 않다. "좋아라 가고프지가 않다" "보고프지도 않다." "복지게 보이는 저편 하늘"과 그 하늘 밑 삶인 "걸림없이 사는 듯하면서도 걸림뿐인 사람의 세상"이 대비되지만, 시적 자아에게 내적 분열을 크게 불러일으키지도 않는다. 이상화 시의 특징인 분열된 삶의 극복과 혼융된 삶의 추구는 여전하지만, 이 시에서는 그 추구방식이 달라졌다. 즉 내면의 상실감과 분열, 일그러짐의 복판에 온몸을 투신함으로써 자신의 육체에 감동을 기록하려는 열정이 소거되고 있다. 시적 자아는 집안에 있으며, 밖으로 뛰쳐나가지 않는다. 앉아서 내면에 침잠한다. 회상하고 성찰한다. 현실에 비판적 거리를 두고, 지나온 자기의 삶을 되돌아본다. 세계와 자아의 혼융을 맞이하기 위해 온몸으로 달려나가던 그 신산스런 몸의 통증을 이제는 거리를 두고 '바라보고' 있다. 처연함마

---

26) 「역천」, 『詩苑』 제2호, 1935. 4; 『전집』, 203쪽.

　　李文基가 상화와 대화하는 자리에서 대표작을 물었을 때, 상화는 「빼앗긴 들에도 봄은 오는가」와 「동경에서」를 아낀다고 말하고, 특히 「역천」을 들어 제일 발전한 시라고 자찬하였다고 증언하고 있다. 그는 이 「역천」은 상화가 제2의 새로운 시인이 되려고 자기 비판한 시라고 보았다.(이문기, 「상화의 시와 시대의식」, 『무궁화』 1948. 4; 전집 77-78쪽)

저 느끼게 한다. 이것은 지금까지의 자기 방식을 스스로 ‘배반’하는 것이다.

「역천」에서 주목되는 또 하나의 특징은 시적 감각의 활용에서도 차이를 보인다는 점이다. 「나의 침실로」와 「빼앗긴 들에도 봄은 오는가」는 촉각과 청각이 중심 역할을 하는 데 반해, 「역천」에서는 시각이 중요한 감각으로 활용된다. 「역천」의 마지막 연은 “보아라”에서 시작하여 “알았다”로 끝난다. 시적 자아가 세상과 교섭하는 방식이 시각에 의존하고 있다. “그림과도 같고 꿈과도 같은 좋은 밤”, “눈짓을 한다”, “보고프지도 않다”, ‘선듯만 보아도’, ‘보아라’ 등. 시각주의적 인식론은 기본적으로 자기중심주의, 주체의 주관성 내지는 주관주의, 이원론, 타인(사회성)의 영역으로부터 주체의 봉쇄 등과 연관이 있으며 이는 데카르트식의 ‘나는 생각한다.’(cogito)는 모더니티의 유산과도 관련이 있다.27)

이 시의 시선은 자기 내면을 향하는 자기 성찰적 시선이다. 시적 자아의 행위는 절제되고 시간은 과거로 향하고 회한의 처연함이 감돈다. 그러다가 잠시 자기 삶을 돌아다 보는 부분에서 시적 자아는 격정에 휩싸이기도 한다. “가슴 밑바닥으로 못 웃어본 나는……앞도 모르고 뒤도 모르고 곤두치듯 줄다름질을 쳐서가더니” “아모리 불러도 멋대로 못가고 생각조차 못하게 지쳤을떠는 이 설움”에 복받쳐 “벙어리같은 이 아픈 설움이” 복받쳐 “츩넝쿨같이 몇날몇해나 얽히어 트러진다.” 이 설움은 원망에서 비롯되는 듯하다. “해쌀이 못쪼이는 그 땅에 나서” “홀아비 자식”으로 태어나서 “걸림뿐인 사람의 세상”으로 인하여 그의 삶은 츩넝쿨같이 얽히고 헝클어진다고 ‘하늘’을 원망한다. “하늘이 사람을 배반한” 것이다. 그러나

27) 코기토(cogito)는 ‘나’(I)와 ‘눈’(eye) 사이에 존재하는 동일성으로 시각중심주의와 자기중심주의를 연결시킨다. 이제 코기토는 ‘나는 본다. 고로 나는 존재한다.’(video ergo sum)가 된다. 다시 말해서 정신의 나(I 혹은 eye)가 사고의 중심이 되며 여기에서부터 ‘나―관점’과 현대사상의 주관주의가 기원한다고 주장한다. “주체의 주관성은 ‘나는 생각한다’의 ‘나―임’(ichheit)에 의해 결정된다.” 하이데거는 데카르트의 코기토의 ‘나―관점’이 근대를 ‘세계상(Weltbild)의 시대’로 조명한다고 보았다.(정화열, 앞의 논문, 112쪽)

시는 "사람이 하늘 배반하는 줄도 알았다."고 끝난다.

하늘이 사람을 배반하고, 또 사람이 하늘을 배반하는 이 세상에서 시인은 '역천'을 꿈꾼다. '하늘'과 '사람'이 서로 배반하는 시대가 바로 '근대'이며, 그 배반의 틈바구니에서 상화는 '역천'으로써 배반의 세상을 돌파하고 새로운 시세계를 창조하려고 시도하였다. 그러나 "順天者存, 逆天者亡"이라고 했던가. '亡'을 무릅쓰고 식민지적 근대에 맞서 운명을 개척하고자 했던 이상화의 시도는 끝내 좌절되고 말았다. 이상화는 1938년 이후 자신의 호를 '尙火'에서 '白啞'(백치와 벙어리)라 칭한 뒤 근대에 말걸기를 거부하였다. '근대 시인' 이상화가 마지막에 감행한 '역천'의 길이었다.

5. 맺음말

이상에서 근대시인으로서의 이상화의 면모를 살펴보았다. 기존의 '민족'시인, '저항'시인이라는 협소한 용어와 틀을 지양하고, 이상화 시의 시적 원리와 미적 특성을 해명하는 데 논의의 중심을 두고자 했다.

이상화 시의 특징은 문단의 중심에 서서 한국 근대시 형성의 굴곡과 좌절, 성취를 온몸에 기록하고, 스스로 그 소용돌이에 휘둘리면서 근대시의 길을 개척해 왔다는 점이다. 그의 시적 지향은 바로 이런 굴곡과 좌절, 분열과 환멸의 한복판에서 시 창조의 에너지를 뽑아올려 감동으로 전화하고, 그 감동을 육체적 실감으로 확인하려는 열정으로 가득 차 있었다. 식민지 근대 현실의 분열된 "세기를 물고 늘어지며" "촛불에 날아들어 죽어야만 아름다울 수 있다."는 도저한 열정에 이상화 시의 미학적 특징과 감동의 원천이 있다. 이는 「나의 침실로」를 거쳐 「빼앗긴 들에도 봄은 오는가」에서도 지속되고 있는 원리이다.

특히 시 「시인에게」는 '근대시'와 '근대시인'에 대한 일종의 선언문으로서 의미를 갖는다고 말할 수 있다. “새 세계를 낳으려 쏘댄 자국이 詩”가 된다는 통찰은, 바로 한국에서 근대시가 형성되었음을 역설해 주는 것이다. ‘전신전령을 작열하는 불속으로 집어넛는’ 자기 투신을 통해 새로운 시세계를 창조하였던 것이다. 그는 식민지적 근대의 삶과 절망하는 영혼 사이에 가로놓여 있는 분열과 그 팽팽한 긴장에 형식을 부여하는 것을 자신의 운명으로 받아들인 ‘근대시인’이었다.

또한 이상화 시가 감동과 정신을 육체에 기록하는 방법으로 촉각과 청각에 주목하고 있다는 점도 중요하다. 촉각과 청각에의 주목은 근대적 인식론의 주관주의·자기중심주의·남성중심주의를 극복하고 생생한 현실감을 획득하고 여성성을 강조한다. 상화의 여성의 육체에 대한 집착, 혹은 그 욕망은 성적 대상을 찾는 놀음이 아니라 ‘완전한 자기’에 도달하고자 하는 열망의 표현이다. 그리고 촉각과 청각을 통한 인식이 축소되고 시각 지향성을 보이는 것(「역천」)과 이상화가 시 쓰기를 그만두는 지점이 서로 맞물린다는 사실도 주목해야 할 부분이다.

◆ 작가연보

1901년 대구에서 부친 李時雨와 모친 김해김씨의 4형제 중 둘째로 태어남. 본관 경주.

1907년(7세) 부친 이시우 별세.

1915년(15세) 가정 사숙에서 백부 李一雨의 훈도를 받으며 수학하다가 경성 중앙학교 입학.

1918년(18세) 중앙학교 3년 수료 후 귀향. 금강산 등 강원도 일대 방랑.

1919년(19세) 대구에서 3·1운동을 조직하다 발각되어 서울로 피신. 10월 백부의 권유로 공주의 徐溫淳과 결혼.

1921년(21세) 5월경 현진건의 소개로 박종화와 만나『백조』동인이 됨.

1922년(22세)「말세의 희탄」등을『백조』에 발표. 프랑스에 유학할 계획으로 일본에 건너가 '아테네 프랑스'에 다님. 이때 함흥 출신의 유학생 유보화와 연애.

1923년(23세)「나의 침실로」등을『백조』3호에 발표. 9월 관동대지진으로 수난을 겪고 구사일생으로 살아나다. 현실인식이 심화됨.

1924년(24세) 프랑스 유학 포기하고 귀국. 서울의 翠雲亭에서 폐병에 걸린 유보화와 잠시 동거.

1925년(25세) 작품활동이 가장 왕성했던 시기. 시와 평론, 산문 및 번역소설 발표. KAPF 가담.

1926년(26세) 시인으로서 전성기를 누리던 해.「시인에게」「빼앗긴 들에도, 봄은 오는가」등을 발표하고 프로문학적 평론 발표. 유보화가 함흥에서 사망. 장남 용희 출생.

1927년(27세) 대구로 낙향. 사랑방을 '談交莊'이라 칭하고 문우들과 교우. 파산하여 명치정으로 이사. 기생 송소옥과 사랑하여 그 사이에서 웅희 탄생하였으나 어려서 사망.

1928년(28세) 이상화 등 항일청년 검거기사가「동아일보」(7. 13)에 실림. 신간회 대구지회 출판부 서무간사로 이상화 이름이 나옴(고등경찰요사, 경북경찰부).

1934년(34세)「조선일보」경북 총국을 경영하였으나 파산. 차남 忠熙 출생.

1935년(35세) 「역천」 발표.

1936년(36세) 백씨 李相定 장군을 만나러 중국에 가 약 3개월 동안 머물다 돌아옴. 귀국 후 일경에 수감·고초를 겪고 20여 일 만에 풀려남.

1937년(37세) 이 무렵부터 약 3~4년 동안 대구 교남학교에서 영어와 작문을 무보수로 가르치다. 권투부 창설.

1940년(40세) 교남학교 사임. 이후 『춘향전』 영역, 『국문학사』 집필, 『프랑스시』 평역 등을 시도했으나 미완에 그침.

1943년(43세) 4월 25일 대구 자택에서 위암으로 사망.

1948년 대구 달성공원에 상화시비가 세워짐.

미적 근대성의 자기파괴적 양상 – 이장희론

1. 문제 제기

古月 李章熙(1900~1929)에 대한 기존의 연구는 크게 두 방향에서 진행되었다. 그 하나는 이장희의 극적인 생애를 중심으로 그의 시세계를 해명하고자 하는 것이다. 이장희는 대구의 대부호이며 중추원 참의를 지낸 권력가 집안에서 태어나 신동 소리를 들으며 열세 살의 어린 나이로 일본에 유학하였다. 그러나 귀국한 뒤, 그는 입신출세의 가능성과 집안의 기대를 등지고 오로지 시 창작에 몰두하였으며 세상으로부터 스스로를 격리시키고 살았다. 그러다가 29세의 나이에 음독함으로써 세상을 떠났다. 이와 같은 이장희의 극적인 삶에 주목하고 그의 비극적인 삶과 시의 연관성을 해명하려는 연구가 있다.[1]

[1) 이장희의 생애를 추억·회고하는 글은 다음과 같다.

　김영진, 「시인 이장희 군을 추억하여」, 『중외일보』 1929. 11. 12~14.

　양주동, 「落月哀想 – 이장희 군을 곡함」, 『조선일보』 1929. 11. 17~24.

　이유숙, 「고월의 추도회를 마치고」, 『동아일보』 1929. 12. 5.

　오상순, 「고월 이장희 군 – 자결7주기를 제하여」, 『동아일보』 1935. 12. 3~11.

이장희의 생애와 시를 실증적으로 고증한 시 전집은 제해만에 의해 처음으로 편찬되었다. 제해만은 「고월 시 연구」2)에서 이장희의 시 창작 동기를 다섯 살 때 돌아가신 친어머니에 대한 그리움에서 도출한다. 이장희의 시 세계를 '그리움의 미학'으로 규정하고, 시의 상징체계도 '모성결핍'와 관련하여 설명하였다. 김재홍3)도 정신분학적 관점에서 mother complex, autism적 갈등, 나르시시즘, 억압된 리비도, 죽음 충동 등의 개념을 사용하여 이장희의 삶과 시를 연결시키고 있다. 이러한 연구들은 시인의 전기적인 사실을 확증하는 데 큰 도움을 주었다. 그러나 한국 근대문학사에서 이장희의 시 세계가 지닌 의미를 밝히는 데는 부족하였다.

또 하나의 관점은 이장희 시의 형식적인 특징에 대한 관심이다. 이러한 관점에서 진행된 연구는, 「봄은 고양이로다」나 「夏日小景」 같은 작품을 연구대상으로 한정하여 그 형식적 기교의 참신성에 주목하였다. 이러한 연구들은 이장희의 시가 주관성을 배제하고 이미지를 중시하는 시각적 감각어를 탁월하게 구사함으로써 한국시사의 새로운 지평을 열었다는 점을 높이 평가하는 한편으로, 윤리적인 측면에서 현실성과 진실성을 간과했다고 비판하는 양가적인 태도를 취한다.4) 이러한 관점은 이장희에 시 세계에 대한 전체적인 안목을 결여하고 있으며, 부분으로 전체를 대체하는, 또는 내용과 형식을 이분법적으로 적용하는 오류를 보여준다. 또한 이장희의 시에 나타난 세련된 언어와 이미지, 형식이 지닌 의미를 그의 실존적 자기 정립과 관련하여 이해할 수 있는 가능성을 차단하고 있다는 점

백기만, 「尙火와 古月의 회상」, 『상화와 고월』, 청구출판사, 1951.

그리고 이장희의 略傳을 포함한 시 전집으로는 제해만의 『이장희전집』(문장사, 1982)과 김재홍의 『이장희』(문학세계사, 1983)가 있다.

2) 제해만, 「고월 시 연구」, 『이장희전집』, 문장사, 1982.

3) 김재홍, 「이장희 평전」「고월의 시세계」, 『이장희』, 문학세계사, 1983.

4) 신경림·정희성, 『한국현대시의이해』, 진문출판사, 1981, 103-105면 참조.

이숭원, 『한국현대시감상론』, 집문당, 1996, 55-58쪽 참조.

에서 문제가 된다.

한편, 이장희의 시에 대한 기존의 평가들이 그의 비극적인 삶을 신비화한 선입견의 결과라는 주장도 있다. 홍정선은 '화자와 정서'의 문제로 바라볼 때 이장희의 시는 특별한 무엇이 아니고, 표현의 감각성 혹은 참신성이란 것도 그렇게 새로운 것이 아니며 "안서 시의 답습에서 크게 벗어나지 못했다."는 결론을 내린다.

> 이장희는 다른 대부분의 1920년대 시인들처럼 대상과 화자를 분리하지 않았다. 그 역시 오직 강렬한 주관성을 토로하고 있을 뿐이다. 비탄의 부르짖음이나 하소연이나 절규를 보여주는 것은 아니지만 부드럽고 섬세하게 그는 자신의 주관성을 드러내고 있다.[5]

이장희의 시를 1920년대 주관적 감상주의 시와 동일한 계열에 포함시키는 홍정선의 평가 역시 일면적이며 자의적이다. 주관성을 드러냈다고 해서 감상주의에 빠지는 것은 아니다. 문제는 시의 전체적인 구조 속에서 주관성이 얼마나 현실성을 획득하고 있으며, 또한 그 주관성이 실존적 진정성을 바탕으로 하여 표현된 것인가 하는 데 있다.

이 글에서는 한국 근대시문학사에서 이장희의 시 세계가 '근대성'을 해명하는 중요한 지표가 될 수 있다고 본다. 이장희는 절대 순수의 자아의식을 추구하는 근대의 '주체' 형성과 미적 근대성의 성취를 동일시하였다. 또한 이 동일성에 대한 믿음을 동력으로 하여, 세상의 부조리와 비순수에 비타협적으로 맞서며 미의 세계로 돌진하다가 생을 소진시켰다. 그의 비극적인 운명은 '미적 근대성'의 속성에 기인하는 필연적 사건이었다. 이렇게 견결하게 순전한 '미적 근대성'을 추구한 사례는 일찍이 없었다.

---

5) 홍정선, 「고월 시에 있어서 화자와 정서」, 『一茅鄭漢模博士華甲紀念論叢』, 일지사, 1983.

이 글에서는 이장희 시의 형식적·정서적 특징과 그것의 근대적인 의미를 규명하고, 나아가 그의 시가 성취한 근대적 성격을 살펴보고자 한다. 이를 통해 이장희가 추구한 미의 세계는 어떤 것이며, 그것이 시의 구조와 형식에 어떻게 나타나는지, 이러한 미적 태도의 근대적 의미가 무엇인지를 종합적으로 해명할 수 있을 것이다. 또한 미의 절대 순수 혹은 완전성을 자기 존재의 완전성과 동일시하며 돌진해 간 비타협적 치열함이 결국엔 자기 파괴적 결과를 초래하게 되는 과정도 추적해보고자 한다.

2. '우울'의 근대적 성격

이장희의 시에 가장 많이 등장하는 형용적 시어는 '쓸쓸함'이다. 그의 시에는 '설움' '눈물' '한숨' 등 주관적 감정을 토로하는 시어들이 빈번히 등장한다. 또 우울한 정조로 표현되는 시들도 많다. 그러한 시어와 정조, 발화법은 1920년대 시들이 보편적으로 노정한 주관적 감상주의와 상통하는 점이 있다. 그러면서도 1920년대 한국 시사에서 이장희 시의 개성적인 면모는 어떻게 발현되는가. 이를 해명하기 위해 그의 시에 나타난 '우울'의 성격과 그것의 실존적 진정성에 대해 살펴볼 필요가 있다.

이장희 시의 서정성은 飛翔에 대한 '동경'과 바다으로 침잠하는 '우울'이 교차하면서 시적 긴장을 확장하는 데 있다.

憧憬의비들키를놉히날녀라,
흰구름조으는하눌깁히에
마리아의빗나는가삼이잠겨잇나니.
크달은사랑을늣기는봄이되어도
봄은나를버리고겻길로돌아가다,

밝은웃음과강한빗갈이거리에찻것만

나의행복과자랑은微風에녹아사라젓도다.

사람세상을등진재오래ㅅ동안

倦怠와憂鬱과懺悔로된무거운보퉁이를둘너매고

가상이넓은검점帽子를숙여쓰고

째로호젓한어둔골목을헤매이다가

싸늘한돌담에긔대이며

窓틈으로흐르는피아노가락에귀를기우리고

追憶의幻想의神秘의 눈물을지우더니라.

봄날허무러진砂丘위에안저

은실가티고은먼시내를바래보다가

물올은풀입을째물으며

외로운慰勞삼아詩읇기도하더니만

그마저도얼슨연스뤄인저는옛꿈이되엇노라.

아아나의고달핀魂이어

일허진봄이다시오랴감은눈을쓰고

憧憬의비들키를놉히날녀라.

— 「봄하눌에눈물이돌다」 전문⁶⁾

　이 시의 1연은 흰 구름이 조는 하늘, 마리아의 빛나는 가슴, 사랑을 느
끼는 봄, 밝은 웃음, 강한 빛깔, 나의 행복과 자랑 등과 같은 상승의 이미

---

6)『여명』 7호, 1926. 6; 김재홍 편, 『이장희』, 문학세계사, 33쪽.(이하 전집)

238

지로 가득 차 있다. 반면 2연과 3연은 권태와 우울과 참회, 검정 모자, 어두운 골목, 싸늘한 돌담, 추억의 눈물, 허물어진 모래언덕, 외로운 위로, 을씨년스러운 옛 꿈 등의 하강하는 이미지로 일관한다. 이 시는 상승하는 이미지와 하강하는 이미지, 다시 말하면 1연의 비상을 향한 동경과 2~3연의 우울한 현실이 분명하게 대비되면서 시의 정서적 긴장을 획득한다. 이러한 대비는, 이 시의 중심 시어인 "동경의비들키를놉히날녀라"를 통해 하나의 의미로 통합된다. "동경의비들키를놉히날녀라"는 상승의 이미지, 비상하는 이미지와 연관되어 있다. 그런데 마지막 행에서 이 구절이 반복되면서 그 의미가 달라진다. 2~3연에 나타난 하강의 이미지를 바탕으로, 고달픈 혼과 잃어진 봄으로 표현된 현실의 우울을 감내하면서 띠우는 비상의 꿈이기 때문이다. 여기에는 음울한 현실 속에서도 비상을 향한 동경을 잃지 않으려는 시적 자아의 간절함이 담겨 있다.

「봄하눌에 눈물이 돈다」에서 상승의 이미지와 현실의 우울을 통일시켜 비상의 열망을 표현한 것은 예외적인 경우이다. 대부분의 이장희의 시는 비상하는 이미지와 지상에서 허물어져가는 이미지를 확연하게 구분한다. 그리고 이러한 이분법은 배타적이라서, 변증법적 지양의 여지를 남겨두지 않는다. 그의 시적 지향은 대립적인 이미지 또는 이상과 현실을 종합·극복하는 데 있지 않기 때문이다. 「봄하눌에 눈물이 돈다」의 2~3연에 나타난 것과 같이, 시적 자아는 우울, 권태, 참회의 정서에 침잠하는 닫힌 구조를 생성한다. 실제로 이장희 시의 정서적 본질은 우울과 권태, 참회라는 하강적 정서에 침잠함으로써 자아의 내면적인 우울을 극대화하고, 그 우울을 투시하는 데 있다.

그런데 이장희의 시는 내면적 우울에 침잠해 있으면서도 1920년대 시 문학의 주관적 감상주의와는 일정하게 구별된다. 그의 시를 주관주의나 감상주의로부터 벗어나게 하는 동인은 무엇일까. 그 실마리는 시의 전체적인 구조에서 우울이 어떤 현실성을 획득하고 있는가 하는 데서 찾아진다.

실제로 근대시의 서정을 열었던 상징주의의 대표적인 정조가 '멜랑콜리 (Mélancholie)' 즉 우울이었다. 상징주의 시에서 '우울'은 치열한 자기 성찰의 결과였으며, 그것이 수행하였던 사회비판적인 의의도 적지 않았다. 프랑스 상징주의의 '우울'은 시민사회의 합목적성에 대한 저항과 비판의 표현이었다. 그것은 자본이 정신을 압도하는 세계에 대한 비판이자 정신의 우월감을 지키기 위한 인간적 실존성의 표현이었으며 성찰의 결과였던 것이다.[7] 그러한 맥락에서 상징시의 우울은 미적 근대성의 한 정조를 이루고 있다고 말할 수 있다.

그러면 이장희의 시에 나타난 우울의 성격과 그 의의는 무엇인지 살펴보자.

> 애달프다
> 헐버슨 버들가지에
> 어느째부텀인지
> 연 한아 걸녀잇서
> 낡고 지쳐 가늘엇나니
> 그는 가을바람에 우는
> 녯생각의 그림자—ㄹ러라
>
> — 「연」 전문[8]

연의 본질은 나는 일이다. 그런데 이 시의 연은 나뭇가지에 걸려 있다. 날지 못하는 연은 점점 낡고 지치고 가늘어진다. 시인은 그 연의 모습에서 자기를 발견한다. 비상에의 욕망이야말로 자아의 본질임에도 불구하

---

7) 최문규, 「예술지상주의 비판적 심미적 현대성」, 『탈현대성과 문학의 이해』, 민음사, 1996, 참조
8) 『신민』 6호, 1925. 10; 『전집』, 31쪽.

고, 헐벗은 나뭇가지에 걸려서 가을바람을 맞으며 낡고 지치고 가늘어지고 있는 자기의 모습을 응시하고 있다. 그 시선에는, 현실의 벽에 부딪혔을 때 자신의 순정에 호소함으로써 자아를 보존하고자 하는 주관적 감상주의보다, 현실 속에서 패배해가는 자아의 욕망을 객관적으로 바라보고자 하는 자기 성찰적인 태도가 강하게 나타난다.

이장희의 시에서 자기 성찰은 육체적인 실존성을 동반하고 있다.

> 고맙어라
>
> 눈은 짜우에 액김업시 오도다
>
> 배꽃보다 희도다
>
> 너무나 아름다운 눈이길래
>
> 멀니 신성한것을 이마에 늣기노라
>
> 아아 더려운 이몸을 어이하랴
>
> 고요한 속에
>
> 뉘우침만이 타오르다 타오르다
>
> — 「눈」 전문9)

'눈'은 비상과 하강의 이미지를 동시에 지니고 있는 형상물이다. 이 시에서 '눈'은 희고 아름답고 신성한 것으로 그려져 있으므로, 비상의 이미지가 더욱 뚜렷하다. 이에 대비하여 현실 속의 자아는 "더려운 이몸"이라는 하강의 이미지로 표현되어 있다. 비상의 이미지와 하강의 이미지가 만나는 것은 '눈'의 '신성성'을 시적 자아가 '이마'로 느끼는 순간이다. 그 순간은 바로 자아의 실존적 성찰이 이루어지는 순간이기도 하다. 시인의 자아 성찰은 "더려운 이몸"이라는 표현에서 알 수 있듯이, 자신의 추악함을 전

---

9) 『신민』 19호, 1926. 11; 전집, 36쪽.

면화시키는 것으로 나타난다. 이러한 태도는, 시인의 자아 성찰이 매우 치열했음을 보여준다.

이장희의 시에 나타난 우울의 원인은 이처럼 자기 '몸'에 대한 뉘우침, 즉 실존적 성찰이 육체적 진정성을 획득하는 데서 기인한다. 이는 1920년대 초반의 한국 근대시가, 내 몸밖의 현실의 속악함을 과장하는 만큼 자기 '몸'의 순결성을 강조하고, 또한 자신의 순정에 호소함으로써 주관적 감상주의에 빠져들었던 것과 분명히 구분된다.

또한 이장희의 시에는 근대인으로서의 '주체'에 대한 자각과 분열 의식이 중요한 주제를 형성한다.

> 날마다 밤마다
> 내가삼에 품겨서
> 압흐다 압흐다고 발버둥치는
> 가엽슨 새한마리.
>
> 나는 자장가를 부르며
> 잠재이랴하지만
> 그저 압흐다 압흐다고
> 울기만함니다.
>
> 어늬듯 자장가도
> 눈물에 썰구요.
>
> — 「새 한 마리」 전문10)

---

10) 『금성』 1호, 1924. 5.

이 시의 "가엽슨 새한마리"는 타자화된 자아이다. 또한 "가엽슨 새한마리"는 자유롭게 비상하고 싶은 동경의 시적 상관물이기도 하다. 비상의 동경을 품고 "압흐다 압흐다고" 울어대는 "가엽슨 새한마리"(타자화된 자아)와 "자장가를 부르며" 그를 위로하는 "나"(자아). 이렇게 시인은 자기 안의 자기를 타자화하여 대면함으로써 성찰의 계기로 삼는다.

이러한 시적 구조는 분열된 식민지 근대사회를 정직하게 투시하려는 자아 성찰의 결과이다. 역사철학적 근대성은 객관 현실을 주관하는 강고한 '주체' 혹은 '자아정체성'을 확립하는 데 중요한 의의가 있다. 한국 근대시 형성에 질곡으로 작용하였던 감상주의는 미숙한 주체가 주관적·선험적으로 자아를 과장함으로써 빚어진 현상이었다. 그러나 이장희는 근대적 주체가 내부에서 분열하는 양상을 정직하게 체험하고 있다. 즉 분열하는 근대성의 일단을 스스로의 육체와 정신으로 체험하고 있는 것이다.

1920년대 한국의 낭만주의와 리얼리즘 계열의 문학은 시적 자아의 주체성을 세우는 단계이거나 혹은 주체성에 대한 확고한 신뢰를 바탕으로 성립하였다. 그 주체성이 내부적으로 붕괴되고 분열하는 양상을 존재론적으로 문제삼은 작품은 쉽게 찾아보기 힘들다. 그것은 이후 1930년대 모더니즘 문학의 화두가 되었다.

엄격하고 치열한 의식 활동, 자기 성찰의 결여는 한국 근대문학 초기에 아쉬움으로 남는 문제이다. 자기성찰은 외부적 대상뿐만 아니라 자아의 내면과 문학 활동까지도 비판적인 인식 대상으로 삼는 철저성을 요구하는 것이다. 그러나 한국 근대문학 초기에는 시적 대상이나 현실에 대한 비판과 저항은 광범하게 드러나지만, 자신의 내면이나 문학 그 자체는 비판의 대상에서 제외하였다. 그 결과 감상성과 계몽성이 혼합된 자기 기만적인 문학작품들이 대량으로 양산되었다. 즉 계몽주의적·이상주의적 문학관을 비판하고 거부하면서도 시적 자아는 계몽주의적·이상주의적 자세를 견지하는 것과 같은 자기 모순과 기만이 나타나는 것이다.

계몽적 자아의 특징은, 타인을 향해서 계몽의 목소리를 높이면서도 자신은 그 비판의 대상에서 제외되거나 합리화된다는 점이다. 여기에서 감상성이 나타난다. 즉 더럽고 속악한 현실에 손대기보다는 자신의 순정에 호소하는 방식으로 문제를 해소하는 것이다. 한국 근대시 형성과정에서 이런 자기 모순의 태도가 주류를 이루었다. 계몽주의적·이상주의적 문학관을 극복하기 위해 낭만주의, 상징주의, 유미주의, 사실주의 등을 시도했지만, 결국 계몽주의적·이상주의적 기반을 벗어나지 못하였다. 이것이야말로 한국 근대문학이 경험한 혼돈과 방황의 본질이었다.

그러나 이장희는 계몽주의적·이상주의적 자세를 취하지 않았으며, 심지어 이러한 자기 모순적인 문단 상황을 혐오하고 그들을 '속물'이라고 하여 상종하려 들지도 않았다. 그는 속물화하는 현실 세계에서 스스로를 철저하게 타자화함으로써 그에 저항하였다. 그의 고립은 소극적인 현실 도피가 아니라 적극적인 현실 대응의 태도였으며, 이를 통해 자신의 실존적, 정신적 순결성을 지키고 자립하였다. 이장희의 시에 나타난 '우울'은 이러한 고립에서 연유한 것이다. 그런 점에서 이장희 시의 '우울'은 주관적 감상주의나 무기력한 자아의 현실 도피의지의 정서적 반영과는 구분된다. 그의 '우울'은 분열된 근대에 대한 실존적 자아 성찰의 결과이며, 그것의 정서적 소산이다.

이런 양상은 그의 이미지즘 계열의 시에서도 나타나는 바, 근대 현실의 불모성과 그에 대한 환멸의 정조를 역동적으로 표현하는 것과 연관되어 있다.

3. 감각적 언어의 현실성

이장희는 자아의 내면 풍경을 시적 제재로 삼은 시들은 주로 창작하였

다. 그렇지만 그는, 흔히 알려져 있는 것처럼, 폭력적인 식민지 근대의 현
실에 개입하지 않고 오직 자신의 상상세계에서만 만족했던 현실 도피적인
시인은 아니었다. 현실의 상이 지시적인 언어와 형상으로 표현되지 않았
을 뿐, 시적 맥락 속에 은폐되거나 은유적인 방식으로 표현되어 있다.

　이장희는 현실을 중심 제재로 하는 시를 쓸 때, 의도적으로 일상의 소
통적·지시적인 언어 맥락을 해체하고자 하였다. 그는 현실사회를 지탱하
는 기본 규칙인 언어에 대해서도 회의할 만큼 허무적이었다. 그 대신 자
신의 시에서 은유와 상징으로 창조한 이미지를 적극적으로 활용하였다.
이것은 이장희가 불모의 현실에 대하여 도저한 허무주의로 맞서면서, 지
상의 자기 존재를 오직 창조적 상상력과 예술의 자율성으로만 증명하려고
했던 시인임을 보여준다.

　　　　쯤직한行列이로다

　　　　軍隊도안이오 旅商도안이오 코기리도안이오

　　　　쑴가티솟구은피라밋트넘으로

　　　　기달은形像이움직이도다

　　　　아아어스름달아래

　　　　그는쓸쓸한光影의물결이런가

　　　　물결은물결을쯔츠며꼿업시움직이도다

　　　　이全景에흐르는情調

　　　　야릇한情調에잠기게하여라

　　　　幻想의帆船을씌우게하여라

　　　　沙上의바람은끈치지안코

　　　　멀니로서海潮의울음소리들니어라

　　　　　　　　　　　　　　　　　　　－「沙上」 전문11)

이 시의 분위기는 몽환적이다. 그리고 시의 언어형식에 있어서, 의사소통을 매개하는 일상의 지시적인 언어는 물러서고, 현실의 문법체계인 띄어쓰기도 무시된다. 하지만 은유와 상징을 통해 현실에 대한 시인의 의식을 엿볼 수 있다. 이 시는 현실을 "沙上" 즉 '모래사막 위'로 인식하고 있다. 인간 군상들은 그 모래 사막 위에서 그치지 않는 바람을 맞으며 끔찍한 행렬을 계속한다.

이장희의 시에서 '사막'은 불모의 현실에 대한 은유이며 시인의 비극적 현실 인식을 드러내는 중요한 시어로서 자주 등장한다.

무덤가티 잠잠한 모래두던우에
무릅을 쩌안고 실음업시 안즌

— 「동경」12)

푸른 고양이도 볼수업고,
꼿다운 소리도 들을수업고,
그저 쓸쓸한 모래우에 鮮血이 흘러잇소.

— 「고양이의 꿈」13)

봄날허무러진砂丘위에 안저

— 「봄하눌에눈물이돌다」

위의 시들은 공통적으로 시적 자아가 처해있는 현실을 '모래 위'라고 인식한다. 그리고 몇몇의 시들은 '모래 위'에서 일종의 살기를 감지한다. 이

---

11) 『신민』 5호, 1925. 9; 전집, 28쪽.
12) 『신여성』 2권 2호, 1924. 12; 『전집』, 20쪽.
13) 『생장』 5호, 1925. 5; 『전집』, 24쪽.

러한 불모지로서의 현실에 대한 인식을 통해 시인은 근대적 현실과 근대 인의 운명에 대한 비관적 전망을 드러내고 있다.

이장희는 근대적인 현상을 직접 시의 소재로 삼는 경우가 드물다. 이는, 아마도, 근대 사회의 현상을 자세히 들여다보는 것조차 끔찍하게 싫어하였기 때문일 것이다. 실제로 그는 해가 진 뒤에만 외출을 하였다고 한다. 그런 까닭에 그의 시들은 저녁을 배경으로 하는 것이 많다.[14] 드물게나마 근대적인 도시와 문명을 제재로 한 시를 보면, 정서적인 표현을 절제하고 감각적인 이미지로 표현하는 경향이 두드러진다. 이를 분석함으로써 근대 문명에 대한 그의 인식을 살펴볼 수 있다.

> 눈 비는 개였으나
> 흰 바람은 보이듯하고
> 싸늘한 등불은 거리에 흘러
> 거리는 푸르른 琉璃창
> 검은 銳角이 미끄러 간다.
>
> 고드름 매달린
> 저기 저 처마 밑에
> 서울의 亡靈이 떨고 있다.
> 풍지같이 떨고 있다.

— 「겨울밤」 전문[15]

---

14) "그의 외출 시간은 거이가 일몰후였다. 그 이유는 주로 거리에 넘쳐 흐르는 속인 속물의 추악한 표정이 보기 싫었기 때문이다. 그래서 우리들은 그에게 박쥐라는 별명을 증정했던 것이다."(오상순, 「고월과 고양이」, 백기만 편, 『상화와 고월』, 청구출판사, 1951, 189쪽)

15) 『생장』 5호, 1925. 5; 『전집』, 25쪽.

겨울 밤, 서울의 풍경을 감각적인 이미지로 포착한 시이다. 불빛에 번들거리는 물기 묻은 거리를 "푸르른 유리창"으로 이미지화하고, 다시 거기에 반사되는 불빛을 "검은 예각이 미끄러진다."고 표현하였다. 시인의 예민한 감각과 기하학적이고 참신한 상상력이 돋보인다. 이 시가 감각적인 이미지의 나열에 흐르지 않도록 균형을 잡아주는 것이 "서울의 망령"이라는 구절이다. '서울'은 근대 문명의 축도이다. 그런데 시인은 그곳에서 "망령"을 본다. 그 "망령"의 내용은 분명히 드러나지 않으나 "풍지같이 떨고 있"는 "서울의 망령"이라는 표현을 통해 근대 문명에 대한 시인의 비판적인 인식을 분명하게 드러내고 있다.

> 큰 거리는 저물은 연귀에 저저 動靜이 몽롱하고
>
> 녹설은 무쇠가튼 鈍重한 냄새가 잠겨 흐른다
>
> 그러나 가다가는 알는 소리 은은한 電車가
>
> 물오른 풀입가튼 쏐죽한 神經을 들어내고
>
> 째안인푸른꼿을 虛空에 날니기도한다
>
> 길바닥은 얼어서 죽은 구렁이가티 써드러젓고
>
> 그우를 새찬 바람이 돗을달고 다르나면
>
> 야릇한 군소리가 눈물에 썰어 그윽히 들닌다
>
> 잘 지절대고 하이카라인 재비의 幽靈이
>
> 불눅한 검증 外套를 휘감고 비털거리는 사이에 잇서서
>
> 흐린 銀ㅅ결가티 희수름한 옷 그림자가 고요히 움즉인다
>
> 구름인지 안개인지 넘으로 피ㅅ줄 선 눈알가티 붉으레함은
>
> 마즈막으로 넘어가는 날볏의 얼굴이 숨어 잇슴이라
>
> 이들 눈에 드는 모든것이 저마다 김을 썖어서
>
> 그는 幻燈의 映寫膜이며 沈鬱한 쎄ㅅ산을 보는듯하다

— 「겨울의 暮景」 전문16)

248

　이 시는 '도회시편'이라는 부제를 달고 있다. 마지막 구절인 "환등의 영사막"이 암시하는 것처럼, 이 시는 전차가 지나가는 도시의 풍경을 영화의 한 장면처럼 선명하고 매력적으로 이미지화한다. 1920년대 중반(이 시는 '1924. 稿'라고 적혀 있다)에 이처럼 시인의 감정을 절제하고 오직 회화적이고 시각적인 이미지만을 사용하여 하나의 역동적인 풍경을 창조한 것은 놀라운 일이다. 또한 시적 상상력도 매우 독창적이다. 전차와 전선을 연결하는 접지선을 "쑈죽한 신경"으로 표현하고, 제비를 '검증 외투' 입은 '하이칼라' 신사의 이미지로, 태양을 '핏줄 선 눈알'에 비유한 것, 겨울 거리를 '얼어죽은 구렁이같이 뻐드러진 것'으로 표현한 것 등등. 이러한 시각적인 감각과 회화적이며 자유자재한 상상력, 참신한 표현은 이장희의 시적 공력의 반영이며, 동시에 한국 근대시의 지평을 확장시키는 의의를 지닌다. 이 시는 1930년대 이미지즘 계열의 시와 비교해서 그 시적 성취가 결코 뒤지지 않는 것이다. 즉 1930년대 이미지즘을 선취하고 있다고 해도 과언이 아니다.

　또한 시의 이미지를 창조함에 있어, 시인의 현실 인식을 결합시킨 것도 주목할 필요가 있다. 위의 시 「겨울의 暮景」에서 근대화하는 도회의 풍경이 시인에게 주는 인상은 기본적으로 "침울"하다. 문명화한 도시는 "녹설은 무쇠가튼 둔중한 냄새"에 잠겨 있으며, 길바닥은 "얼어서 죽은 구렁이가티 뻐드러"져 있다. 바람소리는 "눈물에 썰"고 "하이카라인 재비"는 "검증 외투를 휘감고 비털거"린다. 그 위로 세찬 바람이 불고 구름에 가린 태양은 "피ㅅ줄 선 눈알"같이 붉다. 이렇듯 이장희의 시에 이미지화된 도시는 철저하게 우울하다. 도시의 우울한 풍경을, 감정을 절제한 감각적인 언어로 포착한 것이야말로 이장희 시의 비판적인 현실인식의 표현이다.

　이처럼 이장희의 시는 근대 현실에 대한 비판적 인식과 자기 성찰을 바

---

16) 『신민』 9호 1926. 1; 『전집』, 32쪽.

탕으로 세계를 이미지화 혹은 심미화함으로써 예술의 자율성을 옹호하는 데 그 핵심이 있다.

4. 미적 근대성의 자기 파괴적 양상

'이장희'라는 개인의 실존은, 현실 세계에서 분열되는 근대적 자아를 미적으로 성찰함으로써 그 존재 의의를 갖는다. 근대적 자아의 분열상은, 그의 시에서 '비상'과 '우울'의 통합될 수 없는 배타적인 양상으로 드러난다. 이러한 성찰은, 불모의 식민지적 근대 현실 속에서 허무주의적 실존성을 가속화시키는 결과로 이어졌다. 또한 허무주의적 실존성이 심화되는 것과 비례하여 세상에 대한 시인의 고립도 극대화되었다.

이장희의 고립은, 폭력적 현실 앞에서 무력한 자신을 은폐하려는 행위나 수동적인 도피와는 본질적으로 다른 것이다. 그의 고립은 일시적인 것이 아니라 그의 실존을 지탱하는 본질적인 행위로서 의미를 지닌다. 허무주의적 실존성이 심화되면서 시인은 세상에 대해 스스로를 타자화시켰다. 즉 그는 세상에 대해 대타적 자기 정립으로서 '스스로 타자됨'을 선택한 것이다. 이러한 '스스로 타자됨'은 근대적 개인의 자립에 대한 열망과 실천의 표현이기도 하였다.

이장희가 '스스로 타자됨'을 선택하게 된 출발은 혈연으로부터의 자립, 즉 아버지로부터의 독립이었다. 이장희의 아버지 李炳學은 잘 알려져 있듯이 대구의 대부호이자 중추원 참의를 지낸 인물로서, 일본의 식민지 지배에 편승하여 집안을 더 번창시키려는 강한 의지를 가지고 있었다.[17] 그

---

17) 이병학은 「사회헌신의 실업가 이병학씨」라는 제하로 『반도시론』에 특필되었다. 그는 "今年이 五十有三歲일너라, 이에 吾人은 氏를, 慶北實業界의 主人公, 經濟界의 主人公, 社交界의 人公, 敎育界의 主人公이라 부르고져ᄒ노라"라고 기자가 평가하였다. 기사에

250

런데 이장희는 아버지의 부와 권력을 바탕으로 자기 삶을 상승시킬 수 있는 기회를 거부하고, 평생 궁핍한 시인의 삶을 선택하였다.

> 그의 父親은 中樞院 參議로서 日人 交際가 頻繁하였으나 日語力이 부족하였기 때문에 章熙에게 所任을 맡기고자 하였으되 章熙가 반대하여 한번도 복종하지 않았고 章熙에게 總督府 官吏를 하라하였으나 章熙가 강경히 拒逆하였기 때문에 그 父親은 章熙를 버린 자식으로 아주 斷念하였던 것이다.[18]

아버지가 그를 타인으로 배척하자, 그도 기꺼이 자립하였다. 이것이 이장희에게는 근대적 자유인으로서의 출발이었다. 하지만 그 자립은 세속적인 욕망에 대한 금욕적인 태도를 바탕으로 했을 때에야 가능한 행위였다. 그의 자립은 매우 철저하여 고립에 가까웠다. 아버지로부터 배타적으로 독립했을 뿐 아니라, 가족이라는 '관계'에도 얽매이지 않았다(그는 조혼하였으나 결혼 생활은 거의 하지 않았다). 뿐만 아니라 그는 노동이나 직업과 같은 '근대적 제도와 규율'에 대해서도 스스로를 소외시켰다. 당대의 지식인들이 식민지 근대 제도와 이념, 문명에 대해 매혹과 환멸을 동시에 경험하면서 동요했던 것과 달리, 이장희는 근대적인 문명과 제도에 대해 철저하게 비관적이었다.

그에게 '스스로 타자됨'은 불모의 식민지 근대 사회에서 개인의 자율성을 확대하는 의미를 지닌다. 또한 영혼의 순결성을 지킨다는 의미도 있었다. 이러한 자율성과 순결성에 대한 지향은, 식민지 근대사회에서 소외된

의하면 대구공립보통학교의 건축비 오만원을 충당하는데 그가 솔선하였다. 그는 '廣尙農工銀行' 창립 때부터 은행장이었고, 식산은행 창립위원으로 본점 상담역이며 지점 감독이다. 동양축산흥업주식회사 감사역이며 대구상업회의소 부회장이며 大邱府協議員이다. 경북물산공진회 대구협찬회 부회장이다. 기타 여러 공로로 말미암아 "朝鮮總督은 氏에게 銀盃를 下付ᄒ"기도 하였다.(『반도시론』, 1918. 12, 60쪽 참고)
18) 백기만, 「상화와 고월의 회상」, 『상화와 고월』, 청구출판사, 1951, 119쪽.

자아의 내면을 치열하고 준엄하게 성찰토록 하였으며, 그것은 이장희의 삶과 문학의 진정성을 가능케 하는 바탕이 되었다.

예술과 문학, 특히 시는 '스스로 타자됨'을 선택한 그가 세계의 대타적인 영역으로서 창조한 것이었다. 이장희는 예술의 세계를 통해서만 자신의 존재를 증명하고자 하였다. 따라서 그의 예술관은, 예술의 사회적 매개 기능을 부정하는 '자족적인 예술'(당시의 '순수문학'이라는 이데올로기)이 아니라, 자율적인 창조성을 추구하는 '자율적인 예술'에 대한 추구이다.[19] 이장희는, 자아의 자율성과 순결성을 옹호하지 않는 예술에 대해서는 가차없이 비판하였다. 그가 1920년대 당시 문단의 '주류'를 '속물'이라고 격렬하게 비난하며 배타적으로 대했던 것은 널리 알려진 사실이다.[20]

이처럼 이장희는 가족과 문단, 근대적인 제도와 규율, 세속적인 욕망으로부터 자신을 소외시키는 행위를 통해 '스스로 타자됨'을 실천하였다. 그것은 고립이며, 자유이며, 고행이며, 또한 오만이었다. 이 외롭고 우울한 실존을 예술로써 견디었으며, 예술을 통해서만 그는 자유로울 수 있었다. 그의 심미성은 속물화하고 타락한 현실 세계에 대해 비판정신과 성찰적 행위를 관철하는, 영혼의 자유와 염결성을 드높이는 성질의 것이었다. 이 점에서 이장희는 자율적인 미에 대한 확신을 절대적인 경지로까지 확대시키고자 한 미적 근대성의 구현자였다.

자율적인 예술, 미의 자율성에 대한 그의 지향은, 현실 모방으로서의 예술을 지양하고, 개성적이고 자율적인 세계를 창조할 수 있는 형상화방법

---

19) 최문규, 「예술지상주의의 비판적 심미적 현대성」, 『탈현대성과 문학의 이해』, 민음사, 1996, 51-52쪽 참조.

20) "그는 志氣가 通하지 않는 사람이 아니면 극히 대하기를 싫어하였다. 한번은 내가 古月을 이끌고 어떤 친구의 사랑방으로 놀러갔더니 그 사랑방에 4, 5인이 모여 있는 것을 보고 古月은 문을 닫고 말없이 가버렸다.…… 나는 古月에게는 俗物로 규정되어 있는 사람이다. 물론 相和도 憑虛도 俗物이다. 古月은 누구를 指稱할 때는 이름 밑에 俗物이라는 文字를 붙여 岸曙 俗物 그놈, 鷺山 俗物 그놈이라고 하는 것이 通例였다."(백기만, 「상화와 고월의 회상」, 『상화와 고월』, 청구출판사, 1951.)

252

을 모색하는 것으로 이어졌다. 이러한 모색은 그의 시에서 언어와 형식, 구조적 완결성에 대한 추구로 나타났다.

> 그(이장희-인용자)는 語彙 연구에 많은 노력을 소비한 시인이다. 대개 嶺南 사람으로 문학을 함에 있어 제일 곤란한 것은 서울말에 疎昧한 점이다. 古月은 不絶한 노력으로 이 通弊를 극복하고 자유롭게 서울말을 구사하던 사람이다. 자유롭게 서울말을 구사할 뿐만 아니라 艶麗한 詩語를 선택하여 그의 詩篇을 맵시있게 단장할 줄 알던 시인이다.[21]

예술의 자율성과 심미성은 엄격하고 세련된 언어와 형식을 요구한다. 이장희는 주관적인 체험과 성찰을 바탕으로 감각적인 이미지와 독창적인 상상력, 환상성을 핵심으로 하는 '순수한' 시를 창조하기 위해 노력하였다. 시의 언어와 형식을 집요하게 가다듬어서 시의 세련화를 꾀했던 이장희의 노력은, 세속적 욕망에 대한 금욕적인 태도를 통해 자아를 확립하고자 했던 그의 삶과 일치하는 것이었다.

「봄은 고양이로다」와 「하일소경」은 오직 감각적인 이미지와 세련된 언어만으로 하나의 완결된 세계를 창조한 작품이다.

> 雲母가티 빗나는 서늘한 테-블.
> 부드러운 얼음, 설당, 牛乳
> 피보다 무르녹은 짤기를 담은 瑠璃盞.
> 얄븐 옷을 입은 저윽히 고달핀 새악시는
> 길음한 속눈섭을 짜라매치며
> 간열핀 손을 들은 銀사실로

---

21) 백기만, 「상화와 고월의 회상」, 『상화와 고월』, 청구출판사, 1951, 122-123쪽.

瑠璃盞의 살찐 쌀기를 쑤시노라면

淡紅色의 淸凉劑가 못물가티 흔들닌다.

銀사실에 옴기인 못물은

새악시의 고요한 입살을 앵도보다 곱게도 물들인다.

새악시는 달콤한 꿈을 마시는듯

그얼골은 푸른 입사귀가티 빗나고

코ㅅ마루의 水銀가튼 쌈은 발서 사라젓다.

그것은 밝은 한울을 비최인 적은 못가운대서

거울가티 피여난 蓮꽃의 이슬을

휘염치는 白鳥가 삼키는듯하다.

— 「夏日小景」 전문22)

이 시의 이미지는 매우 시각적이고 육감적이다. 운모같이 빛나는 테이블, 피보다 무르녹은 딸기, 앵두보다 곱게 물든 입술, 푸른 잎사귀같이 빛나는 얼굴, 콧마루의 수은 같은 땀 등과 시각적인 이미지와 육체적인 실감이 결합되어 있다.

이 시의 시선은 '딸기 주스를 마시는 새악시의 입술'로 집중된다. 그리고 그녀의 모습은 다시 '연꽃의 이슬'을 마시는 '백조'로 승화된다. 이 시는 시인의 감정이나 의식을 직접적으로 표현하는 언어를 엄격하게 통제하고 있다. 정서적 표현은 '서늘한 테이블, 부드러운 얼음, 달콤한 꿈'과 같이 사물과 결합되어서 나타날 뿐이다. 그럼으로써 이 시는 투명하고 순수한 염결성의 한 경지를 산뜻하게 창조하였다. 이 염결성이야말로 이장희가 현실의 삶 속에서 추구했던 바 그의 존재론적 지향이었다. 세상의 속물적인 이해 관계에 얽매이지 않고 자율성과 순결성을 추구했던 것이 그의 삶과

---

22) 『신민』 16호, 1926. 8; 『전집』, 34쪽.

254

시였다. 이장희가 이미 1920년대 중반에 이미지즘 시를 선취하여 창조할
수 있었던 것은, 단순한 언어적 기교나 조탁의 결과가 아니라, 세계와 자
아를 냉정하게 제어하고 성찰하는 태도를 삶 속에서 실현하고 있었기 때
문이다.

타인에 대한 평가에 매우 인색했던 양주동은 이장희가 지닌 시의 숙련
성과 시인으로서의 철저함을 높이 평가한 바 있다.

> 시인 李章熙 君의 예술 — 나는 군의 시편을 대할 때마다 gem이란 말을 생각한
> 다. 군의 시는 과연 一字一句가 精練과 彫琢으로 된 것이었다. 군이 몹시도 말에
> 苦心하고 또한 寡作인 것은 누구나 아는 사실이다. 그는 결코 發表慾이나 名聲에
> 支配되지 않았으며 어디까지나 침착한 태도로 自家의 魂을 예술에 담고자 남몰래
> 혼자 노력하여 왔다……그러면서도 결코 末梢의 技巧에 終始되지 않고 幽玄하고
> 도 深邃한 경지에 도달하였던 것이다.23)

이장희는 시 이외에 다른 종류의 글(평론이나 수필 등)을 남긴 것이 없기
때문에 그의 시론을 직접 확인하기는 어렵다. 다만 백기만의 회상을 통해
그가 항상 시에 대해 말했다는 것을 알 수 있다. 백기만은 이장희가 "시는
푸라치나 線이라야 한다. 광채 없고 탄력성 없고 자극성 없는 굵다란 철
사선은 시가 아니다"24)라고 말했다고 전한다. 이장희는 '푸라치나'(platina
백금)처럼 반짝이며 섬광을 내는 시를 창조하기 위해 시어와 이미지를 치
밀하고 섬세하게 조탁하였다. 그리고 시의 전체 구조 속에서 행과 연을
구분하였고, 쉼표와 같은 문장 부호 하나 하나까지 세심하게 배려하였다.
때로는 의도적으로 띄어쓰기를 무시하고 붙여쓰기를 시도하기도 하였다.

---

23) 양주동, 「落月哀想─이장희 군을 곡함」, 조선일보 1929. 11. 17∼11. 24; 백기만 편, 『상
　　화와 고월』, 청구출판사, 1951, 104-105쪽.
24) 백기만, 위의 글, 123쪽.

> 멀니서 검은 그림자가 움즉이고,
>
> 칼날이 銀가티 번쩍이더니,
>
> 푸른 고양이도 볼수업고,
>
> 쏫다운 소리도 들을수업고,
>
> 그저 쓸쓸한 모래우에 鮮血이 흘러잇소
>
> — 「고양이의 꿈」 3연25)

이 시는 행이 끝날 때마다 쉼표를 찍어놓았다. 이것은 한 행 한 행의 긴장된 진행을 건너뛰지 말고 또박또박 읽으며 그 비극적인 진행을 되새김하라는 주문이다. 시인은 "검은 그림자"가 움직이는 순간, 동시에 "푸른 고양이"가 선혈을 흘리며 죽음에 이르는 과정을 파노라마처럼 펼쳐 보이고 있다. 여기서 쉼표는 섬뜩한 종말을 외면하려는 심약한 시도를 차단하고, 일순간에 닥쳐온 죽음의 비극적인 전개와 그 의미를 직시하고 되새기게 하는 역할을 한다.

이장희가 시의 형식적인 측면에 주의를 기울이고 또 시의 구조적인 완결성에 집착했다는 점을 들어 그를 형식주의자거나 기교주의자라고 규정하는 것은 옳지 않다. 그에게 스타일리스트적인 측면이 있는 것은 사실이지만 그것이 시의 본질은 아니다. 이장희는 시의 스타일 위에 세상에 대한 통찰과 자아의 실존적인 무게를 싣고자 하였다.

지금까지 이장희의 시에 대한 대부분의 연구는 「봄은 고양이로다」와 「하일소경」과 같은 감각적인 이미지의 시들을 그의 대표작으로 꼽은 뒤, 세련된 스타일과 형식적인 완결성은 높이 평가하지만 삶의 진정성이 결여되어 있다는 평가를 내리고 있다. 그러나 이 두 작품은 이장희 시 세계의 한 부분에 해당할 뿐이다. 한 예로 「겨울의 모경」에서는 감각적인 이미지와

---

25) 『생장』 5호, 1925. 5; 『전집』, 24쪽.

256

근대의 도시 문명에 대한 비판적인 인식이 결합되어 있음을 볼 수 있다.

실제로 이장희 시의 본령을 감각적인 이미지의 차원으로 국한시키는 것은 그의 세계를 협소하게 규정하는 것일 뿐 아니라, 한국 근대시의 형성과정에 나타난 미적 근대성에 대한 다양한 탐색의 의미를 형식적인 차원으로만 환원시키는 것이 된다.

이장희의 시에서 치밀하게 다듬어서 광채를 낸 언어와 이미지들은, 그의 실존적 진정성과 결합하여 탄력성과 자극성을 갖게 된 것이다. 다음의 시를 통해 감각적인 이미지와 시인의 실존적 진정성이 어떻게 결합하는지를 알 수 있다.

쓸쓸한 情緒는
카―텐을 잡아늘이며
窓넘어 비소리를 듣고있더니
불현듯 도까비의 걸음걸이로
몽롱한 雨景에 비틀거리며
뜰에핀 鮮紅의 진달래꽃을
함부로 뜯어 입에물고
다시 머―ㄴ 버드나무을 안고돌아라

— 「비오는 날」 전문26)

이 시의 주제는 "쓸쓸한 정서"이다. 일반적으로 시에서 '정서'가 시적 대상으로부터 유발되는 시적 자아의 주관적 상태인 것과 달리, 이 시는 "쓸쓸한 정서" 자체를 주제로 삼는다. 이 시에서 "쓸쓸한 정서"는 시적 대상이자 행위의 주체이다. "쓸쓸한 정서"는 커튼을 잡아늘이고, 빗소리

---

26) 『여명』 1호, 1925. 6; 『전집』, 27쪽.

를 듣고, 비틀거리다가 급기야 "진달래꽃을 / 함부로 뜯어 입에" 문다. 이 대목은 감각적인 인상으로 진행되어 오던 시의 흐름을 단번에 폭발시키는 효과를 갖는다. 주관적인 감상을 절제하고 섬세하게 조탁된 시의 언어와 이미지가 한순간 시인의 격렬한 상태와 결합하고 있다. 그리고 시의 마지막 행에서 "다시 먼—ㄴ 버드나무"를 안고 도는 행위를 통해 감각적인 이미지와 정서는 긴장된 균형을 이룬다. 이 구절을 통해 감각과 정서의 폭발적인 결합으로 고조된 시인의 실존은 다시 긴장된 균형을 되찾게 된다.

이장희는 현실의 俗氣를 엄격하게 탈쇄한 투명하고 순수한 시를 창조하고자 하였다. 그리고 점차 자신이 창조한 심미적 세계, 그 완결된 세계에서 칩거하게 된다.

저긔 고요히 멈춘
긔선의 굴둑에서
가늘은 연귀가 흐른다.

열븐 구름과
낫겨운 해비츤
자장가처럼 정다웁고나.

실바람 물살지우는 바다위로
나직하게 VO— 우는
긔적의 소리가 들닌다.

바다를 향하여 긔우러진 풀두던에서
어느듯 나는

휘파람 불기에도 피곤하엿다.

— 「봄철의 바다」 전문27)

이 시도 예의 비상하는 이미지에 대한 동경과 지상의 우울한 자아가 대립되는 구조를 가지고 있다. 그리고 공간적으로는, 바다 위에 멈추어 있는 '기선'과 바다를 향해 기울어진 언덕 위에서 그 기선을 바라보고 있는 '나'로 양분되어 있다. 이러한 이분법적인 분리, 즉 비상과 우울, 바다와 언덕의 분리는 이장희 시에서 반복하여 나타나는 정서 구조이다. 그런데 이 시의 핵심은 마지막 행에 있다. 시적 자아는 "어느듯 나는 / 휘파람 불기에도 피곤하엿다"라고 말한다.(작품 밖에서 말하자면, 이장희의 유일한 여기이자 장기는 '휘파람 불기'였다고 한다.28)) 이 구절은 실존의 고단함 혹은 피로와 권태를 뜻한다. '스스로 타자됨'을 통해 세계와 자아를 분리하고, 예술의 자율성과 순수성을 집요하게 추구함으로써 자아의 실존적 의미를 확인하던 그가 이제 피곤함을 느끼고 있는 것이다. 이것은 충격적인 고백이다. "외로운 慰勞삼아詩읊기도 하더니만"(「볼하눌에 눈물이돌다」29))이라고도 하였듯이, 그에게는 속악하고 불모적이며 우울한 현실을 견디는 방법이 '시(詩읊기)'와 휘파람 불기였다. 그런 그가 이제 '휘파람 불기에도 피곤'하여졌다고 말한다. 이것은 그의 방법론적 시 쓰기, 즉 참신한 시어와 이미지를 창조하고 시의 형식을 다듬는 노력이 피곤하여졌다는 의미와 상통한다.

실제로 이 시를 계기로 해서 이장희의 시 세계는 감각적 언어와 실존적

---

27) 『신민』 26호, 1927. 6; 『전집』, 39쪽.

28) "그는 혼자 正히 심심하고 쓸쓸하고 無聊하면 휘파람을 곳잘 불곤 하였다. 무슨 좋은 詩想이 떠오르거나, 詩興이 動할 적의, 그 휘파람 소리는 씩씩하고 明朗하고 아름다운 멜로디로 化하는 것이었다. 古月의 휘파람은 그의 孤獨을 自慰하는 唯一한 音樂이었다. 그는 휘파람의 名手이기도 했다."(오상순, 「고월과 고양이」, 백기만 편, 『상화와 고월』, 청구출판사, 1951, 188쪽)

29) 『여명』 7호, 1926. 6.; 『전집』, 33쪽.

치열성의 긴장된 균형을 잃게 된다. 그와 함께 '상승하는 이미지에 대한 동경과 지상의 우울한 자아에 대한 연민'이라는 정서 구조에도 균열이 생긴다.

> 밤마다 울든 저버레는
> 오늘도 마루미테서 울고잇네
>
> 저녁에 빗나는 냇ㅅ물가치
> 버레 우는 소리는 차고도 쓸쓸하여라
>
> 밤마다 마루미테서 우는 버레소리에
> 내마음 한업시 이끌리나니
>
> — 「버레우는소리」 전문30)

이 시에서 시적 자아의 모든 감각은 '벌레'에 집중되어 있다. 시적 자아는 벌레를 관찰하고, 벌레 소리에 귀를 기울이고, 벌레와 교감한다. 벌레의 울음소리는 "차고도 쓸쓸하여" 시적 자아의 마음과 같다. 그리하여 "내마음 한업시 이끌"린다. 세상에 대하여 '스스로 타자됨'을 선택함으로써 세상에 대한 대타적 자기 정립을 시도했던 그가 지금은 오직 '벌레'와 소통할 뿐이다. 세상과 단절하였던 시인의 고독이 극단에 다다랐음을 짐작케 한다.

다음의 두 편은 이장희가 마지막으로 발표한 작품들이다.

> 아무것도업든 우리집 뜰에

---

30) 『신민』 45호, 1929. 1.

언제 누가 심엇는지 봉선화가 피엿네.

밝은 봉선화는

이 어둠컴컴한 집의 정다운 등불이다.

— 「봉선화」 전문31)

아이와 바둑이는 눈을마즈며

뜰에서 눈과함께 노닐고잇네

— 「눈나리는 날」 전문32)

「봉선화」에는 인간으로서의 동물성과 욕망을 모두 탈쇄해버린 허허로움이 드러난다. 어두컴컴한 집에 오직 봉선화가 등불처럼 환하다는 시적 화자의 진술에서, 더욱 어두컴컴한 방구석에 웅크리고 그 봉선화를 내다보는 사람의 형형한 안광을 느낄 수 있다. 실제로 이장희의 집은 400여 평이 넘는 넓은 대지에 100년생 나무가 서 있는 부잣집으로, 언제나 많은 사람들이 분주하게 오갔다고 한다. 그런데 시인은 그 집을 "아무것도 업고" "어둠컴컴한 집"이라고 표현한다. 스스로 세상과 사람으로부터 자신을 고립시킨 결과이다. 그의 시선에 속된 세계는 존재하지 않는 것과 마찬가지였기 때문이다. 그러기에 오직 '봉선화'만 '등불'처럼 환하게 빛나고 있는 것이다. '봉선화'는 시인의 심미적 시선이 발견한 마지막 아름다움이다. 이장희의 시적 자아는, 비상에 대한 동경과 지상의 우울을 지나, 푸른 고양이와 새악시의 입술과 귀뚜라미를 거쳐서 무위의 식물적인 상태에 이르고 있는 것이다.

이러한 무위의식은 시의 언어와 형식에도 영향을 미치고 있다. 언어의 심미적 조탁과 감각적인 이미지, 구조의 완결성이 중요하지 않게 되었다.

---

31) 『문예공론』 1호, 1929. 5; 『전집』, 47쪽.
32) 『문예공론』 1929. 5; 『전집』, 48쪽.

세계와 자아를 심미적으로 창조하려는 시인의 존재론적 욕망이 사라졌기 때문이다. 그에 따라 동경과 우울, 격정도 사라진다. 그때 「눈나리는 날」과 같은 시가 창작된다. 2행의 극도로 단순화된 이 작품은, 시적 자아의 정서나 심미적 의지를 개입시키고 않고, 일상의 모습이 가공되지 않은 언어와 형식으로 기술된다. 그저 시인의 시선이 움직이는 대로 자동기술하는 방법을 취하고 있다. 여기에는 세상과 자아를 심미적으로 가공하려는 시인의 존재론적 욕망조차 사라지고 없다. 이것은 세상과 사람들로부터 '스스로 타자됨'을 선택하고, 오직 예술의 자율성과 순결성을 옹호함으로써 존재의 의미를 실현코자 했던 시인이 실존적인 허무와 권태, 피로의 극단에 도달했음을 의미한다. 그리고 시인은 생애의 마지막에, 역설적으로, 심미적인 수식을 벗어 던진 시의 경지와 일상에 대한 긍정을 보여주고 있다.

이장희가 자살했을 때의 상황을 백기만은 이렇게 회고하였다.

> 2~3일 동안이나 外出도 하지 않고 방에서 배를 깔고 엎드려 금붕어만을 그리고 있더니 昨日 새벽에 飮毒을 하였는데……人事不省의 상태로 苦悶하면서도 입을 꽉 다물고 醫師의 救急加療를 받지 않고 그대로 絶命되었으며 遺書도 遺言도 없었다.[33]

이장희가 죽기 직전에 금붕어를 집요하게 그린 행위는 자신의 존재를 망각하지 않으려는 성찰의 고투로 이해된다. 또한 그는 죽어 가는 순간에도 자신의 죽음을 직시할 만큼 심독했으며, 유서를 남기지 않을 만큼 오만했다.[34]

---

33) 백기만, 「상화와 고월의 회상」, 『상화와 고월』, 청구출판사, 1951, 134쪽.
34) "李君은 일찍 나로 더불어 有島武郞의 自殺을 논하여 그 無邪氣의 天眞스러움을 讚하였고 芥川龍之介의 自盡의 勇氣―그 弱者的 勇氣를 叮咤하고 그의 남기고 간 一片의 遺

5. 맺음말

이 글에서는 이장희 시의 정조와 형식, 심미적 의식 등을 검토함으로써 한국 근대시문학의 한 특징적인 양상을 살펴보았다. 이를 통해 이장희의 비극적인 삶과 시가 하나의 운명으로 결합되어 있음을 알 수 있었다.

이장희는 식민지 근대의 속악한 현실과 그 안에서 속물로 타락해 가는 사람들에 대한 절망적인 인식으로 인해 '스스로 타자됨'의 삶을 선택하였다. 1920년대는 봉건적인 것과 근대적인 것, 식민지적인 것들이 서로 뒤섞여 삶의 질곡을 재생산하고, 그 질곡 위에서 사람들은 이기적인 입신 출세와 자기 성취만을 추구하였다. 거기에다 현실의 속악함을 외면하고 자신의 순정에만 호소하는 감상주의 문학, 자신에 대한 치열한 성찰이 결여된 계몽주의 문학이 만연하였다. 이러한 현실과 문학에 대한 비판적 인식은 그의 고립을 심화시켰다. 이장희의 고립은 근대적 주체로서 자신의 실존적·정신적 순결성을 지키기 위한 자립의 의미를 지닌다.

가족과 근대적인 제도와 규율로부터 스스로를 타자화시킨 이장희는 자아의 실존에 대한 치열한 의식을 예술로 표현하고자 하였다. 현실의 속악함에 대한 환멸이 커갈수록 예술의 순수성, 자율성에 대한 그의 집착도 커졌다. 그는 현실 세계를 재현하는 예술에 반대하여, 세계의 이미지화·심미화를 시도하였다. 그것은 감각적인 이미지와 심미적 언어의 연마, 시의 형식과 구조적인 완결성에 대한 집착, 신비하고 환상적인 심상의 창조 등으로 나타났다. 이러한 이장희의 심미적인 태도는, 한국 근대시문학사에서 개성적이고 자율적인 미와 예술의 창조를 도왔으며, 나아가 '미적 근대성'이 '근대성'의 배타적인 영역으로 자리잡게 되는 한 계기를 마련하였다.

憾을 唯一의 험절로 爲하여 遺憾이라고 말한 일이 있었다."(오상순, 「고월 이장희 군」, 제해만, 『전집』, 178쪽)

　　현실세계로부터 '스스로 타자됨'을 선택하고 예술의 자율성을 옹호했던 이장희의 시는, 역설적으로 예술과 삶이 일치하는 하나의 전형을 보여준다. 그의 시는 분열된 근대에 대한 치열한 자아 성찰의 결과이자 그것의 정서적 소산이다. 비속한 현실에 맞서 절대 자유, 절대 자아의 순전함을 추구했던 이장희의 삶은 곧 그의 시였다. 미적인 것 이외의 어떤 가치도 용납하지 않았고, 미와 예술의 절대적인 경지를 실현하기 위해 고투하였던 이장희는 그 철저한 비타협성으로 인해 자신의 삶까지 절대적인 고립으로 몰고 갔으며, 결국 스스로를 投棄하는 형국에 이르게 된 것이다. 이 글에서는 이러한 미적 태도를 '미적 근대성의 자기 파괴적인 양상'으로 명명하였다. 한국 근대시문학사에서 이장희는 근대적 주체의 자율성을 옹호하기 위해 예술의 자율성과 미적 근대성을 절대적인 지점까지 추구했던 시인으로 기록되어야 한다.

『님의 침묵』의 근대적 의미

1. 『님의 침묵』의 창작 배경

만해 한용운(1879~1944)은 소년기에 동학농민전쟁의 참상(아버지의 양민 학살)을 체험하고 정신적 고통과 죄책감으로 고향을 떠나 방랑하다가 승려가 되었다. 출가 이후 그는 불교의 개혁과 대중화에 앞장섰으며, 3·1운동의 민족 대표로 참여하였다. 그는 평생을 근대적 사상가이자 민족운동가로, 구도자로 살았다. 그리고 1926년 시집 『님의 沈默』[1]을 세상에 내놓음으로써 시인으로 확고한 자리를 가지게 되었다.

한용운은 3·1독립운동 사건으로 투옥되어 3년의 옥고를 치렀다. 그는 지루한 공판 과정에서 의기를 굽히지 않는 법정투쟁을 계속해 나갔다. 참회서를 쓰면 사죄한다는 회유를 거절한 것은 물론이고, 변호사, 사식, 보석 등 일체의 제도적 권위를 거부하고 인정하지 않았다. 그는 검사 河村靜永의 취조에서 "금후로도 조선의 독립운동을 할 것인가?"라는 질문에

---

1) 韓龍雲, 『님의 沈默』, 滙東書館, 1926.(문학사상사 자료조사연구실 간, 『한국현대시 원본전집』 23, 이하 시 인용은 이에 의함)

"그렇다. 계속해서 어디까지든지 할 것이다. 반드시 독립은 성취될 것이며……"라고 민족독립운동의 의지를 굽히지 않았다. 1차 공판에서는 판사 永島雄藏의 같은 질문에 "그렇다. 언제든지 그 마음을 고치지 않을 것이다. 만일 몸이 없어진다면 정신만이라도 영세토록 가지고 있을 것이다"라고 대답하였다.[2] 그리고 복역중에 감옥에서 「조선독립에 대한 감상의 대요」를 집필하였으며, 그 전문이 비밀리에 해외로 흘러나가 상해『독립신문』에 수록됨으로써 제국주의 침략을 규탄하고 민족 독립의 대의를 천명하였다.

한용운에게 3년의 수감생활은 수행의 기간이기도 하였다. 그는 감옥이라는 절해고도에서 치열하게 용맹정진하였다. 그것은 어느 암자에서의 참선 경험보다 더욱 치열하고 가혹한 수행이었다. 감옥이라는 극한적인 상황과 극기의 경지에서 개인의 실존적 자아와 민족적, 대사회적 자아를 단련하였다.

그는 1922년 3월 44세의 나이로 33인 중 기타 8인과 더불어 최장기 복역을 마치고 출소하였다. 그때 경성감옥에 환영인파가 몰려왔는데, 한용운은 환영 나온 인사들 앞에 침을 뱉으며 "이 사람들아, 그대들은 이렇게 나를 마중 나오는 일만 하지 말고 남에게 마중 받는 사람이 되어 보게."라고 말할 정도로 그의 자아는 충전되어 있었다. 공판 과정과 옥중 생활에서 제국주의와 끝까지 비타협적으로 대결하여 사면 없이 복역하고 출옥한 그에게는 더 이상 거칠 것이 없었다. 그의 의지는 식민지 권력이나 제도를 뛰어넘었고, 가족이라든가 인류, 情理 같은 소소한 인간 관계 및 욕망으로부터도 자유로웠다. 거칠 것 없이 자유로운 몸과 정신은 강렬하고 공격적인 열정으로 타올랐는데, 이는 대사회적 사업에 대한 의욕과 실천으로 전환되었다.

---

2) 정혜렴 편역, 『한용운산문선집』, 현대실학사, 1991, 220-228쪽 참조.

한용운은 출옥 후 독립운동 대표 석방 기념회에서 <철창철학>을 강연하여 청중들을 감동시키는 등, 대중을 상대로 한 강연을 하여 환호를 받았다. 그리고 조선물산장려운동과 민립대학설립운동을 적극 지원하는 한편, 조선불교청년회 총재가 되었으며 민중계몽과 불교대중화를 위해 동분서주하였다.

하지만 그의 의욕이 끓어 넘치는 것과 달리, 사회의 혁명적 열기는 옥중에서 기대했던 것에 미치지 못했다. 그리하여 희망과 실망, 환호와 허탈이 뒤섞이는 생활이 이어졌다. 감옥생활을 통해 깨닫고 얻은 바 득의를 외화시키고 실현하지 못하는 내적 갈등이 커갔다.

결국 그는 1925년 서울을 떠나 백담사와 오세암에 머물렀다. 어떤 참선과 수행보다도 치열하고 가혹했던 감옥 생활, 그 극기의 경지에서 얻은 바 득의를 실현시키기 위해 동분서주한 '서울' 생활에서 느낀 희망과 환호, 열정은 분명 매혹적이었다. '서울'은 계몽의 빛이 현란하게 난무하는 근대의 도시였고, 한용운은 그 계몽의 빛에 적나라하게 자신을 던졌다. 그러나 그 빛 속에서는 '님'을 보지 못했다. 그로 인한 실망과 허탈, 충일되지 않는 내적 갈등을 뒤로하고 홀연히 내설악으로 들어선 것이다.

그는 봄에서 여름까지 오세암에 머물면서 『十玄談註解』[3)]에 매달렸다. 그리고 6월 7일에 『십현담주해』를 탈고하였다. 『십현담주해』에 집중하는 한 계절 동안 만해는 깊은 삼매에 빠졌고 법열을 느꼈다. 그 법열의 순간에 그는 '님'을 보았다. 계몽의 현란한 빛이 사그라진 설악의 깊은 밤, 그

---

3) "내가 을축년 여름을 오세암에서 지낼 적에 우연히 십현담을 읽었다. 십현담은(중국 洪州 鳳樓山의―인용자) 同安 常察禪師가 지은 禪話로 글이 비록 평이하나마 뜻이 심오한 데가 있어 처음 배우는 이는 그윽한 뜻을 엿보기 어렵다. 原註가 있으나 누가 붙였는지 알 수 없고, 또 悅卿註가 있으나 悅卿이란 梅月 金時習의 字이다. 또한 매월도 십현담을 오세암에서 주해했고 나도 또한 오세암에서 열경의 주해를 읽었다. 사람들이 접한 지는 수백 년이 지났건만 그 느끼는 바는 오히려 새롭구나……."(『十玄談註解』, 法寶會, 1926년, 序, 고은, 『한용운평전』, 고려원, 2000, 329-330쪽에서 인용)

268

는 '님'을 느꼈다. 그것은 '님'의 실체가 아니라, '님'의 부재를 실감하는 것이었다. 계몽의 빛은 '님'의 당위를 비출 뿐, '님'의 자취 혹은 부재하는 자리를 비추지는 못한다. '빛'은 실재를 비추고 당위를 투사하지만, 부재를 비추지는 못한다.

한용운은 『십현담주해』를 완결함과 동시에 자신의 실존적 발자취를 되돌아보게 된다. 근대 불교 사업―3·1운동에 주도적으로 참여―투옥―감옥에서의 용맹정진―열정과 희망으로 맞이한 출옥―'서울'의 현란함과 매혹, 그리고 계몽의 빛과 근대―혁명적 열기의 퇴조와 환호의 그림자―다시 내설악의 깊은 밤의 정적으로 이어지는 순간 순간들 속에서 그는 '님'의 자취를 발견하고 느꼈다. 그 깨달음과 느낌을 열기로 단숨에 써 내려간 것이 『님의 침묵』이다.

『님의 침묵』은 1925년 6월부터 8월 사이, 여름에서 가을 사이, 오세암과 백담사에서 씌어졌다. 시집을 탈고하면서 책 끝에 붙인 「독자에게」에서 그는 다음과 같이 적고 있다.

> 밤은얼마나되얏는지 모르것습니다
> 雪嶽山의 무거은그림자는 엷어갑니다
> 새벽종을 기다리면서 붓을던짐니다
>
> ― (乙丑八月二十九日밤 씃)[4]

『님의 침묵』은 특히 1925년 8월 29일 밤에 집중적으로 씌어지고 정리되고 마침내 탈고에 이르렀다. 위의 탈고의 글에서도, 그가 새벽까지 원고를 쓰고 다듬고 했음을 알 수 있다.

『님의 침묵』의 완성은, 그가 8년 전 바로 이곳 오세암에서 견성하던 순

____

4) 『님의 침묵』, 168쪽.

간과 비교될 정도의 사건이었다. 한용운은 1917년 12월 3일 밤 열 시쯤 오세암에서 참선하던 중, 바람에 물건이 떨어지는 소리를 듣고 見性悟道하였다. 그때 읊은 오도송이 다음과 같다.

男兒到處是故鄕　　남아는 가는 곳마다 바로 고향인 것을

幾人長在客愁中　　그 몇이나 객수 속에 오래 있었나

一聲喝破三千界　　한 소리 크게 질러 삼천세계 깨닫거니

雪裡桃花片片紅　　눈 속에 복사꽃이 조각조각 붉자구나

　　　　－「丁巳十二月三日夜十時傾 坐禪中 忽聞風打墮物聲 疑情頓釋(及得一詩」[5) 전문

이 오도송에서 한용운은 客愁 속에 갇혀 있다가 이를 벗어남으로 인해 가는 곳마다 바로 고향임을 깨달았다고 말한다. 깨달음을 얻은 뒤에 한용운은 대중 법회에서 "속박은 누가 얽매었으며 해탈을 스스로 털어버릴 도리를 아느냐! 모르느냐! 삼천대천세계가 쾌활쾌활이다"[6)고 일갈하였다. 이어진 그의 행보는 세상의 가는 곳마다 고향이며 집이듯이 거침없었다. 제도의 속박이나 식민지 국가권력의 탄압도 개의치 않고 오직 정도에서 자유로웠으며, 급기야 감옥도 집이자 고향이듯이 용맹정진의 장소였다.

　　그러나 출소 후 그는 열정이 컸던만큼 조급했다. 서울은 분주했으며 그를 향한 대중들의 희망과 환호는 매혹이며 피로였다. 게다가 그의 열정만큼 사회적 변화는 혁명적이지 못해서 조급했다. 번잡하고 분주하고 환호하고 분노하는 소리에, '님'의 당위만을 부르짖는 계몽의 목소리에 '님의 침묵'은 가리워 졌다. 계몽의 빛은 실재하는 사물과 움직임만을 조명하여 주목하지 '부재의 공간'을 조명하지 않기 때문이다. 가시적 색의 세계에서 피로한 그의 정신과 영혼이 다시 찾은 곳은, 예전 그가 견성했던 성소 오

---

5) 최동호, 『한용운』, 건국대학교출판부, 1996, 23쪽에서 재인용.
6) 최동호, 위의 책, 23쪽 재인용.

세암과 백담사였다.

그리고 다시 깊은 적막 속에 잠겨 용맹정진하던 그가 제2의 오도송을 읊은 것이 『님의 침묵』이다. 이 시집에서 그는 혼잣말하듯이, 대화하듯이 '침묵하는 님'의 자취를 확인하고 있다. 마치 1917년 "문득 바람이 불어 물건을 떨어트리는 소리를 듣고" 견성하였듯이, 그는 부재하는 님의 자취와 침묵의 소리를 시로 엮어낸 것이다.

2. 『님의 침묵』의 형식

한용운은 『님의 침묵』을 발표하기 이전부터 시를 써왔으며, 그 후로도 시를 썼다. 그는 국문 자유시에서부터 시조, 동요 그리고 한시, 『님의 침묵』의 구어체적 산문시까지 다양한 양식과 형식의 시를 창작하였다. 이러한 각각의 형식과 양식들은 한용운의 시 세계에서 시인의 의도에 따라 나름대로 특성을 가지고 활용되었다.

아래의 국문시와 한시를 비교해 보면 그것을 알 수 있다.

달아달아밝은달아	녯나라에비춘달아
쇠창을넘어와서	나의마음비춘달아
桂樹나무버혀내고	無窮花를심으과저
달아달아밝은달아	님의거울비춘달아
쇠창을넘어와서	나의품에안긴달아
이즐어짐잇슬째에	사랑으로도우과저
달아달아밝은달아	가이업시비춘달아

쇠창을넘어와서　　　　나의넉을쏘는달아

구름재(嶺)를넘어가서　　너의빗을짜르과저.

―「無窮花심으과저(獄中詩)」⁷⁾ 전문

一念但覺淨無塵

鐵窓明月自生新

憂樂本空唯心在

釋迦原來尋常人

내 마음 티끌하나 없고

창으로 새로 드는 달빛이여

憂樂이 본디 비어서

오직 마음이매

차라리 석가도

예사 사람이어라.

―「獄中感懷」⁸⁾

　　위의 국문시와 한시는 창작 연대와 발표 지면이 다르지만 동일한 상황, 즉 옥중에서 창살로 스며드는 달빛에 교감하여 쓴 시이다. 감옥에 갇힌 처지에서 공히 달빛에 '흘리어' 쓴 시이지만 그 형식에 따라 시적 정조와 미감에서 차이가 나타난다.

　　「무궁화심으과저」는 출옥한 1922년 9월에 발표된 시이며, '獄中詩'라고 부기되어 있다. 이 시는 옥중에서 정진하며 품었던 대사회적 활동에의 의욕을 노래 형식에 맞춰 풀어낸 시가이다. 이 작품을 발표할 당시, 그는 많

---

7) 『개벽』 제27호, 1922. 9, 12쪽.
8) 고은, 위의 책, 294-295쪽 재인용.

은 강연을 통해 대중 계몽의 목소리를 높이며 대중으로부터 환호를 받고 있었다. 이 시의 매 연은 '―하고자'로 끝남으로써, 시적 자아의 의지적 목소리가 지배적이다. 달빛은 잃어버린 '넷나라'(상실된 조국)와 떠도는 '님의 거울'(님의 자취)를 비춘 뒤, 이어서 '쇠창을넘어와서' 나를 비춘다. 시적 자아는 달빛을 매개로 조국과 '님'을 느낀다. 그리고 '마음'과 '품'과 '넋'으로 조국과 '님'의 자취를 투영하는 달빛을 맞이한다. '갇혀 있음'의 비통함을 절감하면서도, 결코 의기소침하지 않는다. 도리어 '무궁화를심으과저' '사랑으로도우과저' '너의빗을짜르과저'에서 보듯이 더 열정적인 의욕과 결의로 무장한다. 그 의지와 결의는 단호하며 어긋남이 없고 질서정연하다. 이에 따라 시의 형식과 리듬도 정형시의 외적 규율이 강제된다.

시적 자아의 결연한 의지가 강조되는 「무궁화심으과저」는 그 기본적 형식과 서정이 1910년대 『청춘』지에 실린 이광수의 시가와 유사하다.

> 해가 뜬다 해가 뜬다 그 해가 쪼 쓰노나
>
> 한녜적 한힌메에 우리 님 나시던 날
>
> 그 날에 님의 얼굴 비초이던 해가 쪼 쓰노나
>
> 네 부대 맘껏 쓰어라 잘즈믄 해 내어 쓰어
>
> 행혀나 네 얼굴로나 님의 얼골 보과저
>
> — 이광수, 「님 나신 날」[9] 부분

이러한 계몽적 결의와 정형적인 리듬이 사회적인 열망과 대중적 호응과 결합되지 않았을 때, 자아의 정신과 서정을 무력하게 만든다.

옥중이라는 폐쇄된 공간에서 자기를 단련하는 양식으로서 정형적 형식과 의지적 결의는 중요한 것이다. 하지만 그 의지가 현실 사회 속에서 설

---

9) 『청춘』, 1915. 1.

득력을 얻기는 어려웠다. 「무궁화심으과저」는 한용운이 자발적 강박과 소명을 자기화하고 이를 재차 사회의 혁명적 열기로 전화하기 위해 발표한 시였다. 하지만 대중적인 호응과 사회적 반향을 불러일으키기에는 미흡하였다.[10] 이후로도 한용운은 정형률 지향의 국문시를 다수 창작하는데, 이들은 많은 경우 교술적 자아가 목소리를 낸다. 시조와 동요도 위와 같은 정형률 지향의 국문시 계열에 속한다고 할 수 있다.

이에 비해 한시 「옥중감회」는 다르다. 무엇보다도 결연한 의지와 긴장된 소명의식을 풍요롭게 하는 서정이 흐른다. 감옥 속에서도 성정을 흐트러뜨리지 않고 정갈하면서도 안온한 경지에서 평정을 유지하는 득의를 표현하고 있다. 이로 미루어 한용운이 자신의 개인적 서정을 표현하는 데는 한시가 더 적합했던 것 같다. 그것은 그가 어려서부터 익히고 각인시킨 표현 형식이 한시였음을 추정해 볼 수 있다.

실제로 한용운의 시 세계에서 한시는 그의 사적 심경을 표현하는 형식으로 채택되는 경우가 많았다. 개인 서정의 은밀하고 사적인 경계를 표현하는데, 그는 한시를 주로 활용하였다. 이에 비해 국문시는 정형적 형식을 취하며, 나를 넘어선 공공성의 영역을 제재로 삼거나 지향하는 경향성을 보여준다.

『님의 침묵』에 실린 시는 정형적인 국문시의 공공성과 한시의 개인 서정이 상호 지양을 통해 창조된 형식이다. 이를 위해 『님의 침묵』에서 동일하게 달을 소재로 하는 시를 임의로 뽑아 분석해 보면 다음과 같다.

> 달은밝고 당신이 하도귀루엇습니다
>
> 자던옷을 고처입고 뜰에나와 퍼지르고안저서 달을한참보앗습니다

---

10) 한용운의 최초의 국문시는 『유심』 제1호(1918. 9)에 실린 「처음에쓴」 「心」이 아닌가 한다. 이 작품들은 정형률을 극복한 산문시라는 점에서 선진적이라 할 수 있으나, 시상이나 짜임에서는 산만함과 어설픔을 넘지 못한다.

달은 차차차 당신의얼골이 되더니 넓은이마 둥근코 아름다은수염이 넉넉히보
임니다
간해에는 당신의얼골이 달로보이더니 오날밤에는 달이 당신의얼골이됨니다

당신의얼골이 달이기에 나의얼골도 달이되얏슴니다
나의얼골은 금음달이된줄을 당신이아심닛가
아아 당신의얼골이 달이기에 나의얼골도 달이되얏슴니다

— 「달을보며」[11] 전문

지금은 여기에 부재하는 '당신'과 그 '당신'을 '긔루어' 하는 시적 자아가
'달'을 매개로 서로를 확인한다. 부재하며 침묵하는 님의 자취는 아무나
느낄 수 있는 것이 아니라, '하도' '긔루어' 하는 그 마음과 정성의 간절함
에 '님'은 현현한다.

『님의 침묵』은 개인의 실존적 감성을 표현하는 것도 아니고, 사회적 공
공성을 당위로 하는 목소리를 내는 것도 아니며, 나와 '님'이 맺는 '관계'의
양상을 주제로 하고 있다. 『님의 침묵』의 시들은 곧 님과 시적 자아의 '관
계'의 미학이라고 말할 수 있다. 이 '관계'가 긴장을 유지하며 미적 자장을
발생시킬 수 있는 데는, 그의 치열한 사회적 실천활동과 혹독한 개인적
수행이라는 사회적·실존적 진정성이 떠받치고 있기 때문이다.

3. 『님의 침묵』의 서정성

『님의 침묵』은 부재하는 님에 대한 인식 혹은 자각으로부터 출발한다.

---

11) 『님의 침묵』, 106-107쪽.

그는 님이 부재하는 비극적 현실을 한국의 근대적 현실로 인식하고 그 속에서 자기 완성의 계기를 창조한다.

　　리별은 美의 創造임니다
　　리별의美는 아츰의 바탕(質)업는 黃金과 밤의 올(糸)업는 검은비단과죽엄업는 永遠의生命과 시들지안는 하늘의푸른꼿에도 업슴니다
　　님이어 리별이아니면 나는 눈물에서죽엇다가 우슴에서 다시 사러날수가업슴니다 오오 리별이어
　　美는 리별의創造임니다
　　　　　　　　　　　　　　　　　　　　　— 「리별은美의創造」12) 전문

　한용운은 '리별'이 계기가 되어 '美'의 영역에 들어서게 되었다. 그에게 미는 곧 이별을 창조하는 행위이다. 피안의 절대세계, 즉 '죽음없는 영원의 생명'과 '시들지 않는 하늘의 푸른 꽃'에는 이별이 없다. 이별은 사람의 일이며, 사람살이에서 일어나는 것이다. 바로 이 사람살이의 '이별'을 통하여 미는 창조된다.

　1920년대 초반의 한국 시단은 현실에 대한 부정의식과 환멸의식으로 특징지어진다. 3·1 운동의 실패 이후, 현실 부정의식은 참여를 통한 변혁의 가능성을 포기하고 거대한 현실에 가위눌리는 형상으로 나타났다. 이것은 극단적인 자기 폐쇄의식으로 전개되었으며, 그 속에서 자신의 순정에 탄식하고 애상하는 심정으로 무기력을 위로하려는 감상주의와 환멸의식이 만연하였다. 이처럼 많은 시인들이 식민지적 근대 현실의 흉포한 힘에 짓눌리고, 감당할 수 없는 현실을 떠나 피안의 절대 세계로 낭만적 도피를 꿈꿀 때, 한용운은 그 현실의 세계에서 자기 해방을 도모한다.

---

12) 위의 책, 3쪽.

이 세상 밖에 천당은 없고

인간에게는 지옥도 있는 것[13]

한용운은 인간 세상이 아무리 고통스럽고 지옥 같아도 또한 그곳이 바로 천당을 건설해야할 곳임을 말한다. 세상과 현실을 버리고 웃음과 행복을 찾는다면 그것은 거짓이며 허상이고 자기기만일 뿐이라는 이 글의 인식이 『님의 침묵』에서 '이별은 미적 창조의 원천'이라는 인식으로 발전한 것이다. 이별은 미의 원천이 되지만, 그 이별을 어떻게 감당하고 받아들이느냐에 따라 사랑의 완성에 도달하기도 하고 또는 사랑을 깨뜨리기도 한다.

그럼으로 맛나지안는것도 님이아니오 리별이업는것도 님이아닙니다

님은 맛날째에 우슴을주고 써날째에 눈물을줍니다

맛날째의우슴보다 써날째의눈물이 조코 써날째의눈물보다 다시맛나는우슴이 좃습니다

아아 님이어 우리의 다시맛나는우슴은 어늬째에 잇슴닛가

— 「最初의 님」[14] 부분

'이별'이 없는 것은 '님'이 아니고, '만남'이 없는 것 또한 '님'이 아니다. 이별과 눈물은 사람살이의 정직하고 진실한 표현이며, 이를 통해 님을 인식할 수 있다. 이별과 눈물은 님에게로 가는 길이다. 그러나 이별과 눈물 그 자체에만 탐닉하는 것은 의미를 갖지 못한다. 그것은 미의 창조라 말할 수 없는 이별이며 눈물이다. '이별과 눈물', '만남과 웃음' 이들의 변증법적 관계 맺음에 의해서만 '님'은 오고 '美'는 창조된다.

---

13) 「養眞庵臨發贈鶴鳴禪伯」, 『한용운전집』 제1권, 신구문화사, 1973, 155쪽.
14) 『님의 침묵』, 126쪽.

한용운은 양계초의 「음빙실문집」, 리카르도의 경제학, 헤겔의 철학 등을 섭렵하며 근대적 자아 정체성을 형성하려는 노력을 게을리하지 않았다. 그는 전통사회의 틀 안에서 자아 확충을 기대하지 않았으며, 현재의 낡은 사회관계를 단숨에 뛰어넘는 혁명의 길을 추구하였다. 그러나 그를 제약하는 국권 상실의 처지와 이를 타개할 수 있는 민족적 혁명 역량의 미비, 3·1운동의 실패와 좌절 등은 그를 비극적 세계관에 이끌리게 하였다. ‘부재하는 님에 대한 열망’으로 표현되는 『님의 침묵』은 바로 시인의 극단적인 상실감과 좌절을 반영한 것이며, 동시에 이 절망과 좌절을 딛고 새로운 활로를 찾아 나서던 일종의 모색이었다. 그리고 시련을 자기화하려는 시인의 결단의 표현이었다. 시인이 체험하는 님은 가버린 님, 가버릴 수밖에 없었던 님, 언젠가는 반드시 돌아와야만 하는 님이며, 지금은 ‘침묵하는’ 님이다. 그에게 님의 침묵은 역사의 침묵이며, 근대사회의 침묵이다. 현재는 절망의 상태이고 미래는 닫혀 있다. 자아의 정체성도 심각하게 흔들린다. 시인은 이 흔들림을 부재하는 님에 대한 형언할 수 없는 그리움으로, 상실감의 울림으로 전환한다. 그 기록이 시집 『님의 침묵』이며, 여기에 근대시다움이 있다.

　　흔드러째는 님의노래가락에 첫잠든 어린잔나비의 애처로은꿈이 꼿쩌러지는소리에 째엇습니다

　　죽은밤을지키는 외로은등잔ㅅ불의 구슬꼿이 제무게를 이기지못하야 고요히쩌러짐니다

　　미친불에 타오르는 불상한靈은 絶望의北極에서 新世界를探險함니다

— 「 ? 」15) 부분

---

15) 위의 책, 60-61쪽.

'꽃'이 떨어지는 소리에 '애처로운 꿈'은 깨졌다. 이 '절망'을 딛고 '신세계를 탐험'하려는 열정은 '미친 불'처럼 이글거리지만, 그가 처한 현실은 '죽음의 밤'이다. 그 '죽은 밤을 지키는 외로운 등잔불'도 제 무게를 이기지 못하고 떨어졌다. 그러나 시적 주체의 열정만큼은 절망의 정점에서 '미친' 듯이 타오르며 새 세계를 지향한다. 간혹 이 격정은, 의문부호 "?'로 제목을 삼았듯이, 미정향으로 용솟음친다. 격정의 맹렬함으로 인하여 시적 지향과 시인의 정체성은 팽창을 요구받게 되고, 이로 인해 시 형식의 정형성이 깨어진다. 급기야 "아아 불이냐 마냐 인생이 씌끌이냐 꿈이 황금이냐"고 절규하게 된다.

님이 침묵하는 세계에서 '신세계를 탐험'하는 기획은, 부재하는 님을 확인함으로써 자신의 정체성에 새로운 형식을 부여할 것을 요구한다. 그것은 기존에 형성된 자신의 정체성을 혁신할 것을 요구받는 것에 다름 아니다. 한용운이 생각하는 사람살이의 모습은 끊임없는 변혁의 운동이었다. 이 사람살이에서 벗어나지 않으려는 그의 지향은 끊임없는 변혁을 자신에게도 요구하게 되는 것이다. 그도 이 세상살이의 변화와 온갖 모순 속에서 함께 흔들리며 전진해 가는 존재로 스스로를 규정하고 있는 것이다. 한용운이 지향하는 구도적 삶이란 고통의 세속적 삶과 인연을 끊고 피안의 세계에서 성불하고자 하는 방향과는 거리가 멀었다. 단순한 선시가 아닌 『님의 침묵』에서 우리는 분노와 원망, 절망적 탄식, 부르짖음, 혼돈 속을 헤매는 시적 주체의 휘청거림 등을 보게 된다.

> 당신이가신뒤로 나는 당신을이즐수가 업슴니다
>
> 까닭은 당신을위하나니보다 나를위함이 만슴니다
>
>   …… (중략) ……
>
> 그를 抗拒한뒤에 남에게대한激憤이 스스로의숨음으로化하는刹那에 당신을보앗슴니다

> 아아 왼갓 倫理, 道德, 法律은 칼과黃金을祭祀지내는 烟氣인줄을 아럿슴니다
>
> 永遠의사랑을 바들ㅅ가 人間歷史의첫페이지에 잉크칠을할ㅅ가 술을말실ㅅ가
>
> 망서릴째에 당신을보앗슴니다
>
> — 「당신을보앗슴니다」[16] 부분

님이 떠난 뒤로 시적 주체는 핍박과 설움의 나날을 보내야 했다. 설움과 핍박은 가끔 반항과 격분으로 표현되기도 하였다. 그러나 항거와 격분을 조직화할 만큼 성숙해 있지 못했던 당시의 역사적 상황은 시적 주체를 더욱 안타깝고 슬프게 하였다. 그 수모와 치욕을 감내해야 했던 상황에서 시적 주체는 망설이며 동요하기도 한다. 세상을 등지고 '영원'의 영역에서 개인적 해탈을 모색할까, 혁명적 영웅으로 역사의 주인공이 될까, 아니면 술을 마시고 환멸의식에 빠져볼까 망설일 때, 서러움에 눈물지을 때, 그는 '님'을 본다. '님'은 망설이며 동요하는 시적 주체를 추스려 세우는 힘이다. 그 '님'은 시적 주체의 존재 '밖에서' 역사하는 시적 대상이기도 하지만 동시에 현실 속의 '나' 자신이기도 한 것이다. 님은 단일한 존재가 아니라 다층적이고 다의적인 의미를 내포하는 것이다. 이러한 점 때문에 '님'은 서정적 성격을 얻게 되는 것이다. 탄식과 설움과 부르짖음에 형식을 부여하는 힘이 곧 '님'이며 내면의 힘이다. '님'은 시인 내면의 정화이다.

4. 『님의 침묵』의 근대적 의미

1920년대 초반의 한국 사회에서는 민족 정체성에 대한 변혁의 물결이 일고 있었다. 이른바 '개조' 담론이 유행하였다.[17] '개조론'은 일본에서 먼

---

16) 위의 책, 65-66쪽.
17) 1920년대 초 각 신문·잡지의 지면에는 '개조'라는 용어가 하나의 유행어가 되었다. 『개

280

저 유행하였는데, 그것은 '사회개조'로 주창되었다. 그런데 한국에서는 '개인의 내적 개조론' '인격개조론'으로 나타나게 되었다.18) 이 개조의 담론이 문학의 영역에 와서는 현실 혐오와 자기 부정, 환멸을 표현하는 방식으로 나타났다. 즉 봉건적 관계와 결탁한 식민지 근대 현실을 '개조'해야 한다는 의식은 결국 현실의 강대함에 대한 자각으로 귀결되고 말았다. 역설적이게도 '현실 개조'에 나섰다가 추악한 현실의 크기와 힘에 놀라 도망쳐버리는 형국을 연출했던 것이다. 이들은 현실권 밖에 위치하면서 현실을 혐오하고 오로지 자기의 순정에 호소하기 위한 방편으로 시에 의탁한 혐의가 짙다. 그리고 시 속에서 "울고 애상하고 탄식하고 퇴폐와 방종과 신기와 사치의 낭만적 세계 가운데서 열광" 하는 거처를 마련했던 측면을 부인할 수 없는 것이 당대 시단의 풍경이었다. 그리고 시의 세련화와 미의 탐구, 상징 등은 이를 위한 방법으로서 의미를 지녔다.

한용운은 이러한 시적 경향을 극복하는 것을 과제로 삼는다.

> 벗이여 깨여진사랑에우는 벗이어
>
> 눈물이 능히 쩌러진꽃을 옛가지에 도로픠게할수는 업슴니다
>
> 눈물을 쩌러진꽃에 뿌리지말고 꽃나무밋희씩끝에 뿌리서요
>
>
> 벗어어 나의벗이어
>
> 죽엄의香氣가 아모리조타하야도 白骨의입설에 입맛출수는 업슴니다

___

벽』 창간호의 다음과 같은 글은 당시 지식인들이 '개조'라는 용어를 어떤 기분으로 받아들이고 있었는지를 잘 보여준다. "우리는 들엇노라. 날마다 날마다 우리의 耳膜을 打動하는 改造 改造의 聲 ― 그 소리야 매우 興趣잇고 意味잇고 그리하야 힘잇고 精神잇도다. 이 소리가 가는 곳에 우리의 행복이 목전에 쏘다지는 듯하도다."(「세계를 알라」, 『개벽』 창간호, 1920. 8, 6쪽)

18) 박찬승, 『한국근대정치사상사연구』, 역사비평사, 1992, 176-185쪽 참조. 이광수의 '민족개조론'도 이것의 연장이었다.

> 그의무덤을 黃金의노래로 그물치지마서요 무덤위에 피무든旗대를 세우서요
> 그러나 죽은大地가 詩人의노래를거처서 움직이는것을 봄바람은 말합니다
> — 「타골의 詩(GARDENISTO)를 읽고」[19] 부분

한용운은 이 시대가 눈물겨운 시대이고, 무덤같이 암담한 시대임을 적극적으로 말한다. 그러나 눈물 흘리는 것과 죽음의 향기에 매료되는 것과 백골과 함께 춤추는 것으로 죽은 대지가 살아날 수 있는 것은 아니다. 이처럼 감상과 퇴폐 속에 자신을 방기하거나 환멸에 휩싸이는 모습을 보여주는 것이 시가 될 수는 없다는 것이 『님의 침묵』의 다짐이다. 시인은 죽은 대지에 봄바람을 불어넣어 움직이게 하는 위대한 존재이다. 시는 힘이다. 한용운은 암담한 시대의 한 복판에 '피묻은 깃발'을 세우는 것이 시인이 할 일이라고 말하고 있다.

또한 『님의 침묵』은 '근대시'를 지향하였다. 근대시는 자유시 형식의 창조가 그 필수요건이다. 동시에 식민지적 근대 현실에서 파생되는 온갖 모순과 갈등을 적극화하여 그것을 시적 창조의 원동력으로 삼는 시적 태도에 의해 근대시는 확립된다. 시 「님의 침묵」은 뛰어난 근대시이면서 그 속에는 탁월한 근대시론이 압축되어 있다.

> 사랑도 사람의일이라 맛날째에 미리 써날것을 염녀하고경계하지 아니한것은아니지만 리별은 뜻밧긔일이되고 놀난가슴은 새로은슯음에 터짐니다
> 그러나 리별을 쓸데업는 눈물의源泉을만들고 마는것은 스스로 사랑을깨치는것인줄 아는까닭에 것잡을수업는 슯음의힘을 옴겨서 새希望의 정수박이에 드리부엇습니다
> 우리는 맛날째에 써날것을염녀하는것과가티 써날째에 다시맛날것을 밋습니다

---

19) 『님의 침묵』, 131-132쪽.

> 아아 님은갓지마는 나는 님을보내지 아니하얏슴니다
>
> 제곡조를못이기는 사랑의노래는 님의沈默을 휩싸고돔니다
>
> — 「님의沈默」20) 부분

이 시에서 특히 주목되는 부분은 "것잡을수업는 슯음의힘을 옴겨서 새 희망의 정수박이에 드리부엇슴니다"와 "제곡조를못이기는 사랑의노래는 님의침묵을 휩싸고돔니다"이다. 님의 이별과 님의 부재에서 오는 시적 자아의 분열은 '걷잡을 수 없는 슬픔'의 형태로 실존적·민족적 보편성을 띤다. 그러나 그 '님의 부재'를 '쓸데없는 눈물의 원천'으로 만드는 것을 경계한다. 이는 당대 시단에 만연해 있던 감상에 빠지거나21) 슬픔의 힘에 가위눌리는 경향에 대한 비판을 담고 있다. 그것은 '사랑을 깨치는(破-인용자) 것'임을 정확하게 인식하고, 당대의 그러한 시적 경향을 경계하고 있는 것이다.

반면 시 「님의 침묵」은 '걷잡을 수 없는 슬픔'을 견디고 거기에 버티어서 마침내는 슬픔 그 자체, 갈등 그 자체를 '새 희망'의 원천으로, 시적 창조력의 원동력으로 삼아 '정수리에 들이붓'는다. 여기서 '걷잡을 수 없는'이라는 수식어는, '슬픔'에도 걸리고 '힘'에도 걸린다. 슬픔과 좌절과 분열이 크면 그것을 해결하고 통일하려는 힘도 커진다.

시적 근대성은 근대적 체험에서 오는 온갖 변덕스럽고 복잡한 갈등들—계급과 이데올로기적 갈등, 개인과 사회의 갈등, 자아내부의 정신적 갈등 등—의 한 가운데서 자신을 발견하고 창조하고자 하는 의지를 중요한 시적 태도로 한다. 근대적 갈등과 분열을, 새로운 생명과 에너지를 부여하

---

20) 위의 책, 1-2쪽.

21) "永遠의 이별 / …… 아아, 사랑하는 님은 갔다/ 사랑의 준 바 얻은 바 快樂이나 悲哀는 다 없어지고 / …… / 그의게는 a tear of eyes!"라는 시구를 담고 있는 돌샘의 「離別」(『학지광』 제3호, 1914. 12, 44-46쪽)은 개인적 감상에 빠져, 한용운이 경계한바 "스스로 사랑을 깨치는(破-인용자)" 결과를 낳은 예라 할 수 있다.

는 갈등으로 전화시켜 시적 창조의 힘으로 삼는 태도에 의해서, 내적 분열을 지양하여 근대적 정체성을 확보하고 나아가 시적 양식의 안정성도 성취할 수 있는 것이다.

한국 근대시는 한용운의 「님의 침묵」에서 비로소 근대시로서 안정감을 얻게 되었다. 나아가 시인의 치열한 현실 인식과 드높은 시적 이상이 리듬을 고양시키고 양식적 관습화를 넘어선다. 그것을 선언적으로 반영하는 시구가 "제 곡조를 못이기는 사랑의 노래는 님의 침묵을 휩싸고 돕니다"이다. 즉 '제 곡조를 못 이기는 사랑노래', 그 리듬의 내재적 힘이 '님의 침묵', 님의 부재를 '휩싸고 돌'며 세상의 불모성을 극복·지양한다. '님에 대한 간절한 염원'이 '곡조'(양식)의 제약을 넘어서 '침묵'을 휩싸고 도는 '아우성'으로 전화하는 시적 경지를 보여주고 있다.

「님의 침묵」은 시적 이상과 시적 태도에서 비로소 시적 근대성을 온전하게 성취한 양상을 보여준다. 양식적·주제적 분열과 혼돈을 넘어, 걷잡을 수 없이 분출되는 리듬을 통해, 희망을 퍼올리는 내재적 힘을 발휘한 근대 자유시의 방향을 제시하고 있다. 이를 통해 시적 근대성이 민족문학의 이념을 구현할 수 있는 가능성이 열린다. 즉 혼돈과 슬픔, 고통과 운명에 마주하여 그것을 회피하거나 주관적으로 본질을 왜곡시키지 않고, 또한 그 현실의 위세에 가위눌리지도 않으면서, 그 고통과 슬픔과 모순의 한복판에서 정신력으로 버티며, 그 자체를 희망과 창조적 원동력으로 전화시키는 것이야말로 시적 근대성의 중요한 징표이다.

끝으로 한용운의 시 세계에서 근대적 삶의 풍부한 제재들이 다양하게 제시되지 못한 점은 아쉬움으로 남는다. "사랑도 사람의 일"인데, 그 근대적 사람살이의 세세한 층위들이 충돌하고 갈등하며 분출하는 양상이, 한용운의 시 세계에서는 그의 특유의 깊고 넓은 비유와 상징으로 고정화되는 경향이 있다. 그 결과 근대적 삶의 복잡한 욕망들이 시적인 비유와 상징에 갇히게 되는 측면도 있다는 것을 지적하지 않을 수 없다.

적구 유완희의 생애와 시세계

1. 머리말

우리 시문학사에서 리얼리즘시의 발전과정은 영광과 더불어 수많은 시
행착오와 좌절을 함께 포함하고 있다. 그것은 몇몇 천재적인 시인의 작업
에 의해 이루어지기도 하지만 재능의 편차를 가진 수많은 시인들의 성취
와 좌절들이 상호 연관된 체계이기도 하다. 시에서 리얼리즘의 성취를 가
늠하는 경우 먼저 고려해야 할 것은 개별과 보편을 결합하는 고리로서의
미적 특수성 범주이다. 그 다음, 미적 특수성의 하위 범주인 전형이나 양
식 등의 문제가 고려되어야 할 것이다. 이 지점에서 우리는 리얼리즘에
대한 편향된 견해로부터 자유로울 수 있다. 형상화에 있어서 올바른 현실
의 대상을 시적 대상으로 취택한다는 것은 중요한 요건이 된다. 그러나
시대현실의 핵심요소를 시적 대상으로 삼았다고 해서 형상화 수준이나 시
인의 관계맺는 태도 및 현실 대응력을 고려하지 않고 곧바로 평가기준으
로 삼는 것은 자칫 소재주의나 사회학주의적 편향에 빠질 위험을 안고 있
다. 작품에 반영된 현실과 삶의 형상, 현실인식, 양식 등이 현실성과 진실

성을 갖고 있는가가 문학적 해석과 평가의 대상이 되어야지 시인이 표현하고자 한 외연적 세계관을 직접적으로 평가의 대상으로 삼는 것 역시 비문학적 태도이며 이는 자칫 리얼리즘시의 발전에 장애가 될 수도 있다는 문제의식 아래 논의를 전개하고자 한다.

문학사에서 1920년대 초 프롤레타리아 문학운동의 대표적 시인으로 이상화, 박팔양, 김창술, 유완희 등을 거론하는 것이 일반적 견해이다. 안막은 「조선 프롤레타리아 예술 약사」[1] 에서 "임화, 유완희, 박팔양, 이상화 등의 시인에 의해서 조선에서는 처음으로 프로시가 발표되었다"고 서술하고 있다. 그 밖에도 유완희는 김기진, 민병휘, 신고송 등 당대 평론가들에 의해 '우리의 시인', '신흥파 시인', '프롤레타리아 시인' 등으로 주목받고 있었다.[2]

특히 북한 문학사에서는 이 시기의 시문학사를 서술함에 있어서 유완희를 높이 평가하고 있다. 유완희의 시는 1920년대 노동운동, 농민운동의 투쟁 현실을 생동하게 반영하였으며 따라서 대중을 투쟁으로 불러일으키는 격동성이 프롤레타리아 시의 그 어떤 작품들과도 구별된다고 북한문학사는 서술하고 있다. 그의 시는 "자본가 계급의 멸망을 촉진하는 노동계급의 혁명적 진출을 승리적인 전망과 결부시켜 노래"하였다는 것이다.[3]

반면 남한문학사는 유완희를 크게 주목하지 않았다. 1920년대 문학사의

---

1) 안막, 「조선 프롤레타리아 예술 약사」, 『사상월보』, 1932. 10; 임규찬·한기형 편, 『카프시대에 대한 회고와 문학사』, 태학사, 1989, 116쪽.
2) 김기진, 「10년간 조선문예변천과정」, 『조선일보』, 1929. 1. 27.
   민병휘, 「조선프로예술운동의 과거와 현재」, 『대조』 5호, 1930. 8.; 임규찬·한기형 편, 같은책, 89쪽.
   신고송, 「시단만평」, 『조선일보』, 1930. 1. 10.
3) 박종원·최탁호·류만, 『조선문학사(19세기 말~1925)』, 과학백과사전출판사, 1980.; 열사람, 1988, 215-225쪽 참조. 김하명·최탁호·류만, 『조선문학사(1926~1945)』, 과학백과사전출판사, 1981.; 열사람, 1988, 415-420쪽 참조. 물론 북한문학사는 서술상 문제점이 많다. 문학을 사회적 등가물, 계급적 등가물로 취급하는 속류사회학주의적 이해 방식과 문학을 사회변혁의 도구서만 의의를 부여하는 편향성을 노정하고 있다.

변방에 위치지웠으며, 유완희의 시세계 전체를 조명하는 개별 논문도 거의 제출된 바 없다.4) 유완희와 그의 시세계에 대한 본격적인 연구가 누락되었던 사정에는 나름대로 이유가 있다. 먼저 그의 시가 전통적인 서정시 체계로는 잘 포착되지 않는다는 점, 그의 생애가 불분명하다는 점, 그리고 시인으로서 그의 활동 시기가 1920년대 중반부터 1930년대 중반까지 약 10년간으로 한정되었다는 점과 시집이 따로 존재하지 않는다는 점 등이 본격적인 연구를 제약하였다.

그럼에도 불구하고 북한문학사와 남한문학사의 괴리를 확인하여 그 편향을 상호 성찰하고 그 접점을 모색하는 데 유완희는 좋은 연구 대상이 된다. 유완희는 1920년대 카프와 조직적으로 관계를 맺고 문예운동에 적극 부응하였다. 그런 활동의 일환으로 문학 창작을 하였으며, 특히 방향전환 이후 목적의식기의 지도이념을 시창작으로 실천하고자 의식적 노력을 했던 사람이다. 먼저 그의 문예운동 혹은 시 작업의 성공 여부를 평가하기에 앞서 그의 생애를 실증적으로 밝히는 연구가 이루어져야 할 것이다. 그리고 한국 근대문학의 혼돈과 모색기를 체계화하는 차원에서, 그리고 남한문학사와 북한문학사의 괴리를 확인하고 통일문학사를 전망하는 차원에서 유완희의 시세계를 조명하는 것은 의미 있는 작업이라 생각한다.

2. 유완희 생애의 전기적 고찰

지금까지 유완희의 개인사는 밝혀진 것이 거의 없었다. 격정적인 그의 시에 비해 그의 개인적 생애는 베일에 가려 있었다. 북한문학사를 통해

---

4) 필자가 확인한 기존의 연구 성과로는 박정호, 「유완희의 경향시 연구」(『우리어문학연구』 2집, 한국외국어대학교한국어교육과, 1990.)와 김재홍, 「프로시의 실과 허, 유완희와 김창술」(『한국문학』, 1989. 2) 정도가 아닌가 한다.

288

출생연대가 1903년이라는 것과 신문기자 활동을 했다는 것, 그리고 1930년대 후반 이후 행방이 묘연해졌다는 단편적 기록만이 발견되었다.

필자는 통일원 자료실에서 북한의 박팔양이 유완희를 회고하는 글을 확인하였다.5) 박팔양은 유완희의 고향이 용인군 내사면 송문리라고 기억하고 있었다. 필자는 그곳을 무작정 찾아가서, 아들이 오산에 살고 있다는 사실을 확인하고 유완희의 차남 류기훈을 만나 유완희의 자필 이력서를 확보할 수 있었다.6) 자필이력서와 신문, 잡지의 기록을 종합하여 그의 삶을 재구할 수 있었다.

유완희(柳完熙, 1901~1964)는 1901년 11월 25일 경기도 용인군 내사면 송문리에서 柳學秀와 李点順의 2남 1여 중 장남으로 태어났다. 본관은 전주이며 호는 赤駒, 松隱, 柳州 등을 사용하였다.

그는 경기도 양지공립보통학교를 1915년에 졸업함과 동시에 동교 대용교원으로 근무하다가 경성고등보통학교를 입학하여 1920년에 졸업하고 이어 경성법학전문학교 본과에 입학하여 1923년에 1회로 졸업했다.

경성법학전문학교 시절, 1년 후배이며 동생 柳定熙와 친구였던 박팔양을 만나 문학과 시대를 논하곤 했다. 박팔양은 유완희와 문학을 통해 친숙하게 되었다고 기억한다. 박팔양에 의하면 유완희는 중학시절부터 문학작품을 탐독하고 작가가 되기를 희망하여 일본 유학을 고대하였으나 빈한한 생활과 늙은 부모를 모셔야 하는 맏아들의 위치 때문에 유학을 떠날수가 없었다고 한다. 유완희는 도서관에서 문학 도서를 탐독하며 시간을 보냈고 따라서 법률학 과목들의 성적은 좋은 편이 아니었다고 한다. 박팔양은 문학에 대한 지향과 가난하고 학대받는 사람들에 대한 뜨거운 옹호의 정신이 자신과 유완희를 밀접하게 접근시켜 주었다고 회상하고 있다.7)

---

5) 박팔양, 「시인 유완희에 대한 회상」, 『청년문학』(평양), 1958. 4.
6) 차남 류기훈 씨는 유완희가 소장하던 많은 자료들(일기, 서신, 시집 등)을 6·25때 모두 소실하였다고 하였다.

법학전문학교를 졸업한 뒤 유완희는 1923년 4월 경성일보에 편집부 겸 학예부 기자로 입사하였다. 그 사이 경성법학전문학교 대학 강좌에 등록하여 3개월간 정치학과 문화철학을 전공하였다. 동아일보 사회부 겸 학예부 기자(1924. 11~1925. 6), 시대일보 사회정치부 겸 학예부 기자(1925. 6~1927. 7)를 역임하고 중외일보와 조선일보 기자(1927~1934. 3)를 거쳐 조선중앙일보 기자(1934. 4~1937. 11)로 재직하였다. 1936년 베를린 올림픽 마라톤에서 우승한 손기정 선수 사진의 일장기 말소사건과 관련하여 조선중앙일보가 폐간될 때 조선중앙일보에서 기자활동을 하고 있었다.

한편으로 그는 1925년 이후 경성여자미술학원과 조선문학원 등에서 철학, 예술론, 문장론 등을 강의하기도 했다. 조선중앙일보의 폐간과 함께 기자활동을 정리한 그는 동생 유정희가 일하고 있던 평북 강계로 가서 그곳에서 수풍댐 전력회사인 紀文社의 총지배인으로 있었다.

8·15이후 1948년 한 해 동안 교통부에서 촉탁으로 근무하다가 낙향하여 용인중고등학교 교감, 손전중학교 교장을 역임하였다. 이때 赤駒라는 호는 더 이상 사용하지 않고 松隱이란 호를 쓴 듯하다.8) 1955년 12월부터 1956년 8월까지 서울신문사 편집국장으로 있으며 3·1절, 6·25, 8·15 기념시를 신문에 발표하기도 했다.

1956년 9월부터 1960년까지 세계일보 논설위원으로 있으면서 야담지에 야담을 발표하기도 했으며, 이때는 柳州란 호를 사용했다. 1964년 2월 17일 간암으로 사망하였고 용인에 묘가 있다.

이제 유완희의 생애에서 문학활동과 가장 긴밀하게 연관된 시기의 행동과 의식의 지향을 상세히 살펴보기로 한다.

그는 기자생활 중 심훈, 김기진, 조명희, 염상섭, 현진건, 안석주 등 문

---

7) 박팔양, 같은 글, 참조
8) 8·15이후 박헌영으로부터 어떤 제안을 받았는데 유완희는 외부와 관계를 끊고 지냈던 시기가 있었다고 아들 류기훈은 기억하고 있다.

290

단사람들과 긴밀한 관계를 형성했다. 특히 심훈과는 각별한 사이였던 것 같다.9)

그는 기자로 있으며 평기자 중심의 민주언론단체인 '철필구락부'에서 적극적인 활동을 하였다. 1924년 즈음 언론계는 경영진의 개량화에 따라 평기자 중심의 언론운동이 고조되었는데, 1924년 11월 각 신문사 사회부 기자들이 결성한 철필구락부가 대표적인 단체였다. 결국 그는 '철필구락부사건'으로 『동아일보』에서 해직되었다.

> 1925년……철필구락부는 회원총회를 열고 사회부 기자의 급료를 최저 80원으로 인상, 지급하도록 요구할 것을 결의했다. 우리나라 언론사상 최초로 기자단체에 의한 급료인상 투쟁이 시작된 것이다.…… 최후의 수단은 파업이었다.…… 경영진은 협상이 아니라 강경책으로 맞섰다.…… 파업기자 일동은……일제히 편집국으로 들어가 사표를 제출했다.…… 임원근, 안석주, 김동환, 유완희, 심대섭(심훈) 등이 5월 22일자로 퇴사했고, 박헌영, 허정숙 등은 5월 24일자로 퇴사……10)

유완희는 동아일보 재직 시절 심훈, 박헌영, 임원근, 허정숙 등과 함께 활약하다가 '철필구락부사건'으로 퇴사하고 곧장 홍명희가 사장으로 있는 시대일보로 옮겨갔다. 이 무렵 그는 사회운동에 상당한 관심을 가지고 있었으며 사회주의자들과 긴밀한 교류가 있었던 것으로 보인다.

그의 취재활동은 당시 적극적 진출을 시작하고 있던 민중들의 힘을 첨예하게 경험할 수 있는 기회가 되었다. 그 일례로 유완희는 신문에 기재하지 않는 조건으로 방청이 허용된 '민중운동사사건 공판'을 자세하게 취재하여 기사화 시키는 용기를 발휘하였다. 이 기사를 살펴보면 유완희가

---

9) 신경림 편저, 『그날이 오면, 그날이 오며는—심훈 문학과 생애』, 지문사, 1982, 326쪽 참조. 유완희는 심훈과 함께 동아일보사에 입사했고 함께 파면되었다.
10) 정진석, 『일제하 한국언론투쟁사』, 정음사, 1975, 174-175쪽.

피고인의 입장에 동조하여 이를 기사화하고 있다는 것을 단박에 알 수 있다. 피고인 張日煥이 판사의 심문에 명쾌하고 유창한 어조로 답변하였다며 피고인의 진술을 다음과 같이 소개하고 있다.

> "어쨌든 현대 법률은 편벽되어 '쁄조아'계급을 옹호하는 법률……우리는 어떻게 해서라도 동요된 우리 생활을 안녕을 도모하지 않으면 안될 것이요……무엇보다도 서러운 자리에 있는 무산자로 하여금 어느 정도까지 자본계급의 압박을 벗어나서 굳게 단결을 맺는 동시에 賃金問題, 小作問題를 합법적으로 해결하지 않으면 안된다"11)

덧붙여 '민중운동자동맹회'를 조직하고 『민중운동』이란 기관지를 발간한 내용을 자세히 기사화하고 있다. 이러한 취재 경험들은 유완희 시의 주요한 제재 및 기반이 된다.

유완희 자신도 나중에 필화 사건에 연루되어 실형을 선고받고 서대문 형무소에 갇히기도 하였다.

> 民間紙의 독특한 短評欄의 활약은 자연 총독부의 비위를 크게 거슬렀음은 두말 할 것도 없었다. 이로 인하여 삭제와 압수가 빈번하였음도 또한 당연한 일이었다. 그리하여 『中外日報』의 '거미줄欄을 집필한 柳完熙 記者는 명예훼손죄로 被訴되어 고등법원에 상고하였으나, 棄却되어 결국 禁錮 3개월의 體刑을 받았다.12)

---

11) 「民衆運動社 事件 公判—군산에서 특파원 유완희 發電」, 『동아일보』, 1925. 3. 11~3. 12.
12) 최준, 『한국신문사』, 일조각, 1965, 268-269쪽.
    1926년 11월 8일자 『동아일보』에는 "전 시대일보 기자 유완희 씨는 삼 개월 금고의 판결을 받고 서대문 형무소에 입감하였다더라"라는 기사가 실리고, 역시 『동아일보』 1927년 2월 9일자에는 "필화사건으로 서대문 형무소에서 복역 중이던 유완희 씨는 만기출소 하였다더라."는 기사가 실려 있다.

292

유완희는 일제에 직필로써 저항하다가 1926. 11. 6~1927. 2. 5일까지 필화사건에 연루되어 실형을 선고받고 형무소에 입감되는 탄압을 받았다. 그럴수록 그는 사회 현실에 대한 관심을 더욱 고조시켰고 그의 의식은 더욱 격화되어 갔다. 사회부 기자로 취재를 하면서 그는 사회의 모순과 민족의 문제, 그리고 진출하는 민중의 힘과 사회 운동의 역량을 실감할 수 있었고, 거기에 고무되었다. 그러면서 그의 지향은 자연스럽게 사회주의에 대한 공감으로 진행되었을 것이다. 박팔양은 유완희의 필명 '赤駒(붉은 망아지)'에 사회주의에 대한 신념을 향하여 천리마같이 과감하게 내닫고자 하는 지향이 잘 표현되어 있다고 서술하고 있다.

박팔양에 의하면 1925년 9월에 카프가 결성되자 유완희가 즉시 이에 참가하였다고 한다.[13] 그러나 당시 카프 맹원을 발표한 자료에서 그의 이름을 발견할 수가 없다. 그렇지만 그는 카프와 긴밀한 관계를 유지하면서 카프의 이념을 적극 받아들여 작품활동을 하였다. 카프 멤버였던 안석주는 「만화에 나타난 신흥문단의 문사」라는 란에서 신흥문단의 문사로 김기진, 박영희, 이익상, 이상화, 이기영, 조명희, 최승일, 홍명희와 함께 유완희를 꼽고 있다.[14] 카프의 제1차 방향전환의 논리를 앞장서서 작품 실천으로 호응한 시인이 유완희였다. 또 카프의 기관지 성격을 지닌 『문예운동』 제2호(1926. 5)에 「신흥문예의 예술적 가치」라는 평론을 게재하기도 했다. 카프결성 이후 곧 프로문학 발흥의 필연성을 역설하는 평론을 신문에 발표하는 등 카프의 결성과 노선에 지지를 보내고 있음을 알 수 있다.[15]

그는 1920년대 중반이후 30년대 후반까지 『개벽』, 『조선지광』, 『조광』, 『삼천리』, 『시대일보』, 『조선일보』 등을 중심으로 시, 소설, 평론, 수필 등

---

13) 박팔양, 같은 글, 65쪽.
14) 안석주, 「만화에 나타난 신흥문단의 문사」, 『개벽』, 1926. 7, 120-122쪽.
15) 적구, 「현실에 대한 반역」, 『시대일보』, 1925. 12. 7.

을 발표했다. 유완희는 세계의 프로시 10여 편을 번역하여 소개하기도 하였다.[16] 그의 시집이 출간되기도 하였다고 하는데 확인하지는 못했다.[17]

3. 유완희의 시세계에 나타난 리얼리즘적 지향과 좌절

유완희의 시세계는 시적 지향의 차이에 따라 3단계로 나누어 볼 수 있는데, 먼저 민중들의 처참한 생활상과 의지, 그리고 울분을 형상화한 초기 작품들이 있다. 다음으로 카프의 제 1차 방향전환기의 이념을 적극 받아들여 민중들의 혁명적 진출을 격렬한 호흡으로 고무·추동하거나 시인의 결의를 반영한 작품들이 있으며, 1929년 이후는 시적 주체가 동요하기 시작하여 내성화되고 감상성이 나타나는 일군의 작품들이 있다.

1) 민중 현실의 발견과 개인적 절규의 형상화

유완희는 카프의 결성에 고무되어 카프의 사상성을 시로 형상화하고자 하여 「거지」라는 시를 발표하면서 문단에 나온 것으로 보인다.

> 별수업다
> 인제는 별수업다
> 차라리 監獄에나 갈 道理를 하야라
> ─네 子息을 爲하야 그럴듯한

---

16) 적구 역, 「현대세계시단의 소개」, 『개벽』, 1926. 7.
17) 아들 류기훈은 1937년 즈음에 유완희의 시집이 출간되었을 것이라고 말하였다. 류기훈은 아버지가 자식들을 모아 놓고 자기 시집에 대해 자평하기를 스스로 훌륭한 시인은 못 된다고 하던 모습을 기억하고 있었다. 그런데 이 시집이 6·25때 소실되었다며 안타까워하였다.

　　罪를 짓고……

— 「거지」18) 부분

　　이 시는 신문사 사회부 기자로서 식민지 조선의 사회현실을 취재하면서 그 참담한 시대상에 대한 체험을 형상화한 것으로 보인다. 거지의 절망적인 생활과 비인간적인 부자를 대비시켜서 모순에 찬 현실 세계를 비판하려고 하였다. 그러나 드러난 것은 환멸뿐이다. 이 환멸의 감정은 개선의 의지를 내포하지 못하고 반역의 측면만 강하게 표출한다. 이러한 측면은 "배곱흔 것으로부터 끗까지 헤여나지 못하게 하야 주는 현실 그것에 대하야 반역의 기ㅅ발을 올리자"는 주장을 담고 있는 그의 「현실에 대한 반역」(『시대일보』, 1925. 12)이란 글에도 나타나 있다. 부조리와 환멸로 가득 찬 현실세계에 대응하는 방식이 '반역'—'별수없이', '그럴듯한 죄를 짓고', 감옥에나 찾아가라고 외치는 것으로 대체하고 있다. 이 시에 나타나는 세계에 대한 환멸의 시선은 그 주관주의적·비관적 정조로 인하여 객관현실의 복잡한 양상을 드러내는 데 장애가 되고 있다. 즉 시인의 내면적 깊이와 표출된 외부 대상의 통일을 이루지 못하고 시인의 감정과 관념이 억제 없이 체념적으로 나열되고 말아 시적 긴장을 얻는 데 실패하였다.

　　「여직공」, 「희생자」, 「아오의 무덤」, 「향락시장」(이상 『개벽』, 1926. 4) 등의 시들은 비교적 진전된 현실인식과 현실대응력을 갖고 있다. '거지'와 같은 빈궁의 소재적 차원을 넘어서, 자기 노동에 의거하여 성실한 삶을 살고자 노력하지만 현실의 질곡에 의해 더욱 비참한 상태로 몰락하게 되는 노동자, 소작민, 유이민 등, 식민지 민중의 참담한 생활상과 울분을 보편화하는 데 성공하고 있다.

---

18) 『시대일보』, 1925. 11. 30.

목도 메다 치여죽은 남편의 '喪食床'을 치우지도 못하고 공장으로 달려가야 하는 여성노동자(「여직공」), 소작쟁의에 나섰다가 총에 맞아 죽은 소작인과 비통해 하는 아내(「희생자」), 수탈과 착취에 견디지 못하고 조국의 고향을 떠나는 유랑민(「아오의 무덤에」)들의 처참한 삶이 있는 반면에, 사치와 향락으로 날을 보내는 자본가(「향락시장」)들이 동시에 공존한다는 사실을 연작시처럼 한 지면에 게재하여 세상의 모순을 선명하게 형상화하고 있다.

봄은되얏다면서도 아즉도겨울과작별을짓지못한채
─낡은민족의잠들어잇는저자우에
새벽을알리는工場의첫고동소리가
그래도세차게 검푸른한울을치바드며
三十萬백성의귓겻에 울어나기시작할째

목도메다치여죽은 남편의상식상을
밋처치지도못하고 그대로달려온
애젊은안악네의갓븐숨소리야말로……

惡魔의굴속가튼作業物안에서
무릅을굽힌채 고개한번돌니지못하고
열두時間이란그동안을보내는것만하야도─오히려 진저리나거든
징글징글한監督놈의 음침한눈짓이라니……
그래도그놈의쯧을바더야한다는이놈의世上─

오오 祖上이여! 남의남편이여!
왜 당신은이놈의世上을그대로두고가섯습닛가?

― 「女職工」[19] 전문

　이 시에서 '봄'과 '새벽'은 중심적인 분위기를 조성하고 있다. 겨울과 봄이 교체되는 이른 봄, 어둠과 광명이 교체되는 새벽, 낡은 것과 새 것이 바뀌는 배경은 그 이중적 이미지의 상호 충돌을 통해 긴장감을 형성한다. 변화의 격동기에 선 민중들의 긴장된 정서를 환기시키고 있는 것이다.

　노동자들의 현실은 "아직도 겨울과 작별하지 못한 낡은" 잔재가 그들의 삶을 규정하고 있으며, "남편의 상식상을 미쳐 치지도 못하고 달려와" '음침한 눈짓' 속에서 "열두시간을 고개 한번 돌리지 못하고" 가쁘게 노동해야 하는 처참한 생활이 2, 3연을 통해 극적으로 확대되고 있다. 그러나 겨울과 어둠 속에서 봄과 광명을 준비하는 이른 봄과 새벽의 역동적 이미지의 설정은 이 시의 특징이 된다. 1연 4행의 '그래도'라는 접속사는 이러한 교차 지점의 대결적 이미지를 선명하게 드러내는 시어이다. "낡은 민족의 잠들어 있는 저자"와 "검푸른 하늘을 치받으며 울어나는 첫 고동소리"의 팽팽한 대결양상은 '새벽'과 '이른 봄' 그리고 '그래도'를 경계로 자못 긴장된 정서를 환기하고 있다. 한편에서 낡은 보수적 잔재와 식민지 자본주의의 질곡이 우리 민족을 억압하고 있을 때, '낡은 민족의 잠'을 깨우는 노동계급의 함성소리와 같이 공장의 고동소리가 "검푸른 하늘을 치받으며 울어나기 시작"한다. 그것은 대결과 긴장 속에서 울려퍼지는 새로운 광명의 희망찬 소리이다. 시인은 이 희망찬 소리를 희미하게 인식하고 암시적으로 표현하고 있는 것이다.

　이 시의 전체적인 구조는 제1연에서 겨울과 봄 그리고 새벽으로 암시된 고통과 희망의 대결, 시적 긴장의 평형이 2연과 3연에서는 고통스런 삶

---

19) 『개벽』, 1926. 4, 110-111쪽.

쪽으로 무게중심이 기울어진다. 그러다가 결국 3연 5행의 '그래도'라는 접속사를 경계로 "그놈의 뜻을 받아야 한다는 이놈의 세상"의 중압감이 시적 정조를 장악한다. 마지막 연에 이르러서는 '고동소리의 울려퍼짐'으로 암시된 변혁의 가능성이 서정화되지 못하고 "오오 조상이여! 남의 남편이여! 왜 당신은 이놈의 세상을 그대로 두고 가셨습니까?"라는 타자에 대한 원망과 세상에 대한 저주, 영탄적 호소로 해소되고 있다. 즉 1연에서 어렵게 확보한 상징적 진보성이 내적 연관을 통해 발전하지 못하고 비관주의적 정조로 낙하하고 만 것이다. 그리고 즉자적인 거친 언어로 세상을 향해 토해내는 분노와 저주의 말들은 조직화되지 못하고 파편적으로 흩어진다. 이는 식민지 자본주의의 중압감에 가위눌려 출구를 찾지 못하는 협애한 현실인식의 반영이다. 시의 내적 형식상 제1연의 정서—"검푸른 하늘을 치바드며 울려퍼지는 첫고동소리"—가 마지막에 배치되었다면 비관주의적 경향으로부터 벗어날 수 있었을 것이다.

「희생자」의 경우도 이와 유사한 양상을 보여준다. 이 작품은 소작쟁의 와중에 총 맞아 죽은 남편의 시체를 앞에 놓고 울분에 복받쳐 복수를 다짐하는 아내의 절규가 시를 장악한다. '달빛조차 낡어 가는 이 한밤'을 배경으로 하여 죽어서도 '눈감지 못하'는 소작인의 원통한 모습 위에 아내의 절규에 찬 복수의 결의가 겹쳐진다.

> 오냐 이놈!
> 한개의탄자로서 내남편을밧궈간 원수놈—
> 아모련들 가슴의매듭이풀닐줄아느냐!?
> 내목숨이 世上에멈으러잇는동안은—
>
> — 「犧牲者」[20] 마지막 연

---

20) 『개벽』, 1926. 4, 112쪽.

이 작품도 시 「여직공」과 유사하게 결말의 처리가 시인의 영탄적 목소리와 결의로 끝나고 있다. 개인적 복수의 선언으로 성급하게 제시된 아내의 절규로 인해 소작쟁의라는 남편의 행위가 가진 사회적 의미가 위축되어 더 이상 발전하지 못하고 있다. '가슴의 매듭', 그 폭과 깊이도 개인적 차원으로 협소화하는 양상을 보인다. 다시 말해 오랫동안 준비하고 조직한 소작쟁의의 대의와 남편의 계급적 '분노' 그리고 '동네 작인들과 함께 달려갔던' 열정보다 소작쟁의를 탄압하고 남편의 의지를 생명과 함께 앗아간 '탄자 한 개'의 '총소리'만이 아내의 절규와 더불어 확대 강화되고 있는 상황을 연출한다. 또한 시 「거지」에서 보였던 '환멸의 정서'가 이 시에도 지양되지 않고 여전히 남아있음을 알 수 있다. 시인의 의도는 적개심의 조직화일 텐데, 자칫 대중들에게 공포와 환멸의 정서를 고조할 우려도 내포한다.

이상에서 살펴본 바와 같이 유완희의 초기 시들은 억압과 착취에 신음하는 민중들의 비참한 삶, 그리고 그 모순의 해결 주체로 서려고 하는 민중들의 의지를 보여주지만, 한편에서는 현실의 중압감을 극복하지 못하고 모순의 포획망 속에 갖혀 버린 비관주의적 정서가 주조를 이루기도 한다. 민중의 현실적 전망과 튼튼하게 결합하지 못한 비관주의적 정서는, 형상화에 있어 설명적이고 서술적인 측면이 과도하게 드러나거나 무력함, 영탄적 호소나 주관주의적 결의, 선언, 절규 등으로 끝맺는 조급성을 낳기도 한다. 이러한 경향은 「아오의 무덤에」, 「찰나」, 「향락시장」 등의 시에서도 부분적으로 드러난다.

이전의 낭만파 시들이나 본격적인 프로시와는 구별되는 유완희의 초기 시의 특성은 무엇일까. 낭만파 시인들은 현실의 공포에 질려 피안의 세계—밀실, 흑방, 침실, 병실, 동굴 같은 공간—로의 탈주를 꿈꾸고 있었다. 이들에게 현실은 속악하고 추악한 것으로, 현실에 손을 대면 자기의 순정이 더럽혀질까봐 전전긍긍하였다. 그들은 자기의 시에 현실이 틈입하지 못하도록 내면을 꼭꼭 닫았다. 이들은 신기와 사치의 낭만적 세계 가운데 열광하며 탄식하였던 것이다.

유완희 역시 현실적 중압감으로부터 완전히 벗어나지는 못했지만, 피안의 세계에서 뛰어나와 모순에 찬 현실과 대응하려는 자세를 견지하였다. 비록 호소하고 절규하고 개인적 차원의 복수를 결의하는 데 머물고 있지만, 그가 형상화한 대상 세계는 변화의 소지를 내포하고 있었다. 현실의 고통과 의지를 형상화한 유완희의 시들은 분명 새로운 현실 대응 자세를 보여주며 새로운 시적 지평을 열었다고 할 수 있다.

2) 민중의 진출에 대한 추상적 양식화

식민지 근대 현실의 폭력 앞에 속수무책으로 방치된 식민지 민중의 비참한 삶을 형상화하였지만, 개인적 차원의 복수나 절규로 대처하던 유완희는 1920년대 후반, 민중들의 혁명적 진출에 고무되고 카프의 제1차 방향전환의 논리를 수용하여 새로운 시적 모색을 하게 되었다. 카프는 1927년 9월 발전된 현실의 요구에 맞춰 자기 기능과 역할을 높이기 위해 새 강령을 채택하고 조직을 확대 개편하였다. 그 이념은 프롤레타리아 문학의 목적의식성 강화, 즉 민중의 혁명투쟁을 고무·추동하는 방향에서 제시되었다.

유완희의 다음 시들이 카프의 방향전환을 시적으로 반영한 것들이다. 「나의 요구」, 「나의 행진곡」, 「가두의 선언」, 「민중의 행렬」, 「오즉 전진하라!」, 「어둠에 흘으는 소리」 등 1927년 10월부터 1928년 2월 사이에 집중적으로 발표된 위의 시들은 강한 현실 부정의식과 민중의 혁명적 진출에 대한 흥분, 그리고 시인의 결의를 직설적으로 표현한 것이 대부분이다. 어조와 리듬이 급박하고 격렬한 호흡에 맞춰져 있다.

　　타는가슴!불붓는심사!

300

　　그것은民衆의압흐로 民衆의압흐로 굿세게나가기를 要求한다

　　소리치는나의唗聲─唗聲의波動

　　그것은 멀리더멀리 民衆의가슴을뚤코 民衆의마음을이끌고 나간다

　　누가나의압흘막느냐? 나의나가는압흘

　　나는民衆의압헤서서 民衆과함께나가랴는사람이다

　　나의든『쑤랏쉬』는 나의든붓자루는 民衆을그리고 民衆을놀애하랴는道具다

　　─온─街頭의看板이되고 『쎄라』가되어……

─ 「나의 行進曲」21) 부분

　　이 시는 진출하는 민중의 모습에 고무되고 억제할 수 없는 감정에 복받쳐 민중의 앞에서, 민중과 함께 나아가겠다는 시인의 주관적 결의를 반영한 것이다. 프롤레타리아 시인의 시는 민중의 투쟁에 바쳐진 선전·선동의 도구 즉 '간판'과 '삐라'가 되어야 한다고 선언한다. 시인은 시를 창작하면서 동시에 투쟁의 전위가 되어야 한다는 신념으로 가득 차 있다. 그러한 신념 하에서 시는 서정시가 아니라, '행진곡'이 된다. 유완희의 시인으로서의 정체성은 선전가와 겹쳐져 있다. 그가 시를 쓰는 까닭은 "저들을 울리기 위해서도 번뇌키 위해서도" 아니며 "저들에게 힘을 주고 그리고 가장 잘 X(싸)울 방도를 알리기 위하여 시를 쓰는 것"이다.22)

　　그런데 이 시기 유완희의 시들은 목적의식기 카프의 이념을 시 창작의 기초로 삼았다는 데 있는 것이 아니라, 객관 현실과의 내적 연관 속에서 형상으로서 표현하지 않고 이념 자체를 직접 반영하였다는 데 문제가 있다. 시가 "민중에게 힘을 주고" "민중의 마음을 이끌고 나가기 위해서"는 민중의 내적 경험에 참여하여 정서적 감염을 동반하여야 한다. 객관현실

---

21)『조선일보』, 1927. 11. 5.
22) 적구, 「1928년」,『조선지광』82호, 1929. 1.

을 슬로건이나 정론으로 대체하거나 복받치는 감정을 여과 없이 토로하고 투쟁의지와 태도를 주관적으로 선언하는 것으로 시가 되는 것은 아니기 때문이다. 또한 이런 자기 흥분('타는 가슴! 불붙는 심사!')을 앞세워 '행진'하는 대열에는 민중을 합류시킬 수 없을뿐더러, "민중을 노래하는 도구"로서의 시도 긴절한 현실대응력을 확보하지 못한다.

자칫 시의 소재가 되는 '민중'이나 시대의 '요구'라는 것도 시인의 관념 속에서 제조된 추상이며 가상일 수 있다. 복잡한 현실의 내재적 연관관계 속에서, 그리고 시인의 실존적 성찰과 실천을 기반으로 하여 미적으로 개괄된 현실이 보편성과 진정성을 획득할 수 있는 것이다. 시적 혁명성은 시적 규율이나 양식과 미적으로 통일되었을 때 더욱 빛이 나는 것인데, 시의 내적 형식을 고려하지 않은 혁명적 목소리는 공허해질 수 있다.

이 시기 유완희의 시들은 주의 주장을 전달해야 한다는 당위에 긴박되고 또 조급성으로 말미암아, 시적 주제가 형식을 얻지 못하고 형해화한 목소리로 떠도는 형국을 연출하였다. 이런 양상은 당대의 경향으로 굳어지고 추상적으로 양식화(매너리즘화)되기도 하였다. 추상적 양식화란 현실과 생활의 제 현상에 마주칠 때 그것들을 관념과 이념의 영역으로 해석하여 관습적으로 친숙해져 있는 개념의 언어로 설명할 때 주로 나타난다. 즉 작가가 눈에 보이는 사실이나 현상 속에 숨겨져 있는 내적 본질을 통찰하여 새로운 의미를 부여하고 이를 개성적으로 표현하지 못하고, 주어진 이념이나 선입관으로 현실을 파악하여 관습적 언어로 대체하는 것을 의미한다. 이때 표현된 이상이나 주제라는 것이 이념의 되풀이일 경우가 많다.

유완희는 자신이 번역·소개한 러시아 시인 와시리 카멘스키의 시 「가두문학의 포고」 등, 세계 프로시인들의 시 양식을 자기 시 양식의 기초로 삼은 측면이 강하게 보인다.

자—자—젊은 사람들아—才士들

詩人—美術家—音樂家

모다붉은「화스챤」의소매를거드라

…… (중략) ……

詩人—자—「쑤랏시」를잡으라

…… (중략) ……

「쩨라」의뭉치를쥐여—

天才를다하야壁에그림을 그리라

들에도—看板에도—陳列場에도

…… (중략) ……

百姓의압헤서소리처노래하듯이

— 와시리 카멘스키, 「街頭文學의 布告」[23] 부분

예술가가 생활의 소재를 예술화함으로써 민중 속으로 들어가야 한다는 것을 강조하는 시이다. 유완희의 시 「나의 행진곡」[24]이나 「가두의 선언」[25]은 카멘스키의 위의 시 「가두문학의 포고」에서 시상과 형식, 주제까지 영향을 받은 듯하다. 중심 시어까지도 유사한 점이 발견된다.

보라! 사랑하는이여! 젊은이들이여

검붉은 雰圍氣—굽이치는물결

나오라! 詩人이여! 美術家—音樂家

거리로 나오라! 나와서 소리치라!

— 「街頭의 宣言」[26] 부분

---

23) 적구 역, 「현대세계시단의 소개」, 『개벽』 71호, 1926. 7, 17-19쪽.
24) 『조선일보』, 1927. 11. 5.
25) 『조선일보』, 1927. 11. 20.

그 밖에 「나의 요구」, 「민중의 행렬」, 「오즉 전진하라!」, 「어둠에 흘으는 소리」 등의 시들도 주장과 이념을 생경하게 나타내는 방식으로 시를 쓴 것들이다.

　　　行列! 푸로레타리아의行列!

　　　家庭에서 田園에서 工場에서 坐學校에서

　　　街頭로街頭로흘너저나온다

　　　營養에주리여蒼白한얼골―그러나熱에씌인거름거리

　　　그들은 그들의쒸노는心臟의鼓動을듯는듯하다

　　　비웃느냐?XXX[원수의―인용자]무리들

　　　―그늘에자라난 享樂의날이 아즉도멀었다고

　　　그러나 그거름거리를보라! 大地를울리고 新生으로新生으로다름질하는 그거름

　　　거리를

　　　　　…… (중략) ……

　　　하날에는눈보라감돌아올으고 짜에는모진바람휩쓸어드는데

　　　―돼지무리살가지우슴웃고……

　　　　　　　　　　　　　　　　　　　　　　― 「民衆의 行列」[27] 부분

　　이 시에 와서는 ‘프롤레타리아’와 ‘×××　무리’들 사이에 힘의 대치관계가 형성되고, 거기에 어느 정도의 시적 긴장이 생겨나고 있다. 그 긴장의 형상적 매개로 ‘눈보라’와 ‘모진 바람’ 그리고 ‘돼지무리의 웃음’과 ‘창백한 얼굴의 프롤레타리아’의 대결이 설정되기도 한다. 양 계급간의 화해나 타협이란 ‘적도가 북으로 기울어지는 것’을 기대하는 것만큼이나 불가능

---

26) 『조선일보』, 1927. 11. 20.
27) 『조선일보』, 1927. 12. 8.

하다는 것, 그리하여 힘을 매개로 한 싸움만이 있고, 프롤레타리아는 그 싸움("눈보라와 모진 바람")을 이기고 새로운 삶('新生')을 찾아야 한다는 내용을 역설하고 있다. 북한문학사에서는 이 시를 자본가 계급의 멸망을 촉진하는 노동계급의 혁명적 진출을 낙관주의적인 전망과 결부시켜 노래하였다고 높이 평가하고 있다.28)

그러나 시에 있어서 낙관적 전망의 획득은 시의 내적 체계의 연관 속에서 자연스럽게 환기되어야 하는데, 이 시에서는 역사의 법칙성을 선언적으로 나열함으로써 그것을 얻으려고 하고 있다. 실제로 선전선동시 계열은 집단적 정서의 미적 개괄, 즉 시의 정서를 현장성과 집단적 정서 속에서 끌어내어 통일, 압축하고 점증적으로 확대하는 것이 관건이다. 그런데 유완희의 위의 시들은 처음부터 관념적으로 선취한 흥분을 평면적으로 전개시킴으로써 그 미적 효과를 확대시키지 못하고 있으며 또한 현실을 주관주의적으로 고정화, 추상화시키고 시적 주체 스스로도 거기에 안일하게 의지하는 경향을 보인다. 이는 제1차 방향전환 이후 성행하던 세계관 중심주의, 즉 작가가 프롤레타리아 계급의식으로 무장함으로써, 그리고 그 이념을 반영함에 의해 곧바로 문학적 성취를 담보할 수 있다는 전도된 문학관의 반영이기도 하다. 후일에 임화는 이 시기의 시를 평가하면서 "종이 위에서 거리와 흥분을 노래하고 머리 속에서 민중을 만들어 내고, 철필을 쥐고 민중의 심리를 분석하였다"고 비판한 바 있다.29)

이 시기 유완희의 시는 정치적 이념 같은 非時的이라고 할 수 있었던 요소들을 시에 적용함으로써 시의 영역을 확대시켰다는 점을 의의로 평가할 수 있다. 이것은 기본적으로 그의 시가 카프를 중심으로 한 문학운동의 실천과정에서 이룩한 것이기도 하다.

한편 이 시기의 시들에는 초기시의 경향성이 지양되지 않은 채 부분적

---

28) 김하명 · 최탁호 · 류만, 『조선문학사』, 419쪽.
29) 임화, 「시인이여 일보 전진하자」, 『조선지광』, 1930. 6.

으로는 은폐되고 부분적으로는 극단화된 절충주의적 해소를 노정하고 있는 점이 발견된다. 즉 이전 시기의 「여직공」, 「희생자」 등의 시에 표현된 비참한 식민지 민중의 생활상에 대한 폭로, 비판이 일정하게 진실성을 동반한 형상이었는데, 목적의식기의 시에서는 그러한 형상이 더 이상 발전하지 못하였다. 시적 대상인 민중과 생활 현실이 긴밀하게 관계 맺지 못하고 서로 낯선 요소로 전락하고 말았다.

그 반면 비참한 현실로부터의 출구를 찾지 못하고 복수의 결의, 울분과 절규의 차원에 머문 초기시의 현실인식의 협애성이 이 시기에 와서는 이념의 선택 선언, 단호한 투쟁의 결의, 흥분된 감정 토로 등으로 대체되었다.

3) 자의식과 비관주의적 정서화

시적 전개 과정에서 프로시의 발전은 경향성과 현실성을 통일적으로 결합시켜 미적으로 개괄함으로써 담보될 수 있었다. 또한 그 과정에서 프로시는 한국시사에서 의의를 가질 수 있는 것이다. 유완희는 이 경향성과 현실성을 포괄하는 긴장의 끈을 쥐고 고민하다가 그 통합을 성취하지 못하고 끝내는 쓰러지는 과정을 보여준다. 여기에 1930년을 전후한 유완희 시의 특성이 있다고 할 수 있겠다.

카프진영에서 문학의 대중화 논의가 전개되는 한편, 목적의식기 유완희의 시는 비판의 대상으로 떠올랐다.

> 적구의 시는 격동적이요 선정적이다. 그의 시가 개념에 흘러 실감이 이에 따르지 않은 혐이 있으니 '좀 더 실감 있는 시를' 하고 요구할 것이다.…… 실감에서 우러나온 귀중한 한 마디의 말이 있은 후에 '나아가자!' 하여야 독자는 선정되고 격동될 것이다.…… 노동계급인의 투쟁 의욕을 순간순간에 구체적인 감정에 있어서 파악하는 이라야만 진정한 의미의 프롤레타리아 시인이 될 것이다.[30]

프로문학 진영 내에서 '좀 더 실감있는 시'를 유완희에게 요구하고 있다. 유완희의 시가 민중의 편에서 씌어졌고 낙관적 전망이 제시되었으나, 이것이 관념의 틀 속에서 안이하게 얻어진 것이었기에 그 외침은 공허하게 된다고 비판을 받았다. 실제로 자기 실존에 대한 성찰에서 나오지 않은 타인을 향한 외침은 또 하나의 관념적 계몽의 메가폰이 되고 만다. 이후 유완희의 시세계에 약간의 변화 징후가 보인다.

> 보라!
> 거리에싸다니든무리
> 모도다쏘리를감추고말앗다
> 紅燈을싸고도는 노래소리도끈치고
> 뒷거리의地型쓰는소리—피대소리도끈첫다
>   …… (중략) ……
> 가엽슨이여! 그대는왜우는가?
> 겨울을몰아가는바람!
> 봄을불너오랴는이바람의압헤서—
> 이바람은길이불바람은아니다
> 그러나내가슴의暗黑이살아질째까지는불어야한다
> 닭의무리홰처서울고 새벽鐘소리울어날째까지는……
>
> — 「바람」31) 부분

이 시는 「민중의 행렬」과 그 발표시기가 약 3개월 정도의 차이를 갖지만 정서적 변화가 형성되고 있음을 알 수 있다. 이전의 추상적 차원에서 반영한 요구, 당위, 이상이 구체적 현실과의 관계에서 낯선 요소로 겉돈다

---

30) 신고송, 「시단만평」, 『조선일보』, 1930. 1. 10.
31) 『조선일보』, 1928. 2. 25.

는 것을 시인 스스로 감지하고 있다. 이전의 시에서는 '민중의 행진'으로 들끓고 '공장의 고동소리'가 울려퍼지던 '가두'가, 이 시에서는 '심묵에 둘리'고 '가엾은 이'가 '울고' 있는 시적 상황이 전개된다. '뛰노는 심장의 고동', '타는가슴! 불붙는 심사'는 이제 '내 가슴의 암흑'으로 표현되었다. 외부현실의 지평과 시인의 내면 체험이 갈등하는 지점에 '심묵이 둘리고' 조심스런 자기성찰이 이루어지고 있음을 알 수 있다. '가엾은 이의 울음' 역시 이러한 자기성찰의 소산이다. 그러한 분위기 속에 "바람이 어둠을 삼키고 휩쓸어 든다". 자기 성찰을 매개로 한 외부현실과 작가의 관계는 이전의 시들에 비해 상대적으로 진실성을 확보하고 있다. 이같은 외부적 객관현실의 지평과 시인의 내면 체험 사이의 팽팽한 긴장은 바람의 방향이 '닭울음'과 '새벽종 소리'쪽으로 몰아감에 의해 낙관적으로 해결될 것이라는 암시를 제시하고 있다.

> 잠들어 고요한밤거리를 내홀로헤매이노니
> 묵어운자최마다 달그림자쌀우네 쌀어눈물에젓네
> 三冬을뉘웃노라 외마듸기럭소리 하날에울으니
> 이나라의 봄을등지고 北으로가는그대더욱그립네
>
> — 「봄의 서울밤」[32] 전문

　이 시에는 시인의 감정이나 호소가 대폭 약화되고 비애의 정서와 안타까움이 주조를 이루고 있다. "봄을 등지고 북으로 가는 그대"가 부각되고, 시인은 그대를 이끌고 나가는 전위가 아니라 단지 바라보고 안타까워하는 서정적 자아로 등장한다.

　앞의 시 「바람」에서는 '암흑'을 깨치고 울려퍼지는 '닭의 홰치는 소리'

---

32) 『조선일보』, 1928. 4. 12.

와 '새벽종소리'가 새로운 미래를 기약하면서 끝맺는데, 「봄의 서울밤」은 미래를 기약하지 않고 단지 현재의 비통한 심정을 드러내고 있을 뿐이다. '홀로 헤매이며……눈물에 졌'는 감상성이 노출되고 현실의 '무거움'에 지친 '자취'가 강조되며, 방향성을 잃은 자의식이 부각되어 나타난다. 방황 속에서도 자기를 지탱해주는 시적 매개는 '이 나라의 봄'과 '북으로 가는 그대' 그리고 그를 향한 '그리움'이다.

　여기서 '북으로 가는 그대'의 실체가 기러기로 고정된다면 시적 주체의 동요가 심각함을 드러내는 것이다. 그러나 그 실체가 만주나 시베리아로 떠나가는 이 땅의 유이민을 의미한다면 서정과 현실은 일층 현실적 긴장감과 비극성을 획득했다고 평가할 만하다. 같은 차원에서 '동지의 비장한 결행'이라고 볼 수도 있겠다. 하여튼 이 시는 식민통치의 질곡 속에서도 허영과 사치를 키워가는 서울의 한복판에서 생활하며 느끼는 시적 주체의 무기력과 양심적 갈등, 자괴감을 형상화한 것으로 판단할 수 있다.

　　街路樹트는싹 長明燈에어리고
　　으스름달그림자 꽃그늘에조으니
　　찌들어숨죽은가 하엿든 이터전우에
　　그래도봄은 차저오는가? 차저왓는가?

　　그러나 무엇하리 그손을마지할 경황조차업는것을.
　　　　…… (중략) ……
　　情緖가다무어냐? 깃붐이다무에냐?
　　꿋업는哀愁를안고 마음에울면서도
　　그래도짜내일 눈물조차말은것을.
　　　　…… (중략) ……
　　지나간녯날의봄을 못잊고잇거니

내어이_이봄 이날의압흠을이즈랴?

지나간녯날이요 지나온오늘
가슴속골골에 죽도록바든傷處
어대나간들 씨슬길잇스랴만은
그래도 내이거리이저자에 지치엇나니
쩌나가는기력을쫏차 北으로나갈가?
차저오는제비를마저 南으로나흘을가?
          ×   ×   ×

오오친구여! 나의墮落을 그대지남으라지나말라!

— 「無聲泣」33) 부분

　현실에의 대결의지와 감상적 자의식의 사이에서 갈등하던 시적 주체는
지쳤다고 호소한다. 목소리 높여 세상을 향해 외치던 자아가 소리를 죽이
고 우는('無聲泣') 처지에 놓여 있다. 이는 세상의 무게에 짓눌리려 "가슴
속 골골에 죽도록 받은 상처"가 쌓이고, 이상의 실현이 만만치 않다는 자
각에 도달한 것이다. 하여 그는 자유롭게 떠나가는 기럭이와 제비에 자기
를 동일시함으로써 지치게 하는 '이 거리와 이 저자'를 떠나서 다른 곳에
정착하고자 하는 욕망에 시달리는 것이다. 현실대응력을 잃고 내성에 침
잠하는 것이다. 그의 정체성이 심각하게 동요하고 있다. 이는 전선에서의
이탈이라는 자괴감과 동지에 대한 죄스러움으로 나타나고, 이런 '나의 타
락'에 대해 용서를 비는 방식으로 끝맺는다. 이 시는 자기 변호 혹은 자기
연민이 바탕을 이루고 있다. '이 거리 이 저자에 지쳐'서 '이 터전 위에 찾
아오는 봄'을 '맞이할 경황조차' 없이 '애수를 안고' 소리 없이 우는('無聲

---

33)『조선일보』, 1930. 4. 9.

310

泣') 비관주의와 회고적 감상주의만 확대되고 있다.

탄압과 조직해산의 소용돌이 속에서 방황하던 구카프시인들도 1930년
대 후반에 회상적 감상주의의 경향을 보이는데, 이때 그 대상이 되는 것
은 과거 조직투쟁 시절의 비장함이었다. 그런데 1930년 4월에 이미 유완
희의 시에는 세상에 대한 환멸의식이 스며들고, 그에게 남은 것은 '압흠'
과 '상처', '눈물'과 '지침'뿐이며 스스로를 '타락'으로 규정하고 있다. 여기
서 주목할 것은 1930년이란 시기는 프로시단에서는 대중성 확보를 위한
다양한 노력들이 활발하게 이루어지고, 새로운 시인들이 진출하던 때였다
는 점이다. 또한 민중들의 투쟁과 진출도 눈에 띄게 활발하던 때였다. 그
런데 유완희는 방향성을 상실한 채 비관주의에 함몰되고 있다.

> 그러나 지나간 녯날
>
> 우리들이 즐거웁게 불으든 노래는
>
> 임의 물우에쓴것이 되고말지 않엇는가
>
> 우리들이 정다웁게 주고받든 속삭임은
>
> 이제는 너에의 속삭임을 저희하지않게되지않엇는가
>
>
> 들으라 흘으는물이여!
>
> 이제는 거듭 나에 어리석은 忠實을
>
> 그에게 비웃기고 싶지않으니
>
> 깨끗이 실어가라 이쓸아린 記憶을—
>
> 記憶의 남어지를……
>
> 永遠히 永遠히실어가라—大海로 실어가라
>
> — 「내ㅅ가에 앉어」34) 부분

---

34) 『조광』, 1936. 5. 이 시 「냇가에 앉어」는 임화가 찬하고 편한 『현대조선시인선집』(학예
사, 1939)에 뽑혀 실려 있다. .

‘노래’와 ‘충실’은 과거의 영역에 속하는 것들로 시인에겐 지울 수 없는 존재의 근거였다. 그러나 지금 그것들은 어리석고 쓰라린 ‘기억’으로 환기될 뿐이다. 그리하여 이것들을 없었던 것으로 청산하고 싶어한다. 영원히 물 위에 띄워 저 바다로 보내고 싶은 것이다. 이 시는 노래의 시절, 이념이라는 불에 덴 듯하던 청춘의 시절에 대한 그리움과 회한이 뒤섞여 있다.

불의 시절에 행했던 나름대로의 ‘충실’이 ‘어리석은 충실’로 남에게 ‘비웃음’의 대상이 되는 시대에 직면하게 되고, 과거의 기억을 나머지 없이 모두 쓸어버리고 싶다는 진술을 끝으로 그는 거의 시를 쓰지 않았다.

4. 맺음말

이상에서 적구 유완희의 생애와 시세계를 살펴보았다. 낭만파 시인들에게 현실은 속악하고 추악한 것으로, 손을 대면 자기의 순정이 더럽혀지는 것으로 추상화되어 있었다. 이들은 현실에 환멸을 느끼며 환상 속에서 열광하였다. 이들은 현실과의 시적 교섭을 포기하고, 오직 자기 위안의 관념적 거처를 마련하기에 열광하였던 것이다. 이에 비하여 유완희는 식민지 근대 현실의 모순을 지적하고 대결하는 자세를 취함으로써 새로운 시적 지평을 마련하였다. 거기서 그는 민중의 현실을 발견하고 그것을 형상화하였다. 그러나 그는 스스로 발견한 현실, 그리고 형상화한 현실 속에서 출구를 찾지 못하고 절규와 호소로써 대응하는 또 다른 관념성을 노출하였다.

이후 민중의 역사적 진출과 카프의 목적의식기에 부응하여 새로운 시적 모색을 하였다. 목적의식기의 시는 경향성을 부분적으로는 은폐하고 한편으로는 극단화하는 절충주의적 해결 방법을 택함으로써, 프로문학의 경향성을 지양하는 데 실패하고 말았다. 이전 시에 나타났던 구체적 현실

형상은 이 시기의 시에서 오히려 낯선 요소로 겉돌고, 이전 시기에 드러냈던 절규는 이 시기에 와서 이념에 의해 선취된 낙관적 전망으로 대체되고 있다.

1930년을 전후하여 유완희는 경향성과 현실성의 통일을 이루지 못한 채 당황하고 동요하다가 내성의 중심을 비관주의와 회고적 감상주의로 옮겨갔다. 이는 그의 현실인식과 세계관, 그리고 진정성의 문제이기도 하겠지만, 시 양식의 특수성과 현실의 미적 형상화의 문제와도 깊은 관련이 있는 것이다. 유완희는 이런 여러 문제를 스스로 감당하지 못하고 결국 시를 더 이상 발표하지 않았다.

시와 현실의 관계, 사회 변혁과 시의 위상 등을 실제 창작으로 탐색한 유완희는 한국 초기 프롤레타리아시의 성과와 한계를 전형적으로 보여주고 있는 시인이라고 평가할 수 있다.

◆ **작품 목록**

[詩]

거지	時代日報, 1925. 11 .30.
女職工	開闢, 1926. 4.
犧牲者	開闢, 1926. 4.
아오의 무덤에	開闢, 1926. 4.
刹那	開闢, 1926. 4.
享樂市場	開闢, 1926. 4.
나의 要求	朝鮮日報, 1927. 10. 25.
나의 行進曲	朝鮮日報, 1927. 11. 5.
街頭의 宣言	朝鮮日報, 1927. 11. 20.
民衆의 行列	朝鮮日報, 1927. 12. 8.
오즉 前進하라!	朝鮮日報, 1928. 1. 19.
어둠에 흘으는 소리	朝鮮之光, 1928. 2.
봄비	朝鮮日報, 1928. 2. 14.
가을	朝鮮日報, 1928. 2. 16.
바람	朝鮮日報, 1928. 2. 25.
春영集	朝鮮日報, 1928. 4. 8.
봄의 서울밤	朝鮮日報, 1928. 4. 12.
斷腸	朝鮮日報, 1928. 11. 13.
1929年	朝鮮日報, 1929. 1. 1.
太陽과 地球	新生, 1929. 1.
暗海의 燈臺	朝鮮文藝, 1929. 5.
默誓	大衆公論, 1930. 4.
無聲泣	朝鮮日報, 1930. 4. 9.
우리들의 詩	三千里, 1930. 11.

314

太陽으로 가는 무리   三千里, 1933. 1.
마을과 百姓들   三千里, 1933. 12.
五月의 太陽   文藝創造, 1934. 6.
새해를 맞으며(괴테시집)   三千里, 1936. 2.
生命에 바치는 노래   朝光, 1936. 2.
山上에서   朝光, 1936. 5.
내ㅅ가에 앉어   朝光, 1936. 5.
青春譜   三千里, 1936. 8.
다시맞는 이날   서울신문, 1956. 3. 1.
잊지못할 이날   서울신문, 1956. 6. 25.
民族更生의 歷史의 날   서울신문, 1956. 8. 15.

[小說]

英五의 死   開闢, 1926. 5.
現實   朝鮮之光, 1928. 4.
脫夢   朝鮮日報, 1929. 3. 22.

[批評 및 隋筆]

客觀主義 藝術과 主觀主義 藝術   時代日報, 1925. 11. 2.
現實에 對한 反逆   時代日報, 1925. 12. 7.
新興文藝의 藝術的 價値   文藝運動, 1926. 5.
現代 世界詩壇의 소개   開闢, 1926. 7.
人間이란 動物은   朝鮮之光, 1926. 11.
가을은 우리에게 무엇을 주는가   文藝時代, 1926. 11.
非科學的의 科學   別乾坤, 1927. 12.
朝鮮의 新聞과 民衆   朝鮮之光, 1928. 1.
굴으는 半生   朝鮮日報, 1928. 3. 7.
미래   朝鮮之光, 1928. 11.

1928年	朝鮮之光, 1929. 1.
이론확대와 作品行動에	朝鮮之光, 1929. 1.
評에 대한 문제	朝鮮文藝, 1929. 6.
認識의 錯誤? 意識的 錯亂?	朝鮮日報, 1929. 11. 13~17.
反動文藝를 驅逐하자 ─	朝鮮文壇, 1930. 1.
現代社會의 고민상과 그 대책	朝鮮之光, 1934. 1.
유월의 호흡	中央, 1936. 6.
新凉	中央, 1936. 9.
나의 묘비명	三千里, 1936. 11.
힘과 熱로써 나오라	朝鮮日報, 1937. 11. 10.
썩은 古木은 有害언정 無益타	朝鮮日報, 1937. 11. 10.

한국 근대시인의 영혼과 형식

2004년 6월 17일 인쇄
2004년 6월 21일 발행

저 자   정 우 택
펴낸이   박 현 숙
찍은곳   신화인쇄공사

110-290
서울시 종로구 인사동 153-3 금좌B/D 305호
T. 723-9798, 722-3019   F. 722-9932
펴낸곳 도서출판 **깊 은 샘**
등록번호/제2-69. 등록년월일/1980년 2월 6일

ISBN   89-7416-135-4
※ 잘못된 책은 교환해 드립니다.
※ 깊은샘은 E-mail : kpsm80@hanmail.net
에서 만나실 수 있습니다.

값 15,000원